ヘーゼル

PRIDE OF A VILLAINESS
illustration:Kuga Huna

アロイ
ミザリ

PRIDE OF
A VILLAINESS
悪役令嬢の
深淵の虚ろより、遥か未来の安寧を。
【悪役令嬢の矜持】
矜持
メアリー＝ドゥ
illust.
久賀フーナ
{3}

CHARACTER

エイデス

公爵に匹敵するといわれるオルミラージュ侯爵家の当主で“万象の知恵の魔導爵”をもつ当代随一の魔導士。

ウェルミィ

リロウド伯爵家の令嬢でエイデスの婚約者。その美貌と頭脳・話術で社交界を掌握する“悪の華”。

STORY

エルネスト伯爵家の不祥事の後、魔導卿エイデス・オルミラージュ侯爵のお屋敷で保護されることになったウェルミィ。

王国を騒がせたこの一件を機に人前から姿を消していた彼女が、ある日突然社交の場に舞い戻った。しかも隣には婚約を噂されていた魔導卿ではなく、レオニール王太子殿下を引き連れて。

それに飽き足らず、パーティーに参加しては有力な貴族令息たちを次々と誑かしている姿を目撃され、変わらぬ悪女っぷりで連日社交界に衝撃を与えていた。

そんななか【王太子殿下婚約披露パーティー】が王宮で開催されるが、王太子殿下の新たな婚約者候補と噂されているウェルミィに対し禁止された魔術をかけようとする事件が発生。幸いにも主導者はすぐに捕らえられ事件は解決したと思われたが、その帰りにウェルミィは誘拐されてしまう。

テレサロ

下町育ちの気弱な男爵家令嬢。聖女。

ダリステア

前王家の血を継ぐ公爵令嬢。礼儀正しい才女。

イオーラ

魔力の強さを示す真紫の瞳を持った才能あふれる完璧な淑女。ウェルミィの義姉。

ズミアーノ

『国の穀物庫』と称される侯爵家の嫡男。

ツルギス

王下直属軍軍団長の嫡男でダリステアの婚約者。

レオニール

ライオネル王国の第一王子。正義感にあふれる性格。イオーラの婚約者。

ヒルデントライ

王国軍魔導士部隊小隊長。ウェルミィの良き友人。

ソフォイル

テレサロの幼馴染兼婚約者であり、“光の騎士”。

犯人はズミアーノ・オルブラン侯爵令息。

王宮で起きたことも、ここ最近出回っている怪しい魔導具や魔薬の製作も全て彼が計画したこと。すべては〝ウェルミィと遊ぶため〟に、彼女が真犯人にたどり着けるかを試すゲームだった。

そして、ウェルミィは――もちろんそこまで想定していた。だからこそ〝本物の王太子殿下の婚約者〟を守るための囮として悪女を演じ、わざと誘拐させたのだった。想定外だったのは、勝負に敗れたズミアーノが自ら手製の【服従の腕輪】を身に着け、ウェルミィに自分の命の手綱を握らせたこと。

そんなズミアーノに対し、ウェルミィは生きることを許した。迷惑を掛けられた人たちが彼を許せるその日まで……。

contents

PRIDE OF A VILLAINESS

｛表｝深淵の虚ろより

｛裏｝遥か未来の安寧を

八大婚姻祝儀祭

{表}

深淵の虚ろより

PRIDE OF
A VILLAINESS

1✦ウェルミィの脅威

――ウェルミィ・リロウドは何者だ?

そんな危機感を持った囁きが聞こえて来たのは、いつからだっただろうか。
彼女は、ただの伯爵家の一令嬢だった筈だ。
その美貌と話術で一定の人気はあったが、それも悪評で掻き消される程度のもの。
そんな彼女が社交界に舞い戻った後、権力を掌握し始めたのは、いつからだったのか。
王太子殿下の婚約者候補と囁かれた時からか。
あるいは、あの全てが覆された【王太子殿下婚約披露パーティー】の時からか。
それとも、さらにその後か。
しかし人々の安堵と後悔が錯綜した瞬間だけは、ハッキリと分かる。
エイデス・オルミラージュ侯爵の婚約者となったことが、正式に発表された時だ。

王太子殿下の婚約騒ぎで混乱はあったものの、演劇の公開やオルミラージュ別邸に住んでいることなど、兆しはあった。

ある程度それを予測して彼女に擦り寄ろうと考えていた者、身の振り方を考えていた者もいた。

だが動き出しが遅かった者は、甘かったのだ。

ウェルミィの事情が詳《つまび》らかになった時、彼女は既に多くの者に『貸し』を持っていた。


〝桃色の髪と銀の瞳の乙女〟テレサロ・トラフ。

その婚約者である〝光の騎士〟ソフォイル・エンダーレン。

〝国の穀物庫〟オルブラン侯爵家の嫡男、ズミアーノ・オルブラン。

王下直属軍軍団長の嫡男、ツルギス・デルトラーテ。

前王家の血を継ぐ公爵令嬢、ダリステア・アバッカム。

ライオネル王国宰相の嫡男、シゾルダ・ラングレー。


ウェルミィがオルミラージュの名を得ることで、その『貸し』が『社交界での絶大な影響力』に変わるのだと理解していなかった者たちは、完全に出遅れていた。

一部の令息が多少の不祥事を起こしたとはいえ、相手はライオネル最大派閥『現王派』四家の次世代と、歴史的にも重要な存在の二人だ。

それらと、派閥を作らずただ一家で四家と並び立っていた、中立のオルミラージュが結びつく。

貴族らにとっては一大事だった。

勢力図が完全に傾き、男女ともに社交界の頂点がオルミラージュ侯爵家となるのだから。

特に焦ったのは、エルネスト女伯を侮っていた派閥だった。

後ろ盾の薄さから高位貴族に強く出られないだろう、とたかを括《くく》り、彼女を王室の弱点と見て立てていた者たちの将来的な計画が、全てご破産になった。

イオーラがウェルミィの義姉であり、深く慕っている、という事実は既に公然のもの。

エルネスト女伯は、皮膚病を癒した魔薬の件も含めて王妃と良好な関係を築いた上で、『現王派』四家とオルミラージュの支援を得ることになるのだ。

しかもその起点となるウェルミィは、さらにその手を広げていた。

いつの間にか他の力ある派閥、『公爵派』や『商会派』とまで良好な関係を築き上げていたのだ。

王太子殿下ですら、そうそう苦言を呈すことが出来なくなる程の強大な後ろ盾を、たった一人の平民上がりの伯爵令嬢《いもうと》を通して、女伯は得た。

小さな派閥の貴族らが取れる選択肢は、二つに絞られた。

女伯やオルミラージュに媚びてその傘下に入るか、別派を起こして対抗出来るように団結するか。

けれど団結するにしても、強大な勢力には全てウェルミィの息が掛かっている。

どうすれば良いか、という話の堂々巡りは、男性の社交でも女性の社交でも日常になっていった。

そして会話の最後には、結局皆がこう口にするのだ。

――ウェルミィ・リロウドは、本当に何者だ？　と。


当の本人は発表後あまり社交に参加せず、オルミラージュ本邸に居を移して引き籠もっている。

それもまた『次に何かを企んでいるのではないか』と噂のタネになっていた。

内情を知っている一人の少女は、彼らの右往左往を見聞きしては、陰でクスクスと笑う。

今、ウェルミィは義姉と『お遊び』に興じているけれど、いずれもっと大きな渦を引き起こす。

全ては順調に進んでいる。


――一人の鏡像《アリス》の、計画通りに。

2. オルミラージュ本邸の盗難事件

オルミラージュ侯爵家本邸、入口前歩道。

それまで別邸で過ごされていた御当主様の婚約者、ウェルミィ・リロウド伯爵令嬢が本邸に入るのを、使用人一同はズラリと入口前に並んで、深い礼と共に出迎えた。

御当主様に馬車からエスコートされ、輪の連なった腕輪を鳴らしながら歩く縦ロールの巻き髪の彼女は、少々背が高い。

彼女らの後ろには一人の老婦人が静々と付き従っており、玄関前で三人が振り向くと、さらにその後ろに侍女長のヌーア様と家令が控えた。

朱色の瞳を持つウェルミィ様は、『瞳の色は分かるが顔立ちが見えない魔術』を施したヴェールで顔を覆っている。

なぜ顔を隠しているのか、という疑問を感じたが、使用人にそれを訊く権利などある訳がない。

御当主様もそれについては触れないまま、こちらに向かって告げる。

「紹介しよう。本日よりここに住む我が婚約者、ウェルミィ・リロウド伯爵令嬢。そしてこちらの貴婦人は、コールウェラ・ドレスタ名誉伯爵夫人だ」

エイデスの言葉に、使用人たちの視線がそちらに移動した。

「既に彼女らが何の為に本邸を訪れたのかを聞き及んでいる者、また、今回の件に際して特別に侯爵邸を訪れた者も多いと思うが。二人は、専属侍女となる者を見極める役目を負っている」

そうしてオルミラージュ侯爵が目配せすると、二人がそれぞれに口を開いた。

「ウェルミィ・リロウドよ。よろしく」

「コールウェラ・ドレスタです。王太子妃殿下となられるイオーラ様、侯爵夫人となられるウェルミィ様に相応《ふさわ》しき者が、この場にいる事を期待いたします」


王太子妃殿下付き侍女、及びオルミラージュ侯爵夫人付き侍女の選抜試験。


それが、今この瞬間から本邸にて行われるのである。

「立場を望む者は、励むように。以上だ」

御当主様方が屋敷の中に入ると、少し空気が緩んだ。

「リロウド伯爵令嬢は、お顔を隠されていたわね。あまりお顔立ちに自信がないのかしら」

「あら、社交界でお見かけした時は愛らしい方でしたわよ」

「御当主様の寵愛は深いようですけれど、侯爵夫人が務まるのでしょうか？」

「女嫌いの魔導卿も、媚《こび》にはお弱くあらせられたのかもしれません。それに、お義姉様の方も……王太子妃に相応しい、のでしょうか？　少々疑問が残りますわ」

「賢く美しいと評判だけれど、没落家の女伯でしょう？　あまり社交にご興味はなさそうで、極力お顔をお出しにならないそうですわ。貴族学校でお見かけした時は見窄《みすぼ》らしい方でしたし」

「お二方とも、色目を使って権力のある殿方に取り入るのがお上手なのでしょうね」

囁かれる話は、あまり良いものではない。

そんな風に囀《さえず》っている者は、大方が下級侍女の服を身につけていた。


——まぁ、あたしには関係ないけどね。


下働きの一人であるヘーゼルは、噂話を右から左に流しながら、持ち場に戻る為に歩き出した。

彼女らは、外から来た者たちだ。

ハナから仕える主人を貶《けな》すような連中は多分受からないし、そこら辺、侯爵家の使用人は徹底的に厳しく躾けられるので、目立つ所であんな会話はしない……と、思ったら。

「ふふ、もしかしたら取り入る隙があるかもしれませんわね？」

「あら。貴女は、侯爵様の愛人狙いですの？」

「いえ、それよりももっと……ふふ、そちらは王太子殿下の？」

「ええ。見初められて御子を宿せば、女伯よりもご寵愛を得られるかもしれませんし」

どうやらその二人は、側付き侍女として選ばれること自体は当然と思っているようだ。

そして、その先にある主人の寵愛を見据えているらしい。

会話の片割れは、厳しく躾けられている筈の侍女長代理の娘だった。

前言撤回、躾けられてもバカはバカだ……そう思いつつ、ヘーゼルは裏庭の奥に向かう。

この屋敷の洗濯は、楽である。

洗濯板のような形をした魔導具のお陰で、格段に汚れが落ちやすいのだ。


——あたしは、幸せになるのよ。


ここで働き始めて、八ヶ月。

ヘーゼルは、ただその一心で、オルミラージュ侯爵家本邸で黙々と職務をこなしていた。

元々侍女ですらなく下働きの自分に、『側付き』などという話は微塵も関係がない。

一応、使用人であれば下働きでも立候補は認められているけれど、興味もなかった。

王宮なんか行きたくもないし、性悪まみれのこの家で一生働き続けるなんて冗談じゃない。

特に侍女長代理はダメだ。

アロンナ・デスターム。

あの女は、オルミラージュ侯爵家の寄子《よりこ》になっているデスターム伯爵家の出身らしい。

彼女が嫁いだ子爵は、ヘーゼルの実家と懇意にしていたそうだ。

しかしその子爵家は没落してアロンナは離縁、姓を戻して侍女長代理に収まったのだという。

どうやら彼女は『子爵家が、義父だったトールダムに手を切られたことで没落した』と思っているらしく、ヘーゼルは目をつけられ、数多くの仕事を押し付けられていた。

実家も没落したからヘーゼルもここに居るというのに、全く理不尽な話である。


――でも、良いわ。仕事を覚えられるのは、望むところだもの。


貴族学校にすら通えなかったヘーゼルが一人で生き抜くには、下働きの技術が必要だった。いずれここを出ていく時の為に、様々な仕事を覚えられるのなら耐えられる。

幸いオルミラージュ本邸は給金も良く、毎月きちんと払われるので貯蓄も出来た。

御当主様から遣わされて来る抜き打ち査察官が、定めた通りに給金が行き渡っているかを、書類と見比べながら口頭で確認するからである。

訳ありの元・夫人や令嬢を多く雇っているため、中抜きが出来ないように、と。

御当主様はほとんど顔を見たことはないけれど、きっと良い人だ。

今回の件で、彼は本邸にお戻りになる。

けど多分、色気づいた新米侍女らの思い通りにはならないだろう。

何せ御当主様は、冷酷非情で女嫌いの魔導卿、と呼ばれているのだ。

ややこしいのだけれど、魔導省長から外れて外務省長になっても、御当主様は魔導卿らしい。

『卿』というのは、爵位を持つ貴族男性全員を指し示す言葉である。

そして爵位には幾つかの種類があり、一つは、貴族家の当主としての爵位で、『オルミラージュ侯爵位』がこれに当たる。

領地の継承権や特権、国への義務などと一緒になっている爵位だ。

もう一つは名誉爵位というもので……騎士爵や準男爵などがこれに当たる……つまりは、御当主様個人に与えられているもの。

これが『魔導爵』という爵位で、魔導の分野で功績を残した人に授《さず》けられるものだという。

ライオネル王国だと、アバッカム公爵と御当主様だけが持つものらしい。

魔導爵だから御当主様は魔導卿であり、外務省長だから外務卿でもあり、オルミラージュ当主だから侯爵であるのだという。

本邸では『御当主様』なので、その呼び方だけ覚えていれば良いのだけれど。

そんな御当主様が何故冷酷非情で女嫌いと呼ばれているのかと言えば、違法の魔導具を使用すれば相手が貴族でも容赦がなく、社交界でも女性を一切寄り付かせなかったから、らしい。

ウェルミィ様を、婚約者にするまでは。

そんな人が愛人を取ったりする訳がないことくらい、へーゼルですら考えれば分かる。

元々が使用人にまで優しい御当主様なのだから、婚約者にはもっと優しいに違いないのだ。

万一そうでなくとも、いずれ出ていくへーゼルには側付き侍女も愛人も、縁のない話。

この顔だしね、と、頬《ほほ》に手を触れようとした所で。

「傷顔《きずがお》〜！」

後ろから能天気な声を掛けられて、思わず舌打ちする。

ここに居たくない、一番の理由が現れたからだ。

「アナタは王太子妃側付き侍女とかの話、受けないの～？」

「受ける訳ないでしょうが。大体、この顔で受かると思ってるの？　馬鹿じゃない？」

ニコニコと話しかけてくるミザリから顔を背けながら、吐き捨てた。

〝傷顔〟のヘーゼル。

それが、本邸でのあだ名である。

顔の両側、額から顎先にかけて消えない八本の爪痕が走っているからだ。

「ミザリは受けるよ～！　だって王宮とか凄くない～？」

どういう神経をしているのか知らないが、コイツは過去のことなど、まるで何もなかったかのように話しかけてくるし、ベタベタしてきて鬱陶しい。

「あんたは顔が良いから、頑張ったらいけるかもね。礼儀作法がどうにかなれば」

と、ヘーゼルが適当に答えると、ミザリがニッコニコで指を二本立てる。

「それならへーキ！　最近下働きに来た二人が、仕事教える代わりにお作法教えてくれるんだ～！今日も二人が手伝ってくれて早く終わったから、傷顔に紹介しようと思って～！」

「は？」

「ほら、こっちこっち～！」

後ろを向いたミザリの手招きに、二人の、真新しい下働きの服を着た少女たちが近づいてくる。

二人ともライオネル王国内に多い茶色の髪と瞳をしており、三つ編みだ。

髪質がストレートな方は、黒縁メガネを掛けた穏やかそうで優しげな顔立ち。

もう片方の、小柄でウェーブがかった髪の方は、猫を彷彿とさせる目の勝気な顔立ちだ。

どちらもぱっと見は目立たないけれど、よくよく見ると整った顔立ちをしていた。

礼儀作法をミザリに教える約束をしていると言うだけあって、立ち姿は洗練されている。

さらに二人は、揃いの腕輪を身につけていた。

「貴女がヘーゼルさん？　初めまして、わたくしはアロイと申します」

「私は妹のミィよ！　よろしくね！」


——似てないな。


それが、彼女たちに自己紹介されたヘーゼルの感想だった。

色以外、髪質も顔立ちも全然違う。

でも本人たちが姉妹だというのなら、そうなんだろう。

同じ家で育ったミザリとヘーゼルだって、似ていない。

血が繋がってないんだから当たり前だけれど、二人にもそんな事情があるんだろう。

ここに来る元・貴族には『訳あり』が多いのだから。

「あたしはヘーゼル。よろしく」

そのまま、アロンナの手先である下級侍女に押し付けられた洗濯に戻る。

すると、ミィが不思議そうに問いかけてきた。

「洗濯をするにはちょっと、時間が遅いんじゃない？」

「下級侍女の中に乾かす魔術が得意な子がいるの。決まったお金を払うとやってくれるから」

押し付けられた仕事だが、遅くなったら事情とか関係なくヘーゼルが叱責される。

罰としてご飯まで抜かれたら堪らないので、乾燥代はご飯代一回分だと思えば安いものである。

すると何故か、三人がヘーゼルの洗濯を手伝い始めたので、ちょっと驚いて彼女たちを見た。

「何してんの？」

「その方が、早く終わるでしょう？　これだけの量を一人でやったら、夜になってしまうわ」

アロイが当然のように言うのに、眉根を寄せて答える。

「……金は払わないいし、恩にも着ないわよ」

「別に良いわよ」

続いて、なんか知らないけどワクワクした顔で、ミィがそう口にする。

「それより貴女、仕事出来るらしいじゃない。私たちに仕事を教えなさいよ。代わりに礼儀作法を教えてあげるから。交換ね」

「は？」

「『ここを辞めて街に降りるつもりだから、仕事をいっぱい覚えてる』ってミザリに聞いたわよ」

――余計なこと喋ってんじゃないわよ！

ヘーゼルは、勝手に事情をバラされて、不機嫌になったが……その提案には頷いた。

「交換条件なら、良いよ」

状況はともかく、申し出自体はすごくありがたい。

ずっと使用人生活をしている間に、口調も含めてすっかり貴族としての所作なんか抜け落ちているし、条件の良い所に雇われたいと思ったら必要なものでもある。

「でも、人に教えられるくらい礼儀作法身につけてるなら、何で下働きなんかしてんの？」

容姿も含めて、下級侍女として雇われてもおかしくない筈だ。

そう思っていたら、二人は目を見交わしてクスクスと笑い、ミィが口を開いた。

「あんまり、試験とか出世とかに興味がないのよ」

「王宮や高位貴族の侍女というのは、堅苦しそうでしょう？」

そんな二人の物言いに、ヘーゼルは好感を覚えた。

でも必要以上に仲良くする気はないので、笑顔は見せずにそっけなく頷く。

「あたしも同感」

※※※

それから一ヶ月半ほど経って。

オルミラージュ本邸の大広間に、侯爵家本邸に仕える使用人……家令以下、侍女や従僕、下働きを含めた三百余名が一堂に集められた。

おそらく今日『決まる』のだろう、と、浮ついたような空気が流れている。

王太子妃付き侍女、及び侯爵夫人付き侍女の選抜試験の結果が発表されるのだ。


――でも何で、立候補した侍女候補だけじゃなくて、使用人全員集められてるの？


ヘーゼルはそんな疑問を抱いていた。

正直、自分は試験とは無関係なので、さっさと仕事に戻りたいと思っていると、やがてピシリと背筋を伸ばした茶色い髪の女性が、大広間の中に家令と共に入ってきた。

侍女長代理、アロンナ・デスタームだ。

けれど、他に選抜に関わっている筈のウェルミィ様や、コールウェラ夫人の姿がない。

また、御当主様も姿を見せなかった。

戸惑いの空気が流れる中、厳しい表情をしたままアロンナが前に進み出る。

「オルミラージュ本邸内で、盗難が発生しました」

その言葉にざわめきが起こると、彼女はそれが収まるのを待って、さらに言葉を重ねる。

「盗難が起こったのは、上級侍女エサノヴァに与えられた一室で、です」

それはウェルミィ様が来た時に噂っていた、アロンナの娘の名前である。

母親と同じ髪色の少女が、何故か、小さく笑みを浮かべながら前に進み出た。

アロンナはそれを一瞥した後、集まった使用人に視線を戻す。

「盗まれたネックレスには、デスターム伯爵家が使用する『探知に反応する魔術』が施されていましたので、すぐに見つかりました」

と、彼女が取り出したのは、小さな宝石のついたあまり目立たないネックレスだった。

売ればそれなりの値段にはなるだろうけれど、意匠としては質素なもの。

どうやらそのネックレスには、所有者の刻印の他にも魔術的な措置が行われているらしい。

アロンナはそこで、何故かこちらに目を向ける。


「見つかったのは、使用人へーゼル。貴女の部屋からです」


アロンナにいきなりそう告げられて、へーゼルは息を呑んだ。

「は？　あたし!?　盗んだりしてませんけど!?」

驚きはしたものの、その発言に対しては真っ向からキッパリと否定する。

だってへーゼルには、そんなことをする理由がない。

侯爵家では生活に使うようなものはきちんと支給されるし、ある程度のものであれば、休息日に自分で買いに行けるくらいの蓄えもある。

「大体、何で勝手に人の部屋に入ってるんですか？」

上級侍女と違い、使用人棟の相部屋で過ごしている下働きにプライベートなんてないのは分かっているけど、それでも一言あってしかるべきだろう。

だけど、アロンナはそう嚙みついても表情を変えなかった。

「本邸での盗難事件など、あってはならない一大事です。そして盗まれたネックレスが貴女の手荷物の中から見つかったのも事実。否定なさいますが、今日、貴女が掃除をしにその部屋の中に入った、という目撃証言と記録もあります」

「何ですか、目撃証言って。あたしは今日、本邸に入ったりしてません！」

ヘーゼルは、事実を口にする。

今日は鶏小屋の掃除をしたり、使用人棟の裏庭を掃いたり、賄いの手伝いをするのが割り当てられた仕事だったのだ。

本邸には、この件で呼び出されるまで近づいてすらいない。

「誰なんですか、そんなデタラメ言ってるのは！」

「わたくしよ！」

ヘーゼルの言葉に答えたのは『ネックレスを盗まれた』というエサノヴァと仲良くしている、金の髪を持つ上級侍女だった。

――ローレラル・ガワメイダ伯爵令嬢。

「……またあんたなの？」

ヘーゼルはうんざりして、聞こえない様に小さく呻いた。

この一ヶ月、エサノヴァと組んで嫌がらせに加わった、選抜試験の為に外から来た女だ。

「盗みを働いて言い逃れしようなんて、顔の傷も醜ければ、心根まで卑しいのね！　そのおぞましい顔を、こちらに向けないでちょうだいな！」

そう言って、ローレラルがせせら笑うのに、ヘーゼルは額に青筋を浮かべた。

彼女は、確かに美しい顔立ちをしている。

黒目がちな深緑の瞳と薄紫の髪をしていて、所作も優雅だ。

ヘーゼルは『醜い』と言われることに、別に何かを思ったりはしない。

この傷は、自分でつけた傷痕なのだから。

だけど。

――心根が卑しいのは、どっちよ！

色合いと形が綺麗なその目に宿るのは、濁った光。

整った顔立ちをしていても、表情は下卑た嘲りに染まっていて、全然美しくない。

ローレラルは人のことどうこう言える人間じゃない、と、内心でそう吐き捨てる。

彼女やエサノヴァが、下級侍女を使って汚れ仕事や、他人の仕事を自分に押し付けている相手だと、ヘーゼルは知っていた。

アロンナの指示なのかもしれないけど、実行犯はこいつらである。

これもきっと、嫌がらせの一環だ。

いよいよ、ヘーゼルをこの屋敷から追い出しに掛かっているのだろう。

盗みを働いて侯爵家を解雇されたとなれば、まともな働き口なんて見つからないだろうから。

けど、そんな事より何より。


――仕事だけならともかく、冤罪を押し付けられるなんて冗談じゃないわ！


ヘーゼルは、どんな辛いことがあっても犯罪者にだけはならない、と決めている。

この顔の傷をつける原因になった最悪の男と、同じ所にだけは堕ちない、と。

だからヘーゼルは、ローレラルの侮蔑には取り合わず、低く唸るように問いかけた。

「一体いつ、あたしを見たって言うのよ？」

「今朝の10時頃よ。貴女が上級侍女の部屋の方に、掃除道具を持って歩いているのを見たわ！」

「口から出まかせを言わないで。その時間は……」

勝ち誇ったようなその顔に平手をくれてやりたい衝動に駆られながら、ヘーゼルが反論しようとするとエサノヴァが被せるように畳み掛けてくる。

「私が部屋に帰ったのは、その後よ。昼に一度部屋に寄ったら、鏡台の引き出しが少しだけ開いていたの。中を見たら、入れていたはずのネックレスがなくなってたのよ！」

エサノヴァはふふん、と鼻を鳴らし、口元に手を当てる。

「残念だったわね。アレに探知魔術が掛かっていることを知らなかったんでしょう？」

「そもそも盗んでないし、あんた、引き出しに鍵も掛けずにネックレスを置いてたの？」

「あん……!?　口の利き方に気をつけなさいよ、平民落ちがッ！」


――あんたも似たようなもんでしょうが！


彼女の母である侍女長代理のアロンナは伯爵家の家督を継ぐ訳ではないので、本来、デスタームの姓を名乗れるのは、現当主の妹である彼女までである。

エサノヴァは、現デスターム当主の温情がなければ、元・子爵令嬢の肩書きを持つただのオルミラージュ侯爵家の侍女でしかないのだ。

しかしそんな事を言っても話がまた逸れるだけなので、ヘーゼルは言い返さなかった。

それをどう受け取ったのか、エサノヴァは、ふん、と鼻を鳴らして口角を上げる。

「あなたの荷物を皆で見に行った時に、本邸で使われている肌荒れ用のクリームも持っていたのも見たわ。それも盗んだんでしょう！」

「10時頃、あたしは鶏小屋に居たわ。それにクリームは人に貰ったのよ」

「誰から貰ったって言うのよ!?」

「あんたにも、今の話にも関係ないでしょ！」

こいつらに、わざわざそれをくれた人の名前を言ってやる義理はない。

ヘーゼルは、いい加減痺れを切らして怒鳴った。

「話を逸らすんじゃないわよ！　人に冤罪かけといて、勢いで有耶無耶《うやむや》にしようっての!?　突っつかれると都合が悪いのか、今何話してるかも分かんないくらいあんたらの頭が悪いのか、どっちかハッキリしてくれる!?」

「「っ!?」」

二人揃って物凄い顔でヘーゼルを睨みつけた後に目を見交わし、次いで見下すように顎を上げる。

「鶏小屋の掃除、ねぇ……？」

「それを、証言できる人はいるのかしら!?」

まるで『いないだろう』とでも言いたげな口調に、ヘーゼルは訝《いぶか》しんだ。

もしかしたら一人きりになるように、何か小細工でもしていたのかもしれない。

少し前までなら、それで上手くいってたかもしれないけど、と思いながら反論する前に。

「私が証言出来ますわよ、ローレラル様、エサノヴァ様」

と、柔らかく愛らしく、よく通る声が話に割り込んだ。

「だってその時間は、私とヘーゼルを含む四人で鶏小屋の掃除をしていたんですもの」

声を上げた下働きの少女は不敵な笑みを浮かべ、自信に満ちた態度で悠然と前に進み出る。

ヘーゼルは、彼女の髪型が変わっていることに、そこで気がついた。

いつも三つ編みにしていた茶髪が、今日はシニヨンに纏められているのだ。

その髪型は、彼女に非常によく似合っていた。


――――こいつ、一体何なのかしら。


ヘーゼルは、思わず苦笑する。

こちらを庇うように前に立った彼女は、洗練された所作で口元に手を当て、場を掌握するかのような存在感を放ち始めていた。

「ねぇ、お二方。人に謂《いわ》れのない罪をなすりつけるのは、よろしくありませんわよ？」

ニッコリと笑う彼女……ミィの美しく伸びたその小さな背中に守られて。

ヘーゼルは、何だか不思議な安心感を覚えていた。

3✦〝傷顔〟のヘーゼル

――盗難事件発生の、三ヶ月前。


「イオーラの専属侍女選びが難航してる」

そんな相談を、エイデスとウェルミィに持ち掛けてきたのはレオだった。

イオーラお義姉様は王太子妃宮に居を移しているので、前にも増して会えていない。

これはチャンス！　とウェルミィは即座に手を挙げる。

「なら、私がお義姉様の専属侍女になるわ！」

「いや無理だからな!?　二十四時間お前を王宮に拘束したら、俺がエイデスに殺されるだろ！」

そんなやり取りに、執務机に向かっていたエイデスがククッと喉を鳴らした。

「よく分かっているじゃないか」

エイデスに、自分から愛を伝えた日から、彼の雰囲気は今まで以上に柔らかくなった。

冷酷非情の魔導卿はどこに行ったのかしら……と思うくらい、でろでろに甘やかされている。

恥ずかしいことをさせて、上からイジめて来るのだけは変わらないけれど。

「別にレオが身罷《みまか》る位なら、私としては構わないけれど」

「……お前は、ほんっっっっとうに不敬だな！」

ピクピクと口の端を震わせるレオに、ウェルミィは肩を竦めた。

「でもそうなったらお義姉様が悲しむから、諦めてあげるわ。お義姉様に感謝することね」

「それで、侍女選びが難航している理由は？」

エイデスの問いかけに、レオは頭を横に振ってから、気を取り直した様子で話し出す。

「王宮の若い侍女は、当然だけど貴族の次女三女ばかりでね。学校や夜会にも通っていた」

「ああ……お義姉様の悪評や昔の姿を知ってる、ってことね」

それはウェルミィにも責任の一端があるので、レオが相談を持ってきた理由に納得した。

「勿論《もちろん》、礼節には問題がないし、表に出すような真似はしないが、やっぱり裏を取るとイオーラを少し侮っているような発言をする者もいてね」

「お義姉様は、それでも良いと言っているんじゃない？」

筆を措《お》いて足を組んだエイデスの横に移動し、ウェルミィが微かに笑みを浮かべると、レオは渋面のまま頷いた。

「『その内収まるでしょう』と言うんだが」

「でしょうね」

お義姉様は、礼節に気品、頭脳に魔術と何もかもが一級品どころか特級品。

女神すら超える至高のお義姉様なので、昔の仮の姿に惑わされていたとしてもすぐに認識を改めるだろう、という点については、ウェルミィもお義姉様に同意である。

けれど。

「俺が嫌だ」

――――それも、同感だわ。

噂や外見に振り回されてお義姉様を侮るような節穴どもを近寄らせたくない、というレオの意見に、ウェルミィは内心で賛同した。

けれどレオに同意するのは癪なので、これ見よがしにため息を吐《つ》きつつ憎まれ口を叩く。

「……お義姉様も、臆病者の旦那を持つと厄介ねぇ。これで王太子なんだから、国の行く末が心配だわ。まぁ、お義姉様は傾国の美女にはならないでしょうけれど」

レオが自分にうつつを抜かして役に立たないなら、その手腕を振るって国を立て直してしまうのがお義姉様であろうから。

「ウェルミィ、せめて過保護だと言ってやれ。分からないではない」

「それはフォローになってないし、お前に言われたくないぞ」

「へぇ、『分からないではない』の？」

軽口の類いだけれど、エイデスがレオの肩を持ったのが意外だったので、ウェルミィは尋ねる。

「そうだ。私もお前を本邸に近寄らせていないからな」

「どういうこと？」

ウェルミィが首を傾げるが、エイデスが笑みを浮かべたまま答えないので、話を戻すことにした。

「オレイア一人では、流石に王宮での側仕えには不足よね」

普段はともかく、住む場所の広さも桁違いだし、王太子妃ともなれば色々雑事もある。

「母上に仕込まれた年嵩の侍女も二人はつけるし、選定した宮長は俺の乳兄弟だから問題はないけどな……年嵩の侍女は、王宮に慣れるまでの措置なんだ」

「エイデス。ヌーアを渡してあげるのは？」

「王妃の侍女同様に、歳が行き過ぎている。それにアレはオルミラージュの〝影〟であるデスタームの当主だ。警護を担う侍従は不足していないだろう？」

「ああ。そっちは専門に訓練したのがいる。それでも、イオーラが住む宮を整えて長く仕える者となると、人数がな。頻繁に出入りする……いや、せめて近くで仕える者は厳選したい」

「何人必要だ？」

「最低でも五人。一人は実家の地位や実績があって、練度が高く年若い侍女が欲しい」

贅沢な要求である。

けれど、男爵家や子爵家の出だと、どうしても実家への迷惑を考えて、お義姉様の為に高位貴族出身者と渡り合うのが厳しい、という事情も分かる。

「……難しいわね」

「身元がハッキリしていて、その上で実績があり、後ろ盾のことを気にしなくていい人材か……実績はともかく『後ろ盾を気にしなくていい人材』はいる。レオ、私に借りを作る気はあるか？」

「また借りが増えるのか……まぁ、ここに来てる時点で今更だけどな」

レオが仕方なさそうに頷くと、エイデスは眉を上げてウェルミィを見た。

「ついでに、そろそろお前の専属侍女も見繕え。選出基準は任せる」

「だから、さっきから何の話？」

奥歯に物が挟まったような物言いに目を細めてみせると、彼はウェルミィをふわりと持ち上げて、膝の上に座らせる。

「そんな不満そうな顔をするな。単純に、そろそろ本邸を整えようという話だ」

エイデスの言葉を受けて、レオがピクリと眉を震わせる。

そして心なしか沈んだような表情になるのを、ウェルミィが不思議に思っていると。

「うちの使用人は、呪いの魔導具による家庭崩壊や、家の没落に巻き込まれた女性が多い」

「あ……」

そう聞いて、ウェルミィは本邸の事情を悟った。

エイデスは、呪いの魔導具によって義母と義姉を亡くしている。

左手から外さない黒い手袋の下には、その時に負った火傷の痕が残っているのだ。

「精神干渉の被害に遭った貴族女性は、特に敬遠されがちだ。時に、不測の事態で純潔を失った女性よりも下に見られることがある」

精神に作用する魔術は、下手をすると人を変えるからだ、という。

長年の影響によって、それまで心優しかった人物が、周りに当たり散らすヒステリックな性格になったり、衝動的な自殺を図るようになるなどの事例が報告されていた。

ウェルミィも少々事情は違うものの、養父サバリンが魔導具を使用してお義姉様を殺そうとしたことでクラーテスお父様を頼った、ということがあった。

だから侯爵家では、呪いの後遺症が強ければ治療を行い、軽微あるいは影響がなければ、使用人として訓練した後に他家へ斡旋《あっせん》したりもしているのだと。


——私を今まで、本邸の女性たちに関わらせなかったのは……。


同じような被害に遭った貴族女性の中で、ウェルミィ一人だけがエイデスに特別扱いされていることをやっかまれたり、害されるのを考慮してのこと、なのだろう。

「エイデスのお義父様《とうさま》も……まだ、悔やんでるの？」

「そうした話を、義父《ちち》とすることはない。だがあの人も、未だに事情がある女性を引き取ってくることはある」

そもそも前侯爵は、エイデスに地位を引き継いだ後は領地や国外を飛び回っており、滅多に王都の本邸には帰ってこないのだそうだ。

「そういう事情から、うちで保護する、あるいは雇い入れる女性は教養のある者が多い。父の保護した女性の中には、家庭教師《ガヴァネス》として外に出ている者もいる。年若の元令嬢ならば、優秀な侍女となる者も多いだろう。後ろ盾はオルミラージュ侯爵家が請け合う」

後は、レオとウェルミィの気持ち次第だという。

「ねぇ、レオ。私、良いこと思いついたんだけど」

「……一応聞く」

レオが警戒した顔で言い返してくるのに、ウェルミィはニッコリと笑った。

「――――私とお義姉様が身分を隠して、本邸の侍女に潜り込むのはどうかしら？」

「は⁉」

「だって、信用できる人を見つけるんでしょ？　なら一緒に働いてみるのが一番良いじゃない。何なら、王太子妃と侯爵夫人付きの侍女選びをするのを周知して、希望する人を一度侯爵邸に集めてもいいわね！　それで良い人を見つけたら、私とお義姉様が自分で選べば良いわ！」

名案、と両手を合わせるウェルミィに、レオは渋面になる。

「……だが」

「レオニール王太子殿下」

そこに低い声で口を挟んだのは、エイデスだった。

顔を上げると、彼は友人ではなく冷徹な魔導卿の顔でレオを見据えている。

「私は、良い提案だと思う」

「……あそこには今、ヘーゼル嬢とミザリ嬢がいるんだろう？」

「だからどうした？　そうした女性は、確実にこの世に存在する。侯爵家の侍女には特に多く、平民の中には、下手をすればもっと酷い境遇にいた者、現在も居る者も数多いだろう。……見るに堪えないものに蓋をしても、この世から消えはしない。ウェルミィもイオーラも、美しく清廉なだけの女性ではない。二人は、彼女らと同じような境遇にいたのだ」

ハッとしたレオに、エイデスはふと、視線を緩ませる。

「お前同様、イオーラやウェルミィも『手の中にある権力を持って何を成すのか』を定める為に、いずれぶつかる問題だ。隠す期間は、終わったのだ」

「そう、だな……」

暗く沈むレオとエイデスを交互に見て、ウェルミィは首を傾げた。

「ねぇ、誰なの？　その二人」

彼らが交わす会話の内容が気になって、そう問いかけると。

「ヘーゼル嬢とミザリ嬢は、お前やイオーラが辿ったかもしれない道を歩いた者だ」

エイデスは、静かにこちらを見て、答えた。

「────全てが壊れてしまう前に、我々が救えなかった少女たちだ」

※※※

赤毛のヘーゼル・グリンデルは、10歳の時に全てを失った。

伯爵家の令嬢として、それまでお父様やお母様に慈しまれて健《すこ》やかに過ごしていたが、ある日、隣の領へ向かう途中に、お父様が賊に襲われて行方不明になったのだ。

営んでいた商売が徐々に上手くいかなくなり、その借金の申し込みに赴く矢先のこと……だったというのを、幼いながらに朧げに知っていた。

遺体は見つからず、壊れた馬車だけが山道に転がっていたのだという。

中身のない棺だけを埋めて悲しみに暮れるお母様とヘーゼルの前に、フラリと一人の男が現れた。

整った身なりをしているが目の下に濃いクマがあり、昏《くら》い瞳で母を見つめていた。

お母様は、まるで幽霊でも見たかのように目を見開いて男を見返し、ヘーゼルの肩を強く掴んだまま真っ白な顔で唇を震わせていた。

二人の間で、どんな話し合いがあったのかは知らない。


だけど裕福な商人だというその男は、半年後にヘーゼルの義父になった。


その前から……お父様を失い男と出会った時から、お母様は体調を崩し始め。

いつも男に怯えていたお母様は、やがて部屋から出て来なくなり、面会も許されなくなった。

お母様の専属として男が連れてきたという新しい侍女は、いつもにこやかにヘーゼルに接していたけれど、決してお母様の所に行かせてはくれず。

時折深夜に、部屋の方から『ヘーゼルだけは……』と、誰かに懇願するような声が聞こえていた。

次にお母様を見たのは、一年後に亡くなった時だった。

ガリガリに痩せ細り、まるで骨のようになったお母様が棺に入れられた時、ヘーゼルは、その足首に皮膚が削げているような惨たらしい傷痕を見た。

後から思えば、足枷でも嵌められていたかのような、その痕。

お母様は、義父になったあの男に監禁されていたのかもしれなかった。


——そして、殺された。


食事を抜かれたのか、毒を盛られたのか。

その時のヘーゼルには分からなかったけれど、義父はすぐに、母の侍女だった女と再婚した。

そして使用人棟に住んでいた、侍女の子ども……ミザリを呼び寄せた。

明るいハチミツ色の髪の、ニコニコと満面の笑みを浮かべた一つ下の少女は、その笑顔のまま、ヘーゼルから全てを奪って行った。

持ち物を、服を、部屋を、居場所を。

そうして数年。

後妻に使用人のように働かされて疲れ果てたヘーゼルは、陰から家族の団欒を覗く存在になった。

義父にとって、ヘーゼルは空気だった。

侍女だった後妻は、時折嘲るようにヘーゼルに目を向けた。

物を奪う時だけ、ミザリがこちらに笑みを向けた。

彼女はいつだって笑顔で、それ以外の顔は見たことがない。

もしかしたら、と、一縷《いちる》だけ望みを抱いていたのは、14歳で通わせてもらえる貴族学校のこと。

令嬢として入学することが出来ればこの状況も変わるかもしれない、と思ったけれど。

その歳になっても、ヘーゼルの扱いは何も変わらなかった。

ずっと、忘れ去られたように。

そしてさらに一年が経って、陰から覗いている時に、ミザリが貴族学校に通う話が出て……ヘーゼルの中で、何かがプツン、と音を立てて切れた。


——全てを奪われた。

——もう二度と、この状況は変わらない。

——あたしが死ぬまで。

——あるいは、連中が死ぬまで。


ヘーゼルはもう、伯爵家の令嬢ではなかった。

全ては、血の繋がりすらない連中に奪い去られたのだ。

だから、ミザリの誕生日のお祝いの日に……ヘーゼルを忘れた全ての連中が、お祝いに訪れる場に……皆が盛り上がる真ん中に進み出て、吼えた。

「あたしがいらないなら！　いないモノとして扱うなら！　今この場で、消えてやるわ！」

そうして、手にしていた果物ナイフで、自分の腕を深く掻き切った。

吹き出す血に、お祝いの雰囲気が一転、女どもの絶叫が響き渡るのを、ヘーゼルは高らかに笑いながら睥睨《へいげい》する。

誰も誰も誰一人、助けちゃくれなかった。

ヘーゼルのことを、誰一人。

そうして真正面に目を向けたヘーゼルは……そこに、悍《おぞ》ましい光景を見た。

あいつらが、笑っていた。

普段決して、こちらに目を向けない義父も。

ニヤニヤと笑うだけで、話しかけては来ない義母も。

いつだって満面の笑みを浮かべているミザリも。

こんな状況でも、いつもと変わらない笑顔を見せて……お前のやることなど、全て無駄なのだと言わんばかりに。

ミザリなど、もらった誕生日プレゼントの大きな包みを抱えたまま。

血が抜けて朦朧とする意識の中で、ヘーゼルは倒れ伏し、怨嗟を込めた最期の言葉を彼らに吐きかける。


「――――呪われてしまえ」

※※※

次に目が覚めた時……あると思っていなかった、目覚めの後で。

ヘーゼルは自分が義父の迅速な手配で一命を取り留め、治療院へ運ばれたのを知った。

三日間昏睡状態であり、ようやく話せるようになるまで一週間。

『グリンデル伯爵家に、法務省の貴族犯罪捜査官が事情聴取をしている』というのを教えてくれたのは、ヘーゼルを訪ねてきた、レオと名乗る黒髪の青年だった。


――――だったら、何でもっと早く。

最初に浮かんだのはそんな恨み言だった。

「何で、死なせてくれなかったの？」

もう、全部遅いのに。

皮肉な笑みを浮かべたヘーゼルの口からついて出たのは、拒絶の言葉だった。

一瞬目を見張った後、痛ましそうな色を瞳に浮かべたレオは、小さく頭を横に振った。

「……すまなかった」

何に対しての謝罪なのか。

彼が『事情を尋ねたい』というのに黙秘したヘーゼルは、動けるようになるのを待って、衛兵の監視の目を掻い潜り、窓から身を投げることを狙っていた。

その矢先に……義父が訪ねてきた。

彼はゆったりとした仕草で、ベッドの横にある椅子に前屈みに腰掛けたのだ。


――トールダム・グリンデル。


ヘーゼルから全てを奪い去った男は、相変わらず目の下に濃いクマを作り、感情の浮かばない瞳をしていて……おそらく出会ってから初めて、正面からヘーゼルと対峙した。

「何故、死のうと思った？」

そう問いかける彼の後ろでは、昼間だというのに突然倒れ込んだ衛兵が眠りこけていて。

反対側にあるベランダの窓の外では、場違いに穏やかな青空が広がり、心地よい風が白いカーテンをはためかせていた。

「16になれば、金持ちに身柄を売るつもりだった。そうすれば、お前はあの家から出て行けた」

ヘーゼルは、そんな彼の言葉に酷薄な笑みを浮かべる。

「へぇ、そういう腹づもりだったのね」

「見れる顔をしているからな」

『死なれては金にならない』と、そう言外に告げた彼に、ヘーゼルは笑みを深めた。


——何もかも奪い取っておいて、これ以上言いなりになると思ってるの？


「それは残念だったわね。……なら、そのお金も手に入らないようにしてあげるわ！」

ヘーゼルは躊躇《ためら》いなく、自分の顔の両脇に両手の爪を突き立てた。

襲い掛かる痛みに耐えながら、満身の力を込めて顔の皮膚を顎先まで削る。

「アハッ……アハッ……残念だったわねぇ、お金にならなくてさァ！　これであたしが死んでも文句はないでしょう!?」

ボタボタと熱を持って顔から滴る血が、上掛けの布を赤色に染めていく。

そんなヘーゼルに対して全く動じずに、トールダムは答えた。

「好きにしろ。興味はない」

「ア……？」

「別に金など必要ない。先ほどの話は『ただそうする予定だった』というだけの話だ。お前が生きようが死のうが、私にとってはどうでもいい……が」

そこで初めて、トールダムが口の端に笑みを浮かべる。

「どうせなら目の前で苦しんで死んでくれ。私の気が晴れる」

「何ですってェ!?」

「どちらかと言えば、死んでくれる方が溜飲も下がる。……あのゴミのような父母の血を継いでいるからな。一つだけ誤解を解いておいてやるが、私はお前から何も奪ってなどいない。ただ、私のものだった財産を返して貰っただけだ」

「戯言《たわごと》を……!」

呻き返すが、トールダムはそこで、ヘーゼルが予想もしなかった事を口にした。

「私は、お前の伯父だ。あの家の家督は、元々私のものだった」

「……!?」

ズキズキと襲う顔の痛みをこらえるヘーゼルに、トールダムは淡々と語り始めた。

「あの伯爵家の嫡男は、私だった。家督を継ぐ前に両親が亡くなり、私は家業と領地の安定の為に奔走していた。そんなある日、私は山道で愚鈍な弟……お前の父に殴り倒された」

ヘーゼルは、予想だにしなかった告白に言葉を失った。

「弟と、その婚約者だった貴様の母は笑っていた。そのまま私を山に打ち捨てて消えた。たまたま通りかかった猟師に救われた私は、記憶を失っていた」

記憶を取り戻したのは、一年が経った後のことだったらしい。

「家のことを調べた。すると、私の子を身籠もっていた妻は、私と共に行方不明になったそうだ。……この意味が分かるか？」

トールダムは、それを告げる時だけ、足の間で組んだ指に力を込めた。

「嘘よ……お父様とお母様が、そんな、恐ろしいことを……！」

息が苦しくなり、ヘーゼルは自分の喉が、ヒュゥ、ヒュゥ、と鳴るのを聞いた。

だけど、トールダムは容赦がなかった。

「事実だ。なぜ私や、私の妻と子を殺しておいて、お前らは生きている？　生まれた子に罪はないとあの女は懇願していたが、なぜ私がそう思えると思う？」

トールダムは、ヘーゼルに対してうっすらと笑みを浮かべた。

「だが、確かに事実だろう。お前に罪はないというのは。だから私は、お前から何も奪わなかった。そして取り戻した後は、必要以上のものは何も与えなかった」

侍女になり、後妻になった女は、ただ金に目が眩んだだけの協力者。

そしてミザリは、どこかから拾ってきただけの孤児だという。

「協力者の女には、毒をくれてやった。いい思いが出来たのだから満足だろう。……あの孤児も、魔導具の影響でマトモな頭は残っていないだろうが、野垂れ死ぬよりはマシな生活だっただろう」

平然と、共に過ごした母子を『始末した』『使い潰した』と口にするトールダムは、本当に同じ人間なのかと思うくらい、それに対して何も感じていない様子だった。

「そして先ほど告げた通り。お前からは、ただ、返して貰っただけだ。ああ、伯爵家の商売が上手くいかなくなったのは、あの凡才が、それまで通りに取り引きを続けていたからだよ。私はあの商売をよく知っている。私は愚鈍な弟から、得意先を奪うだけでよかった」

そうして借金の借入れの為に家を出たお父様を襲い、誘拐したのだという。


やられたことを、やり返すように。


「痛めつけられて苦しみ、泣き叫び、赦しを乞うあの男には、絶望をくれてやった。お前と母親をどのように殺すか、自分がどのように死ぬかを伝えてやった時の顔は見ものだったな」

拷問の末に、殺されたお父様。

だけどそのお父様は、目の前の男と、その妻を……お腹の子を。

トールダムのしたことは、報復だった。

目の前の男には、自分と、奥さんと、お腹の子どもを殺した相手への憎悪以外、何もないのだ。

「お前だけは許した。そこに存在することを、働けば食事を与え、家にいることを許した。私は悪逆非道か？　これほどの慈悲を与えてやってなお、自ら死のうとするのなら死んでくれ。私は、そちらの方が嬉しいからな」

ククク、と喉を鳴らす男に、ヘーゼルは。

――生きてやるわ。

ギリギリと歯を噛み締めながら、決意する。

「言っておくが、グリンデル伯爵家は潰れる。家督を奪った後、あの女と孤児に金を存分にかけてやったからな。財産もなく、商売は全て他人の手へと移した。もう挽回の術はない」

そうしてヘーゼルは、伯爵令嬢ではなくなる、とトールダムは言う。

が、どうでも良かった。

自分の腕を掻き切った時に、令嬢のヘーゼルは死んだのだ。

「幸せになってやるわ……」

ギラリと、ヘーゼルはトールダムを睨みつける。

それはもう、執念だった。

父母がどんな極悪人だったとしても、トールダムがどれ程の恨みを抱いていたのだとしても、ヘーゼルから全てを奪ったのが、目の前の男であることに変わりなどないのだ。

「あたしは、あんたの思い通りにだけは、ならない……！」

「好きにしろ、と言っただろう。溜飲が下がるだけで、私もお前などに興味はない。地獄の底までは噂も聴こえて来んだろう。二度と会うこともない」

するとそこで、まるでタイミングを見計らったかのように、バタバタと複数人が駆け込んで来て、トールダムを取り囲む。

その後からゆっくりと姿を見せたのは、先日面会したレオを伴った、銀髪の男だった。

長い髪と黒衣を靡《なび》かせ、左手に黒い手袋をした、とんでもない美貌に冷たい表情を浮かべている彼は、その紫の瞳でトールダムを見下ろす。

「トールダム……いや、ルトリアノ・グリンデル前々伯爵。貴殿に、グリンデル前伯爵、前伯爵夫人及び、現伯爵夫人の殺害容疑が掛かっている。また、グリンデル伯爵家資産の横領、身分詐称等の余罪もだ。その上、危険性の高い違法な魔導具を使い、使用人やミザリ嬢に精神干渉を行ったという証拠も得ている。……ご同行願おう」

そう告げる銀髪の男の横で、レオが『誰か、へーゼルの治療を！』と廊下に向かって怒鳴る。

一気に騒がしくなった周囲の喧騒に抗する様に、へーゼルは呻く。

「いらない……治療なんか、必要ない……！」

その声が届いたのは、トールダムだけだったようだ。

彼は目を細めた後、銀髪の男に目線を移して口を開いた。

「遅かったな。エイデス・オルミラージュ。……まさかかつての友人に、手錠を嵌められることになるとは思わなかった」

「私は悔やんでいるよ、ルトリアノ。……気づいてやれなかったことをな。抵抗はするな」

トールダムは、ククク、と喉を鳴らして、立ち上がる。

「心配せずとも、逃げる気はない。私の復讐はもう終わったのだからな」

最後にまたチラリとヘーゼルを見た義父は、満足そうに目を細めて。

「いや、最後に一つだけやることがあったか」

そう告げると同時に、ヘーゼルの顔に毛虫が這い回るような怖気立《おぞけだ》つ感覚と、腫れるような熱の上から、さらに無数の棘《とげ》に突き刺されているような痛みが走る。

「っアアアアアアァァァアアアアアアアアアッッ‼」

絶叫して顔を押さえるのと同時に、頭に誰かの手が添えられた。

パキン、と何かが砕けるような音と共に、痛みが薄らぎ、同時に意識が遠ざかる。

『やめろ、ルトリアノ！』

『私の思い通りにはならない、とそいつは言った。見せて貰おうじゃないか。呪いによって二度と消えない傷痕を背負って、本当に幸せに生きられるのかどうかをな』

『……クラーテスを呼べ！　解呪を……』

『無駄だよ、エイデス。私の命を代償に捧げた呪いだ……』

そんなやり取りを遠くに聞きながら、意識は深い闇の中に沈んでいく中で、ヘーゼルは思った。


——あたしは、幸せになってやる……絶対に。

※※※

「……それで、どうなったの？」

ウェルミィの問いかけに、エイデスは静かに答える。

「ヘーゼル嬢とミザリ嬢は、治療を終えた後に本人たちの希望を聞いて本邸に保護した。ルトリアノは現在、事情聴取を終えて裁判の判決待ちだ。手口が残虐な為、おそらく絞首刑だろう」

「……友達だったのよね」

「ああ。……クラーテスの同期であり、彼同様、歳の離れた友人だった。優秀な男で、行方不明になった時はクラーテスやマレフィデントも惜しんでいた。当時、捜索によって見つからなかったのは、助けたものの厄介ごとに巻き込まれるのを恐れた猟師が、荷物を処分して匿ったからだ」

ウェルミィは、自分たちは本当に運が良かったのだ、と痛感する。

お義姉様が、ウェルミィのしていることの意味を理解していなかったなら。

あるいは、エイデスがウェルミィに興味を持っていなかったなら。

自分たちが同じような末路を辿っていたとしても、決しておかしくはなかったのだから。

その後の、ダリステア様やズミアーノ様、テレサロのことだって、一つ掛け違っていれば。

「……俺には、理解出来ない」

ポツリとつぶやいたのは、憔悴した様子のレオだった。

「もしもイオーラが殺されたら、全部を奪われたら、俺も同じような行動に走るのかもしれないと、想像は出来る。けど、その為に何もかも巻き込んで自分も死ぬようなこと……あの人の奥さんは望んだんだろうか」

　エイデスはその独白に答えず、ウェルミィは目を細めた。

　ルトリアノの妻の死体は、屋敷の庭から見つかったという。

　掘り起こされた白骨死体は、背丈や遺留品から本人だと断定された。

「……これほど深い爪痕を残す事情を抱えた少女たちは、流石《さすが》に他にはいない。だが、旦那に裏切られた女性や、同じように虐待をされていた少女も、本邸には数多くいる」

　決して特別過ぎることではなく、ありふれたことなのだと。

「それをありふれさせないことが、為政者の、あるいは権力を持つ者の役目だ。……しかしそれでも手が届かない者もいて、こぼれ落ちてしまうことは多い」

「特務卿になって痛感したよ。俺たちが動けるのは、何かが起こってからだ。何も起こっていない、見つかっていないことまでは手が回らない」

「でも、減らすことは出来るでしょう？」

　ウェルミィは、まるで懺悔するような二人に眉根を寄せつつ、黒いグローブを嵌めたエイデスの左手をそっと握る。

「その為に頑張ってるんじゃないの？」

「勿論だ」

「それはそうなんだが……」

「なら、それでいいじゃない。レオ、あんたも神じゃないんだから、そんなこの世の終わりみたいな顔しなくて良いのよ。……だから、私を本邸に行かせたくなかったのね？」

「それもあるが」

ウェルミィの質問に、エイデスは軽く眉を上げた。

「保護した夫人がたの中には子を持つ女性も多い。中には、娘を私に娶《めと》らせようという野心を持っている者もいない訳ではないからな。正式な発表前だと、そちらを刺激するだろう」

そのせいで、ウェルミィが嫌な思いをしないように。

彼はそう思っていたのだ。

「確かに、貴方もレオのこと言えないわね」

人の欲や羨望、嫉妬が入り混じっているのが世の中という場所だ。

それは貴族だろうと平民だろうと変わらないし、そこが戦場であろうと社交界であろうと、手にしたものを使って生き抜いていかないといけないことに、変わりはない。

エイデスたちが考えるような女性同士での嫌な思いなど、今までも散々して来ているのに。

でも、心遣いは嬉しくて、ウェルミィは彼の手を握った指に少し力を込めた。

「話は分かったけど、私はイオーラお義姉様と潜入するわよ。何より、これがお義姉様とゆっくり一緒に過ごせる最後の機会になるかもしれないもの！　逃す訳にはいかないわ！」

「……いや、そっちの欲をダダ漏れにするなよ。認めにくくなるだろ」

「何でよ!?　私にとってはこの世で何よりも重要なことよ!?」

何故か半眼になるレオを、ウェルミィは睨みつける。

「ま、そのヘーゼルさんを私が侍女に選ぶかは分からないけど。こういうのは相性だし」

不潔だとかならともかく、ウェルミィは別に人を外見で評価したりはしない。

むしろ、見目しか気にしないような連中を手玉に取ってきた方である。

「お前の見る目だけは信用してるが……」

「だけって何よ。失礼なヤツね」

「お前が言うか？　それ」

レオが少しいつもの調子に戻ったようなので、ウェルミィはさらりと告げる。

「そうそう、レオ。さっきの伯爵家を潰した男の話だけど。奥さんやその人がどう考えてたのかなんて幾ら悩んでも理解出来ないから、無駄なことはやめときなさい」

「……え？」

「貴方が彼の立場ならそういうことで悩む、ってだけの話でしょう。私はお義姉様に幸せになって欲しかったけど、『お義姉様がエイデスの所に行きたいかどうか』なんて関係なかったもの」

お義姉様に直接聞いていたら、もしかしたら別の答えが返ってきたかもしれない。

でもウェルミィは、エイデスに預けるのが一番安心だと思った、それだけの話だ。

「その人は、『奥さんがそれを望む』って考えたのかもしれないでしょ。気になるなら直接聞いたら？　本当の所なんて、結局は本人に聞かないと分からないのよ」

ウェルミィは嫌われるつもりで振る舞っていたのに、お義姉様が嫌ってなかったみたいに。

エイデスがどう考えてウェルミィに応えてくれたのか、分かってなかったみたいに。

「そんなことうじうじ悩むより、貴方はお義姉様と話し合ったりして『どうすれば不幸になる人間をもっと減らせるか』を考えなさいよ。それが出来るのが〝王〟でしょう」

「……！」

どういう国にしたくて、その為に何をするのか。

責任を負う代わりに傅《かしず》かれ導く特権を持つのが、玉座を預かる者なのだ。

レオは、黙ってジッとこちらを見つめて来た。

「何よ？」

「いや……そうだな。確かに、そっちのが建設的だ。気づかせてくれて、感謝するよ」

憑き物が落ちたような様子で苦笑する彼に、ウェルミィは鼻から息を吐く。


——世話焼けるわね。だから、お義姉様も放っておけなかったのかもしれないけど。


レオは本質的に、善人過ぎるのだ。

だけど、王子としてしっかり勉強もしてきていて地頭は悪くないし、人の話もちゃんと聞けるのは彼の良いところである。

ただ、素直に認めるのは癪だから、ちょっと顔を逸らして吐き捨てた。

「……貴方とお義姉様なら、きっと今よりも良くしていけるわよ」

すると、さっきまでの暗い顔じゃなくて、憎たらしいニヤニヤ顔になってレオは肩をすくめた。

「期待に応えられるように努力するよ。イオーラと一緒に、な」

「ッ……そーゆー所が憎らしいのよね！　いちいち言わなくてもいいでしょ！」

ウェルミィがお義姉様といつだって一緒に居たいのを、我慢してやってるのに。

レオは元気になると気に障るけど、さっきみたいに変に落ち込んでるよりは余程マシだ。

萎縮している相手を煽るのも、それはそれでつまらないのである。

「でも、しばらくお義姉様は私のものよ！　王太子殿下には残念なことにね！」

「あー……やっぱイオーラ行かすのはやめとこうかな……」

「許さないわよ！」

そのやり取りにエイデスがククッと喉を鳴らした後、ウェルミィの頭をポンポン、と叩いた。

「まぁ、準備は進めよう。ウェルミィには、その間に一つやっておいて欲しいことがある」

「何をするの？」

「社交界の掌握だ。最近、『現王派』のオルブラン侯爵令息以下三名が、とても大きな問題を起こした。表向きの事情だけでも十分な問題をな」

「そうね」

「故に、少々他派閥との力関係が不安定になることが予測される」

エイデスの言うところによると、『第二王子派』と呼ばれる聖教会系の派閥は、彼が継承権を放棄したのでテレサロに付いており、王国内権力的には中立に回るそうだ。

しかし他に油断できない勢力として、レオの妹であるヒャオン第一王女の伴侶に息子を当てがおうとする『公爵派』の一部や、経済的な面で勢力を増している『商会派』が残っているという。

「さらに、宰相や軍団長に反目している侯爵家や伯爵家も、多少はある」

総じて、権力目当てに『現王派』をよく思わない勢力、ということだろう。

あのズミアーノ様の起こした事件は、彼らにとって付け入る隙だというのである。

「そうした連中は、イオーラがレオと婚姻を結ぶことも歓迎している。没落伯爵家の女伯だからな。王室の権力に対して付け入りやすい相手と考えているだろう」

エイデスの笑みに、ウェルミィもニッコリと応じた。

「要は、侍女だけでなくそいつらにもお義姉様がナメられてる、ってことね？」

「ああ。まもなく、私とお前の正式な婚約が発表される。イオーラと仲の良いお前が、連中に首輪をつけろ。『未来の筆頭侯爵夫人』と『現王派に貸しを持つ』という肩書きを使ってな」

ターゲットは『現王派』の対立勢力と、お義姉様に擦り寄って甘い蜜を吸おうとする連中。

お義姉様は国王夫妻に気に入られているけれど、本人の功績を含めてもまだ立場が弱い、とエイデスは考えているのだろう。

ウェルミィが社交界でトップに立てば、オルミラージュ侯爵家が後ろ盾として機能する。

「だから掌握、ね。……良いわ」

元々、人の感情の機微を見抜いて自分のやり易いように動かすのは、得意技だ。

「その代わり、二人には侍女選びに必要な人材を引っ張ってきて貰うわよ？」

「良いだろう。誰が必要だ？」

「まずはセイファルト様。嫡男を降りたし、学校も今は長期休暇でしょう？　執事見習いとして本邸に引き入れてくれる？　それとカーラね。人を見る目があるし、お義姉様や私の正体を隠す補助要員として欲しいわ。商会で働いてるから、使用人に必要な資質にも詳しいでしょうし」

「分かった」

「後はダリステア様かしら……実際に接待を受ける側として人を見てもらえるよう、私の身代わりで本邸に入って欲しいわね。アバッカム公爵が難色を示すようなら別の人でも良いけれど」

「打診はしよう」

「それともう一人。この人が一番面倒かもしれないけど……コールウェラ夫人にお出まし願って、王家に仕える侍女としての素養がある人を、最終的に見極めて欲しいの。以上よ」

最後の一人の名前に、レオが首を傾げる。

「コールウェラ夫人、って、ドレスタ名誉伯爵夫人のことか？　母上の教育係だった方だよな」

「ええ。私とお義姉様の家庭教師を務めて下さった方よ」

「は？」

意外だったのか、レオが目を丸くしたが……すぐに納得したように頷いた。

「なるほどな。だからイオーラと君の所作は、入学時からあんなに洗練されてたのか」

「私は幼い頃に習っただけよ。でも夫人は、王族と同等の礼節教育をお義姉様に施してくれたの」

コールウェラ夫人は誰よりも厳しい目を持つ教師であり、同時に信頼出来る方だ。

人選に異論はないのか、エイデスはすぐに頷く。

「良いだろう、可能な限り手配しておく」

「コールウェラ夫人への打診は、母上にお願いしておくよ」

「ええ、お願い」

※※※

そうして、ウェルミィたちが本邸に潜入する準備を始めて十数日。

「あら、ダメよウェルミィ。そんな力任せにしたら生地が伸びてしまうわ」

「み、水を含んだ布ってすっごく重いのね……！　腕が痛いわ……！」

ウェルミィはその日、お義姉様と共に王宮の庭で、洗濯の練習をしていた。

二人して、下級侍女のお仕着せを着てエプロンをしている。

後ろには椅子に座って足を組み、当然のようにくつろいで見守る、ウェルミィ送り迎え担当兼、この後の予定の為に待機中のエイデス。

そこに昼食前になって早めに仕事を切り上げたレオが現れ、何故か呆然としていた。

周りにいる王妃から貸し出された数少ない侍女たちは、表情こそ変えないものの、先ほどからずっと信じ難いものを見るような目でダラダラと冷や汗を流している。

「君たちは、侍女になる練習をしてたんじゃ……？　何で洗濯……？」

レオの疑問は至極当然なのだが、掃除洗濯などの家事は、下働きの仕事である。

「料理は流石に無理だけど、これから掃除とかもお義姉様に習うわ！　私とお義姉様は、下働きとして侍女の仕事を見定めるつもりだから、最低限の仕事が出来ないと話にならないでしょう？」

「いや何でだ!?　何で下働き!?」

「一番下の立場にいる人間への対応にこそ、本性出るからよ。それにヘーゼルたちの件があるし」

ウェルミィがプラプラと疲れた腕を振りながら答えると、レオは一瞬言葉に詰まった。

先日話はしたけれど、まだまだ彼は割り切るところまでは行けていないらしい。

「お疲れ様、レオ」

けれど、同じように洗濯をしていたお義姉様は、いつも通りに麗しい笑みをレオに向けていた。

「ああ、ありがとう……じゃなくて、何で君は涼しい顔をしてるんだ？」

「あら、小さい頃やってたのに比べたら楽よ？　水を媒介に汚れを落とす魔導具もあるし」

うふふ、とお義姉様が懐かしそうに笑うけれど、その経験は笑い事にしていい話ではない。

「いや、そういう問題じゃなくないか？　怪我や日焼けでもしたら……」

「手荒れだけじゃなくて、きちんと日焼けを保護する魔導具も使っているから、大丈夫よ。薬草を練った肌ケアクリームも、ちゃんとわたくしが調合して夜に使っているし。万全だわ！」

得意の物作りが活かせるのが嬉しいのか、キラキラと目を輝かせて、むん！　と小さく両手を握るお義姉様は、崇めたくなるほど可愛らしい。

――――今日もお義姉様が尊い……！

そう思いながら、うっとりとため息を吐いたウェルミィだったが。

「いや、でもな……」

「相変わらずうるさい男ねぇ」

いい気分に水を差すレオをウェルミィは半眼で睨むが、彼は口を閉じなかった。

「次期王太子妃と筆頭侯爵夫人が下働きはマズいだろ！　エイデスも何で止めない⁉」

こちらも、うるさい、と言いたげな顔で耳に手を当てるエイデスが、ふん、と鼻を鳴らした。

「お前が学校でやってたことと変わらんだろう、男爵令息殿」

「……懐かしい呼び方だな……」

「あの頃の、貴方の【変化の指輪】を元に開発した魔導具も、改良を加えたのよ！　ほら！」

シャラン、とお義姉様が腕を振って腕輪を鳴らすと、髪と瞳が変化する。

髪は色合いが茶色に、瞳も同じ色になった。

顔立ちは変わらないが印象はかなり違い、学校時代に使っていた度のない黒縁メガネを掛けると、レオは目をぱちくりさせた後、笑みを浮かべる。

「昔の君みたいだ。たまに見ると新鮮だな……」

「そう？」

少し照れたお義姉様が首を傾げて二人の世界に入り込もうとしたので、ウェルミィはムッとした。

「ふふん、見なさいレオ！　私はお義姉様とお揃いなのよ！」

と、同様に茶色の髪と瞳に変化して、ウェルミィはお義姉様に抱きつく。

すると、クク、と喉を鳴らしたエイデスが、口元に手を当てて小さくつぶやいた。

「そうして同じ色合いになると、血も繋がっていないのに、どことなく似ているな」

「似てる!?　エイデス、本当!?」

「ふふ。嬉しいわね、ウェルミィ」

そんなやり取りをしていると、オレイアを従えたお義姉様付きの宮長が姿を見せる。

「失礼致します。そろそろ、昼餐《ちゅうさん》会の準備のお時間でございます」

ウェルミィとお義姉様が着替えの為に立ち上がると、侍女たちが即座に洗濯道具を片付け始める。

「あの方にお会いするのも久しぶりね、お義姉様」

「ええ。またご指導いただかないように気合を入れなければいけないわね」

「お義姉様は大丈夫よ！　問題は私だわ……」

ウェルミィは少し緊張していたが、お義姉様は、ふふ、と笑って頭を撫でてくれた。

「大丈夫よ。ウェルミィの所作もとても綺麗だもの」

これから会うのは、本邸での選考会に参加することを承諾してくれた、二人の家庭教師……そして王妃様の教育係であった女性、コールウェラ・ドレスタ名誉伯爵夫人である。

着替えを終えて昼餐の場で待っていると、侍女に連れられてやってきた夫人は深く頭を下げた。

染める気はないのだろう、白髪交じりの引っ詰め髪。

背筋に鋼鉄の棒でも埋め込んでいるのか、と思うような一分の隙もない所作。

上半身が一切ブレない惚れ惚れするような歩き方で現れた彼女は、皺の深くなった顔に慈愛を体現したような柔和な笑みを浮かべて、深く淑女の礼《カーテシー》の姿勢を取る。

「お顔をお上げ下さい。どうぞ、楽に」

「ライオネル王国を担う小太陽、レオニール王太子殿下、並びに、青く慈しみ深き小満月、イオーラ様にご挨拶申し上げます。本日はお招きに与《あずか》り、誠にありがとうございます。そして、王国の叡智の光を守り来《きた》り、今また聡明を以《もっ》て諸国円満の絆となられますオルミラージュ外務卿と、ご婚約者にあらせられますリロウド伯爵令嬢にお目通り願えましたこと、深く感謝を申し上げます」

「コールウェラ夫人。招きに応じていただいたことに感謝致します」

「レオニール王太子殿下と共に、深く感謝致します」

「いと気高き誉れ、ドレスタの名を冠す貴婦人との昼餐を共に出来ること、喜ばしく思います」

「オルミラージュ侯爵家当主と共に、尊敬を捧げ、再会の喜びに感謝致します」

コールウェラ夫人の完璧な礼に内心冷や汗を流しつつ、ウェルミィも皆と共に頭を下げた。

レオは胸に手を当てて感謝を述べ、エイデスは魔導士の正装である長いローブの袖を一巻きした賢者の礼《ボウアンドウイッチ》を、お義姉様とウェルミィは淑女の礼《カーテシー》の姿勢を取る。

三人に合わせて頭を上げると、コールウェラ夫人は静かに頷いた。

どうやら及第点は貰えたようだ。

夫人の外面に騙されてはいけない。

あの穏やかな微笑みの下には、礼儀と教養の鬼が棲んでいるのだ。

顔は笑っていて声音も静かなのに、何かを間違えると、言いしれぬ圧を感じて体が動かなくなる。

彼女は名誉伯爵夫人の称号を持ち、歳経てなお美貌の女性ではあるが、独身だ。

子爵家の三女に生まれながら、その類稀《たぐいまれ》な知性と努力によって、下級侍女から先代王妃の私宮付き上級侍女まで成り上がった。

そして現王妃を教育し、職業婦人最高の名誉称号である『ドレスタ』を賜ったのだ。

十数年、現王妃の宮長として勤めた彼女は、生前仲が良かったらしいお義姉様の母との約束を果たす為に職を辞し、家庭教師《ガヴァネス》として、エルネスト伯爵家を訪れたのである。

「引き受けていただけますか？　コールウェラ先生」

昼食中に歓談しながらお義姉様が改めて協力を打診すると、夫人はにこやかに頷いた。

「勿論でございます。イオーラ様が王太子妃として立つことも、そして今また侍女の選出にわたくしを頼っていただいたことも驚きましたけれど、年甲斐もなくワクワクしておりますわ」

「お声がけを思いついたのはウェルミィです。ご迷惑でなくて良かったとホッとしております」

「迷惑だなどと。二人とも立派な淑女になられましたね」

本当に嬉しそうに褒めてくれるコールウェラ夫人に、嬉しくもこそばゆい気持ちを感じながら、ウェルミィも笑みを返す。

すると夫人は笑みの種類を変えて、どこか視線に鋭さを覗かせた。

「ところで、侍女の選出に当たっては、どこまで深く適性を見ればよろしいのですの？」

問いかけられたウェルミィは、ニッコリと笑って告げる。

「容赦なく、ご指導まで賜れれば幸いですわ」

「なるほど。それは下働きのイオーラ様やウェルミィ様を含めて、ですわね。了承いたしました」

内心、ビシィ！　とウェルミィは固まったが、すんでの所で表に出すのは抑える。

もしここで動揺を見せたら、指導が余計厳しくなるのは目に見えていた。

藪蛇……！　と首を竦めたウェルミィと違い、お義姉様はニコニコと嬉しそうに答える。

「勿論、そうしていただければ嬉しく思いますわ」


——おおおお、お義姉様ぁあああああ!?


そうして、表面上は穏やかに昼餐は終わり……コールウェラ夫人が場を辞した後、ウェルミィは部屋で泣き伏したのだった。

エイデスが愉しそうにニヤニヤしているのが、とても腹立たしかった。

4✦〝笑顔〟のミザリ

盗難事件の、二週間前。

「ヘーゼル！　ちゃんとクリーム使いなさいって言ってるでしょ！」

ミザリとの相部屋を訪ねてきたミィに怒鳴られて、風呂上がりのヘーゼルは眉根を寄せた。

「勿体ないじゃない」

「そもそも使う為にあるのよ！　それに、毎日塗らないと意味ないの！」

「肌を綺麗にしてどうするのよ……ただの下働きよ？　あたしはこの顔だし」

料理本から目を上げずに言い返すと、本を取り上げてきたミィは腰に手を当てて胸を反らす。

「言い訳しない！　手荒れしてたら水仕事が大変だし、効率落ちるでしょ！　日焼け防止のネックレスもちゃんとつけなさいよ！」

と、シミ一つない白い肌を保っているミィに言われて、ヘーゼルはますます顔をしかめる。

「メンド臭いなぁ……」

「面倒臭くてもやるの！」

ミィはヘーゼルの傷顔に、初対面から全く気後れする様子もなく、顔をしかめたりもしない。

まるで普通であるように接してくるので、たまに居心地が悪い。

「手荒れはともかく、今さら、日焼けなんか気にする必要ある……？」

「歳取って、シミだらけになってから後悔しても遅いのよ！」

「しないわよ」

「そんなこと分からないでしょ！」

枕元の荷物の上に本を置いたミィは、勝手にヘーゼルの手を取ってクリームを塗り始めた。

※※※

ミザリが、アロイと一緒に使用人用のお風呂から帰って来ると、部屋の中から話が聞こえた。

「へぇ、侍女長代理って性格悪いのね」

「悪いなんてもんじゃないよ。伯爵家が潰れたのは捕まった元伯爵のせいで、あいつが親戚を切ったのは、家督を乗っ取った実父を周りが許したせいだったのよ？　それを逆恨みしてさ……」

「完全に八つ当たりじゃない」

「そうでしょ？」

ミィとそんな風に話すヘーゼルは、凄く面倒臭そうだけど、どことなく気を抜いているようだ。

そんな二人を横目に、ミザリもアロイと一緒にクリームを塗り始める。

すると、ヘーゼルの両手と顔にも塗りたくったミィが、今度は寝転ぶように顎をしゃくった。

「背中も塗るのよ！」

「そ、そこまでしなくても良いわよ。クリーム無くなっちゃうじゃない」

「またあげるわよ。良いからさっさと寝転ぶ！」

ミィは、とっても強い。

あのツンツンしてるへーゼルが、たじたじになって言うことを聞いちゃうくらいだ。

ミザリは、結局最後は負けるのに抵抗する彼女に声を掛けた。

「実際お肌ツルスベになるし、傷顔も言うこと聞いといた方がいいんじゃない～？　多分、見目が良い方がお仕事も採用されやすいよ～」

「……ミザリ、それ誰の受け売り？」

「アロイだよ～！」

「だと思った」

いつも綺麗な微笑みを浮かべているアロイが、向こうの二人を見て、さらに頬を緩める。

「ミィは、世話焼きね」

「そう？　お義姉様ほどじゃないと思うけど」

「そんなことないわよ。昔から、貴女は世話焼きだったわ。ふふ……へーゼル、やらせてあげないと納得しないから、諦めて横になった方が良いわよ。ミィは頑固だもの」

その言葉に何を思い出したのか、ちょっとバツが悪そうにミィが顔を逸らす。

「……頑固じゃないわよ」

「とっても頑固よ」

軽く笑ったアロイは、こちらを見てポンポンとベッドを叩く。

「ミザリにも塗ってあげるわ」

「わぁい！」

ミザリは躊躇いなく、ベッドにダイブした。

だけど、自分の背中に触れたアロイの手が止まったので、彼女の顔を肩越しに見た。

「ごめんねぇ～、見えないとこはデコボコなんだ～」

「あ、いいえ。……こちらこそごめんなさい」

アロイはハッとしたように首を振って、クリームを伸ばした手で背中を撫でてくれる。

すごく気持ちいい。

ミザリの体は、鞭打ちの痕とかでいっぱいであんまり手触りが良くないから、アロイをびっくりさせて悪かったなぁ、と思いながら。

首を横に曲げると、ヘーゼルも横になり、服を捲《まく》られて背中にクリームを塗られていた。

そんな彼女に、ミィが勝ち誇ったように言う。

「気持ち良いでしょ？」

「……そりゃね」

恥ずかしいのか真っ赤になっているヘーゼルを見て、ミザリはニコニコする。

——友達出来て、良かったねぇ。


ふとそんな風に思った時、なんだか泣きそうな気持ちになったような気がするけど……その気持ちは『心』から遠い感情だったので、ミザリは泣かなかった。

ミザリは、ニコニコ笑顔でいるのは全然苦にならないけど、ミィたちと会う前、へーゼルは逆に張り詰めたような顔ばっかりしていた。

グリンデルのお屋敷でも、ここでも。

使用人棟でへーゼルとミザリが相部屋になったのも、侍女長代理の嫌がらせだと思っている。

ミザリに話しかけられるのも本当は嫌なんだろうなーと思ってたけど、へーゼルは、自分が構わなくなったら、本当に誰とも話さないようになってしまうだろうから、何くれとなく声をかけた。

最初は無視されていたけど、その内に話だけはしてくれるようになった。

ミザリは孤児で、物心ついた時には養護院に居て、親は誰だか分からない。

そしてある日、トールダムを名乗る、あの濃いクマがある男に拾われたのだ。

『今日から、お前は俺を父と呼び、この横の女を母と呼べ』

目を向けると、ハチミツ色の髪をした侍女の格好をした女は、ニッコリと笑った。

ミザリは、彼女やグリンデル家の奥様と同じ、ハチミツ色の髪を持っているから選ばれたのだ。


そして、地獄が始まった。

使用人棟で、礼儀作法を、文字通り体に叩き込まれた。

拳と、足と、鞭によって。

『見える場所にだけは、決して傷をつけるな』

トールダムはそう厳命し、自らやり方をミザリの体で実践してみせた。

そして、必ず、どんな時であってもこう言われた。

『幸せそうに、笑え』、と。

どれほど所作が出来ても、上手く楽器を弾けても、知識を身に付けても。

笑えなければ、痛めつけられた。

笑えないミザリに、トールダムはある日、不透明な黒い球がついたネックレスを渡してきた。

『握れ』

そう言われて握ると、体の痛みや心の辛さが和らいだ。

『笑え』

何だか笑えそうな気分になった時にそう言われて、ミザリは笑みを浮かべようとした。


笑えた。

『笑えなければ、それを握れ』

ミザリは、全てトールダムに言われた通りにした。

辛い時、苦しい時、泣きたくなった時、すぐにその球を握るようになった。

そうして常に笑顔で居られるようになった頃、奥様が死んだ。

初めて屋敷に入って、ミザリはヘーゼルに会い、トールダムに命じられた。

『ズルい、欲しい、と言って、アレから全てを奪え。全てをだ。それ以外は無視しろ』

言われたとおりに、ミザリはヘーゼルから全てを奪った。

正直、それに罪悪感はなかった。

黒い球を使い始めてから、なんだか目の前の事が遠くの出来事に思えるようになってたし、全部奪った後でも、ヘーゼルは、ミザリの居た養護院より上等なお仕着せの服を着ていたから。

働けば、当たり前に食事は与えられていたから。

ただ、煌びやかなモノが、彼女の周りから消え失せただけだったから。

でも、黒い球を握っても、消えない気持ちが一つだけあった。


——死ぬのは、嫌だ。


屋敷に暮らす間、ミザリの心を常に支配していたのは、死への恐怖だった。

そして、ヘーゼルが羨ましいと思っていた。

だってミザリは、ヘーゼルから物を奪わなかった日は、延々と腹を叩かれた。

無視の日に少しでも彼女に目を向ければ、全身をつねり上げられた。
声を出してヘーゼルにバレそうになれば、猿ぐつわを噛まされて声を封じられた。
そんな時も、笑顔でなければいけなかった。
笑顔が、笑顔が、笑顔が。
そこになければ、水に頭をつけられて、溺れるまで苦しめられた。
ヘーゼルはそんな思いをしてなかったから。
『笑え。奪え。無視しろ。でなければ、これがずっと続くぞ』
辛いのは嫌だ。
苦しいのは嫌だ。
でも、殺されたくない。
奪わないと。
無視しないと。
笑わないと。
だって、死にたくない。
それしか考えてなかったから、ヘーゼルが羨ましかった。
ただ、奪われて放置されてただけだったから。
ミザリは綺麗に着飾られて磨かれたけど、見えないところは全身傷痕だらけだった。
あっちがいいな、って、元々ヘーゼルみたいな生活をしてたミザリは思っていた。

そして、あの日が訪れた。

ヘーゼルが叫びながら部屋に飛び込んできて、自分の腕を裂いた日。

表情を変えそうになったミザリは、いつものように黒い球を握り……それが、パキン、と壊れた。

笑顔が崩れかけたミザリに、横からトールダムが命じた。


『嗤《わら》え』


そう声を掛けられた瞬間、ミザリの頭の中で、何かがプッン……と切れる音がして、血飛沫を見ても、倒れ伏すヘーゼルの絶望の顔を見ても、何も感じなくなった。

黒い球がないのに。

今まで全身を支配していた恐怖と緊張もなくなって、ミザリはヘラヘラと笑えた。


――死んじゃったら嫌だなぁ。


笑いながら、倒れているヘーゼルを見て、ミザリは思った。

彼女に、何の恨みもなかったから。

死にたくなかったから奪ったけど、命まで奪うつもりはなかった。

死ぬのは、嫌なことだから。

だから、その後、何故か治療院に連れて行かれて『ヘーゼルが助かった』と聞いた時。

死ななくて良かったねぇ、と、そう思った。

入院している間に、ミザリの話を聞きに二人の男がやってきた。

銀髪で顔の良い男と、浅黒い肌のヘラヘラした男。

銀髪男は無表情に命令して、ミザリの手を変な水晶に翳《かざ》させた。

『魔力波形の記録』と言っていたが、何の話か分からない。

ミザリは孤児で、お貴族様ではないのに。

そう思って問いかけると、銀髪男は『魔力は皆にあるが、普通の平民は魔術を使えるほど強くないか、修練していないだけだ』と言っていた。

答えを聞いてミザリは、魔力は皆にあるらしい、と、そう思っただけだった。

でも、あのプツンって音がしてから、今の状態はいいな、とミザリは思っていた。

何にも怖くない。

全部遠くの出来事に感じて、ニコニコ笑顔でいるのも体の痛みも、何にも辛くない。

『この子、前のオレよりヤバいんじゃないの～？』

『だからお前を連れてきた。どう思う？』

『あー、オレじゃどうにもならないかな～。殺す方なら出来るけど、やりたくないし～』

『誰も、そんなことをしろとは言っていない』

『多分テレサロなら、どうにか出来るんじゃないかな～？』

さらに時間が経って、侯爵様のお屋敷に行く直前くらいになって。

また銀髪男……オルミラージュの御当主様と、ストロベリーブロンドに銀瞳の少女が訪ねてきた。

ミザリを見て息を呑み、次に痛ましそうな顔をして、彼女が手を伸ばして来て『何か』をした。

『かろうじて魂と肉体が繋がってる状態で、魔力も澱み切ってます。治癒は施しましたが、普通なら死んでいるでしょう……何か、彼女を繋ぎ止めているモノが一つだけあるみたいです』

御当主様は黙って頷いてから、すぐに少女と一緒に居なくなり、その後、ミザリはヘーゼルと一緒にオルミラージュ本邸に入った。

ヘーゼルは、『ヘーゼル』って呼んでもミザリには答えない。

多分、彼女がたまに口にする『伯爵令嬢のヘーゼル』を知っている、唯一の人間がミザリだからだ、って気づいたから『傷顔』って呼ぶようにした。

そしたら、ヘーゼルは話してくれるようになった。

この顔で良いんだって、この顔で幸せになるんだって、彼女は背筋を伸ばしていた。

だからミザリは、目の前で気を緩ませているヘーゼルに『良かったねぇ』って、思うのだ。

「ねえ、ミザリ」

「なぁに～？」

アロイに声を掛けられて、ミザリはちょっとウトウトしながら返事をする。

「貴女は、専属侍女の試験を受けているのよね？」

「そ～だよ～？」

「下働きで受けたのは、ミザリだけでしょう？」

「そうだね～。皆無理って言ってたし、傷顔も受けないしね～」

「何で、受けたの？」

クリームを塗り終わって枕元に来たアロイが、ふんわりと微笑みを浮かべながら聞いてくる。


――アロイはいっつも、優しそうで綺麗だねぇ～。


自分とまるで違うその笑顔につられて、ミザリはニヘへ、と目尻を下げる。

「お金がいっぱい貰えるから～！」

「王宮の侍女にならなくても、ここに居ればお金には困らないでしょう？」

「え～、でも、傷顔に会えないならここに居る意味ないし～」

お屋敷を出て行ったら、ヘーゼルはここに寄り付かないだろうし、入っても来れない。

そうしたらミザリがここにいても会えないから、意味ないなって思ったのだ。

だからもし試験に受からなかったら、ヘーゼルと一緒にお屋敷を出て行こうと思っている。

街での生活も、きっと今の二人なら、そんなに苦労しないだろうから。

「ヘーゼルがいないと、何で意味がないの？」

「え～？」

なんでそう思うのかは、考えたことがなかった。

ん～、と首を捻ったミザリは、一番最初に思い浮かんだ言葉を口にする。

「ヘーゼルのことを知ってるの、ミザリだけだからかなぁ～？」

「ヘーゼルの……？」

「うん。死んじゃうのは、嫌だよねぇ～」

「でも、ヘーゼルはあそこに居るでしょう？」

アロイは、何だか不思議そうだった。

ミザリも、彼女が不思議そうなのが不思議だった。

「あれは傷顔でしょ～？　伯爵家のヘーゼルを知ってるのは、ミザリだけだよ～？　怖がりのミザリを知ってるのも傷顔だけだし～。どっちかが死んじゃったら、二人とも死んじゃうよ～？」

誰も、あの二人を覚えている人がいなくなっちゃうのだ。

そう答えると、アロイが息を呑んだ後に、口元を震わせる。

「どうしたの～？」

「貴女は、優しいわね……ミザリ」

囁くようにそう言われて、キョトンとした。

「何で～？　アロイの方が優しいよ～？」

「いいえ。貴女はとても優しいわ」

「アロイがそう言うなら、そうかもねぇ～」

自分ではよく分からないけど、適当に答えておいた。

「貴女は、自分しか知らないヘ、ー、ゼ、ル、の記憶を、なくしたくないのね……」

「うん！」

「その優しさが、体から千切れかけた魂の糸を……貴女を繋ぎ止めた理由、だったのね……」

何故か涙を流しながら、アロイが頭を撫でてくれた。

とても心地よくて、ミザリはまた、ニヘへ、と笑い……瞼が重くなったので、目を閉じる。

そうして眠りに落ちる直前に、二人分の声が聞こえた。

『ねぇ、ミザリ。ヘーゼルだけじゃなくて貴女も、幸せになって良いのよ』

っていう、アロイの声と。

『……馬鹿じゃないの』

って呻く、ヘーゼルの声が。

※※※

――――ヘーゼルを陥れようとした報いを、受けさせてあげましょう。

そんなやり取りの記憶を思い出しながら、『ミィ』は……ウェルミィは、悠然と敵を見据える。

この窃盗の件は、事前に摑《つか》んでいた。

その上で、本邸の膿を出し切る為に利用させて貰うことにしたのだ。

「ローレラル様、エサノヴァ様……言いがかりをつけていたヘーゼルの持っていたクリームも、私が彼女に差し上げたものですわ。何故か彼女は仕事が多くて、肌が荒れていましたから」

「何で下働きの貴女が、そんな高価なものを持ってるのよ！」

「あら、美容と健康はお金を掛ける価値があることでしてよ？　買ったのですわ」

と、ウェルミィはこれ見よがしに自分の肌を示してみせる。

しかしローレラルは、ヘーゼルを背中に庇ったこちらに向かって、余裕の笑みで答えた。

「そんなことより。鶏小屋の掃除は、ヘーゼルが一人でやることになっていた筈ですけれど？　それとも貴女は、自分の仕事をサボって手伝いをしていたとでも？」

「私は指示通りに仕事をさせていただいておりましたわ。ねぇ、ミザリ？　それにお義姉様」

「は〜い！　ミザリも、一緒に鶏小屋の掃除してましたぁ〜！」

「わたくしたちはその時間、四人で一緒に居ましたの。証人としては、十分な人数かと」

手を挙げたミザリとお義姉様が進み出ると、エサノヴァが少し焦ったように顔を歪めた。

「……誰かと思えば、皆下働きじゃない！　大方、仲間を庇っているんでしょう？　クリームをあげた？　だったら、貴女たちも盗みに関わっているんじゃないの!?」

下働きをバカにする発言に、少々ムッとした空気が流れる。

当然のことだけれど、下働きの方が上級使用人よりも数が多いのだ。

「エサノヴァの言う通り。それに……」

と、ローレラルは空気を意に介していない様子で、口元に手を当てた。

その目が、いやらしい三日月の形にニィ、と細まる。

「……お忘れかしら？　『ヘーゼルが本邸家屋へ入った』という記録がありますのよ？」

周りの使用人たちは、内心はともかく事の成り行きには興味があるようで、黙って見ている。

ウェルミィは、チラリとアロンナに目を向けた。

侍女長代理である彼女も、自分が出て以降は口を挟んで来ず、傍観の姿勢を見せているようだ。


──『アロンナは忠実だ。ゴルドレイと同様にな』

ウェルミィは、そんなエイデスの言葉を思い出す。

エルネスト伯爵家で家令をしていて、今は辺境の地にいるらしいゴルドレイ……彼は、正統なエルネストの血統であるお義姉様に忠実だった。

アロンナがそういう人物だというのなら、エイデスに忠実、ということになるのか。

それがヘーゼルを虐《いじ》めている件と結びつかないけれど、今の態度を見る限り、無条件で娘に味方することはないようだ。

アロンナは『盗品がヘーゼルの荷物から出てきた』という事実しか口にしていない。

まだ責任逃れの可能性はあるので油断しないまま、ウェルミィはローレラルに目を戻した。

「ヘーゼルの本邸家屋への入室記録があるのなら、きちんとそれを示していただきたいですわね」

「良いでしょう。貴女、盗人を庇って嘘をついて、無事で済むと思わないことね」

そうして、ローレラルが入り口の方に目を向けると、一人の執事見習いが進み出てくる。

長い金髪を束ねた、甘い顔立ちの青年だ。

「ねぇ、セイファルト様。見せて差し上げて下さいます？」

「はい」

ローレラルの言葉に彼はにこやかな笑顔で頷きつつ、手元の記録帳を開いた。

「ミィ嬢、どうぞ。きちんとお顔を見て、私自身がヘーゼル嬢の出入りを記録しておりますよ」

「ほら！」

『下働きが本邸に出入りする際には記名する』という取り決め自体は、侯爵家の規律としてある。

基本的に出入り口に控えている従僕が記録係で、今回はセイファルトがそこを担当していたのだ。

というか、担当させたのだけれど。

「あら、おかしいですわね？」

ウェルミィは出入り記録を覗き込んだ後、頬に指先を添えて、わざとらしく小首を傾げる。

「何がおかしいのでしょう？」

「ええ。これ、別の方の筆跡ではなくて？　全員分、同じ字で書かれているようですけれど」

美しく整った字で名前が書かれており、その横にチェックマークが入っている。

「普通、記名というのは本人が行うものでは？」

「こちらは私が記入しました。ウェルミィ様の許可を得て、出入り時間短縮の為にチェック式に変えてみたのですが、問題がありましたか？」

しれっと答えるセイファルトも、中々の役者っぷりだ。

これを指示したのは、サインの筆跡が明らかにヘーゼルと違えば、そこで話が終わってしまう……他のネズミや、もう一つの件の罪状を暴くことが出来ないからである。

「仕方がありませんわね。……でも確かに私たちは、スケジュール表を見て鶏小屋の掃除をしていましたわ。ねぇ、そうでしょう？　オリオンさん」

次に声を掛けたのは、下働きの具体的なスケジュールを取り仕切っている中年男性だった。

しかし彼はローレラルの顔をチラリと見ると、どこかおどおどと目線を彷徨《さまよ》わせる。

「いや、今日は、ヘーゼル一人に鶏小屋を掃除するように書いていた筈だが……？」

「でしょう。ほぅら、貴女の言葉が嘘だとバレていくわね」

勝ち誇るローレラルに、ウェルミィは慌てなかった。

「なるほど。オリオンさん、それは確かですのね？」

「あ、ああ」

彼が頷いたので、ウェルミィはそれ以上問い詰めず、代わりに別の者たちに目を向ける。

「下働きの証言では不足、サインの筆跡では分からず、スケジュールに齟齬《そご》がある……ということでしたら、他の目撃証言なら如何《いかが》かしら？」

「何ですって？」

「今日、私たちが鶏小屋の掃除をしていたことを知っておられる方が、まだ居ますのよ。ねぇ、カーラ様、ヴィネド様、そしてイリィ様」

そうウェルミィが声を掛けたのは、下級侍女として潜り込んでいるカーラと、二人の上級侍女。

「カーラ様は、本日少々体調を崩されているリロウド伯爵令嬢の為に、薬草を畑に受け取りに行かれ、鶏小屋の横を通られましたわよね？」

「ええ。あなた方に声を掛けられたから覚えているわ」

澄ました顔のカーラがそう答えたので、次に残りの二人に目を向ける。

「ヴィネド様とイリィ様は、お声掛けはしませんでしたけれど、裏口でその時間にリロウド伯爵令嬢宛の荷受けをなさっているのを、お見かけしましたわ」

「ええ、そうね」

「わたくしは、鶏小屋の方に複数人……目立つ赤毛の人も居たのを見かけておりますわ」

そんな二人の発言に、オリオンの顔色が悪くなる。

屋敷の序列は、女性は夫人、その姉妹、貴族令嬢／侍女長、代理、上級侍女、下級侍女、下働き。

男性は、当主、その兄弟、貴族令息／家令、執事、従僕、下働きの順である。

下働きの発言など吹けば飛ぶようなものだが、これが侍女までも含むとなると話が別だ。

特に上級侍女の二人、ヴィネド様とイリィ様はローレラルよりも格上、もしくは同格なのである。

「だからどうしたというの？」

少々真剣な目になりながらも、ローレラルは引かなかった。

「それは貴女たちが、決められたスケジュールを破った証拠でしかないのではなくて？」

「あら、ローレラル様。話を逸らされますのね」

ウェルミィは指先を口元に当てて、つん、と唇を尖らせる。

「今重要なのは、盗難事件にヘーゼルが関われたかどうか、という点でしょう？」

すると、周りの使用人たちの雰囲気が、肌で感じ取れるくらいに変わった。

下働き対上級侍女、という構図そのものに、それぞれの立ち位置から反感を覚えていた者ばかりでなく、どちらが嘘をついているのか興味深く見守っていた者たちの雰囲気も。

「ヘーゼルを実際に本邸で目にしたのは、ローレラル様以外は執事見習いのセイファルト様だけ。それが上級侍女であるヴィネド様たちの証言よりも信用に値する、と？　おかしな話ですわね」

何せ『下働き』の……立場が低い者の証言は信憑性《しんぴょうせい》が低い、と言ったのは、彼女自身である。

「……何が、どうなってるの……？」

この対立に別の上級侍女まで出てきて、下働きに味方する発言をしたことが不思議なのだろう
……ポツリと呟いたヘーゼルに、お義姉様がこっそりと答える。

「悪いようにはならないわ。静かに見ていましょう」

ローレラルが初めて狼狽《うろた》えた様子を見せるのに、上級侍女二人が目を見交わして、おかしそうに小さく笑みを浮かべた。

どうやら彼女たちも、ローレラルのことがあまり好きではないのだろう。

そんな二人を横目に、ウェルミィは再び彼女に問いかける。

「どう思われまして？　ローレラル様」

5. 悪役令嬢の掌握

ウェルミィが、ヴィネド様やイリィ様と知り合ったのは、盗難事件の二ヶ月前。

その頃に開催された【第一王女主催の夜会】への参加がきっかけだった。

この夜会は、レオの時と同様に『第一王女の伴侶を見繕う為の夜会』である。

そこに社交界掌握の為に落とさなければいけない『目的の人物《ターゲット》』が参加する、という情報を得たウェルミィは、エイデスにお願いしたのだ。

「準備に必要なものが多いのだけれど、お父様と貴方が用意してくれたお金を使っても良い？」

「それはお前に与えたもので、許可を取る必要はない。今まで使わなかった理由があるのか？」

「必要なかったもの。それにあれは、私のせいで侯爵家がナメられないように使うものでしょう」

「そんなつもりはなかった。好きに使える金がないと不便だろうと思っただけだ」

「あのね……お小遣いにしては、多すぎるのよ！」

エイデスとそんなやり取りをしてから、ウェルミィは必要なものを揃えた。

そして社交シーズンに入り、執事見習いになることを了承したセイファルトを呼びつける。

「エイデスが忙しい時に、私の侍従兼エスコート役として社交に付き合っていただけまして？」

「構わないですよ。後、敬語は必要ないです」

セイファルトは廃嫡されたので、卒業後は次男以降の貴族同様、身の振り方を考える必要がある。アウルギム伯爵家が保有している男爵位を与えるという話もあったらしいけれど、セイファルト自身が断ったらしい。

「でも、なんで俺なんです？」

自分が選ばれた理由に心当たりがないらしい彼に、ウェルミィは笑み交じりに伝えた。

「カーラの伴侶になるのに、オルミラージュの本邸執事という立場は有用じゃなくて？」

ふふん、と笑みを浮かべて見せると、セイファルトは顔を強張らせた。

「な、何でそれがバレてるんですか……？　まだ正式な発表はしていないんですが」

「そりゃカーラとお義姉様はお友達で、ライオネル王国で今一番勢いのある王室御用達、ローンダート商会のご息女だもの。王宮に呼ばれて、商談ついでに世間話くらいはする間柄よ？」

お義姉様によると、カーラもセイファルトを憎からず思っているとのこと。

なら『応援してあげてね』とお義姉様直々に頼まれたウェルミィが、動かない理由はないのだ。

苦虫を噛み潰したような顔で、彼が首を横に振る。

「ご好意はありがたいですが、実力に厚底を履かせてもらうのはちょっと抵抗がありますね」

「コネも実力の内よ。それに、私はセイファルト様……いえ、セイファルトを友達だから取り立てようなんて気はサラサラないわ。執事見習いになった先は、実力でどうにかしなさい」

「ああ、そういう話なら」

柔らかい笑顔で了承したセイファルトに、ウェルミィは満足して頷く。

「さて。今から忙しくなるわよ。ちゃんと手伝ってね」

そうしてウェルミィは、【第一王女主催の夜会】に赴いた。

王室主催で人も多い、華やかな席だ。

そこに、女性社交界で『現王派』並の権力を持つ対抗勢力、『公爵派』の筆頭夫人が参列なさる。


――ヤハンナ・ホリーロ公爵夫人。


第一王女の伴侶候補として、御子息のラウドン様を推しているらしい彼女が、ターゲットだった。

ウェルミィは今日、ヒルデとシゾルダ様よりいただいた〝太古の紫魔晶《ロストヴァイオレット》〟を加工したネックレスを身につけている。

小さなダイヤで周りを囲んだ宝玉は、今日も星の光《スターライト》の美しい輝きを放っていた。

正装したエイデスやセイファルトとエントランスで待っていると、ズミアーノ様がニニーナ嬢と共に姿を見せる。

「やぁ、ミィ。彼女がオレの婚約者のニニーナ・カルクフェルト伯爵令嬢だよー」

紹介されたウェルミィは、相変わらず軽い調子で手を振る彼から、ニニーナ嬢に向き直る。

「お初にお目にかかります。リロウド伯爵家が長女、ウェルミィと申します。治癒魔術と魔導薬学の才媛であらせられるニニーナ様にお目通りが叶い、光栄にございます」

「初めまして、カルクフェルト伯爵家が長女、ニニーナと申します。ズミアーノの命の恩人である方の一人に、お礼を申し上げる為にこの場に馳せ参じましたの」

小柄で線が細く、浅葱色の髪と瞳を持つ愛らしいニニーナ嬢は、ぎこちなく微笑んだ。

功績や名声に事欠かないのに、領地に引きこもっていたので、人に慣れていないのかもしれない。

緊張しておられるけれど、瞳には深い知性の光が宿っている。

ズミアーノ様から彼女はあまり体調がよろしくないとお聞きしていたけれど、顔の青白さ、うっすらと目の下に浮かんだクマは、よく見ないと分からない位に上手く化粧で隠されている。

ただ、彼との仲は良好なようで、淑女の礼《カーテシー》を交わした後は、すぐにその腕に自分の腕を嬉しそうに絡めていた。

「ズミアーノが、すごくすごく、ご迷惑をおかけしたと聞き及んでおります……その……」

この場で口にするのは憚られるのか、ニニーナ嬢はチラリとズミアーノ様の腕に目を落とした。

柔らかいレース袖に覆われて、【服従の腕輪】が隠されている場所だ。


――理知的だけれど幼い、どこかチグハグな方ね。


でも、ウェルミィに生死を支配されているズミアーノ様の身を案じているのが、その表情から感じ取れたので、ウェルミィは不安を取り除くことにした。

「貴女を目にして、改めて彼のなさった事は許されざることだと、私は感じておりますわ」

「！」

ウェルミィの言葉に、ニニーナ嬢は息を呑んだけれど、そんな彼女にニッコリと笑いかける。

「ですけれど、これからニニーナ様には仲良くしていただきたいので……お近づきの印に、大切な腕輪を贈らせていただこうと思っているのですけれど、如何でしょう？」

するとニニーナ嬢は驚いたように目をパチクリさせてから、表情を明るくした。

こちらの意図した【服従の腕輪】の権限を彼女に移す話は、うまく伝わったようだった。

「ええ、ええ。是非。責任を持って管理させていただきますわ！」

「ね？　言った通りでしょ？　ミィはニニーナが不安がるような子じゃないって」

アハハ、と笑うズミアーノ様を、ウェルミィとニニーナ嬢は同時にギッと睨みつける。

「得意そうにしないでよっ！　そ、そもそも貴方のせいでしょっ！」

「ニニーナ様のおっしゃる通りだわ。調子に乗ってるとこの場で這いつくばらせるわよ！」

「それはやめておけ。せっかく表向き隠した醜聞が露呈してしまうからな」

口を挟んでウェルミィの肩を抱いたエイデスの微笑みに、紳士淑女の皆様がざわめく。

公式の場でエイデスが笑みを見せるのは、ほとんどウェルミィと一緒の時だけらしい。

筆頭侯爵と〝国の穀物庫〟を預かる侯爵家の令息、その婚約者でありほとんど表に出てこない才媛の談笑はやはり目立つのか、結構注目されているようだった。

セイファルトは、エイデスとウェルミィの後ろに影のように控えて気配を消していた。

「では、他の方へのご挨拶と参りましょう。ね、エイデス？」

「ああ」

場所を大広間に移し、宰相閣下とシゾルダ、軍団長閣下とツルギス含むご兄弟にご挨拶する。

「そういえば、ツルギス様って双子だったのですね……」

ウェルミィは、彼の横に立つ明るい赤髪の青年を見て、目を丸くした。

「ええ、兄です」

「どうも、リロウド嬢。ちゃらんぽらんで有名なアダムス・デルトラーテと申します」

パチリと片目を閉じて快活に笑う彼は、大人しいツルギス様と違って明るい気性の持ち主らしい。

アダムス様はあまり社交の場に出てこないので、お会いするのは初めてだった。

「ダリステア嬢もお越しになると聞いて、将来の弟嫁と顔を合わせておいたんだー」

「……アダムス、誤解を招くようなことを言うな。まだ婚約を受けていただいた訳ではない」

ツルギス様は嫌そうな顔をした。

アバッカム公爵の心証はともかく、先日全貴族の前で暴かれた『精神操作の魔薬事件』の黒幕位置であった彼に対する周囲の目は、まだ厳しい。

『ツルギス様やシゾルダ様もまた操られており、真犯人は帝国の内部でも暴れた過激派魔薬組織だった』という事実《デコイ》が後に流布されはしたものの、それを疑う者もいる。

人間はつまらない事実よりセンセーショナルな噂を好むし、敵の足は引っ張りたいもの。

ツルギスが廃嫡されなかったことで『逆に疑わしい』とする噂や『他国の連中に簡単に操られるなど資質に欠けるのでは』という話を、対立派閥がまことしやかに広めているのだ。

元凶のズミアーノ様が表向きも裏向きも上手くやって飄々《ひょうひょう》としているので、実直なツルギス様が自ら申し出たとはいえ全責任を負って誹謗中傷の的になっているのが、少々気の毒である。

『ズミアーノの罪を詳らかにして、その頭脳と手腕を失う方が困る』と言うのが、国の上層部含む全員の見解らしいので、仕方のないことだけれど。

ウェルミィが同情していると、アダムス様が父親のネテ軍団長閣下に尋ねる。

「そういえば父上。ダリステア嬢にも会ったし、そろそろお暇《いとま》しても良いですかね？」

「ふざけたことを抜かすな」

ジロリと冷たい目で息子を見下ろすネテ閣下に、何かあるのかと首を傾げると、エイデスがさりげなくこちらの耳元に口を寄せて、低い声で囁く。

「……ヒャオン殿下は、アダムスにご執心だ」

「え、そうなの？」

「ああ。アダムスが『責任なんてゴメンだ』と、今まで婚約から逃げていただけでな」

本来は剣の才もツルギス様より優秀であるアダムス様は、表向き『弟の爵位継承を邪魔しない為』と彼を盾にして、騎士団でも重役の地位に就かずにのらりくらりとしていたらしい。

ツルギス様の継承が決まるまで、という言い訳だったので、もう逃げられないのだそうだ。

「呆れた」

「まぁ、責任が嫌で爵位までも弟に放り投げる男だからな」

ツルギス様は、ズミアーノ様に加えて兄の気質にまで苦労させられているらしい。

ウェルミィが思わず半眼になったところで、周りの囁きが大きくなって耳に届く。

『今代のオルミラージュ侯爵家が、『現王派』に近づいているというのは本当だったのか……』

『中立を保ってこられたはずだが……』

『ほら、レオニール殿下の婚約者が……』

『ああ、エルネスト事件の……なるほどな……』

日和見な中でも聡い人々に対しては、元々『現王派』であるデルトラーテ侯爵家との歓談を見せることで、十分にオルミラージュ侯爵家の立ち位置は伝わったようだ。

「そろそろご入来だな」

大広間を照らす魔導具の光が徐々に抑えられていくのと同時に、ざわめきも止んでいく。

「……ゲ、ヤベェ……」

「逃さんぞ、アダムス」

慌てて出口に向かおうとしたアダムス様が、ネテ閣下に首根っこを摑まれたと同時に。

「——ヒャオン・ライオネル第一王女、ご入来!!」

と、司会進行の張りのある声が、響き渡った。

そうして壇上に現れたヒャオン殿下は、レオとタイグリム殿下の例に漏れず、美しい少女だった。

凛とした気品を纏う彼女の瞳の色は淡い緑で、髪はレオたちよりも薄い紫色。

が、令嬢としての華、あるいは王家の人間としての圧がなく『慎ましやかな姫』という印象しか残らない少女だ。

額を出した髪型や落ち着きのある表情は、賢さを感じさせるのだけれど。

――人形みたいな方ね。


自分の意志というか、そうしたものが希薄なのかもしれない。

人の本質が直感的に分かるウェルミィの朱瞳でも本質が見えない、というのは、本当に希薄か、余程隠すのが上手いかだ。

「アダムス様は、第一王女殿下と親しくなさっていらっしゃるの？」

「あー……まぁ多少は」

扇の下で小さく囁いたウェルミィに、彼は不貞腐れた顔で歯切れ悪く答えた。

すると、エイデスが視線も動かさないまま補足する。

「ヒャオン殿下は、アダムスが絡む時だけ人が変わったように積極的になるそうだ」

「どんな風に？」

「一生懸命、後ろをついて回っている。彼のスケジュールを完璧に把握していて、一説には、王家の〝影〟を、アダムスの動向を探るのに使っているのでは、という噂だな」

アダムス様が騎士団に訓練に来ればどこからともなく現れ。

お忍びで出かければ、行く先はアダムス様がいる所。

アダムス様に別のご令嬢との婚約話が出ても、言い出した側が前言を翻して立ち消え。

侯爵家には、陛下が出入りを禁じても無駄で、どこからともなく入り込む。

ある日アダムス様が帰宅したら、隠していた春の本を無表情に読んでいた、という話もあると。

「ちょ、エイデス様……！　調べたことを暴露するのはその辺にしといて下さい……！」

「調べていない。全部ネテ閣下から聞いた話だ」

正直、ドン引きだった。


――それ、ご執心っていうか追い回し《ストーカー》じゃないの!?


なるほど、印象が薄いのはアダムス様以外の全てに興味がないから、なのだろう。

第一王女は闇堕《ヤンデレ》ち道まっしぐらの粘着気質らしい。

「……でもそれ、婚約者はもう決まってるようなものじゃないの？」

ウェルミィの目当てであるヤハンナ夫人は、息子をヒャオン殿下の婚約者に推しているのでは。

「実際の所、アダムスが税の納め時を見失っているだけだからな」

「王室入りなんて嫌だ……！　俺はもうちょっと自由でいたい……！」

アダムス様の呻きに、ネテ軍団長がゴン、とゲンコツを落とす。

「今まで散々遊びまわっておきながら、貴様はまだそんな事を言っておるのか……ッ！」

ちなみに、ヒャオン殿下ご入来があったので、ここまで全て小声である。

彼女の視線がアダムス様を舐めてからスッとこちらに向いた瞬間、『お前は誰だ』と言わんばかりの嫌な気配を感じて、ウェルミィは背筋がゾワッと怖気立った。

『あの方とアダムス様に関わってはダメだ』と本能的な危機を感じて、ウェルミィは即断する。

スッと青ざめたこちらの表情を見咎めたのか、エイデスが軽く背中を撫でてくれる横で、デルトラーテ父子の、口の悪いやり取りが続いていた。

「貴族の責務を、そろそろ果たさんかこのバカモノが……ッ!」

「言われた通りに王都から離れてねーし、騎士団にも出入りして、仕事も手伝ってるだろ……!」

「それで足りるかこのボケが……!」

ネテ閣下の態度からすると、アダムス様とヒャオン殿下の婚約はほぼ確定らしい。

『アダムス様が王都から離れない』が条件なのは、おそらくヒャオン殿下が彼を追って王都を離れる危険があるからだろう。


――ここの王室、恋愛に自由過ぎない?


学校の脱出路に、家格が低い恋人の為の『サロン』を作ったり、テレサロを教会に渡さない為に継承権放棄して出家したり、侯爵令息にストーカーしたり。

政略という言葉はどこに行ったのか。

いや、レオとお義姉様の婚約以外は政略的に正しいが、内情が好き勝手過ぎてそう思えない。

この分だと、ナニャオ第二王女殿下とティグ第三王子殿下も、物凄くクセがありそうだ。

そこから、今度は完璧に『喋っちゃダメ』な国王陛下と王妃陛下のご光来があり、爵位順に両陛下に挨拶を終えて、エイデスと楽しいダンスの時間を終えて気力を補給して。

「少し行ってくるわね」

「ああ。私も動こう」

ウェルミィはエイデスと別れ、セイファルトを伴ってヤハンナ夫人の元へ赴く。

『公爵派』を率いるホリーロ公爵家は、利便の良い交易中継地を治める文系派閥だ。

前ホリーロ公爵はコビャク陛下の叔父に当たり、彼の即位まで王弟として宰相を務めておられた。

ヤハンナ夫人の姿を見つけたウェルミィは、そっとその近くに佇む。

目下が目上に声を掛けるのは、礼儀を欠くからだ。

ウェルミィは婚約をしたとはいえ、まだ侯爵夫人ではなく伯爵令嬢である。

向こうから声を掛けられるのを待たなければならないので、その間にヤハンナ夫人を観察した。

額を出した滑らかな焦茶のストレートヘアに、金の混じった同色の瞳が印象的な垂れ目の女性。

横に立つ、母親似の同じく垂れ目の青年がおそらく御子息のラウドン様なのだろう。

「あら、そちらにいらっしゃるのは、イオーラ・エルネスト女伯の義妹君《いもうとぎみ》ではありませんか？」

年相応にふっくらとした、しかしどこか熟した色気のあるヤハンナ夫人の言葉に、ウェルミィは楚々と微笑む。

――――いきなり嫌味、と。

名前やエイデスの婚約者という立場に触れないのは、お義姉様の腰巾着、という当て擦りである。

少し前まで、『姉を虐げて婚約者を奪った義妹』という名誉ある称号を掲げていたのに、社交の場に住む方々は嫌味の言い方が変わるのもお早い。

が、ウェルミィは慣れたものなので、ニッコリと淑女の礼《カーテシー》の姿勢を取る。

「リロウド伯爵家が長女、ウェルミィと申します。お初にお目にかかりますわ、ホリーロ公爵夫人。開いた花も蕾《つぼ》みそうなご子息様に、今宵咲き誇る大輪の青百合も赤らむことでしょう」

息子であるラウドン様の評判は、どちらかといえば以前のズミアーノ様やセイファルト寄りだ。

『あなたの息子、ご令嬢に警戒されてるでしょう？　第一王女殿下に気に入られるかしら？』という言葉を、オブラートとプレゼント包装に包んでお伝えして差し上げる。

「わたくしも、朱色の瞳が眩んでしまいそうですわ」

チラリと御子息のラウドン様に目を向けたウェルミィが、媚びるような流し目をしつつ微笑みの種類を変えると、彼は微笑んだままだが、楽しげに目を細める。


――引っ掛かったかしら？

この優しげな容姿の令息様が軽い人物で、『仮面の夜会で蝶の間を渡り歩いているらしい』というのは、エイデスから聞いた話。

小手先みたいな色仕掛け《ハニートラップ》だけれど、効果はあったように思える。

「お上手ですわね、リロウド嬢。夜も咲き誇る朱花魁《ロキシア》の魅力には、オルミラージュ侯爵様も心を掴まれているようで羨ましい限りですわ」

ホホ、と笑うヤハンナ夫人だが、流石は百戦錬磨の社交の花。

特に気分を害した様子もなく、こちらの嫌味返しもきっちり読み取っての応戦態勢である。

夜も咲き誇る、つまりウェルミィの流し目を見て『その方法で誑《たぶら》かしたのか』と返してきたのだ。

楽しいけれど、ウェルミィの目的は夫人とバッチバチにやり合うことではない。

むしろ気持ちとしては、電撃侵攻からの即時王都陥落を決めたいところ。

ちょうど切り込みやすい点を観察の間に見つけたので、ウェルミィは世間話の体《てい》で話し始める。

「ホリーロ公爵夫人は、昼の普段使いに流行っている人工宝石《イミテーション》というものをご存じでしょうか？」

「ええ。最近は質の良いものも多くて、幾つか持ち合わせておりますけれど、それが？」

貴族夫人にとって『目利き』の能力は必須である。

もし本人が出来なくとも、信頼できる目を持つ人物を雇い、偽物を掴まされて財産を食い潰されないように努めるのも貴族夫人の責任だ。

そんな彼女は今、大粒のダイヤを豊富に使った品の良いネックレスを身につけているのだが。

ウェルミィはハラリと扇を開いてヤハンナ夫人に身を寄せると、甘い香水の匂いを感じながら耳元で囁く。

「胸元を飾る大輪に、いくつか虚飾の花弁が目につきますわ……一度、別の庭に植えてみるとよろしいかと。ご入用とあらば、こちらでご紹介致します」

そのままスルリと身を引くと、ヤハンナ夫人の目の色が変わっていた。

流石に顔色までには出さないものの、口元に少し力が入っている。

『公爵夫人の胸元のダイヤ、幾つか偽物が交じってますわよ』と、ウェルミィはそう告げたのだ。

その話を、もしウェルミィがこの夜会で嘯《うそぶ》いたら……ヤハンナ夫人は目利きが出来ない、という不名誉な評判が駆け巡る。

第一王女の婚約者を見初める場で、その親が財産を守れない人物であると噂されれば。

「私、良い人工宝石を扱う宝石商を知っておりますの。よろしければ、今近くで待たせていますので、ご紹介致しますけれど」

「……ええ、そうね。是非。ラウドン、あなたはここで待っておきなさいな」

「はい、母上」

素直に応じたラウドンを置いて、ウェルミィはヤハンナ夫人と共にその場を離れる。

そして『私は、少々お花を摘みに参りますわ』と、取っておいた休憩室の一つを示しながら告げると、手にした扇の親骨から扇面を四つだけ開いて見せた。

社交の場での合図の一つで、『馬車を用意する』という意味だ。

いきなりネックレスを外す訳にはいかないヤハンナ夫人に対して『これは貸しであり、偽物のことは黙っておく』というウェルミィの意思表示である。

「さっきのお話は……本当のことですのね？」

「ええ」

では何故黙っていてくれるのか、と訝しげにしている彼女に、穏やかに微笑んで見せた。

「名誉は大切ですわ。私は夫人と仲良くして、お義姉様にご紹介したいと思っておりますの」

そう言いつつ、側にいるセイファルトから黒い小さな箱と印紙を受け取る。

蓋をそっと開けながら夫人に差し出すと、彼女は中身を見て息を呑んだ。

ローンダート商会の印が入ったそれの中に収められていたのは、魔銀《ミスリル》で作った上で、破邪の魔導陣を彫り込んだブレスレット。

埋め込んであるのは、隣国であるバルザム帝国で産出・加工されている、『呪い検知の加護』が施された人工魔宝玉だった。

最新の魔導技術で作られた魔導具で、特に人工魔宝玉はつい最近錬成に成功したものであり、呪いの魔導具が自分に危害を加えようとすると、輝いて教えてくれるものだ。

値段はお察し、超高価。

これを贈り物にする為にエイデスに予算を使う許可を取ったのだけれど、彼女が本当に偽物を身につけていたお陰で話がスムーズに進んだ。

同じ人工物であっても、安価に普段使いするものとは一線を画する〝イミテーション〟だ。

「お近づきの印に。これを機に、こちらの宝石商もご懇意にしていただけると大変喜ばしく思いますわ。信頼できる方ですので」

『こちらの陣営に付けば、これだけのモノを手に入れられるようになりますよ』と。

その提案を受けて、ヤハンナ夫人は、まるで信じられないものを見るようにウェルミィを見る。

「リロウド嬢……」

「はい」

「わたくし、少々気分が優れませんの。申し訳ないけれど、馬車を用意して下さる？」

「喜んで、ホリーロ公爵夫人」

「夫にも、話をしておきますわね」

「ええ。公爵様もご快諾いただけるかと思いますわ。今頃、私の婚約者エイデスが、南部辺境伯様との友好について、お話をなさっておられると思いますので」

ホリーロ公爵が、穀物関係の取引先として『軍閥貴族』との繋がりを求めているという情報も把握済みである。

本当にウェルミィが友好を求めていることが理解出来たのだろう、感謝の光を目に浮かべて、ヤハンナ夫人が落ちた。

「リロウド嬢。今後も、良きお付き合いを期待しておりますわ」

「ええ。宝石商の紹介はまた後日と致しましょう。それでは、失礼いたします」

優雅な礼儀《カーテシー》でその場を辞したウェルミィは、微笑みを浮かべたまま愚痴をこぼす。

「ちょっと疲れたわ」

でもこれで『公爵派』の首根っこは押さえた。

ため息を吐くウェルミィに、セイファルトは『ありえない』とでも言いたげに呻く。

「まさか、こんな短時間で懐柔するとは思いませんでした……」

「飴と鞭の使い分けでしょう。大したことないわ。敵を落とす時、まず頭を狙うのは鉄則よ」

「いや……いえ、何でもありません」

「何よ、こんなのまだ序の口よ？　後は……メレンデ侯爵家と、モロウ伯爵家ね」

ホリーロ公爵家よりも格は劣るが厄介な動きをしかねない『商会派』で力を持つ二家である。

『公爵派』とは別派閥ではあるけれど、交易関係や趣味関係の繋がりがあるからか、その二家のご令嬢がたはヤハンナ夫人と懇意になさっている。

宝石のことを黙っておく見返りに、彼女らを招いた茶席の約束を取り付ける予定だ。

今度はそちらをどう落とすか考えつつ、ウェルミィはエイデスの元へと戻った。

※※※

そうして、二週間後。

ヤハンナ夫人から予定通りお茶会の誘いをいただいて、ウェルミィはホリーロ邸を訪れていた。

彼女がウェルミィを招いたことを誰も知らなかった様で、気づいた人々が驚きを顔に浮かべる。

今日もセイファルトを侍従として連れているので、若いご令嬢が少し華やいでいた。

彼は悪い意味で有名になった廃嫡子だけれど、顔立ちは甘いし、そつなく柔らかくご令嬢がたと話せるからだ。

密かに、カーラと婚約したことを残念がられているらしい。

あいにくウェルミィは現在母親がいないので、普通のご令嬢のように親を伴って来れないのだけれど、同時に成人も婚約もしているので、そこまでうるさく言われることもない。

ただ、一人で来るのもどうかと思い、暇だったらしいヒルデ……ヒルデントライ・イーサ伯爵令嬢を誘って来た。

「いつの間にヤハンナ夫人を落としたんだい？　君は本当に、刺繍の腕前以外は優秀だね」

「いつまで言うのよ、それ。もう良いでしょう！」

ヒルデの言葉に、ウェルミィは唇を尖らせた。

宝玉を贈られて以降、偶然再会した彼女と縁あって仲良くなり刺繍を習ったのだけれど、ウェルミィには壊滅的にその才能がなかったのだ。

昔からなので、もう刺繍をするのは諦めたものの、彼女との交友は続いていた。

「さ、お嬢様。腕をどうぞ」

「あら、気が利くじゃない」

ヒルデが男役として腕を差し出したので、ウェルミィはその前腕に手を載せる。

彼女は今日も、ドレスではなく魔導礼服を身に纏っていた。

振る舞おうと思えば淑女として完璧に振る舞える癖に、スタイルを変えるつもりはないらしい。

「本日はお招きいただき、誠にありがとうございます」

と、ウェルミィはヒルデと共に主催であるヤハンナ夫人に淑女の礼《カーテシー》を取った。

「よくお越しくださいましたわ、リロウド伯爵令嬢、それにイーサ伯爵令嬢。今日はぜひわたくしと席を共にしていただきたいわ」

淑女がたが、初見のウェルミィたちがヤハンナ夫人の席に招かれたことに、軽くざわめく。

「まぁ、光栄ですわ。後で必ず立ち寄らせていただきます。ホリーロ公爵夫人」


――けれど最初は、別の席が良いですね。


そういう意図を汲み取り、ヤハンナ夫人は『分かっていますよ』といった様子で小さく頷いた。

「最初は、他の若い方々との交流もなさると良いわ。どこのお嬢様も、良い子ばかりですもの」

「ええ、とても心が弾んでおりますの。そうした機会に、最近恵まれておりませんので」

エルネスト伯爵家にいた頃はそれなりに社交には連れられていたけれど、母イザベラの出自や養父の無能もあって、同格の伯爵家や下の家格の方との交流が主だった。

その後、エイデスに軟禁……もとい保護……もとい見初められてからは、基本的にレオやエイデスが必要あって参加する夜会ばかりで、彼らの側から離れることもなかった。

なので、ご令嬢との交流は最小限、かつ『現王派』の方々としか関わっていないのである。

「わたくしのことは、お二人ともヤハンナとお呼びになって？」

「ありがとうございます」

「私も、どうぞウェルミィと。ヤハンナ様」

ヤハンナ夫人改め、ヤハンナ様の言葉に笑顔で頷くと、さらに淑女がたが驚愕の気配を見せた。

いくらオルミラージュ侯爵とラングレー公爵令息の婚約者とはいえ、何故ヤハンナ様がいきなり主席に招き、名前を呼ばせるほどの親しみを見せているのか、と。

ヒルデは『現王派』、ウェルミィは『中立』のオルミラージュ側なので、事情を知らない以上、無理のない話ではあった。

さらに、ウェルミィが養子として認められたリロウドの血統もまた、特殊な立ち位置にある。

主家であるリロウド公爵家は、アバッカム同様の永世公爵家。

王室との血の繋がりはなく、特殊な力を宿した血筋故に権力争いとも無縁な、解呪の家系である。

だからこそヤハンナ様の招待も、建前上軋轢《あつれき》なく受けることが出来たのだけれど。

内実がどうであれ、というのは、良くも悪くも貴族社会ではままあることだ。

これもまた噂のタネとなるのだろうけれど、ウェルミィは気にしなかった。

「それでは、ウェルミィ様。また後ほど」

「はい、失礼致しますわ」


――――今日のターゲットは、と……。

ウェルミィは、会場を見回して、彼女たちがもう来ているかを探る。

「彼女たちかな？」

「ええ」

事情を教えているヒルデの囁きに、ウェルミィは小さくうなずいた。

目的の二人は同じ席に着いていた。


ヴィネド・メレンデ侯爵令嬢、そして、イリィ・モロウ伯爵令嬢。


連れ添いのご夫人たちは今、ヤハンナ様が座る予定の席に居られるのだろう。

二人は口元を扇で隠しているが、灰色髪のヴィネド様は、こちらに対する敵意を隠していない。

桜色の髪を持つイリィ様も、どこか恨めしげな目をしていた。

二人とも、ウェルミィは顔を知っている。

ヴィネド様はウェルミィたちの一つ上で、生徒会役員だった女性だ。

当然ながらウェルミィやお義姉様の学校生活の過ごし方などもよく目にしており、無責任な噂をばら撒《ま》くウェルミィの取り巻きや、黙って良いようにやられていた、ように見えていたお義姉様をどちらも嫌っていたようだ。

ダリステア様とよく似た立ち位置、とも言える。

彼女もレオの婚約者候補の一人ではあったので、まだ婚約が決まっていない、と聞いていた。

相手がダリステア様であれば諦めもついただろうけれど、学生時代に嫌っていたお義姉様がレオの婚約者ということで、複雑な気持ちがあるに違いない。

もう一人、イリィ様の方は敵対的である理由が少し違い、どちらかと言えば、彼女の方は『家』に関わる部分だ。

同学年だけれど関わりのなかった彼女には、婚約者がいる。

その婚約が解消になるかも、という、まことしやかな噂が現在流れていた。


――ことの発端が、エイデスが外務卿を引き継いだことなのよね……。


王命によるすげ替えは、前外務卿であるユラフ・アヴェロ伯爵の瑕疵《かし》が理由ではない。

今後、外交戦がきな臭くなることを予想した国王陛下が、現在を平時ではなく有事と捉え、アヴェロ伯爵の交友能力ではなく、エイデスの交渉能力を見込んだことによる交代だ。

その上、魔導省はアバッカム公爵家に、特務卿は王太子であるレオに預けられたことで、アヴェロ伯爵はポストを失い、外務補佐官に落ちてしまったのだ。

本人は納得の上だというが、そこで腹立ちが治まらなかったのが、アヴェロ伯爵令息の婚約家であるイリィ様の実家……モロウ伯爵家である。

モロウ伯爵は、北の帝国、東の皇国、東南の島国を結ぶ海路の要所を領内に有していることから、交易によって爵位に見合わない財力を持っている。

さらに伯爵本人も、有能だが財力面での上昇志向の強い人物だ。

アヴェロ伯爵家もモロウ伯爵家も、下位貴族と交流しやすい伯爵家に留まっているが、侯爵に叙されてもおかしくない家なのである。

要は『実質侯爵家』であり、この二家が繋がっていたのは、外務卿と主要交易地の領主という、他国との貿易を円滑に行う上で、お互いが重要な立ち位置にいたから。

その両家の関係が崩れたことで、イリィ様とアヴェロ伯爵令息の婚約解消話が出ているのだ。

完全に逆恨みなのだけれど、心情としてはエイデスと『現王派』を恨む理由も分かる。

「お久しぶりでございます、ヴィネド様、イリィ様。リロウド伯爵家長女、ウェルミィと申します。お席をご一緒させていただいてもよろしいでしょうか？」

にこやかに微笑んで見せると、ヴィネド様とイリィ様は警戒しながらも了承した。

少しの間、ヒルデと共に当たり障りのない話をしてから、ウェルミィは切り込む。

「モロウ様は、婚約者であらせられるアヴェロ伯爵令息様とのご関係は良好でしょうか？」

イリィ様は、ウェルミィの問いかけにピクリと眉を動かす。

「……ええ。個人的には、悪くないですわ」

「ご結婚の日程はお決まりですの？」

「……いえ。まだ」

つまり、個人的にはしたいけれど家の方は現在そうではない、ということ。

元々、貴族令嬢は婚約者を選べる立場にないので当然の話ではあるけれど、個人的に、と加えたということは、別れたくはないようだ。

となると、話は簡単だった。

「まぁ。でしたら私、一つご提案がございますの」

「提案?」

「ええ。近日、イオーラお義姉様の侍女を選出するための試験がございまして。個人的にお義姉様から、良い方がいればと推薦を頼まれておりますのよ」

表面的に見れば『結婚しないなら侍女になれ』という話をされている、と受け取るだろうけれど、ウェルミィの言葉に、イリィ様とヴィネド様は目の色を変えた。

思った以上に察しが良い、と、二人の評価を上に修正する。

「あら、そうなんですのね……」

「……少々興味はございますわ」

警戒は解かれていないけれど、話には少し乗り気なようだった。

その立場が持つ『意味』を、二人は正確に理解しているのだろう。

そもそも高位貴族出身の上級侍女、という立場は、女主人の身の回りの世話も多少はするけれど、基本的には仕える相手の話し相手という意味合いが大きい。

ヴィネド様は婚約者探しに有利な箔、イリィ様はご自身の発言力が増して結婚の後押しになる、ときちんと理解しているのだ。

「お二人であればご存じの通り、お義姉様はあまりお立場がよろしくありませんの。ですので、信用できない方をお側に寄せることは、少々不安がございまして……」

ヴィネド様の目を見ながら告げると、彼女が微かに動揺を浮かべる。

元々、お義姉様に友好的でなかった自覚があるのだろうが、ウェルミィは素知らぬふりで尋ねた。

「なので、信頼できる方を探しているんですのよ。ヴィネド様は、失礼ですがご婚約の方は？」

「お恥ずかしながら……ご縁がなくて」

「こちらのセイファルトが、廃嫡されている事情をご存じでしょう？　近々オルミラージュ家の執事見習いとして入っていただくのですけれど……弟のフュリィ様は、まだ婚約者が決まっていないので、兄として少々気を揉んでますのよ。ねぇ？」

「……え、ええ」

セイファルトはいきなり話を振られて顔が引き攣《つ》っている。

『マジで言ってんのかよ！　フュリィとヴィネド様は5歳差だぞ!?』という、心の声が聞こえて来るようだった。

黙って成り行きを見守っているヒルデも、笑いを堪えたような顔をしている。

ウェルミィは、適齢期を過ぎかけている20歳のヴィネド様に、『こちらにつけば15歳のフュリィを紹介する』と暗に告げたのだ。

アウルギム伯爵家自体は、結構良い家である。

相手が年下であることを除けば、決して彼女にとって悪い話ではない。

メレンデ侯爵家は位が高めの武門であり、アウルギム伯爵家は領地に複数の鉱山を有しているので、武具材料の調達などの面で見れば家同士の相性も悪くないのだ。

フュリィ自身にとって良い話かは微妙だけれど、家格が上のヴィネド様が気に入れば問題はない……と、思っていたのだけれど。

「そう、なんですのね……それはご心配ですね、セイファルト様」

「現在私は侯爵家の執事見習いでございます。どうぞ、敬称はなしで。心配ではありますが、弟はまだ貴族学校に入学したばかりですので……」

ヴィネド様の反応が微妙だった。


——ふぅん？　これは想い人がいるパターンかしら？


ウェルミィがそう推察していると、イリィ様が口を開く。

「リロウド様」

「どうぞ、ウェルミィと」

「では、ウェルミィ様。その、侍女の推薦、というのは、どちらのお名前で、ですの？」

「勿論、オルミラージュ侯爵家としての推薦ですわ」

するとイリィ様は、期待に目を輝かせた。

理由は単純、エイデスの推薦であれば、王太子妃と外務卿、両方との繋がりを自分の立場で一気に獲得できるからだ。

イリィ様は、本当に婚約者のアヴェロ伯爵令息と両想いなのだろう。

しかし外務補佐官に落ちたアヴェロ伯爵家と、繋がりを持ち続けるのは外務卿に比べると弱い。

それなら他の有力な貿易貴族とでも婚姻を結んだ方がいい、とモロウ伯爵が考えるのは当然の話。けれど、イリィ様がお義姉様の専属侍女となり、それが外務卿であるエイデスの推薦となれば、家の問題が一気に解決する。

アヴェロ伯爵は、エイデスの補佐官なのだ。

外務卿に娘が恩を受けて顔を立てる、という形になり、伯爵令息との婚姻が利益になるのである。

「素晴らしいお話ですわ。立候補させていただいても？」

「ええ、勿論。ただ選抜の際に他の侍女も選ぶ試験がありまして……詳細はまだ明かせないのですけれど、形だけでも参加していただくことになると思いますわ」

「構いませんわ。お父様に話をさせていただいてよろしくて？」

「ええ」

これで、イリィ様は落ちた。

元々彼女の方はお義姉様に敵対的な人物ではなく、身元は確かで礼儀も教養も十分だ。

そして外交を担う貴族家の令嬢なので、語学が堪能である。

お義姉様に通訳は必要ないけれど、外国の賓客をもてなすのに重宝されることだろう。

――さて、ヴィネド様のほうだけれど。

婚約者候補のいない侍女の地位だけで釣れない、ということは、別方向で攻める必要がある。

ウェルミィは当然、プランBも用意してあった。

「ヴィネド様は如何でしょうか？」

「……わたくしは、申し訳ないけれど」

「残念ですわ。お義姉様の所には、カーラがよくいらっしゃるのですけれど」

「何ですって……！」

ヴィネド様が、途端にクワッと目を見開く。

これがプランB……彼女はマニアと呼べるほどに、外国の珍品や高級品が好きなのだ。

ローンダート商会は、陸路を使った西側諸国の商品に強い。

ヴィネド様が、東側を制するモロウ伯爵家令嬢、イリィ様と懇意にしているのも、家の意向というよりは、彼女本人の趣味嗜好によるものだ。

同じ『商会派』とはいえ、手に入る物の種類が違うカーラとのツテは、おそらく彼女にとって喉から手が出るほど欲しいのである。

「エイデスも、最近は帝国との繋がりであの国の商品を扱っております。先日は、北部に近い帝国貴族のロンダリィズ伯爵家とローンダート商会を繋いだそうですわ」

オルミラージュ侯爵家は、筆頭侯爵家。

王室より財力があると言われるほど金が唸っていて、東西問わず、近隣諸外国にも数々の魔導関係事業を持っている。

その影響力は『財閥』と呼べるほどに多岐に渡っており、直接的に手掛けてなくとも人脈の影響が及んでいることも多い、らしい。

らしいというのは、ウェルミィも勉強中だからだ。

「ロンダリィズ伯爵家……国家間横断鉄道を北方国と繋いだという……」

「ええ。今、私が身につけているドレスも、ロンダリィズ工房のものですわ」

ウェルミィのデイドレスは、胸元から裾にかけて白から紫のグラデーションに染め上げたもので、銀糸の刺繍が施されている。

一緒に届いたエイデスの礼服は、濃紺の下地にプラチナの刺繍と朱色のベストという、お互いの色を纏うものだった。

「……なんて……素敵な」

恍惚とした、と言っていいヴィネド様に、ウェルミィは悲しい表情を作って微笑む。

「私は、ヴィネド様とも親しくしたいのですけれど……残念ですわね」

「あ、その……や、やはり侍女の件、少し前向きに考えさせていただけないかしら？　その……わたくしだけの意向だけでは、どうしようもございませんし」

メレンデ侯爵家は、本来武門の家だ。

現在の商売も、警務の人材育成や広域自警団の派遣・取り纏めなどを行うもので、国内治安維持関連が主である為、『公爵派』とも懇意にしているのだ。

「そうですわね……今すぐにお返事とは参りませんわね。性急で申し訳ございません」

ウェルミィは、ヴィネド様もほぼ陥落したと判断した。

メレンデ侯爵自身の意向に関しては、エイデスに任せるしかないだろう。

彼もホリーロ公爵との繋がりを作るのは上手く行ったようなので、そちらから口添えをしてもらえる筈だし、メレンデ侯爵家としても王室との繋がりを強化するメリットは大きい筈だ。

と、考えたところで。

「失礼。美しい花々のご歓談中に無粋とは存じますが、少々お話に交ぜていただいても？」

と、声がかけられた。

そこに立っていたのは……先日お会いしたヤハンナ様のご子息、ラウドン様だった。

先日の夜会でウェルミィの流し目に反応していた彼は、母親似の焦茶の髪に、金環を持つ同色の瞳を持っている。

歳はウェルミィの二つ上で、ズミアーノ様たちと同年代。

その甘く優しげな面差しに、騙される婦人や令嬢は多いのだろう。……遊び仲間だったらしいズミアーノ様に彼の性格を尋ねると、『来る者拒まず、って感じかなー』と返事があった。

「セイファルトも、久しぶり。こないだは挨拶する前にいなくなっちゃったからね」

「お久しぶりでございます。ご無沙汰しております」

セイファルトは同じく笑みを浮かべながら、どこか居心地悪そうに答える。

彼はズミアーノ様の弟分なので、顔見知りなのだろう。

ヒルデはあまり彼のことが好きではないのか、ちょっと面白くなさそうな顔をしている。

女性のお茶会に割り込んで来る、という少々礼節に欠けた振る舞いをするラウドン様に、イリィ様とヴィネド様も眉根を寄せて、扇を顔の前に当てていた。

――――イリィ様の方は、明確に嫌っていそうね。ヴィネド様は……ちょっと違うかしら？

彼女は、ラウドン様に対する嫌悪よりも、怒りや苛立ちの方が強そうだ。

「毒蜂が巣作りに参りましたわよ、イリィ様」

「あら嫌だ。刺される前にどこかに行って下さらないかしら」

仮にも公爵令息相手に随分な物言いではあるけれど、ズミアーノ様曰く『ラウはガチでヤってるよー』という話だったので、見せかけだけだった『軽薄組』の二人と違うのである。

「ははは、花に惹かれる無害な蜜蜂ですよ。イリィ嬢、それにヴィネド嬢」

本人は心底気にした様子もなく、肩をすくめた。

どうやらプライドが高いタイプではないようで、それはそれで追い払うのが厄介なのだろう。

「少々、ウェルミィ嬢にお話ししたいことがありましてね」

「あら、名前呼びするのを許したことがあったかしら……」

明後日の方を向きながら応じると、ラウドン様はわざとらしく目を丸くした。

「おや、これは失礼しましたリロウド嬢。先日の夜会の件なのですが」

「夜会の？　あら、私の流し目にホリーロ公爵令息様が興味を示された件かしら？」

そう口にすると、イリィ様がさらに冷めた目つきになり、ヴィネド様がますます険を帯びる。

「そちらも、非常に魅力的ではありますけどね。流石に既に親しい方がいらっしゃるご令嬢に手を出すほど、無粋ではありません」

「あら、花が日に向けて咲けば、お優しい手を差し出すとお聞きしているのですけれど？」

「美しく擬態する食虫花であれば、こちらとしても手折るのに罪悪感はございませんので」

悪びれることもなくラウドン様は認めるが、ウェルミィの中で彼の評価は上方修正された。

来る者拒まず、というのは、つまり無理に口説くことはない……お互いに『一夜のお遊び』を望む方しか相手にしない、ということだろう。

チラリとヴィネド様に目を向けたラウドン様は、すぐに視線をこちらに戻した。

「母の薦める花がどうにも意に染まぬもので。我が友人にご執心とあれば、尚更ですよ」

アダムス様とヒャオン殿下の裏事情も完璧に理解した上で、母親の目論見を非難した彼は、パチリと片目を閉じる。

「個人的には、血の栄誉を離れて真の家臣に降ることを、特に問題ないと思っているので」

ホリーロ公爵家は二代前に公爵位を授かっているので、王家の血を入れなければラウドン様の代には一つ爵位が降って侯爵となるのだが、それでいい、ということだろう。

「では、お話というのは？」

「ええ、失礼とは思いましたが、今、耳に挟んだ件が少々気になったので」

イリィ様とヴィネド様が、王太子妃付きの侍女になる話に興味があるらしい。

まだ婚約者のいないヴィネド様なら、そもそも無理にヒャオン王女の配偶者へと割り込みを望まなくとも、侯爵という立場のまま王室との繋がりを保てる、という算段だろうか。

「お口添えするにも、ご本人の気持ち次第かと思うけどね？」

同じ結論に至ったのか、ヒルデが横で小さく呟くのに、ウェルミィも内心で頷く。

ヴィネド様自身がそれを望まないのであれば、無理にねじ込みたくはない。

せっかく先ほど彼女の懐に入り込んだのだから、悪意を持たれるのは避けたい所なのである。

そうしてヴィネド様に目を向けると、彼女も悟ったのか、目を逸らしながら苦々しげに言った。

「……お父様のご意志であれば、従いますわよ」

ヴィネド様も結婚適齢期である為、ラウドン様との縁談は家的には悪くないのだ。

二人とも王子王女の婚約者候補に挙がる子女であり、傍《はた》から見れば優良物件である……が、ヴィネド様が嫌そうなので、ウェルミィは彼の噂についてチクリとつつく。

「濁った水は、花を腐らせましてよ？　ホリーロ公爵令息」

「花を渡り歩きはしますが、不実を働いたことはないのですけどね」

「……個人的には、主家より分家に入る方が望ましいですけれど。気楽に居《お》れますので」

ヴィネド様は暗に『ラウドン様よりも弟のリーゾン様の方が良い』という形で拒絶した。

しかし流石に気分を害するかと思われた彼は、何故か思案するように顎に手を当てた。

「なるほど。それも良いかもしれないな……」

「え？」

ヴィネド様が目を見張ると、ラウドン様はまた、ウェルミィに目を向ける。

「大変、有意義な話が聞けました。お邪魔をして申し訳ない。これで失礼いたします」

にこやかに笑って場を辞したラウドン様に、その目的を思案する。


——もしかして。


ヒャオン殿下が降嫁を望まなかった場合、ラウドン様が王室入りする可能性もあった。

そういう状況から察するに『公爵家を継ぐ』という意味では、ラウドン様と弟君のどちらでも良い、とホリーロ公爵やヤハンナ様は思われているのかもしれない。

となれば、公爵家内で話し合いが行われ、ヴィネド様が弟君を選ぶという意向が示された場合は……主家を継ぐ人物が入れ替わる可能性が高い気がした。

「あれ、どういうことですの……？」

「分かりませんけれど。もしかしたら、リーゾン様からのご縁談が、わ、わたくしに来るのでしょうか……？」

難しい顔のイリィ様と、少し頬を赤らめたヴィネド様のやり取りに。

——ヴィネド様は弟君を好んでるみたいだし、そちらを推薦しておこうかしら。

と、ウェルミィは思った。

※※※

お茶会の後、ヒルデと別れた馬車の中で。

セイファルトは最早《もはや》呆れながら、静かに外に目を向けるウェルミィ様を見ていた。

近頃ますます輝きを増している華奢な主人は、こちらの視線に気づいて首を傾げる。

「何？　私の顔に何かついてる？」

その可愛らしく整った美貌をこちらに向けた彼女の表情は、公爵夫人から有力家のご令嬢までを、あっという間に自分の派閥に取り込んだとは思えないようなあどけなさだ。


――不思議な人だよな。


そんな風に思いながら、セイファルトは曖昧に笑みを浮かべた。

「いえ、もうとんでもないなと思ってるだけです。有力者がほぼほぼ味方になりましたし」

魔導卿に見初められて、王室派の有力令息から聖女、さらに〝光の騎士〟まで傘下に加えたと思ったら、次は対立派閥を制した。

ほんの一年と少しの間……いや、後半に関しては準備も含めて数週間で、だ。

自分が成し遂げたことを誇るでも驕るでもなく、当たり前のような顔をして。

「とんでもない？」

「ええ。正直恐ろしいですよ」

「エイデスの後ろ盾があるんだから、この程度は出来て当然じゃない」


――いや、絶対そんなことないから。


世の中、権力だけでどうこうなる程には単純ではない。

内心はともかく従う、ならともかく、ウェルミィ様の場合は相手が彼女に好意を抱くのである。

人心掌握術に、とんでもなく長けているのだ。

しかも相手がそれで何か損をする訳でもなく、むしろ得している。

「人付き合いは俺も上手い方だと思ってましたけど、ウェルミィ様を見てると、子どもかと思えるほどで自信を無くしますすよ」

「そんなことないわよ。貴方性格良いし、その上できちんと立ち回れるじゃない。優しいし」


――その言い方、きっと自分のことは『性格悪い』と思ってるんだろうなぁ。


優しいというのは、ウェルミィ様の為にあるような言葉だと、セイファルトは最近感じている。

イオーラ様を犠牲になってまで救おうとして、あれだけのことをしたズミ兄ぃまでも、決して見捨てたりしなかったのだ。

セイファルト自身も、ツルギス様も、シゾルダ様も、ダリステア様も、テレサロも。

他にも数多くの人たちが、彼女に救われている。

そうこうする内にオルミラージュ別邸に着き、しばらくしてエイデス様がお帰りになられた。

「お帰りなさい、エイデス」

「ああ。ウェルミィ。いい子だったか？」

「勿論、後で話すけど、とりあえず皆お友達になれたわよ」

「そうか」

普段、他の人にはほぼ無表情しか見せないようなエイデス様が、ウェルミィ様に対してだけは甘いとすら呼べるような微笑みを浮かべて、彼女を抱きしめる。

「よくやった」

「……褒めるだけ？」

昼間は、まるで百戦錬磨の女傑のように立ち回っていたウェルミィ様が、体を離そうとするエイデス様に不満な表情を浮かべる。

「どういう意味だ？」

「私、頑張ったのよ！」

むぅ、と頬を膨らませたウェルミィ様は、少しだけ顔を赤くしながら、エイデス様にねだる。

「ご、ご褒美くらいくれてもいいでしょ!?　言うこと聞いたんだから！」

ともすれば実年齢よりも低いような甘え方をしたウェルミィ様に、笑みを深くした彼は、頬に口づけを落とした。

「良いだろう、後で、部屋でな」

その言葉に、えへへ、と笑み崩れたウェルミィ様が、満足して体を離すのを見て、セイファルトは『自室でやってくれ』と思い。

カーラに未だ触れさせて貰えない自分には毒でしかないイチャつきに、思わず遠い目になった。

※※※

そうして、お茶会から数日経ったある日。

オルミラージュ別邸で、ウェルミィはセイファルトに問いかけられた。

「ウェルミィ様。少々よろしいでしょうか？　ラウドン様から、僕宛に手紙が届きまして。『オルミラージュ侯爵家で新たな執事や侍従を募集しているなら、繋いで欲しい』だそうです」

「……どういうこと？」

ラウドン様の真意が読めなかったウェルミィは、厄介ごとかと思いエイデスにも確認してみたけれど、彼は薄く笑みを浮かべながら、こう答えた。

『彼が女性関係その他で問題になった、という話は聞いたことがない。やり方が優れているとは言えんが、彼の行動は情報収集に有用な手法ではある』

含みのある物言いに、ラウドン様はただの女好きではない、ということが察せられた。

そういう訳で、面会してみたのだけれど。

「お招きいただきありがとうございます」

「ええ。侍従の増員に関して興味がおありと聞きましたが、どこからその情報を？」

「ズミに教えて貰ったのです」

面会に来たラウドン様の言葉に、ウェルミィは思わず、ミシ、と手にした扇に力を込めた。

「……ズミアーノ様？　ちょっとおいでになって？」

【服従の腕輪】の譲渡が終わったというのに、『ミィの側にいると面白いから』と勝手に〝影〟を続けているズミアーノ様を呼び出して、姿を見せた彼を睨みつける。

「あはは。まぁ、ラウなら良いかなーって」

「良いかなじゃないのよ！」

大したことではないので良かったものの、これが重要なことなら侯爵家の情報漏洩である。

張り倒してやろうか、とウェルミィは本気で考えたが、彼は悪びれた様子もなくヘラリと笑う。

「それより、なんでラウが興味を持ったのか、の方が気になるんじゃないのー？」

と、ズミアーノ様がラウドン様を示したので、怒りを押し殺しながら向き直ると、こちらもとんでもないことを言い出した。

「私も雇っていただこうかと思いまして」

「貴方は、公爵家の後継者でしょう！」

貴族嫡子は、贅沢な暮らしを許される代わりに領地を治める義務を負う。

当然、教育にかなりの金額が掛かるため与えられた義務を放り出すのは論外なのだが、ラウドン様はあっさりと否定する。

「うちは王家同様の教育方針だったので、弟に継がせれば問題ないですよ」

「……つまり、本気でうちに雇われたい、ということですの？」

そうなると、彼の望みはオルミラージュ侯爵家との繋がりだろう。

数々の物言いや情報から、彼はおそらく諜報活動に精通した人物だとウェルミィは思っていた。

「公爵家に利する者と分かっていて、貴方を雇い入れろと？」

「縁は多い方が得でしょう？」

「貴方を雇うことに、こちらが魅力を感じないのですが」

半眼になって単刀直入に切り込むと、ラウドン様が甘ったるい笑みを浮かべる。

「本音を言いましょう。美貌の侯爵夫妻に仕えて、弟に家を押しつけ……手渡して、ヒラヒラと自由に飛び回りたいんですよ、私は。色々話を聞けるのも楽しいですし」

「……ズミアーノ様。アダムス様といい、貴方の周りってこんなのしかいないの？」

「シズとかツルギス、セイファルトがいるよー。後オレは、ラウと違ってニニーナ一筋だよー？」

「私を口説いた過去があるのを、調子良くなかったことにしてんじゃないわよ！」

「あはは、それもそうだねー。でも、ラウは多分役に立つよー？」

「執事にして貰えたら、侯爵家の中では女性に手を出さないと誓いますよ」

「当たり前でしょう！」

女漁りに関してラウドン様は、おそらく仕事としてだけでなく趣味を多分に含んでいそうだ。

「オレは良いと思うんだけどなー。ミィだって、ラウはそこそこ使えるんじゃないかと思ったから、断らずに面会したんじゃないのー？」

「貴方を呼び出したのは間違いだったわ……」

ズミアーノ様が口にしたことは事実なので、否定も出来ずにウェルミィは問いかける。

「契約魔術で縛って『重要機密と女性に手を出さない』と誓って貰いますよ？」

「理由を言えば許可を出してくれる、という条件なら」

オルミラージュ本邸に、本来の立場を捨ててまでも執事として入りたいという要望と今の条件を重ねて、ウェルミィはため息を吐いた。


「本当の、本音を言って下さいな。貴方のお目当ての女性は、誰？」

ウェルミィが問いかけると、ラウドンは初めて驚いた表情を見せた。

「へぇ。凄いな……ねぇズミ、君が主人と認めるだけあって、リロウド嬢は流石だね」

「そうだろー？　ミィはそういう子なんだよー」

「やっぱりそうなのね⁉」

「目当て、というのとはちょっと違うのですが。まぁ、気になっている、という感じですね」

「一緒じゃないの？」

「私の中では違うのですよ。雇ってくれるとお約束いただいたら、名前を言います」

ウェルミィがエイデスの判断を求めるべきか迷っていると、彼は言葉を重ねる。

「オルミラージュ侯爵の元で、働きたいと思っているのは本当です。彼の懐刀であるデスターム伯爵家の方々と自分、どちらが諜報員として優れているか、興味もありますからね」

挑戦的な彼の言葉に、ウェルミィはため息を吐いて、決めた。

「いいでしょう。ただし、あくまでも候補として。妙な動きを見せたら、即刻解雇します」

「ありがとうございます」

嬉しそうに礼を述べるラウドンに、少しだけ後悔して、同時にちょっとだけワクワクする。

最近気づいたのだけれど、ウェルミィはエイデスと同じように、自分の意思で何かに挑戦したり努力する人物が、結構好きなのだ。

「それで、お相手の方のお名前は？」

「―――ローレラル・ガワメイダ伯爵令嬢です。公爵家は、彼女を探りたいのですよ」

6 ✦ 魔導卿の浮気とその顛末

――盗難事件、当日。


「どう思われまして？　ローレラル様」

ウェルミィの問いかけに、ローレラルが、少々焦りを見せながらもまだ抵抗を見せる発言をする。

「っ……そんなの、イリィ様は遠目に人が居るのを見ただけでしょう？」

そろそろ尻尾を見せても良い頃合いだけれど、と思いつつ、ウェルミィが口を開きかけると。

「発言をして、よろしいでしょうか！」

と、その前に声を上げた人物がいた。

ウェルミィを含むその場の人々が一斉に声の方に顔を向けると、そこに居たのは、使用人たちが集められた大広間を取り囲むように立っている、護衛騎士の一人だった。

――オルミラージュ侯爵家護衛騎士団副長、シドゥ・ゲオランダ。

逆立つ真っ白な髪に、三白眼で精悍な顔立ち。

赤く日に焼けた肌をした小柄だが筋骨隆々の青年は、ヘーゼルとたまに話していた人物だ。

場を仕切っているアロンナが、彼を見て静かに頷く。

「発言を許可します。ゲオランダ副長」

「ありがとうございます！　今朝、自分もヘーゼル嬢を鶏小屋で目撃しております！」

鋭い眼光を宿した目で、彼はハッキリと、そう断言した。

※※※

シドゥ・ゲオランダは、元はただのシドゥだった。

だが、どこにでもいるような平民の悪ガキでしかなかったシドゥには、剣の才能があった。

手に持った棒切れの上手い使い方が、感覚で分かるのだ。

一回目の転機は、騎士団勤めの友達の父親が、チャンバラ遊びに交ざってきた時だった。

シドゥは、彼の持つ木剣を弾き飛ばして、勝ってしまったのである。

まさかの結果に、お互いに驚いて見つめ合った後、友人の父は真剣な顔で言った。

『お前、騎士になる気はあるか？』

平民の三男坊だったシドゥは『仕事をくれるなら』と承諾して、王立騎士団の下働きになった。

しかし、シドゥは強過ぎたらしい。

基本的には実力主義の騎士団であっても、身分を気にする奴はどこにでもいる。

騎士団に出入りしていた軍団長ネテの息子である〝双子の神童〟アダムスとツルギス。

彼らを、平民の三男坊でしかないシドゥが練習試合でぶちのめしたのは、やり過ぎだった。

シドゥにも言い分はあり、双子が本当に強くて、手が抜けなかっただけだった。

兄貴のアダムスはシドゥを認めてくれたが、元々大人しい性格だったらしいツルギスは、それで自信を喪失してしまったらしい。

『将来に上に立つ者に恥を掻かせた』と、それまでシドゥへのやっかみを我慢していた貴族出身の騎士たちに、そんな大義名分を与えてしまったのだ。

騎士団長を筆頭に嫌がらせに遭ったシドゥは、うんざりして騎士団を辞めてしまった。

その後、事情を知ったネテ軍団長が騎士団長を降格させて騎士団の是正を行ったというが、シドゥには関係のない話だ。

話をしに来たのは、二度目の転機となった、やさぐれていたシドゥを訪ねてきたアダムス。

『その腕を腐らせるのは勿体無いし、お前さえ良ければ』と紹介されたのが、オルミラージュ侯爵家の私設護衛騎士団だったのだ。

アダムスとは、今も良い友人だ。

身分が違いすぎてそう呼ぶのはおこがましいかも知れないが、シドゥはそう思っているし、彼の方もそう思ってくれているだろう。

オルミラージュ侯爵家は訳ありの人間が多いようで、居心地が良かった。

シドゥの境遇に同情してくれたし、皆も多かれ少なかれ似たような目に遭っていた。

元々腕の立つシドゥはある日御当主様に命じられて、王都の外れにある森の害獣を間引きする合同任務に参加し、そこで功績を上げた。

頻繁に頼まれるようになり、人が手こずる高位魔獣や、たまたま山道で見かけた盗賊退治などをこなす内に爵位を持たされた。

いらないと一度断ったが、仕事がやりやすくなる利点を御当主様に説かれて渋々受け、しばらくして十人長から副長に格上げになった。

オルミラージュ本邸に雇われている者たちは、訳ありが多いだけに問題も多く、その仲裁にも爵位と肩書きは役に立ったので、御当主様の言葉は間違っていなかった。

新しく雇われたというヘーゼル嬢も、そんな『訳あり』の一人だった。

初めて見た時は驚いた。

その顔の両側に縦に走る、八本の引っ搔き傷に、ではない。

貴族の令嬢でなくとも、女性なら気にしてしまいそうなその傷を負っていてもなお、背筋を伸ばして恥じ入ることなく堂々と立つ、その態度にだ。


――カッコいいじゃねーか。

それが最初の印象だった。

手入れをしていない赤毛の髪を三つ編みにして、化粧気のない顔立ちに鋭い眼光。

昔のシドゥのように、少しだけやさぐれた印象もあった。

彼女があまり他の使用人たちとの交流がないことを、最初は責任感から気にしていたが……目で追っている内に、徐々に彼女に惹かれている自分に気づいた。

目つきとは裏腹に真面目な態度、大量の仕事を黙々とこなす背中、何かに耐えるように歯を食いしばった顔。

気づけば彼女の姿を探し、笑った顔が見たいな、と思うようになっていた。

気持ちが決定的になったのは、アロイとミィという姉妹が現れてから。

それまで、ミザリにどれだけ話しかけられても、笑顔ひとつ見せたことのなかった彼女が、折りにつけ少しずつ笑うようになっていた。

可愛い、と、そう思った。

女性に恋をしたのは、これが初めてではないが。

その笑顔を自分にも向けてほしい、と思ったのは、多分初めてだった。

『重くないか、ヘーゼル嬢。持とう』

ある日、内心緊張しつつも、濡れた洗濯物満載の籠を持つ彼女に初めて声を掛けた。

間近で見る彼女はチビの自分よりも頭半分だけ目線が高かったが、体格は半分以下の細さだった。

『ありがと、ゲオランダ副長。でも、手間賃はあげられないよ』

『ああ、俺の方が稼いでるから必要ない』

そんなどうでも良いことより、ヘーゼルが自分の名前を覚えてくれていたことが、嬉しかった。

やがて挨拶と軽い世間話くらいは交わすようになったが、笑顔はまだ見せて貰えない。

食事に誘うなんてことも、拒否されたら凹む自信があったので勇気が出なかった。

そんな日々の中で、ふとミィに呼び止められ、ジッと目を見つめられた。

『何だ？　俺の顔に何かついてるか？』

『いいえ。……副長様。もしヘーゼルの身に何かあったら、助けてあげて下さいますか？』

何故か自分の恋心を彼女に見透かされている気がして、しかつめらしい顔を作りながら頷く。

『彼女が悪くないことで何か起こったら、そりゃ助けるさ』

『お願いします』

何を頼まれたのかよく意味が分からなかったが、ミィとの会話はそれだけだった。

ヘーゼルが仕事を押し付けられているのは知ってはいたが、それは自分の管轄ではなかったから、どうすることも出来なかった。

アロンナ侍女長代理に状況を伝えてみたが、彼女がどう思ったかは分からない。

そして今日。

『盗人が居るから』と大広間を囲うように命じられて、『ヘーゼルが物を盗んだ』と断罪が始まった。


――何をバカな。

ヘーゼルは相変わらず堂々としていたし、そんなことをする人間ではないと知っている。

それに彼女を目で追ってしまう自分は、今朝も見かけて『運がいい』と思っていたのだ。

だから、声を上げた。

「今朝、自分もヘーゼル嬢を鶏小屋で目撃しております！」

身分と肩書きがこの上なく役に立つ状況に、シドゥは御当主様の采配に感謝した。

※※※

ウェルミィは、堂々と発言したシドゥを見て微かに口の端を上げる。

ヘーゼルに聞いた話では、ウェルミィたちが来たすぐ後くらいから、話すようになったらしい。

春の気配は感じていたけれど、ここで声を上げてくれるのが自分のことのように嬉しく感じた。


——ヘーゼルを、守ってくれようとしたわね。


「ありがとうございます、ゲオランダ副長」

「そんな筈ないわ！」

「そうよ！　大体、鶏小屋の中が見えてる訳な……」

と、ローレラルに追従するようにエサノヴァが言いかけて、口をつぐむ。

尻尾を出した。

こういう言い合いは、感情的になった方が負けるのだ。

「見えてる訳ない？　何故ですの？」

より神経を逆撫でする為、ウェルミィは小馬鹿にしたように顎を上げて相手を見据える。

口を滑らせた発言をウェルミィは即座に攻め、伏せていた手札の一枚をめくって突きつけた。

「もしかして、鶏小屋に掛けられていた認識阻害魔術があったから、でしょうか？　一体、誰がそんなもの掛けたのでしょうね？　もしかして、お二人の仕業ですの？」

ウェルミィがそう告げてやると、二人が息を呑む。

「な、何を言っているの？」

「私たちが、何の為にそんなことをするって言うのよ!?」

「へーゼルに冤罪をかけるためなのでは？」

「わざわざ下働き一人の為に、そんな手間を掛けませんわ。大体、忘れたの？　エサノヴァのネックレスがその子の荷物から出てきてるのは、侍女長代理を含む皆が目撃しているのよ？」

やっぱりエサノヴァよりはローレラルの方が、多少は頭が回るらしい。

「こっちには証拠があるのよ。魔術の話も、へーゼルが小屋にいた話も、全部あなたたちが口で言ってるだけでしょう」

「証拠、ね。……ねぇ、少し話は変わりますけれど、オリオンさん。貴方に『へーゼル一人に鶏小屋掃除をさせろ』と指示した人は居まして？　いつも彼女に仕事を押し付けるみたいに」

ウェルミィが周りを見回すと、纏め役のオリオンがサッと顔を青ざめさせ、ヘーゼルに仕事を押し付けていた自覚のある数人の下働きや下級侍女などが、居心地悪そうに目を逸らす。

「ねぇ、どうですの？」

「え、あ……」

彼は冷や汗をダラダラ流しながら、忙しなくウェルミィとエサノヴァを見比べる。

オリオンは今、頭の中で必死に算盤《そろばん》を弾いているのだろう。

この質問に否と答えると、もし嘘がバレた時に自分一人の責任になるからだ。

どっちの味方をしようと、一度嘘をついた時点でもう遅いのだけれど、彼は保身に走った。

「ええ……彼女に小屋掃除を任せるように指示されたのは、事実で……その、エサノヴァ様から、アロンナ様の言付けだと。僕はそれに従っただけでして。しかし、決して、押しつけてなどは」

「オリオン！」

エサノヴァの焦った声には反応せず、ウェルミィはさらに彼に問いかける。

「そうですか。では、認識阻害魔術のことは知らなかったと」

「ええ、ええ。そんなことは決して」

「だそうですわ。アロンナ侍女長代理。事実でしょうか？」

しかし表情の変わらない彼女と、青ざめたエサノヴァを見れば、状況は一目瞭然で。

「そのような指示を、今朝出した覚えはございません」

アロンナは静かに、そう口にする。

トカゲの尻尾切りか、それとも事実か……どちらにせよ、アロンナは自分の関与を否定した。

「でしたらエサノヴァ様。鶏小屋の掃除は、貴女が指示を出したということになりますわね？」

「わ、私もそのような指示はしていないわ！」

「では、オリオンさんが嘘をついているのかしら。彼が外から見えない認識阻害魔術を鶏小屋に掛けさせて、その間にヘーゼルの格好をした誰かに彼が盗みを働かせた、と？」

ウェルミィが『馬鹿馬鹿しい』と鼻を鳴らすと、エサノヴァの顔色が今度は赤黒く染まる。

「さっきからなんなのあんたは！　無礼なのよ！」

「無礼とは？　私はヘーゼルを取り巻く状況がおかしい、と告げているだけですけれど」

そもそも、この盗難事件の犯人にヘーゼルが指名されることを、ウェルミィは知っていた。

何せ、盗難事件を起こせと言われた犯人自身が、ローレラルに指示された時点で、こちらに名乗り出てきているのだ。

『そのまま事を起こさせなさい』と指示したのは、膿を皆の前で絞り出し、さっさと本邸から放り出したかったたから。

そしてもう一つ、暴かなければならない犯罪があるからだ。

「ああ、一つ伝えておきますけれど」

もう一つの犯罪を暴く前振りとして、ウェルミィは一つ情報を明かす。

「認識阻害魔術は、ちゃんと鶏小屋に入る前に私が解呪しておきましたわ。なので、今証言して下さった皆様は、外からヘーゼルが見えていたと思いますよ？　それと、認識阻害魔術が掛けられていたことは、きちんと報告してあります。そうですよね？　カーラ様」

ウェルミィが問いかけると、下級侍女のカーラが頷く。

「ええ。私から、家令のカガーリン様にも伝えさせていただいておりますわ」

しかし、ローレラルはなおも抵抗した。

「それが事実だとしても、じゃあ本邸にヘーゼルが入ったって記録は、誰かが小細工したとでも言うのかしら？　セイファルト様とわたくしが嘘をついていると？」

「僕はミィ嬢に解呪の心得があったことに興味がありますね。平民出身の筈ですが、どこかで習われましたか？」

セイファルトが面白がるような表情で、ギリギリのラインを攻めてくる。


——やるじゃない。


情報を明かしたのが詰めの揺さぶりの為と分かっているから、中々強《したた》かな立ち振る舞いだ。

「ええ、少々知り合いに習いましたわ。セイファルト様、貴方が目撃した人物は、本当にヘーゼルでしたか？　どなたかが変装でもなさっていたのでは？」

と、ミィはセイファルトの言葉に、一つヒントを重ねた。

もしかしたら、これで貴族の事情に詳しく、聡い人は『ミィ』の正体に気づくかもしれない。

けれど焦っているのだろう二人は、気づかなかった。

「変装なんて、誰が騙されるっていうの!?　それにたかが下働き一人に、何でわたくしがそこまでしなければならないのかしら!?」

ローレラルは、事実を指摘されてもへこたれない。

ウェルミィが解呪の報告をしている等の部分は完全に無視して、話を進めるつもりのようだ。

きっと、自分たちが用意した人物と出入りの記録、この二つの証拠は強固で揺るがないと思っているのだろう。

砂上の楼閣だけれど。

「何故ヘーゼルを周到に貶《おとし》めるのか、という理由でしたら、そこのエサノヴァ様はヘーゼルのご実家に思う所があるのでは？　侍女長代理も、もしかしたら同じ気持ちかもしれませんわね？」

そう切り込んでやると、エサノヴァはギリ、と歯を噛み締める。

アロンナの方は、鉄で出来ているのかと思うくらい、本当に最初から表情が変わらない。

「あくまでも、私がヘーゼルに冤罪をかけたって言いたいのね!?」

「誰もそのようなことは言っておりませんけれど」

「それ以外にどう捉えられるって言うのよ!?」

「大体、セイファルト様の言葉まで疑うという神経が信じられませんわ！」

ローレラルの言い分に、ウェルミィは改めてセイファルトに目を向ける。

「では改めてお尋ねしますけれど、ヘーゼルが本邸に入ったという時間帯は？」

「お二人の証言通り、確かに10時頃、中に入っておられます」

「ほら！　大体、その目立つ傷顔を見間違える人間なんて、いる訳ないでしょう！」

エサノヴァが威勢を取り戻すのに、ウェルミィはさらに表情を緩める。

「でしたら、私たちや副長が嘘をついている、と？」

「最初からそう言ってるでしょう？　ゲオランダ副長に関してはわたくしには理解できないけれど、大方、そこの傷顔に惚れてでもいるのではなくて？」

ローレラルにそう言われて、シドゥは表情こそ変えなかったが、僅かに耳が赤らんだ。

「自分は、嘘は申し上げておりません！」

「分かっていますわ、ゲオランダ副長。言ったはずでしょう？　そういう小細工をする為に『偽者』を使ったのでは？　と」

ミィは、勝ち誇った様子のローレラルに目線を戻す。

「あくまでもそう仰るのでしたら！　その目立つ〝傷顔〟の女を、どう用意して、貴女はそれが誰だと仰いますの!?　ぜひお聞きしたいのですけれど！」


――――掛かった。


ミィは静かに手を上げて、その『偽者』を呼ぶ。

「ウーヲンさん。前に出てきてくださる？」

「……はい」

それに答えて、ミィの横に移動してきたのは……ミザリと仲の良い、青い髪の庭師の男だった。

「彼に、見覚えがあるのではなくて？　ローレラル様」

「は？　知っていたら何だって言うのかしら!?」

小馬鹿にしたように、ローレラルは鼻を鳴らした。

このウーヲンが、自分を裏切れる筈がない、とでも思っているのだろうけれど。

「ウーヲンさん。へーゼルの姿に変わってくれまして？」

「仰せのままに」

「なっ……!?」

ローレラルの驚きに耳を貸さず、ウーヲンが頭を下げた直後……その体が、まるで水そのものに変化したように波打つ。

不可思議な現象に、ヒッ、と周りにいた使用人たちが後ずさった。

一瞬後、そこには服装以外全てがへーゼルそっくりに変化したウーヲンが、立っていた。

「嘘……あたし……!?」

へーゼルが、姿の変わった彼を見て呆然と呟く。

「彼はどうやら、大公国の〝水〟の公爵家の血を引いておられるようですの。あちらの、四公と呼ばれる四つの公爵家には、その血統のみが扱える魔術が一つずつ、受け継がれていると」

リロウドの血筋が、解呪の力を持つのと同様に。

「〝水〟の一族は、〝変貌〟の魔術を操るそうですのよ。ウーヲンさん。貴方は、誰の家からここに来ましたの？」

「ガワメイダ伯爵家より、ローレラル様のご指示で」

「それとも一つ、別のことを指示されていましたわね？」

ウーヲンの裏切りに、信じられない様子を見せている彼女に、チラリと目を向けて。

「はい。ミィさんや、御当主様の婚約者に近づき『貞操を奪え』と、命じられました」

今度こそ、使用人のほぼ全員が一斉にローレラルの方を見た。

ウェルミィは、それに言葉を重ねる。

「貴女がそんなことを命じた理由は……御当主様が、私を見初めたと思ったからでしょう？」

※※※

——盗難事件の一週間前。

「あのね、エイデス？　ああいうのは動きづらくなるから、止めて欲しいんだけど!?」

オルミラージュ当主の方針により、他家よりも多く与えられる使用人休息日の一日。

ウェルミィは思い出して顔を真っ赤にしながら、別邸にいるエイデスの執務室に乗り込んだ。

「そんなに顔を赤くして、どうした。あの触れ合いでは物足りなかったか？」

しれっとそう言う彼に、ウェルミィはツカツカと歩み寄って、バン！　と執務机に両手を置く。

「違うに決まってるでしょ!?」

「最近、夜は胸元が寂しくてな。我慢が利かなかった。あんな所で変化を解いていたお前が悪い」

そう言われて、思わず言葉に詰まった。


――寂しかった？


まさか、エイデスが、そんな発言をするなんて。

「あ、その、あれは……」

しかしウェルミィが目線を逸らして言い訳を始めた直後に、ニヤリと口元を意地悪く歪ませたエイデスは、スルリとこちらの後頭部に手を回して顔を近づけてくる。

「むぐっ!?」

不意打ちのキスで頬がさらに熱くなったウェルミィは、エイデスの両肩を力を込めて押し、体を引き剝がした。

「ま、まだお昼よッ！」

「夜なら良いのか？」

「っ……もう！」

ゴシゴシと口を拭いながら体を離すと、エイデスは楽しそうに笑った。

「寂しかったのは、本当なんだがな」

「〜〜〜っ！」

ウェルミィは何も言い返せなくなって、ひたすらエイデスを睨みつける。

ことが起こったのは、数日前。

オルミラージュ本邸の庭師、薬草畑を管理しているイングレイ爺さんと仲良くなっていたウェルミィは、空き時間にちょこちょこ寄って、薬草について教えてもらっていたのだ。

いつもはお義姉様やヘーゼルたちと一緒に行くのだけれど、その日はたまたま一人だった。

汗を掻いたので、帰り際に手ぬぐいで腕や首元を拭っている時に、うっかり【変化の腕輪】に当たってするりと抜け落ちてしまったのである。

転がった腕輪を慌てて拾い上げた所で、エイデスが丁度、中庭の通路を通りかかった。

侍従も一緒にいた上に距離が近かったので、そのまま頭を下げたのだけれど……ピタリと立ち止まった彼は、何を思ったのか近づいてきて、声をかけた。

『顔を上げろ』

そう言われて、恐る恐る顔を上げると、侍従らからは見えないようにエイデスが立っていて、面白そうにウェルミィを見下ろしていた。

『私の婚約者に似た、髪と瞳の色だな？　下働きか？』

『はい』と睨みつけながら頷くと、指先で顎を掬《すく》われ、触れるようなキスを落とされたのだ。


――――っ!?


衝撃を受けている間に、微かに、クク、と笑い声が聞こえ、『そのまま後ろを向いて、行け。変化するのは、見えなくなってからにしろ』と、送り出された。

言われなくても、後ろなんか向けない。

『失礼致しますっ！』と一目散に走り出すと、背中に面白がっている視線と、驚きの視線と、射るような鋭い視線を感じたような気がした。

多分複数の侍女が、供の中に交じっていたのだろう。

貴族令嬢出身の侍女にはエイデス狙いの人もいて、女嫌いの魔導卿が『婚約者に似ている』という理由で使用人に興味を示した、となれば噂にならない訳がない。

背中を向けていたとはいえ、下手すると、キスされたことすらバレている可能性がある。


――女の嫉妬は、ヤバいのよッ!?

下手をすると『下働きごときが』と大捜索が始まってしまう。

案の定、あの場にいたらしいエサノヴァの話を聞いたローレラルが主導して『ウェーブがかったプラチナブロンドに三つ編みの下働き』を血眼になって探していたらしい。

色はともかく、目敏い人がいれば、背格好や髪型から推測されてしまうかもしれなかったので、今日までお義姉様に頼んで髪を直毛にして貰い、なるべく目立たないよう息を潜めていた。

そんな苦労を強いられたので、今、こうして文句を言いに来たのに。


――この男は！


「おかげで、無駄に気を遣ったのよ!?　実際に！」

「婚約者にキスをして何が悪い」

「場所と状況を弁《わきま》えなさいよ！」

「あの家の主人は私だが？　誰に文句を言われる筋合いもないな」

「使用人には手を出して良い、なんて、前時代の貴族的な考え方やめてくれる!?　最低！　不潔！

冷酷非情の魔導卿！」

「手を出したのは、使用人ではなく婚約者だ」

「節度！」

「前時代的だな」

「ああもう、ああ言えばこう言う！」

う〜！　と頭に爪を立てると、音もなく近づいてきたエイデスが、優しく両手の手首を握る。

「頭皮が傷つくから、やめておけ」

「誰がさせてるのよ！」

歯を剝いて睨みつけると、八重歯が可愛い、と歯列を舌で舐められた。

ドン引き！　変態！　と、罵るのにもどこ吹く風で、エイデスはウェルミィをひょいと抱き上げる。

元から愛されていると思っていたけれど、最近はなんか、愛の種類が変わったような気がした。

そしてあっという間に二人の寝室に連れ込まれ、いつものソファで膝に乗せられた。

「それで、報告は？」

皮肉げな笑みに優しげな瞳でそう問われ、安心感のあるいつもの姿勢で頭を撫でられると、拗ねていたはずなのに嬉しくなってしまう自分が恨めしい。

「……えっとね」

ウェルミィは、ヘーゼルとミザリの『仕事を大量に押し付けられる』などの本邸での嫌がらせや、侍女たちの噂話の内容、などをエイデスに伝える。

「では、侍女長代理をクビにするか？」

屋敷のことに関する全権を握る権力者は、ウェルミィに決定権を委ねるようだ。

「うーん、ちょっと待って欲しいかも」

「ほう」

ウェルミィは、ヘーゼルの件や侍女の選定について、どうするべきか、と考えていた。

「もちろん、この問題で誰かが犠牲になる前に対処はしたいけど、しばらく、権力がない状態でどこまでできるか試してみたいのよね」

家内の問題を、自分の身分を明かして上から押さえつけるのは、いつでも出来る。

しかしウェルミィは、昔よりも見えるものが多くなり、助けてくれる人が増えた自分が、同程度以上の権力を持つ相手にどこまで準備して対抗できるものなのかを、試したかった。

こちらの手勢は、セイファルトやカーラたちに加え、友好的な騎士や魔導士、下働きの人たちだ。

仮想敵は、オルミラージュ本邸を取り仕切る上層部……家令のカガーリンや侍女長のヌーアはともかく、アロンナやローレラルといった連中である。

勢力争いというものは、策謀を巡らせて優位に立とうとするもの。

初めから争えない相手とは、そもそも人は戦わないのである。

社交界に関する件では存分にエイデスの権力とお金を使ったので、自分一人でヤハンナ様やヴィネド様、イリィ様を落としたとは、ウェルミィは思っていなかった。

これから外務卿夫人として外国に出ることになれば、そうした争いに関して、百戦錬磨の権力者たちが待ち受けているから……そう伝えると、エイデスは楽しそうに頷く。

「勉強熱心だな、ウェルミィ」

「本当に誰かが危なくなったら、やめるわ。別に処罰したい訳じゃないもの」

「正しい権力の使い方だな」

エイデスが、鼻先をウェルミィの髪に寄せる。

「そうでしょ？　見ててよ。未来の女主人として、ちょっと頑張ってみるから」

「最初から信用しているとも、私のウェルミィ。望むままに、やりたいことをやるといい」

しかし、この時に言っていたことは、破ることになってしまった。

本邸の問題や、侍女選定試験の裏側に潜んでいたものが……『遊び』の範疇で済まないことを、知ってしまったから。

※※※

――――エイデスが腕輪を落としたウェルミィと、偶然会った日の翌日。

「御当主様が、下働きに手を出したですって……？」

ローレラルは、エサノヴァから聞いた噂話に不機嫌になって声を上げた。

「誰ですの？　その不届きな女は」

「小柄で、リロウド伯爵令嬢に良く似た髪色をしていたそうで。それとなく聞いてみても、使用人頭の誰も心当たりがないらしいですわ」

「カツラか何か、かしらね……？」

エイデスの気を引く為に、あえて婚約者に姿を似せた、という可能性があった。

実際そうなのであれば、その下働きの目論見は成功したと言うことになる。

「……探し出しましょう」

「探して、どうなさるのです？」

顎に指を添えてローレラルがポツリと呟くと、エサノヴァが問いかけてくる。

「あら、勿論排除するのよ。わたくしには、どこにでも入れる下僕がおりますのよ」

ローレラルの実家であるガワメイダ伯爵家は、法務省を支配するキルレイン侯爵家の分家だ。

伯父である法務卿は厳格な人物だが、その弟であるローレラルの父は、放任主義だった。

『貴族としての務めを果たせ』と多く口にする以外は、優しく朗らかな父であり、ローレラルの教育方針は母に任されていた。

貴族令嬢の務めは、より高位の貴族に嫁ぐこと。

ローレラルはその為に、自分の外見を磨き、男性を楽しませる話術を身につけ……敵を蹴落とす為の、手練手管を学んだ。

「その侍女も、貞操を奪ってやれば、少しは身の程を知るのではなくて？」

笑みと共に漏らした言葉に、エサノヴァが少しだけ顔を強ばらせる。

「そ、そこまでなさいますの……？」

「身の程知らずな真似を最初にしたのは、その下働き。火遊びは火傷をするのだと、教えてあげねばなりませんでしょう？」

「エサノヴァ。分かっておりますの？　……王太子妃付き侍女にならなければ、この後、貴女にチャンスなどないのですよ？　わたくしの協力なしで、その地位を得られると思いますの？」

「ですが……」

「っ」

エサノヴァは唇を噛んだ。

彼女は、ローレラルと違い貴族位のない侍女である。

アロンナの娘だから準じた扱いをされているだけで、ここを一歩出れば平民でしかないのだ。


――そんな所で躊躇うような方針の家だから、没落するのですわ。


人を蹴落とし自分の価値をアピールするのに、手段を選んでいてどうするのか。

エサノヴァの母である侍女長代理も、どうでもいいのに、侍女としての仕事内容にうるさい。

少しでも手を抜けばダメ出しをしてくる、鬱陶しい存在だった。

仕事の中身がどうだろうと、高位貴族の当主や令息に選ばれる為に必要なものとは思えない。

しかし、ヘーゼルに対する暇潰しの嫌がらせには口を挟まないし、彼女を蹴落としてもローレラルには何の得もないので、敵対するつもりもなかった。

貴族としての務めを果たすのに、邪魔にならなければ良いのだ。

「エサノヴァ。ついでに下僕を使って、ヘーゼルも追い出してしまいましょう。どうもコールウェラ夫人の口添えで、周りにいる連中ごと下級侍女に上がる、という噂もありますし」

あの夫人も、ローレラルにとっては癪に障る相手だった。

『乾いた土地に凜と咲く花は、美しく見えるものですけれど。根腐れの花には、蜜の重みが感じられぬもの。わたくしの目にした一輪には、ふとしたことで朽ちてしまう危うさを感じますわね』

と、コールウェラ夫人は、あくまでも穏やかな笑顔で……『一見美しいが、心根の醜さが態度に表れている』と、ローレラルに告げたのだ。


――分かったような口を。


ローレラルは憤慨したが、側付き侍女を選ぶ側の相手にそれをぶちまける訳にはいかず、グッとこらえた。

自分は参加したものの、王太子妃付き侍女の地位に興味はない。

あくまでも狙いはオルミラージュ侯爵であり、試験はこの屋敷に潜入する手段に過ぎなかった。

しかし、協力関係にあるエサノヴァの格を下げる訳にもいかない。

「ヘーゼルを、追い出す……」

不快さに眉根を寄せていたローレラルの横で、エサノヴァが目をギラギラと光らせていた。

彼女は、実家の子爵家が没落する原因になったグリンデル伯爵家と、その娘であるヘーゼルを恨んでいるのだ。

「もう一度調べてみるけれど、魔導卿に擦り寄った下働きにも、ちょっと心当たりがあるの。髪色は違うけど、孤立してたヘーゼルと最近一緒にいる女よ」

ローレラルはうっすらと笑い、エサノヴァを横目で見た。

「何なら、女主人も同じ方法で潰してやるのも良いかしら。……でもまずは、その下働きに思い知らせてやりましょう。自分の立場をね」

そう言って、二人が連れ立って去った後。

「なるほどね……」

こっそり、建物の陰からそのやり取りを聞いていた一人の執事が、小さく肩を竦めた。

※※※

――そうして、今。


「ふ……ふざけるんじゃないわよ！　よくもそんな嘘をついて、わたくしを嵌めようと……！」

「ローレラル・ガワメイダ。そして、アロンナの娘エサノヴァ」

ウェルミィは、ウーヲンを睨みつけるローレラルと、呆然としているエサノヴァを冷たく呼ぶ。

呼び捨てにされたことに文句を付けようとしたのだろう、ローレラルが口を開きかけたが……ウエルミィが怒りを込めて向けた視線を受けて、ピタリと固まった。

周りの使用人たちも、気圧されたようにざわめきが小さくなる。

「正直、彼を変身させてヘーゼルをハメようとしたことはともかく、私の貞操を狙わせたことなんかどうでもいいいいの」

「は……？」

この一件においては、もっと重要な事実が一つあるのだ。


「国際条約に於いて。四公の魔術を扱える者を発見したら、大公国に伝える義務があるのよ」


それは契約魔術を介して各国の有力者がお互いを縛る、れっきとした『制約』である。

大公国の各血統固有魔術は危険過ぎる為、『大公国がきちんと管理する代わりに、他国内で能力を使用しない』という取り決めが為されているのだ。

ローレラルがもし王族や上位貴族当主であれば、隠蔽だけで呪いが降りかかるほどの重罪。

逆に大公国側にも、自国の防衛や要人警護以外で血統固有魔術を行使させた場合は、同様の呪いが降りかかる。

四公の血族を私物化するなど以ての外で、ウーヌンの件はれっきとした国際問題なのだ。

「ローレラル。貴女、自分が何をしたか分かっていて？　下手をすると国家間戦争に発展するような問題を、たかが嫌がらせや私欲を満たす為に引き起こしたのよ？」

「わ、わたくしは知らないわ！　いい加減に……！」

「いい加減にするのは貴女の方なのよ。そろそろ気づきなさい」

ウェルミィが手を上げると、そこに嵌まった腕輪が、シャラン、と鳴る。

その合図で、お義姉様もメガネを外しながら粛々と進み出てきた。

目を合わせ、二人で同時に腕輪を引き抜くと……即座に髪の色と瞳の色が変わり、使用人たちが一斉に息を呑んだ。

エサノヴァはもはや反応せず、ローレラルが、サッと顔色を変えて上目遣いにこちらを睨む。

「その、髪色と髪型……やっぱり貴女が、魔導卿が手を出した下働き……！」

「重要なのは、そこなの？」

ズレた物言いにウェルミィは呆れ返ったものの、他の使用人の手前、不敵に笑みを浮かべてローレラルに告げる。

「改めて名乗らせていただくわ。エイデスの婚約者、リロウド伯爵家が長女ウェルミィよ」

「同様に、レオニール王太子殿下の婚約者、女伯イオーラ・エルネストと申します」

「……？　……!?」

ローレラルは、どうやら混乱しすぎて気づいていなかったようだ。

「オルミラージュ侯爵の名代として命じます。国際条約を犯したローレラル・ガワメイダ、並びに彼女の目論見に加担したエサノヴァ以下使用人を、国家反逆罪で全員拘束しなさい」

「王太子殿下の名代として、その発言を承認します」

ウェルミィとお義姉様がそれを告げた相手は、アロンナだった。

真にエイデスに『忠実』であるならば、と下した命令に……彼女は優雅に淑女の礼《カーテシー》を取った後、顔を上げて家令カガーリンを見た。

「護衛騎士団長、並びに、護衛魔術士団長に命じます。ローレラル、エサノヴァ、オリオン……」

家令は頷いて、順に彼女たちに同調していた下級侍女の名前などを挙げて行く。

「今、名を挙げた全員を拘束して、牢へ。また御当主様、魔導省、並びに王室への連絡を」

「「はっ！」」

各団長が答え、囲んでいたシドゥを筆頭とした騎士たちが動いて、次々と取り押さえていく。

それをポカンと眺めていたヘーゼルに、ウェルミィは片目を閉じて見せた。

「それと、後で正式に発表するけれど……ヘーゼル、貴女に、オルミラージュ女主人の側付きを命じるわ。覚えることといっぱいあるから、覚悟しといてね？」

「……はぁ!?」

そう声を上げる彼女に、後日ウェルミィは、睨みながらこう言われた。

——よくも騙しやがって、最悪だわ、と。

※※※

ローレラルたちが連れ去られるのを見ながら、ウーヲンは小さく息を吐いた。

周りからの奇異なものを見る視線が痛かったが、イングレイ爺さんにポンポン、と背中を叩かれて、小さく頷く。

ウーヲンは、物心ついた頃には養護院で育てられていた。

三歳頃に、薄汚れてはいるが身なりの良い格好をしていたウーヲンを拾った養母は、名前を尋ねても答えなかったから自分が名付けた、と言っていた。

その頃から無口な質《たち》で、今に至るまでずっとそうである。

貴族だろう、と届け出はしたそうだが、何故か親が見つかることはなかったらしい。

その理由は、五歳頃に判明した。

幼いウーヲンは、自分の性別を〝変貌〟の魔術で女に変えていたのだ。

養母は男に戻ったウーヲンに驚いたが、平民の彼女が魔術に詳しくないこともあり、口外しなかった。

けれど、子ども同士で遊ぶ時には皆その魔術を楽しんでいて、頼まれて化けたりしていた。

それが悪かった。

たまたま馬車の中からそれを見たらしいローレラルに、目をつけられたのだ。

そして、『庭師として雇いたい』と申し入れが入った。

貴族の家に雇われ職につけるなど幸運であり、養母には断る理由も権利もなかった。

ローレラルは、何度もウーヲンに変身して見せるよう命じ、同時に自分の前以外でそれを披露することを禁じた。

普段は庭師として……植物の世話は、思いの外やり甲斐があったので……静かに過ごしていたが、年齢が重なるにつれ、徐々に〝変貌〟の魔術を使った仕事を命じられることになった。

最初は、些細なことだった。

ローレラルがこっそり、ちょっとだけ家の外にお出かけする時の身代わりなどだ。

嫌な家庭教師のレッスンなども代われと言われたが、そもそも立ち振る舞いも言葉遣いも知らず、全く基礎のないウーヌンでは代われないことを伝えると、彼女は不愉快そうながら納得した。

しかしもっと年齢が高くなると、ローレラルの要求はエスカレートしていった。

彼女は初め、貴族学校へと侍女に化けさせたウーヌンを伴い、『あの子に化けろ』などと命じた。

そうして、淑女らしくない振る舞いをさせて、悪評を立てるような嫌がらせに加担させられた。

次第に街中で同様のことをさせたり、あるいは後ろ暗い場所に姿を変えて出向かせたり。

遂には、どこかのご令息の姿でゴロツキにメモと一緒に金を渡すように言われ、その後、『どこかのご令嬢が襲われて、ゴロツキが捕まり黒幕を吐いたせいで、そこと仲の悪かった男爵家が賠償金を支払った』という話を意味ありげに聞かされた時に、恐ろしくなった。


——俺の、せいで？

嫌がらせでも大概なのに、知らぬ間に犯罪の片棒を担がされていたのだ。

『ねぇ、ウーヲン。逃げようなんて思わないでね？　わたくしが捕まったら、貴方も一蓮托生よ。そうなると……うちがお金を出している貴方の養護院がどうなるか、分かるわよね？』

もう逃げられないのだ、と悟った瞬間だった。

それからは、大きな犯罪はバレる危険が高いと思ったのかそこまで酷い命令はなかったが、ウーヲンはいつも怯えていた。

いつ、どこで、誰を陥れるような命令をされるのかと。

庭師としての腕は、ガワメイダ家の庭を仕切る男に認められつつあって、庭師一本で食べていけるだろうと言われたけれど、ローレラルから逃れられないから諦めていた。

その後、ローレラルが『自分の伴侶にしたい』と言った侯爵の家に、彼女が侍女として入る時に連れて行かれることになった。

侍従としてだったが、男の、それも侯爵家では部外者を屋敷の中に入れる訳にもいかないだろうに、と思っていたら、『庭師の勉強』という名目で中に入れて貰えるらしい。

――侍女の選定だろ。男なのを理由に、断ってくれても良かったのにな。

むしろそっちの方が良かった、と思ったけど……それが転機だった。

オルミラージュ侯爵家の庭を仕切っているのは中年の元締めだったが、彼は薬草畑を世話する爺さんをいつも気にしていて、よく相談に行っていた。

豊かに蓄えた髭と、少々額の後退した緩やかなウェーブを描く銀髪は、ロマンスグレーなのか地毛なのかよく分からないが、どことなく逆らいがたい雰囲気を持つ爺さんだった。

『イングレイという。小坊主、お前は筋が良さそうだの。こっちに来い』

ある日、そう呼ばれて元締めに許可を貰って行くと、そこに生えている様々な薬草についての話をされ、どんな花や木を育てられるかを聞かれた。

イングレイ爺さんは話しやすく、会話が苦手なウーヲンでもどうにか話すことが出来た。

半月で薬草の世話を一部任されて、効能をより良くする為には普通よりも繊細な世話が必要となるのだ、と聞かされた。

『小坊主。お前は、魔力が強いだろう？　魔術も扱えそうだの？』

ある日そう問いかけられて、背筋が凍った。

『ま、隠しておきたいなら隠しておけ。だが、豊富な魔力は薬草のような植物には良い影響をもたらす。与え方を覚えるがいい』

そう言って、世話の仕方にどういう工夫を凝らせば良いかを、丁寧に指導された。

『やはり筋が良いの。水を扱う魔術との相性が特に良い』

イングレイの爺さんを通じて、徐々に他の連中の顔と名前も知った。

彼に直接交渉して、薬草を代金と引き換えに買う権利を勝ち取った、下働きたちだ。

見目がいい人たちが揃う侯爵家使用人の中でも、特に整った顔立ちをした、気の強そうなミィ。

その姉らしい、穏やかで優しげなアロイ。

彼女たちは、肌荒れ用のクリームを作るために、材料の一部である薬草を求めていた。

特にアロイは薬草そのものにも詳しいらしく、ウーヲンも何度か言葉を交わした。

イングレイ爺さんにも、姉妹揃って気に入られているらしい。

そんな二人に付き合って来た〝傷顔〟と〝笑顔〟と呼ばれている下働きも、何度か顔を合わせた。

ヘーゼルは無愛想だが薬草栽培に興味があるらしく、イングレイ爺さんの所に行っていた。

逆にミザリはいつもニコニコと、何故かウーヲンに近づいてくる。

『ね～ね～、今は何してるの～？』

『これって食べられるの～？』

『こんな臭い草の所によくジッとしてられるね～！』

正直、めちゃくちゃうるさかった。

ウーヲンは元々弁の立つ方じゃないし、ミザリは答えなくても一方的にずっと喋っている。

でも作業の邪魔にはならないので、たまに頷いたり首を振ったりしながら放置していた。

すると、頻繁に顔を見せるようになったミザリは、何か色々持ってくるようになった。

それは欲しいと言ったからあげた花を押し花にしたものだったり、お菓子だったり、あるいは擦り切れた仕事用腰ポーチの新品だったりした。

目的が分からないが、一方的に貰う訳にもいかず、もうすぐ枯れる予定の花を少し早く摘んで束にしたり、ミィたちが買っていく薬草の落ち葉を拾い集めて渡したりした。

『ありがとうね～！』

いつも笑顔で、そうお礼を言うハチミツ色の髪の少女を、煩わしいとは思わなくなっていた。

そんな日々の中で……ついに恐れていた命令が、ローレラルから下された。

『ミィを襲え』、と命令されたウーヲンは、現実に引き戻された気がした。


家族とも言える、養護院の皆の命が懸かっている以上、命令には逆らえない。

無理やり女性の貞操を奪うのは犯罪であり、何より、人を傷つける行為だった。

でも、どうしようもなかった。

言われるままへーゼルの姿になったウーヲンは、夜にどこかの執事見習いの手引きを受けて、女性使用人棟に入り……呆気なく捕まった挙句に、ミィの正体を知った。

事情を聞いて、養護院の皆を助けてくれるという彼女は、女神に見えた。

ミィに報いるために、ウーヲンは『ミィを無事に襲った』と嘘をついた。

すると今度は『へーゼルに窃盗の冤罪を着せる』というローレラルの計画を聞いたので、それをミィに密告した。

『証言をなさい』と告げた彼女は、ウーヲンが〝変貌〟出来ることを明かしても悪いようにはしない、と約束してくれた。

だから、ローレラルと訣別する為に、ウーヲンはこの場に立ったのだ。

――良かった。これでもう、誰も傷つけなくて済む。

心の中で、そう呟いた。

7. あるいは、魔導卿であった者

――ウェルミィが、屋敷に侍女として入り込む少し前のこと。


「確かめなければならないことが出来た」

静かにそう告げたエイデスの様子に、ウェルミィは眉をひそめた。

いつもと違い、少し思い詰めているように感じたからだ。

「どんなことなの？」

「ルトリアノについて、少しな。私のたどり着いた答えが事実だとすれば、ヘーゼルたちには伝えるべきではない真相が行動の裏にある。処刑前に、それを確かめに行く」

「エイデスの友達だったのよね……あの人、死罪なの？」

「情状酌量を本人が望んでおらず、人を最低でも三人殺している。そこに議論の余地はない」

そう言って、珍しくお酒を手にしているエイデスの頬に、ウェルミィはそっと手を添えた。

「ねぇ、エイデス。……仕方ないことでも、辛いことは辛いって言って。私にだけは」

驚いたような様子を見せた彼の、青みがかった紫の瞳がこちらを見つめる。

「気づかないと思った？　貴方が私を見ているように、私もエイデスを、ずっと見ているのよ？」

「真実だと知れたなら、きちんと話そう。……その時は、弱音も一緒に聞いてくれるか？」

「勿論よ。私は貴方のものなんだから、『何でも言うことを聞く』わよ」

ふふ、と笑ってみせると、エイデスはコトリとグラスを置き、そのままウェルミィを抱き締めた。

※※※

そうしてエイデスが面会に赴くと、グリンデル伯爵家を破滅させた男は薄く笑みを浮かべた。

「これはこれは、外務卿。この罪人に、今さら何の御用かな？」

「結果が出た。……ヘーゼルとミザリ、そしてお前の、魔力波形検査の結果が」

書類を数枚取り出して古ぼけた安机の上に置いたエイデスに、スッと男の表情が消えた。

「……余計なことを」

「最初から違和感があった。ヘーゼルはグリンデルの血統に多い黒髪でも、前夫人のハチミツ色の髪でもなく……ルトリアノだった頃のお前の妻、ウーリィによく似た鮮やかな赤毛をしている」

彼はその言葉に反応しなかったが、エイデスは、彼の内面を探ろうと注視する。

「お前は、全てを知っていたのか？」

詳細な調査結果が上がるたびに、僅かずつ違和感は大きくなっていた。

彼は、自分を亡き者にして家督を奪った弟夫妻を、拷問と虐待の末に殺した。

次に、ヘーゼルを虐げる為だけにミザリという孤児を拾い上げて、死の寸前まで追い込んだ。

そして後妻として雇った侍女は、毒殺した。

しかし実際、この中で最も精神的・肉体的に強い苦痛を与えられていたのは、ヘーゼルではなく……弟夫妻か、何の関係もない筈のミザリだ。

そして行方不明になったとされ、実際は庭に葬られていたウーリィは出産した形跡があり、その直後に亡くなったという検死結果が出ている。

「彼女は、契約魔術に造詣が深い人だった」

ルトリアノやクラーテスの二つ歳下だったウーリィについて、エイデスは言葉を重ねる。

「一歩間違えば呪いともなる契約魔術は、魔導紙に署名を行うことで成される。……彼女は、夫を殺した連中に家督を譲る際に、それを行使したのではないのか?」

「……証拠はあるのか?」

顔にうっすらと笑みを戻した男に、エイデスは頭を横に振る。

「ない。契約魔術の魔導紙は、契約違反が起こった場合、速やかに定義された罰則を行使して最後に燃え落ちる。……お前は意図的に、弟夫妻に契約違反を起こさせたのだろう?」

その契約内容に関しては推察するしかないが、何故かヘーゼルを慈しみ育てていたという弟夫妻。

さらに『ヘーゼルだけは』という弟嫁の嘆きを聞いたという、ヘーゼルの証言。

そして、魔力波形によって判明した事実。

「ヘーゼルは、お前とウーリィの子。ミザリは弟夫妻の実子だと、検査結果が述べている」

　これを見た瞬間、エイデスの違和感は確信に変わった。

　死んだウーリィは、おそらく家督を譲るための幾つもの書類に、意図的に契約魔術を記した書類を交ぜ込み、サインをさせたのだ。

　ルトリアノを殺された復讐をすると同時に、ヘーゼルを守る為に。

　調べたところ、孤児とされていたミザリは、生まれたばかりの頃に名前を記した紙と宝石をお包《くる》みに入れられて、養護院の前に置かれていたそうだ。

　契約魔術は、代償が大きいほど強力に契約者を縛る。

「家督と己の死を条件に、ウーリィは弟夫妻に呪いをかけたのだろう？　おそらくは、我が子を手元に置けないような呪いと、ヘーゼルを虐げれば発動する呪いを」

　事実を口外することすらも、契約魔術によって弟夫妻は禁じられていた筈だ。

　それが10歳まで、ヘーゼルが無事に生きられた理由。

　ルトリアノが事実を知った時期は分からないが、発覚した時にはもう止まれなかったのだろう。

　その時点で既に、グリンデル伯爵家を破滅させる計画を実行し始めていたのだろうから。

「ははは……そんな妄想を語る為に、俺の所に来たのか？」

　ルトリアノでありトールダムでもある男は、嘲るような笑いと共に、こちらを見上げる。

　その嘲りはエイデスに向けられているのか、あるいは、自分に向けられているのか。

「雑談をしに来たのなら、俺も話してやろう。場末で知り合った男がしていた、面白い話をな」

そう言い置いて、彼は語り始めた。

※※※

男は、元は高貴な家柄の出だったらしい。

大怪我を負わされて崖から落ち、一時的に記憶を失い、取り戻した時には全て手遅れだったと。

だから、復讐の為に動いた。

仇である弟を破滅させる為に数年間かけて追い詰め、その身柄を拐《さら》うことに成功したそうだ。

しかしどれほど拷問しても、弟は男の妻子がどうなったのかに関して口を割らなかった。

最後には『割らないのではない、割れないのだ』と泣き叫んだらしい。

だから、魔術を使った。

精神を破壊するほどの負荷を掛けて、全てを詳らかにする最悪の自白魔術を。

男は人の精神に作用する魔術が得意で、かつて高貴な身分であった頃は、研究の為に『禁忌の書』と呼ばれるものの閲覧が許されるほどに優秀だった。

弟はその苦痛に加え、口を割ったことによって契約魔術が発動してショック死した。

同時に男は、自分の娘が無事に産み落とされていたことを知った。

そして弟夫妻によって愛情深く……そうせざるを得ない呪いによって……育てられていることを。

彼らには、三つの呪いが掛けられていた。

二つは『娘に非道と感じる行いをする』か『弟夫妻の実子が近くにいる』と激痛に襲われる呪い。

そして一つは、『娘が死ねば弟夫妻も同時に死ぬ』呪いだ。

男は、絶望には底などないのだと知った。

今更、死去したと見做《みな》され身分もない自分が、もし生きていることや父親ということを名乗り出たとしても……娘は血みどろの家督争いをした殺人鬼たちの子として、生きることになる。

だから、男は選んだ。


全てを秘したまま、娘を不幸に陥れた悪魔として憎まれる道を。


どちらにしても伯爵家は潰れ、罪は白日の下に晒される。

ならば娘にとっての最善は、『弟夫妻が彼女を愛しているように振る舞ったのは、呪いに縛られていたから』だという残酷な事実を、知らせないこと。

幸い娘は、国の記録上も弟夫妻の子として籍を置いている。

妻の弔いがある為、弟夫妻の罪を秘匿し切ることは出来ないが……娘が、少なくとも『両親だけは自分を愛してくれた』と、信じられるように動いた。

その為に男はまず、自分の存在を消した。

記憶喪失の間に助けられた者、親しくしていた者から、忘却の魔術によって自分の記憶を奪った。

殺されかけて助けられた男はいなくなり、平民の身分を持つ、誰も知らない男だけが残った。

彼は、『もう一人の仇』である弟嫁を脅して婚姻を結ぶと、部屋に監禁して、養護院に預けられていた彼女の実子を呼び寄せた。

それによって、弟嫁は契約違反で常に激痛に襲われ続けることになった。

何も知らない弟嫁は、娘が彼に虐げられているのだと思い、『娘だけは』と懇願した。

だが、彼女にそれ以上の真実を口にすることは出来ない。

やがて正気を失いかけた頃には、彼を見る弟嫁の目に『何も知らず、自分の娘を虐げ続けているバカな男』という侮蔑の色が、憎悪と共に浮かぶようになった。

だから、絶望の底に叩き落とす為に『お前の実子を引き取り、使用人棟に放り込んで教育しているる』という真実を教えてやった。

呪いの激痛が自分を襲っている本当の理由を知って、糸が切れたように弟嫁はすぐに死んだ。

これで、両親も財産も失った可哀想な娘が一人、出来上がった。

家督相続を許した親戚連中も没落させ切って、茶番が終わりに近づいてきた所で……娘は、突拍子もない行動に出た。

予想外だったが、時期も良かった。

心優しい旧友が自分を捕らえに来るタイミングで娘に会いに行き、『伯父に全てを奪われた娘という真実』を話した。

もう一人、運良く生き残った弟夫妻の実子は放置したが、協力者であった後妻は始末した。

自分の贅沢のために幼子を嬉々として虐げる女など、生かしておいてもろくなことはしない。

可哀想な娘は生きる選択をして、男を睨みつけてきた。

自らつけた爪痕を癒すことすらいらない、という苛烈さは、生前の妻にそっくりだった。

これから先も、一人で生きていけることだろう。

妻の死体だけは埋葬し直して欲しかったので場所を明かしたが、それ以上大昔に起こった事件の詳細を掘り返した所で、得をする人間は残っていない。

胎児の謎は放置されるだろうと思っていたのだが、そこは年下の旧友を甘く見過ぎたようだ。

後は男自身が、復讐に走った罪人として首を括られれば、全て終わりだ。

そしてほとぼりが冷めた数年後に『遠い親戚が死んだことで、平民として慎ましく生きるだけなら十分な遺産』が、心優しい旧友に保護された可哀想な娘に相続されるだけ。

もしかしたら一番僥倖《ぎょうこう》だったのは、冷酷非情の女嫌いなどと呼ばれながら、その実、弱者に手を差し伸べずにはいられない旧友がいたこと、なのかもしれない。

「明かす必要のない残酷な真実だ。そうだろう？　親愛なるエイデス・オルミラージュ」

※※※

そこで、彼はこちらに興味を失ったように目を逸らした。

「知り合いが語った戯言《ざれごと》は、以上だ。奴はそろそろ死ぬだろう」

「……ルトリアノ」

「俺はトールダムだ。ルトリアノという男は、既に何年も前に死んでいる」

人払いをしているこの場で語った言葉は、公式には一切記録されない。

彼がヘーゼルに語った『真実』すらも、自殺を図り、自らの顔に爪を立てた心神喪失状態の少女の報告として証拠能力がなかった。

『死刑を望む』……男の公的な発言はそれだけで、取り調べでも彼は全てを黙秘した。

そして目の前の男の語る通り、この真実を暴いた所で得をする者は誰もいない。

ただ、真相を知った少女たちの心がさらに傷つくだけだ。

「……ウーリィは、お前の行動を喜ぶと思うか？」

以前レオが口にした疑問をエイデスが問うと、男は片眉を上げた。

「おかしなことを言うものだ。やると決めるのは自分自身。そして決めた以上は、それがどんな役割であろうとやり遂げることに意味がある。あのウェルミィ・リロウドのようにな」

義姉の為に、自らを巻き込んだ破滅を望んだ婚約者の名前に、エイデスは深く息を吸う。

「ウーリィという女が誰かは知らないが、他人を呪った時点で地獄行きだろう。どこかの元伯爵夫妻と四人でじっくり話し合うのも良いな。死んだ後なら、時間はたっぷりあるだろうからな」

暗い笑みを浮かべた彼は、目を背けたまま言葉を続ける。

「外務卿。お前に出来ることは、可哀想な娘たちが天国へ行けるよう取り計らうことだけだ。もうこの世に必要のない人間を、気にする必要はない」

「……歯車さえ狂っていなければ、お前も魔導卿と呼ばれた一人だっただろうにな」

禁忌の魔術に深く精通し、そうした魔術の後遺症で苦しめられる人々を救う数々の手法を編み出したかつての友は、もういないのだ。

心の保ち方を誰よりも知る者は、その壊し方にも、誰よりも精通していた。

そんな彼の手は罪に塗《まみ》れ、もう、救われる気すらもない。

「私は可能であれば、お前も救いたかった。……ウェルミィと、同じように」

「傲慢だな、外務卿。人は神ではない。万人を救うことなど出来んよ」

エイデスはそれきり口をつぐんだ彼に背を向けて、面会室を出る。


……その二ヶ月後、絞首刑に処された男は、ひっそりとこの世を去った。

※※※

「……私は、また届かなかった」

面会の出来事を話して、そう告げたエイデスは無表情だったけれど。

ウェルミィは黙ってソファに膝立ちになると、彼の頭を胸元に抱き締めた。

事件は表向き、『お家乗っ取りを企んだ平民の男は商売が上手く行かず、前伯爵の娘を虐げたことで事件が起こり、自暴自棄になって妻を殺し、取り潰しになった』と報じられるそうだ。

センセーショナルな部分に目を向けさせて、真実は全て闇に沈むことになる。

ヘーゼルとミザリを守る為には、そうするしかないから。

「行方不明になった時にルトリアノを見つけ出せていれば、こんな結末は迎えなかっただろう」

「それはエイデスのせいじゃないわ」

「……それでも、彼は『私が救えたかもしれない誰か』だったのだ」

「後悔はいくらでも聞くけれど、必要以上に自分を責めないで」

『親しい人を救えなかった』という事実は、エイデスの心に一番深く突き刺さることを、ウェルミィは知っていた。

彼が呪いの魔導具を消し去ることを志したのは、義母と義姉を救えなかった後悔からなのだ。

「失ったものばかりじゃないわ。貴方は新しく預かったのよ。ルトリアノが、憎悪を背負ってでも未来に歩き出して欲しかった子どもの、将来を」

ルトリアノは、ヘーゼルが自分の顔につけた傷に、消えない呪いを掛けた。

何故そんなことをするのか、普通は理解できないだろうけれど、ウェルミィには分かる気がした。

それはきっと、生涯唯一の彼から娘への『贈り物』なのだ。

「エイデス。貴方が預かったものは、彼が本当は一番大切にしたかったものなのよ」

ウェルミィが、自らの破滅と引き換えにしてでも失いたくなかったお義姉様と、同じ。

傷に呪いを掛けたのは、生まれてから別れるまで腕に抱くことすら自ら戒めた娘が、その傷痕を治すなと……生きる為に望んで得たものを『奪うな』と言ったから。

ルトリアノが命を懸けた所で、負の感情が籠っていなければ、死して強くなる呪いにはならない。

リロウドの血統なら、ヘーゼルが望めば解呪出来るだろう。

ルトリアノが真実を語ったのはきっと、エイデスが深く傷つくほどの友情を交わしていたから。

ウェルミィは彼の頭を抱いたまま、その左手を持ち上げて手袋を抜き取る。

持ち上げてそっと頬を添えた彼の左手は、火傷特有のツルリとした痕と、硬くなった筋のような引き攣れに覆われていた。

ヘーゼルが傷痕を残したように、エイデスも薄く出来る筈の火傷痕をそのままにしている。

それはエイデスの悔恨の証であると同時に、決意の証だ。

ヘーゼルにとっても、きっと顔の傷は、過去との決別の証明なのだろう。

「貴方やヘーゼルの気持ちは、きっと私には、心の底から理解することは出来ないわ。同じような思いをしても、結局は他人だもの。……でもね、エイデス」

少しだけ体を離して、ウェルミィは見下ろすように愛しい人に微笑みかける。

「こうして寄り添って、話を聞いて、あなたたちのやりたいことを、少しでも手助けしてあげることは出来るわ。エイデスが今まで、私にそうしてきてくれたように」

彼自身は醜いと思っているだろうこの手に、ウェルミィは救われたのだ。

この痕まで含めて、彼を愛しいと感じるのだ。

ヘーゼルにも、そうあってくれる人を見つけて欲しいと、ウェルミィは思う。

『――――では、お前が私の妻になれ』

『お前は、姉のイオーラが助かれば何でも良いんだろう？　ウェルミィ・エルネスト。ならば、私の嫁になれ。そうすれば、姉は助けてやる。望むままに生きるだけの後ろ盾も与えてやろう』

あのエイデスの提案がなかったら、ウェルミィは今ここにいない。

「貴方の手は、ルトリアノに届かなかったかもしれない。でも、私とヘーゼルには届いたのよ」

エイデスは、黙ってウェルミィの顔を見上げている。

「貴方に拾われた頃と違って、私自身も、今はエイデスや他の人に手を差し伸べることが出来るわ。貴方も、私も、一人じゃないのよ」

そう教えてくれたのは、エイデスだ。

慈しむように、別邸の中で、彼は様々な形でウェルミィに愛を示してくれた。

そうして少しずつ外に出て、人と会って、成長した自分を、今、エイデスは頼ってくれた。

守られるだけの存在じゃなく、横に立って彼と一緒に理不尽と闘う、伴侶として。

「貴方が預けられたヘーゼルを、そして生き残ったミザリを、私とお義姉様が、ちゃんと羽ばたけるように手助けするわ」

ウェルミィは、再びエイデスの頭を抱き締めて銀髪に鼻を寄せ、つむじに口づけを落とす。

「気持ちを口にして、心を整理して。そうしたら、次は残ったものを数えるの。……辛い？」

「……ああ。とても辛い。心が軋《きし》んでいる」

「悲しいわね」

「良い友人だった。ウーリィも、明るく強い女性だった。もう、二人で笑う彼らを、見ることは出来ない」

「思い出せる？」

「今でも、鮮明に」

「きっと二人は、その顔を覚えておいて欲しいんじゃないかしら。だって、誰に恨まれ憎まれても、エイデスと彼らは友人だったんだもの」

「……そうだな」

エイデスは、手袋を取った左手をウェルミィの腰に回し、力を込める。

嗚咽は聞こえなかったけれど、胸元に少しだけ濡れたような感覚がじわ、と広がった。

「ルトリアノとウーリィの、自分の命よりも大切なものを、救い上げられるだろうか」

「ええ。貴方と私なら、きっと出来るわ」

「ウェルミィ。お前がいてくれて、良かった。……お前を救えて、良かった」

「私も、私を救ってくれたのがエイデスで良かったわ。これから先も、ずっと一緒よ」

今も、これからも、エイデスが思う存分、辛さを吐き出せるように。

弱さを見せてこれなかった人が、一人で深く傷つかないように。

「二人ならきっと、もっと大勢の人に手を差し伸べることが出来るようになるわ。ヘーゼルとミザリは、任せて。……彼女たちが幸せに笑えるようになるのが、皆の望む結末よ。そうでしょう？」

「ああ、そうだな」

エイデスの声色は、いつも通りに、ともすれば冷たくも感じるような平淡なものだけれど。


——貴方が、人の悲しみを自分のことのように感じる優しい人だって、私は知ってるわ。


だから、泣きたかったら泣いていい。

エイデスは、ウェルミィにだけは、強がらなくていい。

彼が甘やかしてくれたように。

ウェルミィだって、エイデスを甘やかしたいのだから。

その日、ウェルミィはエイデスが顔を上げるまで、ずっと彼の頭を撫で続けた。

……後になってちょっとからかったら、腰が抜けるほど深く何度もキスされたのは、凄く納得がいかなかったけど。

一つだけ分けて貰ったエイデスの重荷を背負って、ウェルミィはその後、本邸に赴いた。

そうして、ローレラルの引き起こした最悪の事態に遭遇したのだ。

｛裏｝
遥か未来の安寧を

PRIDE OF
A VILLAINESS

1. 狙われた伯爵令嬢

「気分はいかが？　ローレラル。少しは反省したかしら」

盗難冤罪事件から、明けて翌日。

オルミラージュ侯爵家護衛騎士棟の地下にある牢屋に放り込まれていたローレラルは、エイデスを伴って現れたウェルミィに、恨めしげな目を向けた。

「……わたくしにこんな事をして、タダで済むと思っているの？」

「タダで済まされないのは、貴女のほうよ。まだ分かっていないようね」

すっかり侯爵夫人に相応しいドレスを身につけたウェルミィに対して、ローレラルはハッ、と醜悪な笑みの形に顔を歪める。

一晩牢屋に入れられて不貞腐れているか、しょぼくれていると思っていたのだけれど、そうでもないらしい。

もしかしたら、本当に助けが来ると信じているのかもしれなかった。

「あなたこそ、自分の立場が分かってないわね。ねぇ、オルミラージュ侯爵様？　その女は、既に他の男に犯されて傷物ですのよ？　そんな女を娶るだなんて、家名に傷がつくのでは？」

「ほう」

沈むなら道連れにしてやる……そんな気配を漂わせる彼女に、エイデスは嗜虐的に目を細める。

「そうなのか？　ウェルミィ」

エイデスの問いかけに、軽く肩をすくめて見せた。

「もしそうなら、私は死んでるわ」

「だろうな」

その余裕のあるやり取りを不審に思ったのか、ローレラルが表情を怪訝そうなものに変えた。

「オルミラージュ侯爵様？　その女は本当に……」

「貴女、自分の目の前にいるのが誰だと思っているの？」

まさか、掴ませた偽情報《ブラフ》をまだ信じているとは思わなかった。

ウーヲンがこちらについた時点で、それが起こっている筈がないと分かりそうなものなのに……

もしかしたら、物事を自分に都合の良いように解釈する以外の視座がないのだろうか。

「エイデスは、当代最高の魔導卿で筆頭侯爵よ？　私たちの婚約書には『ウェルミィ・リロウドが婚姻まで貞操を守らなかった場合、死を賜る』という契約魔術が盛り込まれているの」

「何ですって……!?」

普通の貴族は、そうした事象を契約魔術で縛ったりはしない。

が、玉座に近しい者や権力の中枢にある者の契約には、姦通による情報漏洩や既成事実による権力奪取を防ぐために、婚約や婚姻に条項が盛り込まれる。

寝物語で、ポロッと大切な情報を漏らしてしまうのは、古今東西良くある話だから。

「つまり貞操を奪われていたら、私はここにいないのよ。お分かり？」

代わりに、エイデス側も制約として、ウェルミィに嘘はつけないようになっている。

本音を言わないことは出来ても、嘘はつけない……もし破れば彼も死を賜るが、ウェルミィとエイデスにとっては、お互いに特別デメリットのある契約ではなかった。

「……お得意の解呪の力でも使ったのではなくて？」

「エイデスに気づかれないように？　この人を疑うなんて、命知らずね」

そもそも死を制約とするような強い契約を解呪などしたら、術者にバレるに決まっている。

まして、自分たちの婚約保証人は国王陛下である。


——まぁ、婚約で当主まで生死を賭けるのは、やり過ぎだと私は思うけど。


普通は令息の段階で結婚するものだし、その際に令嬢側が結ぶ契約である。

ウェルミィはまだしも、エイデスがうっかり死んだらどうするのかと思いつつ、本人が大丈夫だと言うので受け入れたけれど。

「私が生きてこの場所にいることそのものが、貴女が私に騙されたってことの証拠なの。ああ、勿論、ウーヲンを縛り付けていた懸念はとっくに排除してあるわ」

「ぐっ……！」

「本来なら、貴女のことも王室が決着をつけないとダメなんだけど……事が大き過ぎて、マトモに処理すると、お金の問題だけじゃ済まなくなっちゃうのよね」

ローレラルは処刑、野放しにしたライオネル王国も責を問われる。

巻き込まれただけのオルミラージュ侯爵家はまだしも、管理責任を遂行出来なかったという点で、大公国側にも非難が集まり、処刑に至る者が出る可能性があった。

聞く所によると、怠慢と言われても仕方のない経緯でウーヌンは王国に取り残されており、それをローレラルがたまたま見つけて手駒にしたのだ。

ウェルミィの言葉をどう解釈したのか、彼女は顔に笑みを戻す。

「じゃあ、わたくしをあなた方は裁けないという訳ね。残念だったわね」

「あら、『秘密裏に処理する』と言っただけよ。毒杯を賜りましょうか？」

強気な態度を取っていても死ぬのは怖いらしく、ローレラルはサッと青ざめた。

事の重大さを鑑みれば毒杯などむしろ軽い処分の部類だし、この世には、死ぬより辛い目に遭わせる方法が幾らでもある。

そして国もウェルミィ自身も、彼女を許すつもりは一切ない。

「私はね、ローレラル。自分の都合のみで他人の尊厳を踏み躙《にじ》る人間が、この世で一番嫌いなの。貴女は一線を越えた……だから、ラウドン様に預けることにしたわ」

ホリーロ公爵家はウーヌンに関する情報を、ローレラルが貴族学校で他人の悪評を振り撒くのに利用していた件から薄々摑んで調査していたのだと、先日聞かされた。

元々身柄を引き渡す契約でラウドン様を雇い入れていたけれど、この件があってなお要求を呑んだ理由は、彼の提案にあった。

『あの手の人間は、逆に自分の尊厳を踏み躙られるのが一番耐え難いでしょう。そういう目に遭わせて差し上げますよ。心が壊れる寸前まで追い詰めて、本当に反省するまで』

と、言っていたからだった。

その話し合いをしたのは、ちょうど、ローレラルが『ウェルミィをウーヲンに襲わせる』という計画を立てていた時のことだった。

※※※

「セイファルト、ちょっと問題が起こりそうなんだけど……裏で時間貰えない？」

その日、セイファルトはラウドン様にそう問いかけられて、ちょっと面食らった。

裏、というのは、『ウェルミィが下働きに交ざっていること』を知っている人たちを集めること。

情報収集の為、二人は執事見習いとして……ラウドン様はどうするつもりか知らないが、セイファルトは普通にこのまま居座るつもりで……勤めていた。

つまり、この話を長々として誰かに聞かれるのは立場的にマズい。

「皆に繋いでおきます。昼に、『部屋』でよろしいですか？」

問いかけると、ラウドンが頷いたので、セイファルトは急いでカーラを探した。

「厄介ごとね。……良いわ、お伝えしておきます」

彼女を通じて連絡を取る先は、ウェルミィの影武者をしているダリステア様だ。

その手段を知るのはカーラ一人で、多分、屋敷の中を自由に動けるコールウェラ夫人から繋いでいるのだろうと目星はつけているけど、確信はない。

そうして昼休みに、屋敷の中に魔術で隠された通路の一つ……行き止まりに飾られた絵画に潜り込んで、セイファルトはカーラやラウドン様と合流した。

そこに居たのは、ダリステア様とヌーア侍女長、コールウェラ夫人、ウェルミィ様とイオーラ様。

カーラとラウドン様は、セイファルトの後から姿を見せる。

「魔導卿は、野暮用で留守をなさっておられるわ」

ダリステア様が、ウェルミィ様に親しげに笑みを見せながら小首を傾げる。

仲睦まじさを装うという体で、朝一にダリステア様を御当主様が訪ね、情報を交換しているのだ。

「……逃げたわね、アイツ」

ウェルミィ様にその理由を尋ねると、先日腕輪が外れて見つかった時にキスをされたという。

「見ておりましたよ。熱烈で、仲睦まじいご様子で」

「わたくし、たまたまウェルミィの側を離れていたのが悔やまれますわ、コールウェラ夫人」

「そ、それは今は関係ないのよ！　ラウドン様、早く話して！」

夫人とイオーラ様のからかうようなやり取りに、ウェルミィ様が顔を真っ赤にする。

「関係ない、とも言えないですよ。それが厄介ごとの種ですから」

ラウドン様の言葉に、全員が一斉に注目する。

するとウェルミィ様がため息を吐いて、パチン、と指を鳴らした。

「ツルギス様とズミアーノ様も出てきて。状況によっては、貴方たちの意見も聞きたいわ」

すると、『御意』とツルギス様がイオーラ様の影から、『はいよー』とズミ兄ぃがウェルミィ様の影から姿を見せて、セイファルトは目を見張った。

「あれ……？　ツルギス様は『謹慎』を終えて騎士団業務に戻られたはずでは……？」

それに、何でズミ兄ぃまで、と思っていると。

「王太子殿下の命により、イオーラ様の身辺警護の任に当たっている」

「オレは、イオーラに遊ばせて貰った魔力負担軽減の魔導具を人体実験中だよー。ついでにミィが面白いことやってるからくっついてる感じかなー？」

「お義姉様に対して不敬よっ！　未来の王太子妃殿下様と呼びなさいよ！」

「良いのよ、ウェルミィ。それに長いわ」

「ツルギス様、ご無沙汰しております」

「はい、ダリステア嬢も、息災のようで何よりです」


――――何だこれ。

片や喧嘩が勃発して、片やちょっと甘い空気が流れている。

話が一向に進まないぞ、と横にいるカーラを見ると、彼女も同じように思っていたのか、うんざりした様子で言った。

「畏れながら、皆様。あまり時間がないのですけれど」

「ああ、ごめん」

皆を集めたラウドン様が、楽しそうに目の前の光景を眺めるのをやめて口を開く。

「どうも、ローレラル嬢とエサノヴァ嬢が、不穏なことを企んでいるのを知りまして」

と、彼はヒラヒラと耳の横で手を振り、見聞きした話を口にした。

「……という訳で、下働きと女主人、二人のリロウド嬢の貞操が危ない、という感じです。そしてこの件で、私がローレラルに目をつけた『理由』も確認出来るかと」

話し終えたラウドン様に、ダリステア様が不快そうに眉根を寄せた。

「やり口が汚いですわね」

「同感ですわ」

ウェルミィ様は彼女に同調し、腕を組んで右手の人差し指を立てた。

「まず狙われるのが私、なら……そのまま、計画を実行させましょうか」

「危険では？」

あまり賛同出来ない、とセイファルトは口を挟むが、ウェルミィ様は首を横に振る。

「彼女の下僕は私も気になるのよね。その人がエイデス以上の実力者ということもないでしょうし。ズミアーノ様がいれば対処出来るでしょう」

「大丈夫だと思うよー」

「私はローレラル嬢を口説いて、その襲撃に一枚噛んでみようかと思うのですが」

ズミ兄ぃに続いてラウドン様が発言すると、ウェルミィ様が頷いた。

「構わないわ。ラウドン様自身が手引きしてくれるようになったら、最高ね」

「その成果が出たら、認めていただきたい人がいるのですが」

チラリと彼が目を向けたのは、ヌーア侍女長だ。

容姿が年齢不詳の彼女は、表情を変えずにずっと微笑んでいる。

彼女はアロンナ侍女長代理の姉であり、デスターム伯爵家の現当主らしい。

デスタームはオルミラージュ侯爵家の懐刀であり、王家の〝影〟と同質の存在なのだという。

「ねえ、ヌーア。なんかラウドン様が認めてほしいみたいなんだけど」

ラウドン様の視線には応えなかった彼女が、ウェルミィ様の問いかけにはあっさりと口を開く。

「左様でございますか」

「えーっと……ヌーアに認められてどうするの？」

要領を得ない返答をする彼女に、ウェルミィ様は困ったようにラウドン様に目を向けた。

「デスタームの御当主に認められたなら、誠心誠意ウェルミィ様にお仕えしようかと思いまして。

諜報として役に立つというお墨付きを貰ったようなものですから」

「その辺は実際どうなの？　ヌーア」

「現状ではお答え致しかねますね」

どこか楽しそうなヌーア侍女長は、今の所答えを出す気がなさそうである。

それをウェルミィ様も悟ったのだろう、話を先に進めた。

「一応、最初に私が狙われるとして……お義姉様には『有望な人材の見極め』という名目で、少しコールウェラ夫人について本邸に居て貰おうかしら」

「あら、わたくしは平気なのに」

「お義姉様が平気でも、万一どころか億一の可能性も排除しないと、私とレオが面倒くさいわよ」

それはそうだろうな、とセイファルトは思った。

何せ、騎士団の仕事で忙しい筈のツルギス様を引っ張って、護衛につけるくらいなのだ。

過保護過ぎるくらいの過保護だ。

「それに、私とお義姉様は同室だもの。二人一緒に居ると下僕とやらも襲い辛いでしょう。大丈夫ですか？　コールウェラ夫人」

「ええ、仰せのままに致しますよ」

「僕は……ラウドン様と一緒に、ローレラルに取り入る側、かな？」

セイファルトも、何もしない訳にはいかないと思い、自分の役割を提案してみた。

「面白そうだから、オレも参加したいなー。『軽薄組』再結成の予感？」

「貴方は私の護衛でしょ！」

ズミ兄ぃも調子に乗って手を挙げたが、ウェルミィ様に突っ込まれてつまらなそうな顔をする。

「……自分は、引き続きイオーラ様の護衛でよろしいですか？」

ツルギスが生真面目に、赤色の瞳をこちらに向けるのに。

「そうね……お義姉様の寝室を、ダリステア様との続き部屋にしましょう。二人を守っていただきたいわ。私を先に狙うとは思うけれど、万一にも危険に晒す訳にはいかないし」

そもそも女主人の部屋は、ヌーア侍女長ら凄腕が守っているので必要ないんじゃや、とセイファルトは思ったが。

「夜の休憩時間には、ダリステア様の話し相手になって差し上げて？」

そうウェルミィ様が続けたので、深く納得する。

ダリステア様とツルギス様は、目を見交わして顔を赤くした。

「いえ、申し出は嬉しいですが、任務中ですから」

「あら、息抜きも必要よ。ねぇ、ダリステア様」

「そ、そうね。わたくしも、ツルギス様とお話し出来るならその、う、嬉しいですわ」

どちらも満更でもなさそうで、セイファルトは少々複雑な気分になる。

一緒に働けているので二人よりも会う頻度は多いが、カーラはこの性格なので、二人のように甘い雰囲気になる機会は少ないのだ。

当の彼女はというと、話が落ち着くのを待って淡々と自分のやる事を報告する。

「私は、ローレラルとエサノヴァの目が他に向かないように、注意喚起を致しましょう。幸い、下級侍女の中に本気でオルミラージュ侯爵やレオを狙っているお馬鹿さんは、さほどいないので。何人かに『上級侍女に目をつけられるかも』と言えば、しばらく軽口も鳴りを潜めるでしょう」

「お願いするわ、カーラ。報酬は何が良いかしら？」

「ヤハンナ・ホリーロ公爵夫人、ヴィネド・メレンデ侯爵令嬢、イリィ・モロウ伯爵令嬢への顔繋ぎをお願いしても？　ウェルミィが落としたんでしょう？」

「母と？」

ラウドン様が声を上げ、それならすぐに繋いであげるのに、とでも言いたげな彼を、ウェルミィ様は手で制した。

「理由を一応聞いても良いかしら？」

「あの二人は、合格するわよね？　貴女の目をまず突破してるし、イオーラも気に入りそうだし」

「そうなの？　お会いするのが楽しみだわ」

イオーラ様は、当然二人の顔と地位は把握しているだろうが、親しく話したことはないようだ。

コールウェラ夫人も頷いているので、あの方々は礼儀作法も及第点なのだろう。

「王太子妃の侍女になる前に親しくなれば、商売に役立つでしょ？」

「流石に抜け目がないわね、カーラ。良いでしょう」

ウェルミィ様が、まるで公平な取引であるかのように軽く請け合った。


——抜け目がないのは、どっちだか。

セイファルトは知っている。

ウェルミィ様が既に、カーラの父をホリーロ公爵夫人に繋いでいる上に、カーラが言い出さなければ、残りの二人とはタダで引き合わせるつもりだったことを。

恋人に伝えるかどうか、女主人への忠誠と秤にかけたセイファルトは、黙っておくことにした。

単純にカーラの情報収集と読み不足で別に損はしていないし、この程度の欺瞞《ぎまん》を汚いと思っていては、社交界で渡り合ってはいけないのだ。

「わたくしは、どういたしましょう……？」

ダリステア様が、戸惑ったようにおずおずと手を挙げる。

以前、薬の影響とはいえパーティーで大胆な行動を取った彼女だが、実際の所は兄のアバッカム公が大事に大事に育てた、箱入りのご令嬢だった。

皆が動き方を自分で決めているので、尋ねるのは気が引けたのだろう。

が、ウェルミィ様はダリステア様に対して優しく微笑む。

「私の影武者を引き受け、侍女を査定していただいているだけで十分ですわ。慣れない環境で、やったこともない事を頑張ってくれているのですから」

「そ、そう、ですの？」

「ええ」

そこでラウドン様が、目の奥が笑っていない笑みを浮かべて手を挙げる。

「あ、リロウド嬢。最後に私から一つだけ。無事、ローレラル嬢を落として罪を暴いたら、身柄を僕にいただけませんか？」

「……？　取引条件だから、構わないけど」

「ありがとうございます。あ、この件が終わったら、勿論、ちゃんと罰は与えますよ？　あの手の人間は、尊厳を踏み躙られるのが一番耐え難いでしょう。そういう目に遭わせて差し上げますよ。心が壊れる寸前まで追い詰めて、本当に反省するまで」

「そこまでやらなくて良いけど……？」

ウェルミィ様は眉をひそめただけだが、カーラとダリステア様がドン引きした顔をしている。

しかし、元から血生臭い生活が基本だったり腹黒だったり、ズミ兄ぃというもっとヤバい振る舞いをする人間に幼い頃から耐性のある他の面々は、特に動じなかった。

「まあ、その時になったらお願いするわね」

その後、ラウドン様とセイファルトは上手く取り入って、ローレラルたちの協力者になった。

彼は『ミィ』を襲う為の手引きを、セイファルトはヘーゼルを陥れる為の証拠作りを請け負う。

――そして下僕を『ミィ』の部屋に忍び込ませる夜が、訪れた。

※※※

「……これ、どういうこと？」

ウェルミィは、目の前で床に転がる相手を見て首を傾げた。

女性使用人棟に入る手引きをしたラウドン様からの合図で待ち受け、忍び込んできた相手を魔術で操った紐で拘束して、明かりをつけると。

そこに転がっていたのは『ヘーゼル』……正確には彼女の姿をした誰か、だった。

ズミアーノ様は、猿轡《さるぐつわ》まで噛まされて床に転がった相手をヘラヘラと眺める。

「この人多分、大公国の〝水〟の一族だねー。〝変貌〟は初めて見たなー。研究したいねー」

「〝水〟の一族ですって⁉」

思わず、ウェルミィは顔を引き攣らせた。

「国際問題じゃない……！　だから、ラウドン様が……ていうか、何でこんな所に……⁉」

「ミィ、落ち着きなよー」

「落ち着いてられる訳ないでしょ⁉　ちょっとそこの貴方、その力を使って他国に干渉するのは重罪よ⁉　何で他国の公爵家一族がローレラルなんかに協力してるのよ⁉」

ウェルミィの詰問に『ヘーゼル』は、戸惑いの色を浮かべた。

こちらが言っていることが、よく分かっていないような反応である。

「とりあえず、その魔術を解きなさい！」

怯えたような目をして縮こまる『ヘーゼル』に、ウェルミィはため息を吐いて手を差し出す。

「なら、私が解くわ」

ウェルミィがパチン、と指を鳴らすと、指輪が淡く輝いて解呪が発動した。

うにょうにょと、まるで水のように肉体が蠢《うごめ》いた相手は、すぐに正体を現す。

「……ウーヲン？」

驚いた様子の、青い髪に目立たない容貌の彼は……最近ミザリと仲が良い庭師だった。

正体を知ってさらに戸惑っていると、彼は目を伏せ、諦めたように全身から力を抜く。

「……今から、声だけ出せるようにするわ。騒いだら、自分がどうなるか分かるわよね？」

彼が力無く頷いたので、ウェルミィはズミアーノ様に目配せして猿轡を外させる。

「元・平民の下働きが高度な魔術を使えるのは、反則だろ……それに、誰だよその男……」

「こっちのセリフだわ。貴方と同じで、こっちにも事情があるのよ」

呻いたウーヲンに、ウェルミィは困って腕を組んだ。

平民で魔術に習熟している者は非常に少ない。

対して貴族は大抵魔術が扱える為、男女問わず、平民を自力で撃退できる位、基本的に強いのだ。

歴史上、貴族の成り立ちがそもそも、強い魔力を有し魔術を扱えることに由来するからである。

古代において魔導士は神に祝福された支配者であり、やがて魔力の強い血統を保つことを目的とし始め、強い魔力を持つ男性が希少だった為、最も地位が高くなり王や貴族の当主になった。

『治癒魔術は基本的に銀の瞳を持つ者にしか扱えない』だとか『金や紫の瞳を持つ者が優れた魔術を行使できる存在である』等、伝承や積み上げられた実例を体系立てる内に理解や研究が進み、

『女性は、男性よりも内包する魔力が多い傾向がある』という研究結果が近年出た。

女性の方が健康に育つ理由であり、貴族女性の地位向上に繋がったと言われている。

代わりに貴族学校での魔導教育が義務付けられ、婚姻での途中退学などが認められづらくなった。

それには別の理由もあり、一時期、貴族の血を濃くすることで強くなり続けた女性の魔力が無制御のまま暴発したり、逆に魔力過供給で病弱になる、などの問題が噴出したのである。

そうして、『全貴族女性も学校に通い、魔力制御と魔術行使法を修めよ』という法律が出来た。

だから、テレサロのような立場の者……突然変異的に魔力の強い平民や元・平民にも聖女や準爵等の地位を与えるようになり、教育を施す為に貴族学校に通う権利と義務が与えられていた。

貴族女性の気軽な街歩きが認められるようになったのも、こうした事情が背景にある。

母イザベラが社交界で一番侮られていた点も、魔術が使えない元・平民、という出自だった。

ウェルミィ自身は正直、積み上げてきた悪評が派手過ぎたり、周りを固める面々がヤバ過ぎるので、母の血筋云々などという些少な攻撃要素は霞んでいるけれど。

これは余談だが、リロウドの血統は厳密には魔導士ではなく精霊術士の血統であるらしく、万能に近い解呪能力の理由は、精霊に祈ることで『魔術を打ち消す』加護が与えられるかららしい。

「それで、ウーヲン。貴方が何故こんなことを?」

容姿も目立たず口数の少ない物静かな青年だが、仕事ぶりは堅実で熱心、と評価が高い。

こんな凶行に及ぶような人物には到底見えなかったのだけれど。

「……話したら、助けてくれるか？」

「内容によるわね。貴方の罪はかなり重いもの」

「俺はどうでもいいんだ。ただ、命令に従わないと、俺を育ててくれた家族を……養護院を潰す、と脅されてるんだ……」

彼の言葉に、ウェルミィは事情を悟って目を細めた。

「ローレラル？　それとも、ガワメイダ伯爵かしら？」

「……」

「助ける、と約束しましょう。と言っても、私も貴方が口を割らなければ、自分がされて嫌なことを貴方にするつもりだったから、貴方を脅していた人と同じ穴のムジナだけれど」

家族を人質に取る、のは、脅しの常套手段である。

「でも、好んで使いたい方法じゃないし、理由が分かったから、その手段は使わずに済んだけどね。オルミラージュ家当主の婚約者、ウェルミィ・リロウド伯爵令嬢の名に誓って約束するわ」

ウェルミィは誠意を示す為に腕輪を引き抜いて、自分の正体をウーヲンに明かした。

呆気に取られている彼に、再度答えを促す。

「伯爵様が知っているのかどうかは、知らない。……俺に命令するのは、いつもローレラルだ」

「そう。なら、貴方はこのまま戻って『私を襲った』とローレラルに伝えなさい。養護院の場所を教えて貰えれば、彼女が満足して油断している間に手を回して、潰せないようにしておくわ」

「……本当だな？」

「信用出来ないかしら？　私、これでも友達思いなの。ミザリを悲しませたくないのよ」

すると、ウーヲンが泣きそうな顔になって、目を伏せる。

「俺だって、本当は、こんなこと、したくなかった……」

「せずに済んで良かったじゃない。貴方に信用してもらう証として、これを持って行きなさいな」

と、ウェルミィが差し出したのは、エイデスの瞳の色をした〝太古の紫魔晶《ロストヴァイオレット》〟の首飾り。

「それは、私とエイデスで対になる、私の持ち物の中で一番大切なものよ。それを預ける代わりに、ローレラルに何か命じられたら教えて。彼女を断罪したら返してくれる？」

「……そんなに俺を信用していい、んですか？　持ち逃げしたり、壊したりしたら……」

「簡単に売れないし、壊れもしないわ。それに貴方も一番大切なものを私に預けるのでしょう？」

ウェルミィが微笑むと、完全に拘束を解かれたウーヲンが平伏する。

「リロウド様。もう、申し訳ありませんでした……！　ありがとうございます……！」

震える声で礼を述べた彼は、首飾りを受け取るのを固辞して、正体を明かしてくれただけで十分です、と帰って行った。

「鮮やかなお手並。オレの出番ほとんどなかったねー」

「何言ってるのよ。強い護衛がいて安心できたし、感謝してるわよ」

ズミアーノ様がヘラヘラと呟くのに、ウェルミィは素直にそう答えた。

その後、ウーヲンは盗難冤罪や強姦示唆等の証言を、きちんとしてくれて。

ローレラルやエサノヴァを筆頭とする罪人たちを、無事牢屋にぶち込むことに成功したのだった。

2.断罪された者、されなかった者

「こちらですわ、ガワメイダ伯爵様。そしてご夫人」

忌々しいウェルミィ・リロウドの案内で現れた父に、ローレラルは少し緊張を解いた。

常に快活そうな表情を崩さない父、ヤッフェ・ガワメイダ伯爵は口髭を動かして笑みを浮かべる。

「やぁ、ローレラル。久しぶりだね」

「お父様……」

二ヶ月ぶりに見る父は、特段変わった様子もなく、ローレラルはホッと笑みを返す。

口癖のように『貴族の務めを果たしなさい』という以外は、自慢の完璧な父親だ。

迎えに来てくれた、と安堵したが、横に立つ母の表情は蒼白で、今にも倒れそうになっている。

心労を掛けてしまったのだ、と申し訳なくなった。

少し失敗してしまったけれど、家に帰ったら誠心誠意謝ろう、と思っていると。

「君の婚約が決まったよ」

ジッとローレラルを見つめた後、父は明らかに場違いな内容を口にした。

「え……？　こ、婚約ですの？」

「うん。ああ、大丈夫だよ。君の髪色に見合う、家柄は申し分ない人が相手だからね」

ローレラルは戸惑う。

自分の父にも母にも似ていない薄紫の髪は、王家の血が混じっているからだ。

いわゆる先祖返りで、父は、ライオネル建国から法に携わるキルレイン家の出なのである。

公爵家は二代で格落ちするから現在は侯爵家だけれど、王家の傍系血統であるのは間違いない。

父の兄、つまり伯父はキルレイン法務卿であり、ローレラルは生まれた時から祝福されていた。

直系血族ではないのに紫に近い髪を持って生まれることは、非常に稀だったから。

価値があると母に言われて育ち、美貌も相まって多くの縁談があったけれど、母とローレラルはもっと上を目指した。

貴族としての義務を果たすには、より高い地位にある男性を射止めるのが当然だと思ったから。

でも、失敗した。

だから父は縁談を持ってきたのだろうか、と、ローレラルは思ったのだけれど……。

「君の夫となる人物は、オルミラージュ侯爵家執事見習いの、ラウドン氏だ」

「……!?　家督も継がない相手ではないですか！　お父様はわたくしに使用人の妻になれと!?」

ラウドンは見目も良く頭も回り、寄って来たので手駒としても使ったが、嫁ぐとなれば話は別だ。

格が伯爵家嫡子にすら劣る……そんな相手に嫁げと言われて、ローレラルは屈辱を感じた。

「助けに来てくれたのではなかったのですか!?　これでは、罰ではないですか！」

「その通りだが？」

父は『何を言っているんだ』と言わんばかりのキョトン、とした表情で首を傾げる。

「『ローレラルに罰を与えるから』と、彼が君を望み、私は受け入れた。主体は君ではないよ」

と、まるでローレラルを『ただ引き渡すだけの物』であるかのように告げる父に、絶句する。


――お父様は、わたくしを愛してくれていたのでは、なかったの？


「君は〝水〟の一族を脅して従え、その力を犯罪に使った。我が家門は法を司っているのに、その君が法に背いた。それがどういう意味を持つのか、全く考えなかったのかい？　ローレラル」

「そ、それは……　〝水〟の一族とかそんなこと、知らなくて……」

「貴族の務めを果たしなさい、と、私は君にも妻にも再三伝えていたはずだけれど。法や各国の歴史を学ぶ務めを怠った、ということかな？」

「あ……」

父の表情はずっと朗らかなままで、瞳に宿る色もいつも通り。

でも。


――いつも通り？

見限ったというのに、いつも通り。

それは……最初から、ローレラルを愛してなどいなかった、ということなのでは？

淡々と、ただそこにある『モノ』を、父という役柄を演じながら、見ていただけなのでは？

「貴族は規範であらねばならない。民を慈しみ、義務を果たす。法を守り、守らせる。そうして国は成り立つ。本来なら当主である私も責任を取らされる所だが」

と、父は一度言葉を切った。

「私は法を司るキルレインの傍系当主として、大公国との条約を守る契約魔術で縛られている。庭師の彼を君が雇い、連れて行ったことは把握しているが、彼が〝水〟の一族であることは知らなかった。罰が下されていないことで潔白が証明されていて、罪には問われない」


――君の罪は君のものだ、ローレラル。


その言葉がまるで、死刑宣告のように耳に響く。

「強姦未遂や教唆、窃盗冤罪と脅迫の罪も同様にね。オルミラージュ侯爵家に罰金は払わねばならないかと思ったが、それもまた『秘密裏の処理』ということで、口止め料と相殺になった」

父はそれだけ言って、優雅に踵《きびす》を返した。

「話は以上だ。君は貴族の義務を怠った。離縁してもガワメイダに戻れるとは思わないことだ」

「お、お父様がわたくしをこのように育てたのではないですか！　何故わたくしだけが!?」

「ふむ。一理あるが……私は、父としての義務を怠ったかね？　必要なことは伝え、慈しみ、当主の義務を果たしていた筈だが。義務を怠ったのは、君の母だ。君の家庭教師を選定したのも。貴族の義務を履き違えたのは、私だろうか？」

父の問いかけに、母はビクリと肩を震わせる。

「私は君に再三言ったはずだ。高位貴族に嫁ぐことばかりが、貴族女性や当主一家の義務ではないと。それを理解せず、ローレラルがその為に法に背き、他者を貶めたのは、私の責任かね？」

「いえ……わたくしの、責任です」

「そしてローレラル。君は成人だ。成人とは己の判断の下《もと》、様々な義務と責任を負う立場になったことを言う。慣例として、当主の私が君たちに関する決定権を持っているのは事実だが、私が今までその権利を行使し、君たちに押し付けたことがあったかね？」

「……」

「意思を尊重し、自らの手で自由になる資産も与えていた筈だが。しかしそれを使ってローレラル、君が為したことは、贅沢の為の散財と、人を貶める計略の実行。情状酌量の余地があるとでも？」

こちらを振り向いた父の瞳に、ローレラルは震えた。

「民の為になる要素が、ドレス代や宝飾品の代金を支払ったこと以外に、何もない。それが君たちの選択であり、現在がその結果だ。己の責任の下、受け入れたまえ」

父が去り、呆然としている内に、ウェルミィの命令で右手に腕輪がガチャリと嵌められる。

「【魔封じの腕輪】よ。ズミアーノ様が言うには、本来罪人に使うものを改良して、貴女に合わせた特注品ですって。今後、貴女は魔術を使えないわ。その腕輪を外す決定権はラウドン様に渡しておくわね。きちんと反省すれば、外して貰えるでしょう」

そう言って彼女も姿を消して、ローレラルは面会室から牢屋に戻された。

絶望の中で、ガリ、と腕輪を引っ掻いたけれど。

肌に爪痕が残るだけで、外れる気配は微塵もなかった。

※※※

「ああ、そういえばワィン」

屋敷に戻ったヤッフェ・ガワメイダは、妻にそう呼びかける。

「は、はい……」

「君にも罰を与えなければならない。私の忠告を聞かず、ローレラルをあのように育てた責任と
……君は〝水〟の一族に関して、知っていたはずだね？」

ローレラルがウーヲンという少年を引き取ったことそのものは、当時、報告を受けている。

その場にワィンがいたことも。

「兄上に、客間で待ってもらっている。来なさい」

彼女は蒼白な顔で、身を震わせる。

「あなた……お許しを」

「二度は言わないよ」

柔らかい笑みを浮かべたまま、ヤッフェはさっさと客間に向かった。

そこで待っていた兄、キルレイン法務卿ともう一人の人物に頭を下げる。

「済まない、兄上。足を運ばせてしまって。それにホリーロ公も、ご足労いただき感謝致します」

「いや、然程《さほど》待っていない」

「こちらこそ、婚約によりキルレインの分家と縁が繋がることに、感謝しておりますよ」

兄はいつも通り無表情、金の髭を蓄えたホリーロ公爵は、言葉と裏腹に難しい顔をしていた。

遅れて入ってきたワィンがソファに腰を下ろした所で、ヤッフェは淡々と口にした。

「全ての真相は、闇に葬られます。表向き、ローレラル・ガワメイダはラウドン・ホリーロとの縁談を成立させ、ホリーロ家の保持する子爵位を賜って分家となる。ワィン・ガワメイダ伯爵夫人は行方不明となり、私は捜索するが見つからない。そういう筋書きだ」

〝水〟の一族のことは、ガワメイダ伯爵家の管轄ではないので、そちらには触れない。

「あなた、どうか、どうか命ばかりは……！」

「表向きにしようがしまいが、ガワメイダとキルレインは法に背く行いをしない。君には、私と婚姻しなければ元々行くはずだった場所へと行ってもらう。それだけだ」

すがるようなワィンに、ヤッフェは微笑みを向けた。

「そん……な……」

「このようなことになってしまって残念だ。身につけている物と、父母の形見は持っていくといい。離縁状にサインを」

ヤッフェが促すと、ワィンはしばらく時間を置いてから、震える手で離縁状にサインをした。

控えていた侍従に命じると、妻は涙を流しながら最後までこちらを見つめているようだったが、ヤッフェは目を向けなかった。

ワィンは、昔、不正を行った子爵一家の令嬢だった。

実家の罪状は、人身売買。

奴隷制度の名残を引きずり続けた子爵領で行われていた、非道の責を問われたのだ。

しかし彼女自身は何も知らず、善良ではあった。

本来なら連座で娼館へ送られる罰を与えられる所を、哀れに思ったヤッフェが引き取った娘。

それがワィンだったのだが、慈悲を与えるべきではなかったのだろうかと、深く嘆息する。

「……ヤッフェ」

「ああ、すまない、兄上。ローレラルは反省していなかった。彼女の謝意はあくまでも私たちに向けられたもので、リロウド嬢やヘーゼル嬢、ウーヌン氏に対するものではなかった」

平民は貴族の道具、などという考え方は、情勢においても法においても、既に古い価値観だ。

その過渡期の変遷に、彼女たちは乗れなかったのだ。

「当初の予定通りに、彼女にはラウドン氏との婚姻を」

二人は、眉尻を下げるヤッフェに痛ましそうな目を向けてくる。

「……そうか」

「アレは、我が家の誰よりも冷徹だが無慈悲ではない。殺すことはないと思うが……」

ヤッフェはこの事態を知った後、その処理をオルミラージュ侯爵と国王陛下を交えて協議した。

その場には大公国の大使もおり、全ての事情を鑑みて本来なら全員処刑が妥当だったが、大公国をも混乱させる条約違反を詳らかにしないまま、それを行うのは王国法に反する。

そもそも〝水〟の一族が他国で使われたのに、誰にも契約魔術の呪いが降りかかっていないことそのものが、不測の事態なのだ。

条約は法ではなく、あくまでも協定……故に、王国と大公国の取引で事を収めた。

しかし罰を与えない訳にはいかないので、『ローレラルに反省の色が見えれば、彼女はキルレイン預かりとして再教育、ワィンは財産分与の上離縁』という穏当な処置で済む、はずだったのだ。

兄も、法に背かなければ慈悲深い性格をしているので、その案を推してくれていたのに。

「……本来であれば、あの二人のことは、全て私の責任です」

全ての感情を押し殺して妻と娘を断罪したヤッフェは、無力感を覚えていた。

愛していない筈がない……精一杯愛し、理を説いたのに、伝わらなかったのだ。

しかし兄は、首を横に振った。

「こちらの責任もある。お前に、キルレイン領を任せ過ぎた。本来なら私が払うべきツケだ。お前が家を留守にする頻度が少なければ、こうはならなかっただろう」

「そうではありません、兄上。私が二人の『王都に残りたい』という希望を優先せず、領地に伴ってもっと向き合っていれば……」

ヤッフェは、キルレイン領の領主代理だった。

兄よりも自分の方が向いている自覚もあり、兄自身もそれを理解していた。

彼は法の支配する場では、公平だが厳格すぎるのだ。

法の守護者としてはこれ以上ない人材だが、領主としては情を優先せねばならない場面もある。

不作であれば下限を下回って税を緩和し、貯めた私財で国への納税を賄うということなど、領主以外誰も損をしていないが……法的に考えると問題ないとは言えない。

兄には、それが出来ないのだ。

だからヤッフェはタウンハウスと領地を往復し、出来るだけのことはしていたつもりだったが、ワィンを信頼し過ぎていたのか、娘を甘やかし過ぎてしまったのか。

どちらにせよ、兄が罪悪感を覚える必要などないのだ。

「サインをしましょう。ホリーロ公爵。申し訳ないですが、娘をよろしくお願い致します」

彼女への罰として『肉体を傷つけたりはしないが、尊厳を奪うような扱いをして更生させる』とラウドンは言っていた。

ヤッフェ自身は、今までの功績を鑑みて、『罰を与えない事が罰』だと国王陛下に告げられた。

『心労を十分に負っているであろう。賢明な領主代理を失うのは惜しい』と。

ホリーロ公爵が書類にサインをし、兄が立ち会いを務めてそれを受け取る。

公爵が場を辞した後に、兄は人払いをすると静かに酒を出した。

「この場は二人だけで、私は今、法務卿ではなく、お前の兄だ。……泣きたければ、泣いていい」

「……感謝します」

両肘を膝に置き、組んだ手を額に押し当てたヤッフェは、唇を噛み締める。

「ローレラルと、ワィンは……死なずに済みました。それは彼女たちにとって、幸せでしょうか」

「未来は誰にも分からん。しかし命を繋げれば、変わることもあろう。……行方不明者の死亡認定期間は半年だ。それ以上、私には何も言えん」

行方不明扱いになった元・夫人が半年以上経って見つかり、それをヤッフェが憐れんだとしても誰も何も言わないだろう、と、言外に告げられる。

ヤッフェは、ワィンとローレラルを愛していた。

ちゃんと愛していたのに。

「……ワィンは、社交界には戻れないでしょう。領主邸近くに別邸を建てても？」

「ああ」

結局涙を堪えて、ヤッフェがグラスに注がれた酒を一気に飲み干すと、喉が焼けた。

ワィンが半年の間に身を儚んでしまわぬよう、ヤッフェは祈る。

ローレラルの方は、もしかしたら二度と会うことはないかもしれない。


――――すまない。

ヤッフェの心には、二人の愚かさに気づいてやれなかった後悔が、いつまでも渦巻いていた。

※※※

ローレラルは、失意の内にラウドンの元へと引き取られることになった。

そうして何処かへ向かう馬車の中で、ポツリと漏らす。

「せめて、貴方が家督を継げばよろしいのに」

ホリーロ公爵家は、王室に匹敵する権勢を誇るオルミラージュ侯爵家よりも多少格が劣るとはいえ、『現王派』の対抗勢力である。

侯爵家の執事とホリーロ侯爵家当主では、比べるべくもなく当主の方が立場は上なのだ。

「今からでも、遅くはないのではなくて？」

ローレラルは、まだ諦めていなかった。

せめてそうなれば、失望させてしまった父も見直してくれるかもしれない、と。

「表向き裁けない女を当てがわれる程度の扱いを受けているなら、出世は望めないでしょう？」

そもそもラウドンは、ローレラルがウェルミィを襲うのを手引きした男である。

弟との家督争いに負けたのだとしても、飼い殺されるくらいなら、汚い手段を使っても良いから家督を取り返すことを目指すべきでは……と、唆《そそのか》す。

ローレラルは、ラウドンを下に見ていた。

彼の女好きの噂は、きちんとローレラルの耳にも届いている……つまり、女に弱いのだ。

「それとも、こうしてわたくしを娶ることが、貴方の狙い通りだったのかしら？」

ローレラルはそこまで阿呆ではない。

もしかしたら、ラウドンが裏切ったのでは、という可能性にもちゃんと気づいている。

その上で、自分を手に入れる為という目的で裏切っていたのなら、まだ自分の言うことを聞くだろう、と、思っていた。

上手く操れば、この【魔封じの腕輪】もすぐに外させることが出来るかもしれない、と。

しかし。

「まだ心が折れていないようで、何よりです」

と、柔和な微笑みを浮かべたまま、ラウドンは満足そうに頷いた。

どういう意味かと問い返す前に、馬車が止まる。

そして案内されたのは、真新しいが子爵家に見合う程度の大きさの屋敷だった。

しかし外壁は高く、屋敷や庭で過ごす者たちの姿は見えないように配慮されている。

「家督を継がない、と決まった時に、与えられた家です。最近補修が終わりましてね。個人的には気に入っていますよ」

と、使用人たちに出迎えられながら、ラウドンはローレラルをエスコートして屋敷に入った。

しかしそのまま、どこに案内するでもなく一直線に二階に向かうと、寝室に入れられる。

「……？　これはどういう……」

「〝痺れなさい〟」

ラウドンの言葉に、まるで金縛りにあったように体が痺れて動かなくなり、声が途切れた。

力が抜けて倒れそうになった所を抱え上げられ、寝台にそっと横たえられたローレラルは、混乱しながら自分を見下ろす彼を凝視する。

その柔和な笑みが、酷く不気味に感じて、背筋が怖気だった。

「勘違いなさっていたことを、一つ訂正しましょう。貴女を望んだのは真実ですが、それは褒美として、ではないのです。私はそもそも、リロウド嬢側の人間ですから」

そうして、ガシャリ、と足に冷たい何かが嵌められ、ジャラリと鎖の音がした後、もう一つカシャン、と音が鳴る。

「出てきて良いよ、ズミ」

「あ、終わったー？」

ラウドンがローレラルの頭にそっと手を添えて、横を向かせる。

するとどこから現れたのか、浅黒い肌をした美貌の青年……ズミアーノ・オルブラン侯爵令息が立っていた。

「【不死《しなず》の腕輪】は、ちゃんと機能してるみたいだねー？　上手くいって何よりだねー」

「本当に、言葉ひとつで体の自由を奪えるなんて凄いな。どういう魔導具なんだい？」

「んー、【服従の腕輪】と違って、自殺とかを出来なくする為のヤツだねー。ご飯を食べろと命じれば強制的に食べさせられるし、後は魔力を封じるのと、自傷も出来ないようにしてあるよー」

「魅了や魅惑の魔術よりも、効果が高いように聞こえるけど」

「あはは、あっちと違って、何でも言うことを聞かせられる訳じゃないよー？　ただ、生存本能って強力だからさー。対象の魔力を吸い上げて『生存本能に纏《まつ》わる暗示』に転用してるんだー」

「十分凄いと思うけど。犯罪奴隷とかに使えるんじゃない？」

「個人の魔力波形に合わせた調整が必要だから、大衆化にはちょっと時間が掛かるかなー。それに、ミィやニーナがダメって言いそうだから、実現しないかもねー」

二人は、まるで実験動物でも見るようにローレラルを見下ろしながら、楽しそうに会話を交わす。


「だから、別の実験に使わせて貰うよー？　ねぇ、オレイア」


と、ズミアーノ様が後ろを向いて声を掛けると、スゥ、と音もなく一人の侍女が進み出てきた。

黒髪に黒目、美しいが目立たない雰囲気の彼女は、冷たい目でローレラルを見下ろしていた。

「ご機嫌よう。私の最愛の主人、そのお一人であるウェルミィお嬢様に手を出した不届き者」

「あはは。じゃ、前に言った通りにしてくれるー？」

「畏まりました」


——何をする気なの……!?


答えたオレイアに恐怖が湧き上がってくるけれど、力を込めようとしても体が全く動かない。

「私には、一つ芸がありまして——〝魅惑の魔術〟というものが、使えるのです」

それが何かに、ローレラルはすぐに思い至る。

〝桃色の髪と銀の瞳の乙女〟が使える、〝魅了の聖術〟と対をなす術。

〝紫紺の髪と瞳を持つ魔女〟が使えるという、人を惑わし自在に操る禁忌の術だ。

「ご安心ください、ただ、夢を見ていただくだけです。……そう、貴女自身が想像する、最も悍ましい立場に堕ちる夢を。人の尊厳を踏み躙る方法を知っているほど、最悪に近づく永遠の悪夢を」

そう言われた瞬間、禍々しい紫の光に染まったオレイアの瞳がぐにゃりと歪み、視界が紫の靄に侵食されていく。


――嫌、嫌、許して……。


「貴女が真に反省したその時に解放されるよう、術を掛けます。どうぞ、お眠り下さい」

視界を紫の靄が覆い尽くすと、意識は魂の奥底に沈んでいき……醒めない悪夢が、始まった。

※※※

ローレラルは、永劫とも言える時の中で繰り返され、新たに生まれる数々の『体験』をする。

「殺して……殺して下さい。……お願いします……どうか」

『おや。この程度しか保たないのですか？』

絶望の中で、ラウドンの姿をした『それ』に懇願するが、呆れたようなため息が返ってきた。

『貴女が他人に、気軽にやろうとした事が自分の身に降りかかっただけなのに？』

ウェルミィの尊厳を奪おうとしたから、奪われた。

『御当主様の妻の座からウェルミィ様を引きずり下ろすどころか、尊厳と名誉を奪って社会的に抹殺しようとしたのでしょう？』

ウーヌンの家族を人質に取り、その尊厳を無視した扱いをしたから、報いを受けた。

『平民を人だと思わなかったのでしょう？　言うことを聞かなければ命を奪われるか、それより酷い心の傷を受けるか……そういう選択を突きつけたのでは？』

ヘーゼルに冤罪を擦《なす》りつけて、オルミラージュ侯爵家から追い出そうとした。

『何の罪も犯していない相手を、牢獄に送ろうとしたのでしょう？　その後、一人で市井に降りたとて、そんな犯罪者がまともな職につけるとでも？』

全部お前がしようとしたことだと、ラウドンは突きつける。

『散々罪を犯して、他国との問題にまで発展させて、本当にその罰が私の妻になることだけだと思ったのですか？　……家畜以下の人間を愛玩してあげているだけ、ありがたいと思うべきでは？』

お前がやろうとした事を経験しているだけだと、そんな言葉を認めたくなかった。

「……殺して下さい……」

それでも、こんな扱いに耐えられなかった。

するとラウドンの姿をした『それ』は、少し思案した後。

『考えておきます』

とだけ告げて姿を消し……悪夢の体験が、また始まる。

それはローレラル自身ではなく、母が今の自分よりももっと酷い罰を受けて死ぬ姿にまで及んだ。

『この悪夢で良ければ、殺して差し上げますが……』

再び現れたラウドンの姿をした『それ』の足に、ローレラルは縋り付く。

「ご、ごめんなさい、ごめんなさい……許して……殺さないで……！」

『おや、では、元の悪夢に戻りましょう』

そうしてまた、何度も何度も、悪夢を見る。

もう何日経ったのかも分からないまま、またやがて耐えかねて、ラウドンに懇願する。

するとまた、母が酷い目に遭う姿を見せつけられるのだ。

大切なものなど、全部なくなったと思っていたのに。

「受け入れます。このまま罰を受け入れますから……ですから、お母様を、せめて、せめて……」

『自分の大切なものは救えと。貴女は、その対価に何を支払えるのです？』

「……」

『貴女と立場を入れ替えますか？』

「……それ、でも、いい、ですか、ら……わたくしは、奴隷で……ご主人様……」

ここよりも堕ちれば、許して貰えるだろうか、と。
もう、ローレラルには夢と現実の区別もつかなかった。
ラウドンの姿をした『それ』はまた、こちらをジッと見つめ。
『ふむ。考えておきます』
そうして、また数日。
考えることすら止めていたローレラルは、ふと目覚めたような気がした。
ぼんやりと見える、あの天井はなんだろう。
そうしてふと、表情も変えずに黙々と自分の体を拭いてくれる侍女が気になった。
彼女は平民だろうか。
少し汗臭さを感じたのは、ローレラルの世話を懸命にしてくれているからだろう。
動かないローレラルを丁寧に拭う彼女の額には、汗が滲《にじ》んでいる。
彼女は、こんな自分を決して粗雑に扱っていない。
ラウドンに何かを言い含められているのだろうか。
給金をたくさん貰っているのだろうか。
それとも、家族を養うために懸命に働いているのだろうか。

——ウーヲンみたいに。

そう考えた瞬間、全身に鳥肌が立った。

侍女が、ローレラルの体が強張ったことに驚いたのか手を止めるが、すぐにまた体を拭き始める。


――わたくしは。


ローレラルは、自分が何をしたのか、唐突に理解した。

家族を人質に取られて逆らえないまま、どんな扱いを受けても黙って従った彼の気持ちに。

ローレラルは、体を拭き終えて去ろうとする侍女に、ぽつりと告げた。

「あり……がとう……」

侍女が、バッと振り向いて驚愕の表情を浮かべ、何故か、涙を滲ませた。

「お嬢様……！」

「……？」

名前でも奥様でもなく『お嬢様』と呼ばれて問い返す前に、彼女は慌てて姿を消した。

その日の夜、現れたご主人様は『本物』のご主人様だった。

手に持った食事の盆をサイドテーブルに置いた彼は、穏やかな微笑みを浮かべていた。

「目覚めたということは、心の底から反省したのでしょうか」

違うと分かっていても、悪夢の中の『それ』と重なって、逆らえない相手への恐怖に口が乾く。

「侍女にお礼を言ったそうですね。何故ですか？」

「……申し訳ありません、ご主人様……」

「ご主……？　私は理由を聞いているのですが。何故ですか？」

「……分かりません」

　本当に、分からなかった。

　でも、それが口をついて出ただけだ。

　するとご主人様は、一つ頷いて、こう告げた。

「君の世話をする寝室の侍女は、領地でお父上の世話をしていた方です。ヤッフェ様に恩があるらしく、いつ目覚めるか分からないことを知った上で、君の世話役を志願してくれました」

　ローレラルは、目を見開いた。

「だけど、礼を言った理由も分からない位、心が傷ついているなら少し療養が必要かな……」

　ご主人様が食事の盆から少しだけパンをちぎって、口元に運んでくれる。

　それを、小さく食んだ。

「貴女は今後、皆に敬語で喋って下さい。敬意を大切に。体は寝たきりで衰えていますし、まずは食事を自分で摂れるようになるのが目標です」

「はい、ご主人様……」

　その日からも、悪夢には悩まされた。

　けど、それはあの永遠に醒めない悪夢ではなかった。

　うなされていれば、近くにいるご主人様が起こしてくれ、そのうち一緒にテーブルに座って食事を摂れるようになった。

部屋の中を歩く許可が出て、足輪はつけられたままだけれど鎖が長くなり、歩く訓練に侍女が付き合ってくれた。

そんな中、ズミアーノ様が来て何か色々ローレラルを調べて、ご主人様から紙束を受け取って満足そうに去っていった。

やがて、冬頃に庭に出る許可が出た。

「ローレラル。改めて問いますが、貴女は自分がしたことの重みと罪が、理解出来ましたか？」

ふとした問いかけに、ローレラルが頷くと。

「では、貴女の母君の処遇をお伝えしましょう」

「おかあ、さま」

その言葉に、意識が少し鮮明になる。

「お母様は、どうなったのです、か？」

「離縁され、外に出された彼女は体調を崩し、回復の見込みなしと世話になっていたところを放り出された後、ヤッフェ様にによって領地に保護されたそうです」

良いか悪いかはともかく、生きているという事実にホッとする。

それから、仕事に出ているご主人様を待つ間、本を読む許可を与えられた。

本の種類は様々だったけれど、平民の生活や、使用人の仕事の手引き書などが多かった。

体が健康に近づくにつれて、意識もどんどんハッキリしてきて、ローレラルは、今まで真面目に祈ったことなどなかった神に、祈りを捧げるようになった。

『他者の幸福を願うことは贖罪《しょくざい》となる』という、本の記述を読んでからのことだった。

迷惑をかけた人たちに幸福が訪れますようにと祈っていると、ご主人様に問いかけられる。

「今更、神に祈っても価値はありませんよ？　それは、貴女の自己満足です」

「理解しております。ですが他に、出来ることもございませんので」

ローレラルの受け答えに何故か満足そうに頷いた彼は、一つ課題を出した。

「使用人たちの生活を見て、何かしら一つ、彼らの利益になることを考えて教えてください」

言われて、何を考えるでもなく出歩き、屋敷の使用人たちと話をする。

一番多いのは侍女で、ライオネル王国では冬頃に新年を迎えるが、彼女たちは寒そうだった。

特に水仕事は体が冷えるそうで、それを聞いたローレラルは、夏場彼女らが少々汗臭かったことも思い出して、ご主人様に提案した。

「一日一度、使用人もお風呂に入って貰うのはどうでしょうか？」

体の冷えも、汗の臭いも取れたら嬉しいだろうと思った。

ローレラルも布で拭いて清潔にしてもらうだけでさっぱりしていたけれど、やっぱりお風呂に入ると全然違ったからだ。

「悪くない提案です」

ご主人様に褒められて嬉しくなったローレラルは、『ありがとうございます』とお礼を述べた。

「自発的に礼を言えるのは、良いことですね。……これから、使用人に対しては敬語をやめようか。

私も、君に敬語は使わない。でも、礼を述べるのは継続するように」

「分かりました」

それにどういう意味があるのか、までは考えなかったけれど、その日から、使用人たちの態度も
娘に接するような気安いものから、少し距離を置いた感じに改まる。

なんだか寂しいような気がしたけれど、新しく作られた使用人用のお風呂は皆感謝してくれて、
嬉しかった。

そうして新年を迎えた頃、ご主人様に唐突に言われた。

「明日、オルミラージュ侯爵家のウェルミィ様がこちらに参られます」

「あ……」

その後の生活に上書きされていた過去の記憶が、ぶわりと甦る。


――――そうだわ……わたくし、ウェルミィ様に謝罪もしていないのだったわ……。


真っ先にそう思い付いて青ざめること自体が、もう以前のローレラルではないことの証左なのだ
けれど、後にご主人様に指摘されるまでは気づかなかった。

「わ、わたくしはどうすれば……」

おろおろするローレラルを落ち着かせるように、ご主人様が肩に手を回す。

ずーっと怖かったその手と笑顔に、安心するようになったのはいつからだっただろう。

「大丈夫だよ、ローレラル。誠意をもって、謝罪をすればいい」

そう言われて失礼のない程度に着飾ったローレラルは、ドキドキと彼女を待ち、現れたウェルミィ様に深く頭を下げて、謝罪を述べた。

すると呆れた顔をした彼女に、何か粗相があったのかと慌てたけれど。

「ラウドン。あれから半年しか経ってないんだけど、貴方一体、どんな方法を使ったのよ？　ほとんど別人じゃないの」

「おや。きちんと罰を与える、とお話しさせていただいた筈ですが？」

「……やり過ぎたりしてないでしょうね？」

「そもそも、私は寝ている間もその後も、彼女に食事を与える以外何もしておりません。彼女は、自身を自ら罰したのです」

それには肩を竦めてこちらを見るご主人様に、ローレラルは首を横に振る。

「ご主人様は、わたくしの愚かさを気づかせてくれただけでございます」

正確には、ご主人様の姿をした『それ』だったけれど。

それに、『ご主人様……？』と何とも言えない顔をしたウェルミィ様は、息を吐いてから頷いた。

「許すわ。屋敷の外に出るのも領地に行くのも好きになさい。嫌なら、ラウドンと離縁しても良いわよ。またうちで雇うから」

「離縁……ですか？　ご主人様は良くして下さいますが……」

意味が分からなくて首を傾げると、ついにウェルミィ様は半眼になる。

「いえ、貴女が良いなら良いんだけど……ラウドン、ちょっとこっちに来なさい」

「はい。では、ローレラル。また後程」

ご主人様とウェルミィ様を頭を下げて見送ったローレラルは、お許しをいただけたことを素直に喜び、神に感謝の祈りを捧げた。

腕輪が外され、今度は指輪と共に改めてご主人様にプロポーズされたのは、その数日後のお話。

勿論、ローレラルはそのプロポーズを受け入れた。


優しい、い、い、ご主人様に、い、望まれる、い、な、ん、て、こ、れ、程幸せなことは、な、か、っ、た、か、ら。

※※※

ローレラルから離れた後、ウェルミィ様に問いかけられる。

「そういえばラウドンって、何でローレラルを嫁にしたの？　知り合いだったのかしら？」

「いえ。幾度か夜会などで目にしたことはありましたが、ほとんど初対面ですよ」

「……誰でも良かった、とか、そういう感じ？」

「まぁ、それはそうなのですが」

ラウドンは、その歯に衣着せぬ物言いに苦笑する。

「別に捨て置くつもりで、婚姻はしませんよ。罪を犯したので罰を与えはしましたし、ガワメイダや法務卿との繋がりを加味しての婚姻ではありますが、愛するつもりで迎えたのです」

「ふぅん？」

ローレラルは愚かで自分勝手ではあったが、罪を雪《そそ》いだ後はきちんと『妻』として遇している。しかし誰かを愛したから婚姻するのではなく、迎えた女性を愛する、という考えは、ウェルミィ様には理解し難いようだった。

「疑っておられますね。貴族の婚姻など、普通はそういうものでしょう？　得のある相手と婚姻し、愛するように努めるものです。ウェルミィ様の周りが少々おかしいのですよ」

「まぁ、それはそうかもしれないけど……」

いまいち納得行かなそうなウェルミィに、ラウドンはそれ以上の弁解はしなかった。

実際、ローレラルは可愛らしい。

愚かしさを反省した後は、むしろ今までの自分の行動を思い返しては罪悪感に苛まれているのを、可哀想に思うくらいには情も芽生えている。

実家ホリーロの父母も同じような形で婚姻をして、けれど夫婦仲は良好なのだ。

それにラウドンは、結婚後まで浮気するほど、多くの女性との交流に重きを置いてはいない。

楽しいとは思っていたが、それだけである。

「私の行動は、基本的には全て『家』の為ですよ。そういう生き方を今までしてきたので」

「それって、幸せなの？　貴方自身は」

「少なくとも、今は幸せですね。ローレラルがいる家に帰るのも楽しいですし」

「……なら良いけど」

そういうものなのかしら、と首を傾げるウェルミィ様だが、彼女は分かっていない。

強い意志と知略で思い通りに物事を成し遂げられる、というのは特別なことであり、世の中の人々は、彼女の周りにいる人々ほど賢く義理堅い者ばかりではない。

ラウドンは、強い想いを持つ者を尊敬はするが……実際、側に置きたいとは思わなかった。

そんな者ばかり相手にするのは、息が詰まるからだ。

家の中で触れ合う相手くらい、人並みで良いのだ。

賢くもなく、強くもなく、自分勝手で、間違って、反省して。

そうした愚かな部分があることも人の一面で、そうした部分まで含めて、ローレラルと一緒にいると安心するのである。

それは共に過ごす上で、ラウドンにとっては大切なことだった。

「ウェルミィ様」

「何?」

彼女もきっと、エイデス様と一緒にいる時はそうした一面を見せるのだろうから……ラウドンはからかいがてら、こう口にした。

「きっと、私の気持ちは御当主様と同じですよ。手が掛かる子ほど可愛い、と言うでしょう?」

「……それは、私は手が掛かるという意味かしら?」

「さて、それは御当主様にお聞き下さい。私にとっては、手が掛からない女主人ですよ。多くの面倒ごとを持ってきて下さるので、退屈はしませんが」

「やっぱり手が掛かるって言ってるわよね!?」

むくれるウェルミィ様に、ラウドンは答えないまま、黙って頭を下げた。

※※※

――時間は、侍女選抜試験の始まりまで遡る。


アレは、偽者だ。

彼女は、馬車から降りてきた人物を見て、即座にそう思った。

オルミラージュ本邸にヴェールをつけて現れたのは、ウェルミィ・リロウドではなく、ダリステア・アバッカム公爵令嬢だったのだ。

影武者を立てるのに、公爵令嬢を使う……それは、危険を想定しての代役ではないということ。

ならば、王太子妃侍女の選定を行う、という建前から察するに、密かに『本物』が侍女の中に潜り込んでいるのでは、という推察は当たった。

自分なら、そうすると思ったからだ。

それとなく周囲を観察すると、髪や瞳の色だけで、顔立ちは変えていないウェルミィを発見した。

少々驚いたのは、すぐ近くにいる姉を名乗る女性が、本当に義姉イオーラだったこと。

――未来の王太子妃が、いくら何でも不用心じゃないかしら……？

ふとそんな疑問が湧いたが、〝影潜み〟の魔術の気配を感じ、納得する。

そこに潜んでいる護衛は、それぞれかなり腕が立つ相手だった。

特にウェルミィについている方は、要警戒人物として知る相手のもの。

ズミアーノ・オルブラン……バルザム帝国王族とライオネル王国の侯爵家の血を引く、人心操作と魔導具作成の天才。

行動が予測しにくい青年だ。


――やっぱり表立って手を出すのは、得策じゃないわね。


そう思いつつ、彼女は手札を切った。

自分の主人が、ウーヲンを『飼う』ように仕向けたローレラル・ガワメイダ。

侍女選定に合わせて、ウーヲンと共にオルミラージュ本邸にくるように『父』が仕向けたらしい。

ローレラルを釣る事前準備として、母アロンナから受けた『ヘーゼルに、なるべく多くの仕事を経験させなさい』という指示をあえて曲解し、彼女を虐げるように仕事を言いつけていた。

愚かな娘と思わせて、秘匿すべき自分の真実から目を逸らさせる為に。

母は良い顔をしていないが、言われたことをこなしているから、邪魔はしてこない。

口実を作らせない為に、過労で倒れるほどの扱いにならないようには注意を払っていた。

そうして隠れ蓑を張り、その上で悪戯《いたずら》をする。

何人気づくか、誰が悟るか。

そうしたことをつぶさに観察して……潮時を、見極めた。

やがて予定通りに、元々デスタームではないエサノヴァは、ローレラルと共に拘束された。

エサノヴァが貴族学校に通う前に、『父』は計画的に子爵家を没落させて、母に自分を引き取らせている。

魔術制御を習っていない、とオルミラージュやデスタームは彼女の報告を受けている筈だ。

それを信じる信じないに拘《かか》わらず動けるようにはしていたけれど、予想通り、エサノヴァには魔術を封じる腕輪はつけられなかった。

捕らえられる時に目にした相手の中で、おそらく自分の仕掛けた悪戯に気づいていたのは、薬草畑を預かるイングレイお爺さんと……義姉イオーラ。


——あの女《ひと》も、油断出来ないものね。


表面的には……本質的にも善良な女性だが、その頭脳と才覚は世界最高峰なのだ。

魔導具に関しては、ズミアーノ様と同等。

魔力に関してはエイデスを超える、真なる紫の瞳を持つ才女。

ウェルミィ亡き後も、諸国に名を轟かせる未来の王太子妃である。

彼女が気づいているということは、エイデスもこちらの正体に薄々気づいている筈だ。

ライオネル王国で二人しか存在しない魔導卿の一人で、特に誉れ高い〝万象《ソロモン》の知恵の魔導爵〟を持つ、当代随一の魔導士。

彼らにあえて泳がされているのなら、そのまま泳いでしまおう。

ここを抜け出して、『父』に接触すれば後のことはどうにでもなる。

母とは別れることになる……ちくんと心を痛めたエサノヴァだったが。


――少しの間、さようなら、お母様。

エサノヴァは、自身の魔術を行使し、牢屋から脱獄して行方をくらませた。

3✦庭師と向日葵

――ローレラルとエサノヴァが捕まった後、しばらくして。


ウーヲンは、自分の親だと名乗る二人と、引き合わされた。

彼らの姿に正直見覚えはなく、本当の名前というのを伝えられてもピンと来ない。

話を聞く所によると、自分は本当に隣国の貴族……公爵の血筋に連なる家の出らしい。

実感は湧かなかったが、ウェルミィ様に聞いた自分の出自は事実だった、ということは理解した。

しかしウーヲンの意識はあくまでも平民で、周りにいるのはこの国や隣国の高位貴族。

緊張でどうにかなりそうな中、当時の話を聞かされた。

なんでも家族でこの国に観光に訪れた際に、街中を見回っていると、ウーヲンが何かに興味を引かれて母親の手を振り払ったと思ったら、直後に人混みに呑まれて行方不明になったのだという。


――なんだ、俺が悪かったのか。

両親を恨む気持ちは特になく、それを聞いてむしろウーヲンは安心した。

保護者の手を振り払って動き出すのは、予測できない子どもの行動だ。

養護院でも、年少の子らを先導する時に駆け出されてしまう、というミスはよくあった。

母親であろうと聖人であろうと、完璧な人間などいないのである。

彼らに対して親子の情などは湧かなくても、自分が両親に捨てられたのではないことが分かって、どこか心の中に燻《くすぶ》っていた気持ちが晴れていくのを感じた。

「では、次はこちらの話をお伝えいたしましょう」

同席していただいた、ウーヲンの身柄を預かってくれるという御当主様が口を開く。

近くで見る彼は『知っている誰か』に似ている気がしたが、今はそれを考える場面ではない。

ウーヲンの今までの境遇を御当主様から伝えられた二人は絶句し、しかしそれでも『生きていてくれて良かった』と、涙を流した。

居た堪れなくなったが、我慢する。

御当主様は話を終えると、先のことに関する提案を口にする。

「ご夫妻には、心労もあるかと思いますが。彼は平民として育ち、この歳まで貴族教育を受けておりません。正直な所を申し上げますと、今さら大公国に戻ることは、お互いの不幸を招く可能性が高いと、大公閣下と我が国の国王陛下の間で話し合いがなされました」

「それは、ええ」

「我が家は既に、親戚筋から養子を迎えておりまして……あの子に今更、権利を放棄せよと伝えるのも不憫《ふびん》、と考えてはおります……」

二人は、苦悩の表情を見せていた。

それも無理はないだろう。

もう十数年も前に行方不明になった子どもが、今さら無事に見つかるなんて誰も思いはしない。

勿論、貴族の跡継ぎの地位などウーヲンはいらないし、むしろ全力で拒否したかった。

そんなウーヲンの気持ちを事前に知っている御当主様は、淡々と話を進める。

「選択肢は幾つかございますが、私は彼を、この地に留《と》めおくのが良いと考えております」

「留めおく……しかしそれは、条約に違反するのでは……？」

「ええ、現状のままであれば。ですが大公閣下より『【魔封じの腕輪】をつけ、その管理を国王陛下が行うのであれば在住を認める』という御言葉を賜っております」

本来なら罪人となった貴族につけるものらしいが、魔術が使えなくなるのだという。

それはつまり、魔術を完全に封じた平民としてならこの国で生きていける、という話だった。


――――それが一番いい。


正直、そう思った。

養護院の皆に会えなくなることもなく……ちょっと打算的だけど、ウーヲンが国にとって重要な人間なら、職の世話もきちんとしてくれるだろうから、食いっぱぐれもない。

ただ、一つだけ懸念があった。

それを口にすべきかどうするべきか迷っている内にも、話は進んでいく。

「私は、その選択をウーヌン氏に一任すべきだと考えております。彼は既に成人しており、自らの力で生活をしている。大公閣下と国王陛下の委任もあるので、彼の身柄の行方は、我々の思惑で左右すべきではないでしょう」

御当主様の言葉に、二人は『確かに』と頷いた。

自分の両親は、理解があって随分と人が良いようだ。

貴族といえば下の人間を見下すような連中ばっかかと思っていたウーヌンには、少々意外だった。

御当主様もきちんと親身になって下さるし、ウェルミィ様も女神だったたし、少し認識を改めないといけないかもしれない。

「……君はどうしたい？」

「出来るなら、俺はこの国で生きていきたいですが……その腕輪を嵌めると、薬草の栽培に支障が出ますか、ね？」

それだけが懸念だった。

薬草栽培は、魔力の与えかたが重要だと、イングレイ爺さんは言っていた。

その問題だけどうなるかが、個人的にはとても重要なのだ。

「〝変貌〟の魔術はいいんです。酷い目に遭いましたし、俺には過ぎた力だと思い知りましたから」

ウーヌンの発言に、御当主様が顎に指を当てて、何か思案するように目を伏せる。

「……この国には、魔導具作りの名手が二人いる」

片方は魔術使用時の魔力負担軽減に関するスペシャリストであり、もう片方は魔力自体の解析と制御に長けた人物らしい。

「先日、他国の要請を受けて、魔導研究所で魔力制御に関する分野を集中的に研究していたという報告も受けている。おそらく彼らに相談すれば、〝変貌〟の魔術のみを封じるものや、魔術は封じるが魔力の放出自体は行える魔導具などを、作り出せるだろう」

「だったら、躊躇う理由はないですね。……えっと、父さん、母さん、と呼んでいいのか、あまり実感ないですけど。今まで通りにこの国で生きていくことを、許してもらえない、でしょうか？」

ウーヲンが曖昧な笑みを向けると、両親は少し躊躇った後に頷いてくれた。

「君がそれを望むのなら」

「けれど、そうね。……会いに来たり、少し援助をさせては貰えないかしら……？」

ウーヲンがチラリと御当主様を見ると、かすかに頷いたので、二人の好意を受けることにする。

流石に、上層部に掛け合ってこの国で爵位を与える、なんていう話は辞退したが。

年に一度、社交シーズンが終わったくらいの時期に二人と会うことで、ある程度の資金援助をしてくれる……まぁ要は、顔を見せれば高位貴族レベルの『小遣い』をくれるらしい。

それが平民なら余裕で二年は生活出来る金なので、お貴族様はやっぱすげーな、と思った。

養護院に半分寄付しても、ウーヲンは働かずに暮らしていけるのである。

庭師の仕事は好きだから続けるだろうが、生活の心配がなくなるのは嬉しい話だ。

そうした諸々が終わり、両親と夕食を共にする約束をさせられて一度解放されたウーヲンは、ホッと息を吐いた。

「これで良かったですか？」

「ああ。欲しい情報は貰えた。感謝する」

「いえ……これから雇い主になってくれる人の為ですから、お安い御用ですよ」

御当主様は、オルミラージュがしばらく責任を持って預かる、と両親に約束して下さった。

そして両親には伝えていないが、彼らに会う前に、ウーヲンは御当主様から説明を受けていた。

――ウーヲンが行方不明になった時に、まともな捜索がされていない。

普通ならあり得ない、そんなことが起こっていたのだと。

大公国の、それも重要な血統の嫡男が行方不明になったことが大騒ぎにならないのもおかしいし、本来なら、しらみ潰しに王都全域を捜索してもおかしくない緊急事態だったのだそうだ。

『君が行方不明になった状況は、何者かに作為的に演出された可能性がある。その時期は逝去なさった前・陛下が伏せっており、少々政権が混乱していた辺りだ』

その隙間を縫うように、誰かが策略を巡らせた。

騒動そのものが大したことがない、よくある話のように抑えられ、当時王太子殿下だった現王の元に、情報が伝わらぬよう図られた。

そして何より、高位貴族を守る筈の〝影〟が動いていない。

『あまり君を危険には晒したくないので、心得ておいて欲しいことがある』

実際、両親にそれとなく御当主様が尋ねていたが。

捜索の間、国を出なければならない時期まで、彼らは捜索の進捗も詳細には知らされず、危険があるかもしれないからと、当時の職員によってやんわりと大使館に閉じ込められていたという。

つまり、情報を遮断されて、捜索に手出しや口出しが出来なかったということだ。

『これは〝水〟の不祥事になりうる話であり、あの国は今、新たな大公の選定に入っている。……現在の大公は〝水〟の血統だ。君は四公の争いに、布石の一つとして巻き込まれた可能性が高い』

行方不明になり、現在まで放置されていたこと自体が弱みとなるのだと。

『君の両親は善良だが、他がそうとは限らない。現在、他の三公爵家は君の存在が暴かれた方が支持を得るのに有利だ。逆に〝水〟としては、君を暗殺しておいた方が憂いは少ない。故に、少なくとも向こうの大公が選ばれるまでは、安全な職場を用意させて貰う』

ウーヲンは、流石にその話を聞いた時は背筋がゾクッとしたが、自分の力ではどうにもならないので、全面的に御当主様とウェルミィ様を信じることにした。


――お二人が守ってくれて、それでも無理なら諦めるさ。

そう腹を括れば、後は出来る限り、イングレイ爺さんから薬草栽培の極意を伝授してもらうことに力を注ぎたい、と思った。

ウーヲンはその後、両親との夕食の為に、御当主様が用意してくれた窮屈な服に身を包む。

着るのは、ウェルミィ様と仲が良いらしいセイファルトさんって執事見習いが手伝ってくれた。

その格好で、脱いだ服を置きに使用人棟に戻る途中に畑の前で声をかけられる。

「あれ～？　ウーヲンがピシッとした格好してるねぇ～。どうしたの～？」

そちらに目を向けると、どうやら仕事終わりらしいミザリが、いつものように満面の笑みで、ぶんぶんとこちらに手を振っていた。

※※※

口下手なりにミザリに事情を話すと、彼女はうんうん、と頷きながら聞いてくれた。

「ご両親は、いい人たちだった～？」

「ああ。悪い人たちじゃなかった。親だとは思えなかったけど、離れて暮らしてたから仕方ない」

これからも、一緒には暮らさない。

でも、悪い印象はなかった。

「良かったねぇ～。うちの両親は、悪い人たちだったよ～。そのせいで、ヘーゼルもあんな顔になっちゃったし～。美人なのに勿体無いよねぇ～」

ミザリの言葉に、ウーヲンが疑問を覚えた。

「お前とヘーゼルは、姉妹なのか?」

「義理のだよ~。ミザリも、元々親無しだから~」

と、彼女も自分の身の上を話してくれた。

そして、ウーヌンなんかよりよっぽど過酷な境遇を生き抜いていた二人に、同情を覚えた。

「御当主様が保護してくれて、今、幸せだよ~!」

と言って、ニコニコ笑うミザリの表情が、話を聞いたウーヌンには別のものに見える。

そうする以外、心や自分の命を、守る方法がなかった少女。

これまでの彼女との、些細な交流が思い出される。

いくらでも話し続ける朗らかな様子。

臆することなく誰とでも喋る、活発な印象。

しかし、絶望的過ぎて傷つくことも傷つけられることも『平気』にならなければいけなかったミザリの心は、まだ全然癒されてなどいないのだ。

絶望出来ただけ、救われただけ、自分の方がマシだったんだと思えるほどに……彼女の受けた仕打ちは、過酷だった。

気づけば、ミザリの頭に思わず手を伸ばしていた。

クシャリ、とそのハチミツ色の髪を撫でると、ミザリが首を傾げる。

「どうしたの~?」

「頑張ったんだな、お前。生き残って、良かったな」

ローレラルに逆らえないことで荒み、さらに無口になっていたウーヌンは、ここに来て積極的に関わろうとしてくれたイングレイ爺さんとミザリに、少なからず助けられていたのだと理解した。そうでなければ、ここでの生活はもっと息苦しかっただろう。

「えへへ～。嬉しいな！」

頭を撫でただけで、本当に嬉しそうに目を細めたミザリは……ポロリ、と涙を流した。

「え？」

「う、あれ？」

狼狽えて思わず手を離したウーヌンに、自分が涙を流していることに気づいたのか、ミザリが頬を手で拭う。

「あれ？　……あれ～？」

しかし、笑顔の彼女は、そのままさらにボロボロと涙を流し続ける。

「嬉しいのに、何でだろ～。止まらないねぇ～？」

やがて涙を拭うことを諦めたのか、ミザリがこちらに笑みを向けるのに……ウーヌンは、彼女の頭に手を添えると、その頭を抱いた。

こんなこと、女性にしたことない。

心臓がうるさいくらい早鐘を打つのに、ミザリが体を離そうとしてくる。

「ウーヌン、ピシッとした服が濡れちゃうよ～？」

「だ、大丈夫だ。……泣いてるの、人に見られたくないだろ」

上手く言えなかったが、きっと彼女が泣いているのは、心が死んでない証なんだと思った。

自分がなんで泣いてるのか分からなくても、どうしてかウーヲンの言葉で泣いたのだ。

嗚咽するでもなく涙を流し続けるミザリは、抵抗をやめ、泣き止むまでそうしていた。

「えへへ～、ありがとー！」

泣き止んだミザリは、目がかゆいねぇ～、と言いながら、真っ赤になった瞼《まぶた》を擦るので、ハンカチを差し出した。

「濡らして当てとけよ」

「うん、そーする！」

またね～！　と言って彼女が去っていくと、服を仕立ててくれた御当主様に申し訳なく思いつつも、濡れてしまったことに後悔はなかった。

ミザリに心臓の音を指摘されなかった事に、ホッとしたのも束の間。

「ほほ。青春じゃの」

と、イングレイ爺さんの声が聞こえて、思わずビクン！　と跳ね上がると、慌てて振り向く。

そこに、ニヤニヤと笑みを浮かべた老人がいた。

「ちょ、見てたのか!?」

「薬草畑の前でイチャついとるからじゃ」

「悪趣味なジジイだな……」

と、恥ずかしくて目を逸らした先に、ふと見慣れぬものがあって、ウーヲンは眉をひそめる。

「爺さん。あれ、月魅香《チャームルナ》か？　いつの間に植えたんだ？」

薬草畑の縁《へり》に、一本だけポツンと咲いていたのは、今のような夏の時季に可愛らしい白い花を咲かせる植物だった。

夜に放つ蠱惑的《こわくてき》な香りが有名で、煎じて飲んだりサシェにすると微弱な魔力回復効果がある。

しかし薬草というよりは、香水としての人気が高いものだ。

「植えとりゃせんよ。それに、昨日まではなかったような気がするがのう」

イングレイ爺さんは、白銀の髭を撫でながら目を細める。

確かに、植えたにしても一本だけというのはおかしい。

「どっかから種でも飛んできたかな」

「かも知れんの。ところで、そろそろ行かんで良いのか？」

「あ」

気づけば、日がだいぶ落ちかけている。

馬車を待たせる訳にはいかないので、イングレイ爺さんに挨拶して歩き始めると。

「……　〝私は気づいている〟と〝危険な遊び〟か……ふむ」

と、彼が後ろで小さく呟くのが聞こえた。

それはどちらも、月魅香の花言葉だったので、ウーヌンは特に気にも留めずにその場を後にした。

つつがなく晩餐会を終えて……しかしあまりにも付け焼き刃の礼儀に、一年後に会う時はもう少しまともな食事の仕方を身につけようと申し訳なく思いながら……ウーヌンは、両親と別れた。

しばらくして、特製だという【魔封じの腕輪】を身につけたウーヲンは、思いがけない場所で働くことになった。

王宮にある、王太子妃の庭園。

そこに新しく造られる薬草園を任される事になったのだ。

確かにとんでもなく安全だが、本来、孤児の平民のままだったらありえない待遇に、頬が引き攣ったのは言うまでもない。

王太子妃の正体が、アロイと偽名を名乗っていたイオーラ様だったのも心臓に悪い話だったのに。

ちなみにウーヲンの腕輪を作ってくれたのも、彼女らしい。

しかし、安全になったら辞退しようと思ったその待遇に……ウーヲンはその後も、何十年と甘んじる事になる。

その理由は、自分が召し上げられると同時に、王太子妃付きの下級侍女になったミザリだった。

あの泣いた日以来、彼女が気になっていたウーヲンはその後も親しく過ごすようになり、やがて結婚を申し込む事になったから。

元は伯爵令嬢だったミザリに受け入れてもらえるか分からなかったけど、彼女は喜んでくれた。

それから少しずつ感情豊かになり、怒ったり泣いたりするようになったミザリが〝笑顔〟のあだ名を返上するのは……そう遠い未来の話では、ない。

4 ✦ 可愛い二人、紫瞳の二人

──ローレラルがウェルミィを襲う指示を出した話し合いの日の、夜。


「あの……ダリステア嬢」

「はい、何でしょう？」

イオーラの計らいでツルギス様と二人きりになったダリステアは、いつもと違う彼の様子に、どこか落ち着かなかった。

あの、お兄様とのやり取りがあった公爵邸での出来事から、もうすぐ一年になる。

その間、節度のある親交を保っていたけれどそれなりに緊張せずに話せる間柄になり、ちょっとした様子の違いも分かるようになっていた。

最近は静かな自信を感じさせるようになったツルギス様は、ますます魅力的だったけれど。

今日はそう、少し昔に戻ったように軽く視線を外していて、肩をすぼめている。

「このような場、なのですが。アバッカム公爵より許可が下りまして……正式な申し込みの前に、直接、お伝えしたい、ことが」

「まぁ……」

緊張しているツルギス様に、ダリステアは思わず顔を両手で覆う。

頬が熱くなり、どことなく気恥ずかしい空気が流れた後、ツルギス様がそっと床に膝をつく。

「私は、騎士としても、跡継ぎとしても、特段優れた人間ではありません。人並み以上の努力をして、やっと並み程度の男です。多くの間違いを犯し、これからも、犯さないとは言えません」

と、彼はその手に持った小さな入れ物を開いた。

しかし指の隙間から覗いたダリステアは、開かれた中身よりも、ツルギス様の瞳に目を奪われた。

「ですが……貴女を想う気持ちだけは、誰にも負けないと、自負しております」

「ツルギス様……」

「ですから、どうか。この先の人生を貴女と共に、歩ませていただけないでしょうか」

紡がれた言葉は、決して、洗練されてはいない。

自らを卑下するような、そしてたどたどしいものだった。

でも、ツルギス様はとても誠実な方で、自分を大きく見せようとはなさらない。

だからこそ、その言葉は等身大の彼自身が、ダリステアの為に一生懸命紡いでくれたものだと、信じることが出来た。

「喜んで……お受け致しますわ。わ、わたくしも……ツルギス様を、お慕いしておりますから」

ダリステアは手を下ろして、ニッコリと微笑んで見せる。

顔は赤いだろうし、申し出を受ける言葉だって、つっかえてしまったし、ありきたりだった。

でもこんな風に、公爵令嬢として完璧ではない自分でも、受け入れてくれるツルギス様だから
……一緒に居たいと、思えるのだ。

『王太子妃になれなければ、価値はないのだ』と、父にそんな呪いを掛けられていた頃を思えば。

それでも立場を諦め、修道院に入れられる覚悟を決めたことを思えば。

自分だけを思ってくれると、そう信じられる殿方に結婚を望まれる今は、どれ程に幸せだろう。

「ありがとうございます」

彼はホッとした様子でダリステアの右手からグローブを外し、薬指に指輪を嵌めてくれる。

ダリステアの瞳と、同じ色の石が輝く指輪。

「左、ではないのですね」

「そちらは婚約届にサインした時に、改めて贈ります。この指輪は、あくまで私の気持ちです」

少しダリステアが戸惑うと、ツルギス様は照れくさそうに目を伏せた。

「私が昔、一目見て美しいと思ったダリステア嬢の瞳の石を、最初に贈りたかったのです」

※※※

――時は遡り、盗難事件が起こる前の、ある日の夜。

就寝前にこっそりと開催した三人でのお茶会で、イオーラは自分の違和感を口にした。

「ダリステア様がウェルミィの偽者であることや、わたくしたちの正体を見抜いている人がいるわ」

元『サロン』のメンバーであり、同時にイオーラにとっては気の置けない友人でもあるダリステア様とカーラは、顔に緊張を浮かべる。

「やはり、わたくしの演技が不味かったのかしら？」

「いえ、ダリステア様に問題はありませんわ」

イオーラがそれに気づいたのは、この侍女選定に関する疑問と、ある事情からだった。

「元々おかしいとは思っていたの。侍女に関しては開催前から既に数名、選定が終わっているわ」

「どういうこと？」

カーラが眉をひそめるのに、イオーラは微笑みを浮かべて伝える。

「わたくしの側付きになる上級侍女は、既に決まっている現在の宮長以外に、ヴィネド様とイリィ様は最有力候補に挙がっていた筈よ。二人には引き受ける理由もある。……そして、二人が職を辞した場合の後継に、ミザリ。最初は侍女見習いとして勤めて貰うことになるでしょう」

その三人以外の面々も、イオーラとコールウェラ夫人、ウェルミィで意見が一致した。

下働きから、王宮で下級に上げる面々で十数名。

ダリステア様やカーラが選んだ上級・下級でまた十数名。

おそらく本人が望んでいれば、ヘーゼルもこの中に入っていたはずだ。

そうした諸々を踏まえた上で……この侍女選定には、裏がある。

「企んだのは、おそらくエイデス様でしょう」

婚約披露パーティーの時のように、レオが持ちかけた話を何かに利用することを考えたのだろう。

技量よりも人柄で選ぶことを前提とした場合、ウェルミィの目に適えばほぼ間違いない人選が行われるので、正直、こんなことをする必要もないはずなのである。

開催理由自体は『お義姉様と一緒にいたい』というあの子の我儘《わがまま》を聞き入れたからだろうけれど
……その上で、ホリーロ公爵家を含む対立陣営を掌握する指示を出した。

ウェルミィが動いたことで、今度はラウドン様が現れたのである。

また、エサノヴァのヘーゼルに対する振る舞いを容認していた理由や、ローレラルがウーヲンを潜り込ませるのを認めた件も考え合わせると、答えが見えたのだ。

「エイデス様は、何を企みましたの？」

ダリステア様の問いかけに、イオーラは静かに答えた。

「状況を動かすことで本邸に潜むネズミを炙り出そうとしている……のではないでしょうか。先日、使用人棟の前に、月魅香《チャームルナ》が咲いていたのです」

今朝は咲いていなかった、と目に留め、香り高く一種の薬草として使えるそれを摘んだのだ。

が、また次の日には同じように生えていて、月魅香の花言葉を思い出した。

「〝私は気づいている〟〝危険な遊び〟……あの花には、そういう意味合いがあります」

ダリステア、ウェルミィ、イオーラの正体に気づいている、と誰かが伝えている。

それが誰にとって〝危険な遊び〟なのかは不明だけれど。

「違うかしら？　ヌーア」

「ええ、ええ。旦那様のお考えは、私のような者には分かりかねますがねぇ。現状、ウェルミィ様たちに危険が及ぶことはなかろうかと、思っておられますねぇ」

近くに控えていた護衛を兼任する侍女に問いかけると、彼女はニコニコと答えた。

カーラとダリステア様は、驚いたように目を丸くしている。

「遠くない内に、その動きの意味を知ることが出来るのではないかしら」

これがエイデス様の企みなのであれば、花を咲かせた相手の目星もついているのだろう。

「……本当に、ウェルミィとダリステア様に、危険はないのね？」

「ええ、ええ。旦那様は、ウェルミィ様を大層愛しておられますからねぇ」

「なら、良いのだけれど」

そうして数日後に、イオーラもおそらく悪戯を仕掛けている相手を発見した。

アロンナの娘、エサノヴァ。

ローレラルの子飼いとしての立ち位置は、きっと隠れ蓑《カヴァー》だ。

彼女にはきっと、何かがある。

よく見れば、その目が虎視眈々と何かを狙っているように、こちらに向けられていたからだ。

気づかれていないと思っているのか、気づかれてもいいと思っているのか。

事態が動いたのは、ローレラルとエサノヴァが拘束された、その日の夜だった。

※※※

――――さらに時は遡り、侍女選抜試験よりも遥か前。


「御当主様。娘より、大旦那様経由でお手紙が届いておりましてねぇ」

執務室を訪れた姉、現デスターム女当主であるヌーアが御当主様に声を掛けるのに、アロンナは元々伸ばしていた背筋をさらに正した。

アロンナは、デスタームの落ちこぼれである。

オルミラージュ侯爵家の懐刀として代々仕えている、裏の事情に精通した〝影〟の家系。

デスタームは護衛や隠密、あるいはブレーンとしての役割を持つが……アロンナには、この家の者としては優れた能力がなかった。

『お前は実直過ぎるねぇ。それに、優しすぎるよ』

と、姉のヌーアは蔑むでもなく、そう言っていた。

だから、通り一遍の技術を叩き込まれた後は、さほど重要ではない役目を回されていた。

それが自陣営ではない派閥への潜入であり、嫁いだ先である子爵家だったのだ。

寄家《よりいえ》に当たるグリンデル伯爵家や、繋がりのある家を見張るための輿入れに当てられたアロンナは、その扱い自体に不満はなかった。

分不相応な望みを持てば、破滅を招く……そうした事例を、数多く目にしてきたからだ。

元・夫は遠縁の養子ということで、グリンデル派閥でも重用される人物ではない。

子爵家が負っていた幾許《いくばく》かの借金を肩代わりすることで、婚姻はすんなりと成立した。

そんなアロンナと違い、手紙を寄越したヌーアの娘サラリアは、破天荒ではあるが有能な少女だ。

彼女の、それも前・オルミラージュ侯爵経由の伝言なら、重大なことであるはずだった。

「『風が渡り、遥か都に轍《わだち》が続く。水は堰に塞がれる。火の車が海を駆けるが先か、大地の恵みが人々を潤すか』……娘からの伝言は、以上ですねぇ」

「それは、どこからの情報だ？」

「あの子が嫁入りした婚家の繋がり……南部辺境伯家からと、聞き及んでおりますねぇ」

当主様とヌーアの会話にどんな意味があるのかは、アロンナには分からない。

ただ自分がこの場に同席をさせられているということは、何か関係があるということだろう。

「……その伝言は、隣国の、大公選定に関わることだな」

「おそらくは、ですねぇ」

「〝水〟の公爵家に関わる何らかの情報を、〝風〟の公爵家が得た。それを伝え聞いたか」

「ええ、ええ。〝土〟の公爵には……こちらのホリーロ公爵家が、深い繋がりを持っていますねぇ」

大公国は、地水火風の四公による分割統治と、四家から選出された大公によって成り立つ国家だ。

四公は基本的に独自に動いており、ライオネル王家は、現大公である〝水〟の公爵家寄り。

ホリーロ公爵家は、それに次ぐ勢力を誇る〝土〟の公爵家寄り。

話によると南部辺境伯家は、土地が隣接した〝風〟の公爵家と友好を築いているようだ。

残る〝火〟の公爵家は、ライオネルよりもバルザム帝国との繋がりが強い。

御当主様が、静かに答えを口にする。

「〝土〟が自国での勢力を強めるため、〝水〟に仕掛ける可能性が高いな。それも、この国で」

「ええ、ええ。どうなさいますか？」

「他に情報は？」

「離縁したアロンナの夫は、〝土〟と繋がりがありますねぇ。エサノヴァはあえて本邸に引き入れておりますが、動きを注視せねばなりませんねぇ」

「……え？」

当たり前のように告げられた言葉に、アロンナは思わず声を漏らしてしまい、すぐに頭を下げる。

「申し訳ありません。失礼致しました」

「構わない。……つまりあの娘は、完全に向こう側についたということか」

御当主様の目に、アロンナへの同情が見えた。

何も、知らなかった。


——あの子、が？

アロンナは、娘が産まれた時に夫と相談したのだ。

エサノヴァをデスタームとして育てるか、子爵家の者として育てるか。

その問いに、優しく凡庸だと思っていた夫は、『普通の娘として育てたい』と答えた。

だから、極力教育は普通の子女と同様のものを施していた……筈だった。

離縁の際も『娘に苦労をさせたくない』と夫はアロンナに預けたのに。

そのエサノヴァが、知らないうちに間者《スパイ》にされていたという事実に、体が震える。

アロンナは娘に愛情がない訳ではなく、夫に対しても、情はあった。

それが、根底から崩れたような気がしていた。

デスタームからも、夫や娘からも、アロンナは蚊帳《かや》の外に出されて……。

「アロンナ」

ぐらり、と視界が揺らいだ時、静かに姉が語りかけてくる。

「お前にそれを知らせなかったのは、信用していないからではないですよ。知らせれば、実直で優しいお前が、気に病むと思っただけでねぇ。ええ、エサノヴァも同じでしょうねぇ」

目を上げると、姉はいつもの本心を隠す笑みを浮かべ、御当主様は真剣な目のまま小さく頷く。

「その通りだろう。私の見る限り、エサノヴァはお前を母と認めている。元・子爵の考えはともかく、今回の動きは王国や我々を害す行動ではない。大公国の問題に関連したものだ」

所属する陣営が違うだけだ、とする御当主様と姉の言葉には、アロンナへの労りが含まれていた。

「何故、お分かりに……？」

「エサノヴァは本邸に複数、月魅香を咲かせた。わざわざ自分が動くことを私に知らせている」

「そう、なのですか……？　わたくしは、どう動けば……宜しいでしょうか」

御当主様は、問いかけに一度目を閉じる。

青みがかった紫の瞳がこちらを再び見た時に、彼はこう告げた。

「おそらく、エサノヴァはいずれ姿を消す。それまでは、普段通りに過ごせ。……近いうちに、生涯の別れとなるかもしれん」

アロンナは、一度唇を引き結ぶと、頭を下げた。

「……畏まりました」

「お前は諜報には向かないが、侍女長代理としての能力には期待している。無理はするな」

その言葉を有難いと思いながらも、まだ心の整理はつかない。

「ですが、この件にホリーロまで噛んでいるとしたら、少々厄介ですかねぇ」

「ウェルミィに動いて貰う。本邸で何かが起こるのなら、見極める必要がある。今の所、ホリーロにライオネル王家への翻意はないだろうが」

そう続けた御当主様の、言葉通り。

ウェルミィ様は天才的な手腕を発揮して瞬く間に対立陣営を取り込み、ラウドン様が訪れた。

そしてアロンナは、囚われた日の夜に娘が脱獄したと聞いて、自室で一人静かに涙を流した。

エサノヴァは消えてしまった。

衛兵に連れられる時、自分にだけ見えるように、申し訳なさそうな笑顔だけを残して。

5．薬草畑のお爺さんと王太子妃付き侍女

――侍女選定が終わってから、一週間。

ウェルミィは、エイデスとお義姉様と三人で集まり、中庭でお茶会を開いていた。

そこに、黒い制服を身につけたレオが姿を見せる。

「遅くなった」

「別に貴方のことは待ってないわよ」

「もう、ウェルミィ……」

かなり顔立ちが引き締まったが、同時にやつれた印象が増しているレオに反射的に言い返すと、お義姉様に呆れた顔をされる。

ウェルミィがつーんと顔を背けると、エイデスが彼に問いかけた。

「何かあったのか？」

「少しな」

現在、魔導省国家治安維持特務課で特務卿を務めるレオは、それなりに忙しいらしい。

エイデスの問いかけに言葉を濁した彼は、少し疲れた顔で注がれたお茶に口をつけた。

「大丈夫？」

心配そうに尋ねるお義姉様に、彼は苦笑を浮かべて見せる。

「処理しなければいけない仕事が立て込んでいるだけだよ。何かあった訳じゃない」

「ならいいけれど。無茶はしないでね」

「もちろん」

「全員揃ったな。早速、この場を設けた理由の方に移ろう」

エイデスの言葉に、心なしか全員が居住まいを正す。

「今回の件は、まもなく行われる大公国での大公選定の時期が迫って来たことに起因している」

「ウーヲンの件よね？」

「ああ。最初から利用することを目的とした連中に、故意に行方不明になるよう画策されたと見ている。彼が入った養護院は、グリンデル伯爵家が定期的に寄付を行っている施設の一つだった」

ミザリとウーヲンはそれぞれ別の養護院の出身らしいので、グリンデル伯爵家は複数施設に寄付をしていたのだろう。

多分、ミザリが……伯爵の実子が預けられていることや施設がバレると不味いからだ。

「カムフラージュ先の一つが、たまたまウーヲン出身の養護院だったってこと？」

「なら良かったが、実際はアロンナの離縁した元・子爵が、寄付先の選定に関わっていた」

「やっぱり隣国の〝土〟の公爵に関係する連中が、彼をそんな目に遭わせた元凶って訳ね」

「その通りだ。が、向こうの国内情勢には干渉しない。こちらの管轄は、あくまでもエサノヴァと元・子爵に関する部分になる」

レオが忙しさに追われていたのは、その追跡調査の件なのだろう。

治安維持や国際情勢に影響のある魔術・貴族犯罪を追うのが、特務課の仕事だからだ。

ウェルミィはそこでふと、最近沈んでいる様子のアロンナが気になった。

『アロンナは忠実だ』というエイデスの言葉通り、実際に彼女は職務を逸脱することなく、娘を捕らえる時でも、表面上は表情を変えなかったけれど。


――だからって、気に病まない訳じゃないわよね。


どうにか元気づけられないかしら、と考えながら、会話を続ける。

「仮に彼の両親や〝水〟の公爵家が報復するのなら、それは向こうの問題ってことね。ウーヌンもそれで良いと言ってるなら、私たちが口を挟む理由もないわ。ねぇ、お義姉様」

「ええ、ウーヌンは、わたくし専属の庭師として取り立てる予定よ。彼の腕前はイングレイお爺さんのお墨付きだし、快諾してくれて良かったわ」

「本当にね。……ああでも、エイデス？」

「何だ？」

会話を聞いていた彼に、ウェルミィは流し目と共に告げてやった。

「私、お義父様には、一度きちんとご挨拶をしたいのだけれど？」

するとエイデスは、一瞬ピクリと眉を上げ、次いでいつものように、クク、と喉を鳴らした。

「何だ、気づいていたのか」

「逆に何で気づかないと思ったのよ？」

「あら、やっぱりそうなのね」

ウェルミィがふん、と鼻を鳴らすと、お義姉様も穏やかに微笑む。

すると、後ろでこそこそと話す声が聞こえた。

「……ねぇヘーゼル、何の話～？」

「シッ！　黙りなさいミザリ。怒られるわよ！」

「聞こえてるわよ」

ウェルミィが振り向くと、正式に側付き侍女見習いに昇格したヘーゼルとミザリが、寄せ合っていた頭を慌てて離す。

「ごめ……申し訳ありません」

彼女たちに正体を明かしてから微妙な距離を感じるものの、エイデスとレオがいる場で、あまり気安くしていいとも言えない。

彼女らの横には、澄まし顔のヴィネド様とイリィ様も控えており、笑いを堪えるように口の端が少し震えている。

オレイアは、ごく普段通りだ。

そんな彼女らをチラリと見やってから、レオも口の端を上げた。

「何の話なのか、は俺も興味があるな。お義父上ということは、前侯爵の話だろう？」

幼い頃に両親を亡くしたエイデスを引き取って後継者にした方……そして彼が左手の火傷を負った時、呪いの魔導具によって、妻と娘を失った人でもある。

「前侯爵をイオーラがお爺さん呼ばわりなんて、随分親しげじゃないか？」

と、大方察していそうな様子でレオが言うと、エイデスは珍しく苦笑する。

「あの人は、悪ふざけが過ぎる。まさか、あれほど親しくしているとは思わなかった」

「あら、良いじゃない。私は認めてもらえて嬉しいわ」

「そうね。エイデス様、何か問題でもあるのですか？」

「……一応、目立たないようにウーヲンを見張る役割を、引き受けて貰っていたはずなんだがな」

するとそこで、何処かから声が聞こえてくる。

「別に目立っとりゃせんじゃろう。大人しく薬草畑のジジイをしておったわ」

そうして、話題の当人が姿を見せた。

相変わらず白銀の髪と髭を持つご老人だけれど、今までとは服装が違う。

エイデス同様、魔導士としての正式な服装である袖口の広いローブとスーツを合わせてデザインされた魔導《ウィザーズ》礼服を身につけ、青いタイを合わせていた。

シルクハットを被ってステッキを持つお洒落な装いをしていると、薬草畑で見ていた時と違って、どこか威厳が感じられる。

「義父上。盗み聞きして登場のタイミングを窺うのは、感心しませんね」

「何をいう。紳士たるもの、己が最も良く見える場面を選択するのは当然のことじゃ」

そう言って、イングレイ・オルミラージュ前侯爵は、柔らかく目尻に皺を浮かべる笑みを見せた。

「ところで、ウェルミィ。いつ儂が、この愚息の父親だと気づいたんじゃ？」

「いつっていうか、最初から分かってたわ。だって似てるし、名前くらい知ってるもの」

イングレイ様とエイデスは、本来なら伯父と甥の関係なのだが、目鼻立ちがよく似ていた。

髭の有無や後退した額、土に汚れた服など、歳や装いによる差異はあるものの、髪質や笑った時の皮肉げな様子がソックリなのである。

「瞳の色も、紫がかった青色でしょう？　ここまで似てたら、ねぇ？」

イングレイ様の瞳に宿る青みの感じが、エイデスの瞳の澄んだ色合いと同じなのである。

所作も態度も平民のそれではないのに、姓も名乗らず自己紹介をするとなれば、もうこれは何かあると言っているようなものだ。

「だから後でお義姉様と相談して、お付き合いする事にしたの。悪戯だと思ってたんだもの」

まさか、『エサノヴァやローレラルの不自然な動きから、ウーヲンを監視するためにわざわざイングレイ前侯爵本人が薬草管理の庭師に扮している』なんて、あの時点では誰も考えないだろう。

ヘーゼルとミザリは、イングレイ様の正体に最早絶句している。

ウェルミィは立ち上がると、静かに淑女の礼《カーテシー》の姿勢を取った。

「イングレイ・オルミラージュ様。ご挨拶が遅れましたが、先日エイデス・オルミラージュ侯爵の婚約者となりました、リロウド伯爵家長女、ウェルミィにございます。この度は御目通りが叶いまして、誠に嬉しく思っております」

「そう畏まらずともよい。ここまで挨拶が遅れたことを、こちらこそ詫びよう。愚息は相談もせずに何でも決めてしまうのでな」

「現当主は私ですよ、義父上。決して蔑ろにしていた訳ではありません」

エイデスとイングレイ様は、お互いに憎み合っている訳ではないけれど仲がギクシャクしているという話を、家令のカガーリンから耳にしてはいた。

彼が、事件の際に起こった火事からエイデスを助け出した人物らしい。

『大旦那様は自分が多忙なため、御当主様は自分がやさぐれていた為に事件が起こってしまったと思っていて、互いに引け目を感じているご様子』だと。

が、今の物言いを聞く限り、仲が悪い訳ではなさそうに見えるけれど。

「それに、婚約成立の時点で手紙を送りましたが？」

「ウェルミィを手にして一年も経ってからじゃろう。〝影〟の報告でとっくに知っておったわ。その上、手紙で仕事を言いつけてきおって、帝国を出るまで随分と時間が掛かったわい」

新たに用意された椅子に腰掛けたイングレイ様は、ニヤリと口元を歪める。

「じゃが、王太子殿下。イオーラに吉報を持って来られたことは嬉しく思っておりますぞ」

「吉報？」

お義姉様が首を傾げると、レオはエイデスに目を向ける。

「この場で伝えても良いのか？」

「聞かれて困るのか？　この場にいる者は、皆信頼がおける者ばかりだと思うが？」

「では」

んん、とレオが咳払いすると、お義姉様に向き直ってその手を取った。

「イオーラ。イングレイ前侯爵がここに戻るまでに帝国で交渉してくれた話の、返事が来たんだ。俺とイオーラの……ひいては、未来の王家の為に必要なことでね」

「そうなのですか？」

「ああ。君には女伯のまま結婚してもらう予定だったんだけど、国際情勢が変わってね」

次期大公選定の話題が出たのは、一年ほど前……ちょうど、エイデスが外務卿を引き継ぐことが決定した辺りだった。

「帝国側も少しゴタゴタしていたし、その上で大公国の件も……こんな事態になるとは思わなかったんだけど、ライオネルも巻き込まれてしまった」

「そうね」

次期大公選定は、当初〝水〟が再任するだろうと目されていたらしい。

元々帝国、ライオネルと繋がる内海を掌握する大公一派は、国際化の流れに伴って富を増し、その権勢に衰えを見せなかったからだ。

四公の力関係は決して等分ではない。

〝土〟は大公国の生命線とも言える穀農を担っており二番手、〝火〟は技術開発で勢いを増し、〝風〟はその気質から最先端事業に着手せず、後塵を拝していると言う。

だから〝土〟はこのタイミングで〝水〟の支持率を落とす画策をした、と推測されているのだ。

「ライオネル王家は、現大公家である〝水〟との繋がりが一番強い。もし別の四公家が大公位を継いでしまえば、外交上のパワーバランスが崩れる可能性がある」

「ええ、理解しているわ」

お義姉様は才媛であり、そうした事情にも勿論精通している。

「今、〝風〟との関係は改善されているのでしょう？　あそこと友好を結んでいる南部辺境伯家は王家の忠臣で、繋がりが強いものね。〝土〟はこの件では敵対したけれど、ホリーロ公爵家との繋がりがあるなら、オルミラージュ侯爵家を通して親睦は深められる……問題は〝火〟かしら？」

「ああ。エイデスを外務卿に据えた時点で、父上はここまでを見越していたんだろう。どう転んでも動けるように、宰相とエイデスも交えて四人で協議していたんだ」

その結果、イングレイ様の協力を得て、〝火〟との繋がりも強化することに決めたのだという。

「〝火〟は魔導機関《エンジン》の発明で、国家間横断鉄道に技術協力して帝国との繋がりを強めた。……だから君には、帝国の宰相を務めるウェグムンド侯爵家か、鉄道事業の立役者になったロンダリィズ伯爵家の養子になった上で、俺と結婚して欲しい」

レオの目は真剣だった。

甘さの目立っていた彼も、いつの間にか為政者として交渉に関わるようになっているのだ。

――レオのくせに。

お義姉様の手を握って見つめ合っているのが非常に気に食わないけれど、いつまでも頼りなかったらそれはそれで困るし……などと非常に複雑な心境でモヤモヤする。

「その提案と調整を、イングレイ前侯爵に現地に飛んでもらってお願いしていた。両家とも、君が選んだ方と契約を結ぶ約束をしてくれた。向こうの人は、イオーラの価値を十分に理解している」

国際魔導研究所で功績を残したお義姉様が、継続して帝国との共同事業の発展に貢献してくれることを条件に、結ばれた契約らしい。

「身に余る光栄だけれど……わたくしで、良いのかしら？」

そこまでの価値が自分にあるのか、と戸惑うお義姉様は、相変わらず自信がなさすぎる。

「何を言ってるの!?　お義姉様ほどの人材なんてこの世に他に存在しないわよ！」

「ウェルミィ。少し静かにしろ」

思わず声を上げると、やれやれ、と言いたげな様子でエイデスに肩を押さえられる。

「ずっと言ってるけれど、イオーラには君自身が思うより遥かに価値があるんだ。利用するみたいで申し訳ないけれど、身分偏重で未だに君を侮る者も、これで黙らせられる」

「あ、いえ。躊躇っている訳ではないの。それで問題がないのなら、王太子妃になるこの身を、王国のためになるように利用してくれたらいいのよ」

お義姉様は、ふんわりと微笑むと、レオに頷いた。

「――お受けするわ、その話」

※※※

――そのお茶会から、さらに数日。

大公国に向かう船舶の停まった港に、ラウドン様と共に訪れたイオーラ様付き侍女オレイアは、元々、没落しかけた男爵家の出である。

幼少時より二人のお嬢様にお仕えしており、その幸福を常に願っていた。

基本的にはイオーラ様のお側に侍っているが、ウェルミィ様の為とあれば休暇を申請し、彼女に関わる用事に足を運ぶこともある。

ヌーア様を経由したズミアーノ様の要請の時も、そして、今日も。

「間に合ったかな」

そう口にしたラウドン様は、侯爵家執事でありながら、未だ実家にも利する蝙蝠《ダブル》である。

もっとも、侯爵家……というよりは、ウェルミィ様の不利益になることはしない人物であるということで、エイデス様は目溢《めこぼ》ししているようだ。

彼女がお側に置くのなら、その『目』を信頼しているオレイアに否やはない。

それに、ラウドンのことは一方的に知っていた。

実家の男爵家がホリーロの遠い縁戚に当たる家であり、オレイアがエルネスト伯爵家に入る事になったのは、ホリーロ公爵家と繋がりのあった、イオーラ様がたの婆やや元・エルネスト家令ゴルドレイの推薦によって、だからだ。

爵位の返上を考えていた男爵家の支援と引き換えに、オレイアは侍女になったのである。

そんな幸運が訪れたのは、オレイア自身が〝紫紺の髪と瞳を持つ魔女〟であったから、だった。

「エサノヴァ」

「あら、来たのね」

ラウドン様が目的の人物を見つけて声をかけると、トランクを手に、横に立つ父親らしき人物と、旅行に向かう良家の子女という体で立っていた彼女は、ふんわりと笑みを浮かべた。

「首尾はどうだったの？」

「上々。ズミが喜んでたよ。心の負担と再生に関する詳細な経過記録なんて、普通は取れないからね……治療用の魔薬や魔導具と並行して、今後は夢見の研究も進めたいらしい」

「そう……やり過ぎないように釘を刺しておいてね。私たちやオレイアにまで手を出そうとするのなら、彼の命を繋いでおいてあげる訳にはいかないから」

さらっと物騒なセリフを吐いた彼女は、今度はこちらに目を向ける。

「ねぇ、オレイア。やっぱり貴女は、私たちと一緒に来る気はないの？」

「ございません」

即答すると、エサノヴァは肩を竦めた。

オレイアが彼女やラウドン様と接触したのは、お嬢様方が侍女として本邸に潜り込む少し前。

エサノヴァは『ウェルミィを救う為に、協力してくれない？』と接触してきた。

ローレラルがウェルミィ様の貞操を狙うので、放っておけば襲われて舌を噛んでしまうのだ、と、まるで未来が見えているかのように、彼女は言った。

オレイアの仕事は、時期が来るまでローレラルに『エイデス様がローレラルを好んでいる』という夢をしばらく見せて動きをコントロールすることだった。

自分の『力』は、一度繋がれば近くに居らずとも作用し、毎夜夢を見せることが可能だ。

ローレラルが侍女として赴く前に参加した王宮のお茶会で、密やかに接触して魅了を発動した。

その後、捕まった彼女の前に顔を見せたのは、怒りを告げないと気が済まなかったからである。

「私の主人はイオーラ様とウェルミィ様だけですので、別の方にお仕えする気はありませんし、たとえ可能性であろうとも、お嬢様方に手を出す相手には容赦は致しません」

オレイアの『力』は、エサノヴァが仕える『主人』には劣るが、同系統の力であるらしい。

それが〝闇の聖女〟……あるいは〝紫紺の髪と瞳を持つ魔女〟と呼ばれる者の力だ。

〝桃色の髪と銀の瞳の乙女〟テレサロと、オレイアは対となる存在なのだという。

光ある所には、影が差す。

心と体を癒す存在と、心と行動を操る存在は、常に同じ時期に生まれ落ちている。

さらに〝光の騎士〟ソフォイルの対となる今代の〝闇の拳士〟は、ゴルドレイだった。

秘匿された陰の者が表舞台に立つことはないけれど……太古の昔より、魔王を討伐するのが光の男女の役目、〝精霊の愛し子〟を守るのが陰の男女の役目なのだ、とオレイアは教えられた。

しかし余程の危機でなければ、その力を許可なく振るわぬよう、予《あらかじ》め制限されている。

そもそも〝魅惑の魔術〟は各国において禁忌とされている力であり、『表沙汰になれば、イオーラ様とウェルミィ様の側には居られなくなる』と言い含められたのだ。

ローレラルの時は許可が下りたのに、かつてのお嬢様方の窮状……特に、養父サバリンの行動……に対して『力』を使うことは『時期ではない』と認められなかった。

亡くなったエルネスト伯爵家の婆やがオレイアに目をつけたのは、主人を守ることを願ってのことだったはずだが、結局は、ただ仕えることしか出来なかったのだ。

『時期ではない』とした言葉の意味は、結局知らないままだったが、二人のお嬢様が自らの力で未来を勝ち取った時に『自分が動かずとも良かったのだ』と納得し、考えるのを止めた。

ゴルドレイがどう思っていたかは知らないが、それもまた、どちらでも良い。

彼とオレイアだけは決してお嬢様方を裏切らないことが分かっていれば、十分だからである。

「そろそろ行くわね。レオにもよろしく」

エサノヴァがそう言い、片目を閉じた。

レオニール王太子殿下……彼が現在、オレイアの能力を知り、管理している人物だった。

だから窃盗冤罪事件の後、ローレラルに悪夢を見せる際も、きちんと許可を得ていた。

なんで彼に権利が渡されたのかは、知らない。

分かっているのは移譲されたのがつい最近で、それが特別なことだという点だけだ。

「後、お母様にも。……諜報にはまるで向いてないけれど、あの人は、側にいる誰かを守るのには向いているわ。だから『ウェルミィを守ってね』って、伝えておいて。信用出来る自慢の母よ」

エサノヴァと横にいる彼女の父が、この国でやるべきことは終わったらしい。

実際に、彼らが何を目的として動いているのか、その『主人』が誰なのかは不明のままだ。

オレイアは何となく、最初に自分の存在をゴルドレイたちに伝えたのも、顔を知らないエサノヴァたちの『主人』ではないかと思っていた。

「エイデスは予定通り大公選定の前に、外務卿になった……後は、大公国でね」

そう告げたエサノヴァに続いて、彼女の父も初めて口を開く。

「僕からも、アロンナに。『君を愛していたのは、偽りではない』と、お伝え願えますか？」

「確かに承りました。それと、こちらからも二つほど、伝言を預かっております」

「何かしら？」

エサノヴァが首を傾げるのに、オレイアは淡々と告げる。

「まずはウェルミィ様より。『何を企んでるのか知らないけど、このまま良いように踊ると思わないことね』と。もう一つは、エイデス様より。『夢を見た。ウェルミィは死なせない』と」

そこで初めて、二人が表情を変えた。

エサノヴァは目を見張った後に嬉しそうな笑みを浮かべ、その父は笑みを消した。

「『力』のことを、彼らに伝えたのですか？」

「いいえ。わたくしが彼らに伝えたのは、あなた方に会いに行くという話だけです」

「ふぅん……エイデスの『夢』は多分、〝希望の朱魔珠《ウィルヴァーミリオン》〟の力ね……。シナリオが書き換わったのなら、私たちに連絡がある筈だし」

そう独白しつつ、エサノヴァは髪をかき上げて、笑みのまま眉を上げる。

「貴女の忠義を侮っていたわ。もうちょっと、きちんと情報を管理しないといけないわね」

「次から、そうなさると宜しいかと。明かさぬことは明かさぬと了承していただいた上で、必要なことはお伝えしております。これから先も、それは変わりなきことです」

多分ラウドン様も、語れないこと以外は、ウェルミィ様とエイデス様に報告しているだろう。

オレイアたちはあくまでも『こちら側』の人間であり、エサノヴァたちの味方ではないのだと、それは明確な線引きのための発言だった。

オレイアの仕える方々は聡明であり、オレイア自身も信頼されているからこその関係。

自分の能力に関しては一切、お嬢様方には伝えていない。

それが、自分の能力を制限した者……おそらくはエサノヴァたちの『主人』……の意思に反すると知っているからだ。

背けば、オレイアは殺されるだろう。

お二方にお仕えし続けるという目的がある以上、それは望ましいことではない。

だから、話せることだけ……それが、オレイアの忠義である。

「あの姉妹の周りにいる連中は、本当にどいつもこいつも曲者揃いね……そろそろ行きましょう、お父様。これ以上グズグズしてたら、彼らの気が変わって捕まるかもしれないしね」

じゃあね、と髪とスカートの裾を翻して、エサノヴァは船に向かって去っていった。

※※※

「……もう大丈夫ですよ」

オレイアの言葉を受けて、レオはツルギスに合図を出した。

するとそれまで、虚空に浮かんだ『穴』から見えているだけだった外の世界が大きく広がり、レオの足元で木の床がギシ、と音を立てる。

「お前のこの魔術は、本当に便利だな」

「お褒めに与り光栄です」

ツルギスの〝影潜み〟の魔術によって、オレイアたちのやり取りを全て見ていたレオは、特務卿の制服である黒に金縁の短いマント《ケープ》のフードを下ろして、周りを見回す。

今いるのは、港にある古い木造倉庫の中だ。

潜伏や入れ替わりの為に、特務課が借り上げている場所の一つだった。

中はガランとしており、部屋の隅に緊急用の缶詰や衣服などが入った木箱が置かれている。

「挨拶は、本当にしなくて良かったのか？」

「……はい、閣下」

レオが問いかけたのは、同じくツルギスによって影の中に取り込まれていたアロンナだった。

殿下や王太子と口にせず、特務卿の敬称を口にしたのは、万一にも誰かに聞かれることを警戒してのことだろう。

その辺りは、流石にオルミラージュの懐刀であるデスターム伯爵家の直系だ。

オレイアが『エサノヴァに会いに行く』と連絡しに行った後、エイデスを通じて彼女を連れて行けと言ったのは、ウェルミィだった。

『エサノヴァは覚悟していたでしょうけれど、アロンナはきっとまだ、気持ちの整理がついていないと思うの。本人が望むなら、連れて行ってあげて』

最初は迷った。

これは公務の一環であり、本来であればエサノヴァたちは捕まえなければならない相手だ。

泳がせるだけの理由はあるし、特務卿には取引によってそれを正当とする権限もあるが……表沙汰には出来ない話である。

見逃す所を見せれば、アロンナに特務課の弱味を晒すことにもなりかねない。

しかしそんなレオの不安を正確に感じ取ってか、話を聞いていたイオーラが静かに言った。

『レオ。アロンナは一度、エサノヴァを捕縛するのに協力してくれたのよ？　今更裏切らないわ』

『……そうだな』

あれ自体は茶番だったので、思わず苦笑が浮かぶ。

何せ、レオは事前にエサノヴァが逃亡の為の魔術を使えることを知っていたのだから。


――イオーラたちのことを、交換条件に出されちゃな……。


レオは、エサノヴァと会った時のことを思い返す。

最初に出会ったのは、グリンデル伯爵家の事件……最初に特務卿として担当したあの事件の時だ。

心を壊し、体にも痛々しい傷痕を持つ彼女らを目にした時の衝撃は、今もって言葉に出来ない。

話を聞くにつれて、人は目的の為にここまで残酷になれるのかと吐き気がする程の悍ましさを感じたし、社交界での嫌味や意図の交わし合いなど、可愛いものなのだと思った。

『お前は一度、世の中の裏に潜む事実を目の当たりにした方がいい』と言った父は、正しかった。

助かっただけ幸運なヘーゼルとミザリすら、氷山の一角に過ぎないのが『国』という場所であり、助からない方が幸福だったとすら感じるルトリアノのような人生も、当たり前に転がっている。

それを知識ではなく実感として、事実として知ることは、レオには必要だった。

あまりに強烈な事案を見た時は、情けなくイオーラを抱き締めて泣いてしまったこともあった。

しかしその情けないレオを最初に見たのは、実はイオーラではない。

『あら、王太子殿下ともあろうお方が、随分情けない顔をなさってるのね』

と、ヘーゼルたちのことで凹んで帰路に就いたレオに声を掛けてきたのは、貴族ならまだ学校も卒業していないだろう年齢の少女だった。

見ず知らずの相手に正体を口にされたことで、警戒したレオは、周りの特務課の面々や王家の〝影〟に指示を出そうとして……いつの間にか、自分が一人であることに気づいた。

治療院の中であり、周りの景色は変わっていない。

しかし、彼女と自分以外誰の姿も見当たらず、人がいれば生じる微かなざわめきすら消えていた。

『ふふ、魔術よ。ここは貴方と私しかいない場所。ま、夢の中だとでも思ってくれたらいいわ』

『……何者だ？』

『私はエサノヴァ。王太子殿下に取引をしに来たの』

エサノヴァは、ニッコリと笑って指を立てた。

彼女の立ち振る舞いと瞳に宿る輝きに、一瞬、ウェルミィの姿が重なった。

『エルネスト姉妹の真実と、その侍女であるオレイアの正体について。知りたくない？』

エサノヴァが口にした言葉は、確かに気になるものだった。

——それが欲しいと、素直に口に出すことをウ、ェ、ル、ミ、ィ、な、ら、喜ぶだろうな。

レオは先ほどの印象から、咄嗟《とっさ》にそう思った。

きっと食いつく姿勢を見せれば、彼女なら『御《ぎょ》し易い相手』と感じるだろう。

だから凹んで気分がささくれていたレオは、棘のある口調で質問を返した。

『取引ね。ならまずその太々しい演技をやめて、目論見を素直に口にしたらどうだ？』

すると、エサノヴァがピクリ、と眉を跳ねさせる。

冷静を装った態度が意外だったのか、こちらが何か知っていると疑ったのか。

ウェルミィに似ているという直感に従って正解だったか、と思いながら、レオは両手を上げた。

『動揺したな？　まぁ、お前の正体やら目的やらを俺は知らない。ただ、余裕ぶって一方的に下に見られるのは嫌いなんだ。そういう奴が昔、知り合いにいてね』

貴族学校時代、ことあるごとにウェルミィに貶められたのは、中々に腹の立つ経験だった。

今もツンツンしているが、それは『お義姉様を取られた嫉妬』という可愛らしいものであり、どちらかと言うと対等の立場で必死になっているように見えるので、むしろ微笑ましい。

まぁ、イオーラと想いを通じ合わせた余裕がレオ側に出てきた、というのも、否定はしないが。

ウェルミィなら、レオのこの態度……言い返しておきながら、すぐにその意図を明かすという行動から、さらに深読みをするはずだ。

裏の裏を読み、勝手に脅威だと感じてくれれば万々歳、と言う部分まで含めてのハッタリである。

そんな、昔のウェルミィに似たエサノヴァは、すぐに方向を修正したようだった。

『そう。なら、王太子殿下相手に演技はやめるわ。お察しの通り私には目的があって、お願いに来たの。でもそれは貴方たちを害する為ではなく、守る為のお願いよ』

『初めからそう来てくれた方が、こちらとしてもやり易い。お願いってのは何だ？』

『さっき言った、姉妹の出自や、オレイアの正体と関わりがある話ね』

そうしてエサノヴァが口にした姉妹の話や〝闇の聖女〟とやらの話は俄《にわ》かには信じがたかった。

『イオーラ・エルネストは〝精霊の愛し子〟よ。あの真なる紫の瞳は、精霊に愛された証なの』

『精霊に愛されるのは、リロウドの血筋じゃないのか？』

『リロウドの血筋は好かれるけど、愛し子本人とは違うわ。彼女は、その行動全てに精霊の加護がある。彼女の母親が掛けた魔術とネックレスによって瞳が封印されていたから、エルネスト伯爵家では少々不遇だったけれど』

その話には、覚えがあった。

昔からウェルミィだけには見えていた真なる紫の瞳は、ネックレスがイザベラによって奪われ、彼女の母親が掛けた魔術が解け出したことによって、レオも目にすることが出来……確かにその後から、彼女を取り巻く状況が好転していったのだ。

『貴方は、あの人を伴侶とした。ライオネル王国は今後、真の安泰が約束されているでしょうね。でも、ウェルミィにはそういう加護はない。だからこそ、危険なの』

『お前たちは、ウェルミィも守りたいのか？』

『ええ。これから先、必要になるから』

そうしてエサノヴァは、今彼女が預かっているという『オレイアに力を使う許可を下す権利』をレオに移譲させて欲しい、と告げた。

どんな得があるのかが不明だったので、疑問をそのまま口にすると。

『オレイアの手綱は、本当なら愛し子に渡したいんだけど、彼女とエイデスにもこちらの話は秘匿しないといけないのよ。だから代わりに、貴方なの。今の話は喋っちゃダメよ？』

『もし喋ったら？』

レオの質問に、エサノヴァは笑みを消して酷薄に目を細めた。


『――――ウェルミィ以外の誰かを、殺すことになるわ』


確実に本気の発言、だったが、エサノヴァはすぐに表情を緩める。

『ふふ。愛し子を殺すのは、ウェルミィも私の『主人』も許さないでしょうから、今なら王太子殿下か、オレイアを殺すことになるかしら。そうしたくはないけれど』

『なるほどな』

きっとそれが可能なのだろう、と思わせるくらいには、エサノヴァは未知数だった。

何せさっきから、取り込まれたこの空間の突破方法を探っているのに、全く読めないのだ。

きっと既存の魔術ではなく、血統魔術のような、何か特殊なものなのだろう。

ウェルミィの解呪の力があれば突破可能かもしれないが、おそらくレオには無理である。

なので、話を先に進めることにした。

『何で権利を渡すんだ？』

『私、もうすぐいなくなるから窓口がなくなっちゃうの。公爵家に任せる訳にもいかないし』

その言葉に、レオは頭を巡らせた。

公爵家は幾つかあるが、ここ最近近隣諸国を騒がせている話題と、彼女の口ぶり、このタイミングでの接触と、色々合わせると見えてくる。

『ホリーロと〝土〟が大公選定の為に動いてる訳か。それとお前はどういう繋がりがある？』

レオがそう問いかけると、エサノヴァは目を丸くした。

『どうした？』

『驚き……王太子殿下って、結構賢いのね……』

『あのな……』

レオは思わず脱力した。

本当にこの娘、ウェルミィにソックリだ。

『一応、この国の王太子なんだよ、これでもな』

『冗談よ。もう一つお願いがあって、今、愛し子の侍女選びが難航しているでしょう？　それをオルミラージュ侯爵に相談して欲しいの』

実際に選抜が難航しているのは事実だが、エサノヴァはどこからその情報を掴んだのか。

『それだけか？』

『ええ。その二つだけで良いわ。その後、オレイアと接触する機会をもらえれば、管理を貴方に移すわね。王太子妃付きになるんでしょう？　彼女』

『ああ。それで、その後は？』

『お好きにどうぞ。私のことは調べれば多分すぐに分かると思うけれど、今の段階でエイデスを含む彼女たちに私のことを話すのも、手を出すのもオススメしないわよ』

『……分かった』

全く裏取りのない状態で彼女を信用は出来ないが、イオーラたちを危険に晒すのは避けたい。

『だが、大公国とホリーロのことに関しては調べるぞ。何か裏がありそうだからな』

『ええ、それは構わないわ』

エサノヴァはニッコリと笑って両手を揃えると、顔の横に持っていって首を傾げる。

『それで、ウェルミィの手駒が全て揃うことになるから。貴方も含めて、ね』

『俺もアイツの駒か』

レオは思わず苦笑した。

しかし彼女の言葉は、口にした通りの意味なのだろう。

次世代のライオネル王国を担う人材の中心にいるのは、間違いなく彼女だ。

エイデスとやり合った【断罪の夜会】から……あるいは、彼女がイオーラを救うと志した時から。

ウェルミィは、常に王国における大きな騒動の中心にいる。

『アイツは、また何かに巻き込まれるんだな』

今度は、エサノヴァの画策する何らかの騒動に。

『王太子殿下の考えは、あまり正しくないかもね。全てはウェルミィを中心に動いているの。私たちは守れる限り守り、彼女の意思で最良を選び続けてくれることを望んでいるだけよ』

『操っている訳ではない、と？』

『もしそうするつもりであれば、とっくに私たち自身が接触して事情を明かしているわ』

『それもそうか。まぁ、アイツが好き勝手するのは、オレも見てて飽きないとは思ってるよ』

間違っても、エイデスみたいに自分の伴侶にしたいとは思わないが。

そうしてエサノヴァと手を組んだレオは、どうやってか元の場所に戻り、オルミラージュ本邸での出来事と並行して、大公選定に対応する準備を整えた。


――そうして、今に至る。


寂れた倉庫の中で、オレイアが視線をアロンナに向けた。

「アロンナ様。エサノヴァたちの伝言は、改めてお伝えしなくても大丈夫でしょうか」

「聞こえていました。……ええ、確かに、聞き取りました」

答えるアロンナは無表情だったが、その目が少し潤んでいるような気がした。

「これからどうする？」

レオの質問には、ラウドンが答えた。

「しばらく、この件については様子見でしょう。今、ウェルミィ様が母上《ヤハンナ》を訪ねてホリーロ公爵邸に向かっています。後は母上の判断になるでしょうね」

「エイデスやウェルミィ、イオーラには何も伝えちゃいけないいんじゃないのか？」

「これからの先行きに関しては、そうですね。ですが母の血筋に関することなら話しても構わない、とあの人なら判断する気がしますよ。ウェルミィ様のことを気に入っていますしね」

そうでなければ、自分を侯爵家に送り込んだりはしないでしょう、とラウドンは口の端を上げた。

「では、これにて」

「ああ。……これから、しばらく忙しいしな。せっかく仕事が一つ片付いたと思ったのにな」

レオがげんなりしていると、ラウドンとツルギスが苦笑する。

「確かに。まさか、ウェルミィ様があんな提案をなさるとはね」

「そもそも、考えたことすらありませんでしたよ」

「だが確かに、実現させれば経済効果は絶大だろうな。何せ、『現王派』三家、筆頭侯爵家、永世公爵二家に聖教会に帝国貴族まで加えた合同慶事だ。下手をすれば、他国の王族どころか国王陛下ご本人が参列してくる可能性すらある」

事の発端は、いつものウェルミィのワガママである。

『お義姉様と一緒に結婚式がしたいわ！』と言い出して、『出来たら素敵ね』とイオーラが乗った。

するとエイデスが『では、大公国に赴く前に箔をつけよう』と言い出し、父王が『そこまで大規模にするのなら、他もついでにやってしまおう』と宰相閣下に打診し。

横で聞いていた母上が『もう一組、関係を強固にしたい方々がいますね』と口を挟んだ結果。

ウェルミィとエイデスの、オルミラージュ侯爵家の婚姻。

イオーラとレオ自身の、王家の婚姻。

ツルギスとダリステア嬢の、デルトラーテ侯爵家とアバッカム公爵家の婚姻。

ズミアーノとニニーナ嬢の、オルブラン侯爵家の婚姻。

そして〝光の騎士〟ソフォイルと〝桃色の髪と銀の瞳の乙女〟テレサロの婚姻。


この五組が一斉に式を挙げる、という前代未聞の慶事を執り行うことになったのだ。

「まさかそれが本当に実現するなんて、一体誰が想像するんだ」


ウェルミィは、本当にとんでもない。

『イオーラを救いたい』と動けばエイデスの心を射止め、『イオーラの為なら』と社交界を掌握し、

『イオーラと一緒に式を挙げたい』と望めば、国を巻き込む一大慶事に発展させる。

割を食って忙しくなるこちらのことなど、お構いなしである。

『私だけが画策した訳じゃないわよ！　エイデスも全部関わってるでしょ！』

という、ウェルミィの幻聴を聴きながら……レオはその場を後にして、王宮に戻った。

6. ウェルミィとイオーラ

「ようこそ、おいで下さいました」

ウェルミィが先触れを出してヤハンナ様を訪ねると、彼女は公爵邸にある温室で待っていた。

「面会に応じていただき、感謝致しますわ」

ウェルミィは優雅に淑女の礼《カーテシー》を取ると、勧められるままに用意された白塗りの椅子に腰掛けて、テーブルを挟んで彼女と対峙した。

滑らかな焦茶のストレートヘアに、金の混じった同色の瞳は相変わらず。

ラウドンに似た柔らかなタレ目の美貌と、年相応にふっくらとした色気も変わっていない。

けれど以前と違い、その瞳には思慮深さが宿っていた。


――あのチョロそうな様子が、ラウドンと合わせて全部演技だったなんてね。

ヒルデに引き続き、またしても騙されたウェルミィは、最近自分の『目』が役に立たない相手が多いことに違和感を覚えていた。

ヤハンナ様に、ラウドン様、そしてエサノヴァ。

ズミアーノ様もそうだけれど、誰も彼も、初見の印象は大したことがなかった筈なのに。

まるで、リロウドの『目』のことを予め知っているかのように、彼らは内心を読ませなかった。

いや、実際に知っているのかもしれない。

侍女の手によってお茶が注がれ、ヤハンナ様が温室の中に目を向ける。

「そろそろ時季も終わりなのですが、我が公爵家の温室にはまだ慎ましく咲いている花がございますの。ウェルミィ様にもお気に召していただけると嬉しいのですけれど」

と、示された先に目を向けると、そこには月魅香《チャームルナ》……お義姉様とお義父様が口になさっていた、〝危険な遊び〟〝私は気づいている〟という花言葉を持つ花があった。

エサノヴァのメッセージでもある花をわざわざ口にして紹介したのは、偶然ではないだろう。

ウェルミィの訪問理由を理解した上で、向こうと繋がっていることをこちらに伝えているのだ。

「それで、お話というのは？」

ヤハンナ様は、今日は落ち着いた深い青の下地に白の縫い取り、同様に白いレースで首を詰めたドレスで装っており、胸元を開いていた以前の夜会に比べてこちらの方がよく似合っている。

対するウェルミィは、真紅のドレスに金糸の縫い取りという、昼の訪問では華美な装い。

臨戦態勢の意思表示である。

それをどう取ったのか、ヤハンナ様が柔らかく笑みを深めた。

敵意は感じないけれど、感じないことすらも『罠』なのではないかと思わされる。

「当初から、目的は私の元にラウドン様を送り込むことだったのですか？」

以前の衆人環視の中と違い、ウェルミィはヤハンナ様相手に腹芸をするつもりはなかった。

すると軽く瞬きをした後に、彼女は首を傾げる。

「少し違う、かしら。オルミラージュとの繋がりが出来れば、とは思っておりましたけれど」

「あの人工宝石《イミテーション》の件も、その為の仕込みの一つでしょうか？」

「それは、ええ。そうと言えば、そうかもしれないですわね」

「オルミラージュとの繋がりを求めた目的は、何だったのでしょう？」

ウェルミィのどの問いかけに対しても、ヤハンナ様は言葉を選ぶ様子を見せていた。

「そうね……監視、かしら」

「監視？」

「ええ。エサノヴァの不穏な動きがあったでしょう？」

「なるほど……監視したかったのはローレラルではなく、本当は彼女だったと？」

ウェルミィがエサノヴァについて知っているのは、アロンナの娘であり、ローレラルを利用してこちらにちょっかいをかけ、脱走して大公国に逃げた、ということだけだ。

ウェルミィはオレイアが『エサノヴァに会いに行く』と言った時に、伝言を頼んだ。

レオとエイデスが逃すと決めたなら、お義姉様に危険は及ばないだろうと判断したからだけれど、一方的にやられたままなのは性に合わなかったから。

「私がヤハンナ様を訪ねたのも、その件についてですわ。彼女を見逃しはしましたけれど、情報は欲しいのです。何かご存じなのでしょうか？」

ウェルミィの問いかけに、ヤハンナ様は穏やかに頷いた。

「わたくしは、あの子《エサノヴァ》のように、裏で動く人たちの目的を知りたかったのです。間に合ったみたいで良かったですわ」

「エサノヴァとヤハンナ様には、どのような繋がりが？」

「〝土〟の公爵家を通して、多少の縁が。けれど彼女と直接面識はありませんし、様々な物事を深く知っている訳でもありません。それでも宜しければ、昔話くらいは出来ますわ」

「お願い致します」

ウェルミィが頷くと、ヤハンナ様は、月魅香《チャームルナ》に再び目を向けた。

「私の実家は、昔から自らを〝夢見の一族〟の末裔、と名乗っています」

古来より不思議な夢を見る力を授かった血統で、それは遠見の力であったり、あるいは予知の力であったりするのだという。

力の強さは人によって違い、ヤハンナ様自身は『虫の知らせ』がある程度の弱い力らしい。

「あのイミテーションのネックレスも、身につけている夢を見た、という程度のこと。だから仕込みはしましたけれど、それが何を意味するかは、貴女と出会うまで分かりませんでした」

〝夢見の一族〟と呼ばれたヤハンナ様の遠い祖先は、大公国の『地水火風』の四公と同じ起源《ルーツ》を持っているという。

「……それはヤハンナ様が、元は隣国の出身というお話ですか？」

「いいえ。わたくしの祖父の代に多少〝土〟の血が混じってはいますけれど。……まずわたくしの母方の祖先は、前王国が立つよりも前に、この地に根ざしました」

〝夢見の一族〟は遥か昔、十二の氏族が纏まった集団だったのだそうだ。

「氏族というのは、今でいう貴族家のようなもの。それぞれに固有魔術を持った士族が十二あり、先駆けであったり、家守《いえもり》であったり、傷を癒したりと言った役割がありました」

「血統固有魔術を、十二個も……？」

ウェルミィは思わず眉根を寄せた。

血統固有魔術の血脈を保つ一族は、現在の国家でも、せいぜい多くて五つ程度である。

「恐ろしいほどの力を持った一族だったのは、間違いないでしょう。今も残る多くの強力な血統魔術は、〝夢見の一族〟からもたらされたものだと伝わっております」

と、ヤハンナ様はこちらに目を戻した。

「また各氏族の長の多くは紫瞳や金銀の瞳、あるいは不思議な色合いの髪を持つ者も多かったと」

「貴族家のようなもの、というより、現在の高位貴族そのものでは……？」

それは、貴族と呼ばれる魔力の強い者たちの中でも、さらに傑出している者たちの特徴である。

ウェルミィの考えを読んだように、ヤハンナ様は頷く。

「お察しの通りです。元来強い血統魔術を操ることが出来た十二氏族の内、四つは大公国の四公に。他の四つは、紅玉の瞳を持つバルザム帝国、豪傑のアトランテ王国の祖先、ライオネル王国の前にあったアバッカム前王国、そしてオルミラージュ侯爵家となりました」

「オルミラージュも、氏族なのですか!?」

いくら古い血筋の筆頭侯爵家とはいえ、ライオネル王家を差し置いてそこで名前が出てくるとは思ってもいなかったので、流石に驚いた。

「ええ。月魅香《チャームルナ》のメッセージに気づいたのなら、あの家にも氏族であった記録は残されているでしょう。元々、知恵と魔術に長けた氏族の末裔ですから……」

さらに、現在ライオネル王家に受け継がれる紫髪は、本来オルミラージュのものだったという。

当時辺境伯だったライオネルに、オルミラージュで最も力の強かった娘が嫁ぐことで、現在のライオネル王家にその色が移ったのだと。

そんな話を交えながら挙げられた、氏族の名は八つ。

「残りの四つは、どうなったのですか？」

「一つは、表舞台から隠れることを選んだ、私の実家である『語り部』の血統。今は自分たちだけを〝夢見の一族〟と呼んでいますけれど、元は十二氏族の『語り』を蓄える氏族でした。残り三つの内二つは特殊で……巫女の力を持つ者たちを集めた氏族です。血に依らず、力を持つ巫女に長を受け継ぎ、守り人を番《つがい》とする一族。一つは治癒の、一つは幻惑の力を継いでおりました」

「巫女……」

力在る巫女を頂き、護衛の番を持つ一族……と言われて、ウェルミィは一つ思い至る。

「〝桃色の髪と銀の瞳の乙女〟と、〝光の騎士〟」

「正解です」

ヤハンナ様は、微笑みと共に頷いた。

「では、特定の血筋ではなく『力』を継ぐ氏族というのは……もしかして聖教会、ですか？」

「はい。もう一つの『力』の氏族は〝紫紺の髪と瞳を持つ魔女〟の氏族です。こちらは〝闇の聖女〟とも呼ばれていて、その二つは医療と祭事を司る特殊な立ち位置にありました」

けれど、時を経る内に聖教会と魔女の氏族は反目し合うことが増え、ついには魔女側が迫害されたことで闇に潜ったのだという。

大公国の四公家と、二つの王族、オルミラージュとアバッカム、二人の聖女の氏族。

そして、『語り部』の一族。

「なら、後一つは？」

ここまでで十一であり、一つ足りない。

ヤハンナ様は静かに紅茶に口をつけて唇を湿らせると、真っ直ぐにウェルミィを見る。

「最後の一つは、十二氏族を纏め上げていた氏族です。あらゆる加護を一身に受けた、一人の長を輩出する血筋……その貴族家は、今はありません」

「そうなのですか？」

「ええ。最後の氏族と、私の実家である『語り部』の一族、そしてオルミラージュは似たような結末を辿っています。どれも、長たる資格を持つ者と一族の繋がりが分かたれた、という意味で」

ヤハンナ様は何故かおかしそうに笑いながら、言葉を重ねる。

「その最後の氏族は、精霊に好まれる解呪の血統。長以外は、朱色の瞳を備えた氏族です」

他国に行けば、同じように朱色の瞳を持ち、解呪の力を備える血脈が幾つかあるのだという。

「リロウドも、氏族……」

「ええ。リロウドは遥か昔に、直系からは分かたれていますが」

「……では、長の方はどうなったのです？」

オルミラージュは、紫髪のライオネルと近しい。

では、朱の瞳の一族から離れてしまったという、十二氏族の長は。

ヤハンナ様が少し悲しげに目を伏せたので、ウェルミィは質問を重ねた。

「……長の血が、絶えたのですか？」

「いいえ。一族そのものは流行り病によって消え去りましたが、ただ一人だけ、直系血族の女性が残っていました。彼女は、実家が消滅した時には嫁いだ後だったのです」

「その女性は、どこに嫁がれたのです？」

ウェルミィの質問にヤハンナ様は真剣な表情になり、答えを口にした。

「エルネスト伯爵家。――――十二氏族の長とは、真なる紫瞳を持つ〝精霊の愛し子〟のことです」

「……！」

「何が、誰に受け継がれたのか。ここまで話せば、聡明な貴女ならお分かりでしょう？」

「お義姉様、が？　その、『長』の血筋、最後の生き残り……」

信じられないけれど、とても納得出来る話でもある。

だって、お義姉様はこの世の至宝とすら呼べる程の存在なのだから。

「そう。イオーラ様のお母様が長の一族、最後の直系であり……我が子の加護を、多くの人と精霊の目から隠した張本人です」

おかげで、ヤハンナ様自身も、お義姉様を見つけるのに時間が掛かってしまったのだという。

彼女はこちらをジッと見つめてから、どこか愛おしそうに首を傾げる。

「朱瞳のウェルミィ様と、長であるイオーラ様。……全く繋がりがなかったお二人が、エルネスト伯爵家で出会ったのを知った時は、運命などというものの存在を信じかけましたわ」

お義姉様と出会ったのが、運命……そう言われて。


「……素敵だわ！」


ウェルミィは、思わず両手の指を絡めて、うっとりと声を上げていた。

「え？」

「私とお義姉様が、運命の赤い糸で結ばれていたなんて！　ああ、なんて幸せなのかしら……！」

氏族などの話よりも、とてつもなく重要な一点である。

しかしウェルミィはすぐに呆気に取られているヤハンナ様に気づいて、慌てて表面を取り繕う。

「あ、申し訳ありません。つい」

「いいえ、ウェルミィ様は本当に、イオーラ様のことが好きなのね。とても微笑ましいわ」

ヤハンナ様も我に返り、気を取り直したように少し居住まいを正した。

「話を戻しますと、実家が長たる『語り部』を失ったのは、わたくしの祖母の代になります」

〝夢見の一族〟は十二氏族の『語り部』の血族として、残った氏族の末裔と交流を図り、今でも密やかに血を交わしているのだという。

「〝土〟の一族との交流を深める為の結婚では、お互いに一族の者を一人ずつ相手側に出しました。その〝土〟に婿入りした人物の息子に、『語り部』の力が継がれてしまったのです」

『語り部』は、〝夢見の一族〟の中でもただでさえ特別な能力を持つのに、よりによって他国に現れてしまった今代の『語り部』が、歴代でも随一の力を持っていることが発覚したという。

「その時、代わりにこちらに嫁いで来た〝土〟の女性が、私の祖母です。当時、〝土〟側に『語り部』が生まれてしまった時、実家は取り戻そうとしたでしょうけれど、叶わなかった」

四公の血統を縛る、契約魔術と条約……ウーヲンの時にも出てきたそれが、『語り部』を取り戻そうとする動きを阻んでしまったのだろうと。

「実家は、もし強引に『語り部』を取り返したとしても、自分たちが、再び表舞台で注目されてしまうことを恐れたのでしょう。……語り継いできた記録まで表沙汰になったら、と」

十二氏族の力は使い方によっては幾らでも悪用出来てしまうし、テレサロやウーヲンのような境遇の者を利用しよう、という輩が掃いて捨てる程いることは、容易に想像出来る。

ましてお義姉様にまで関わってきてしまうのなら、ウェルミィにとっては最悪だ。

「……大公国に行ったエサノヴァは、その『語り部』と繋がりが？」

「おそらくは、としか言えません。……ただ、わたくしの実家の意向は、おそらく最後の直系であり〝精霊の愛し子〟であるイオーラ様の出自を秘匿し続けることです」

結局、エサノヴァの目的は分からなかったけれど、ヤハンナ様、ひいては〝夢見の一族〟が敵ではないことが分かっただけで十分だろうとウェルミィは判断した。

「何故、その話を私にしてくれたのですか？」

「そうね……貴女が氏族の末裔で、わたくしが貴女を好ましいと思っているから、でしょうか」

と、ヤハンナ様はまた、月魅香《チャームルナ》の花に目を向ける。

「あの花は、太古より〝夢見の一族〟と氏族の末裔が連絡を取り合う時に使うもの。〝私は気づいている〟という花言葉には、『愛し子の正体に』という意味が込められています。遇すれば精霊が益を、害すれば精霊が破滅をもたらす十二氏族の長、〝精霊の愛し子〟を守る者が誰なのかを、お互いが知るための証なのです」


――――お義姉様を、守る為の符牒《ふちょう》。

だからレオとエイデスは、彼らを見逃すことを受け入れたのだろうか。

「……つまりエサノヴァも、お義姉様を守る側の人間、ということですか？」

「あくまでもわたくしの推測でしかありませんが。オルミラージュ本邸で花を目にした者は、皆守る側であり、守られる側の方だったのでしょう？」

そして貴女も、とヤハンナ様は笑う。

「わたくし自身は、ウェルミィ様と末永くお付き合いして行きたいので、貴女が大切にしているイオーラ様の秘密を話す必要がある、と考えたのです。ラウドンも、上手く使ってやって下さいな」

「ありがとうございます」

ウェルミィは、彼女に小さく頭を下げた。

「ですが、最後にもう一つだけ……それを話して、ヤハンナ様に危険はないのですか？」

「わたくしは、もうほとんど実家とは繋がりが切れています。今のわたくしは、ホリーロ公爵夫人ヤハンナです」

居住まいを正したヤハンナ様は笑みを不敵なものに変え、瞳に強い意志の光を宿す。

「臣下として、未来のライオネル王妃殿下を守る行動を非難される謂れはありません」

その態度に、ウェルミィも思わず顔を綻ばせた。

「おっしゃる通りですわね。私たちは、ライオネル貴族ですものね」

「ええ」

ふふ、と笑みを交わし合った後は、しばらく雑談を楽しんでから、二人きりのお茶会を終えた。

※※※

――――レオが、港から王宮に戻ると。


「お帰りなさいませ、殿下」

出迎えてくれたのは、最近ますます美しさに磨きをかけたイオーラだった。

「ああ、ただいま。もう少ししたら仕事に戻らなきゃいけないけど、少し時間あるかな？」

ここしばらく離れていたこともあって、彼女の姿を見るとホッとする。

しかし今日は完璧な彼女ではなく、二人きりの時の笑顔が見たくて、レオは誘いをかけた。

「時間は大丈夫ですけれど。まだご公務が残っておられるのですか？」

「特務課の仕事はとりあえず片付いたんだが、王室の方がな……」

結婚式の件以外にも『王太子として幾つか関わっておけ』と父王に投げられている仕事がある。

基本的には特務卿の仕事が優先なので、騎士団や市井の慰問関係、国家事業の実務ではなく決済業務、などの軽めの事務仕事ではあるが、ここ数日なかなか時間が取れていなかったのだ。

「それでしたら、代行しておきましたわ」

「え？」

さらっとイオーラに言われて瞬きすると、彼女は、ふふ、と悪戯っぽく笑って目を細めた。

「今は研究所での魔導具開発もお休みをいただいていて、手持ち無沙汰でしたの。両陛下にお手伝いを申し出たら、快諾していただけましたわ」

「いや、それは有難いけど……あまり、無理をするなよ」

結婚式については、警備等は騎士団、式典の重要な部分は教会と典礼省が担っているものの、花嫁それぞれのドレスの兼ね合いや披露宴の大まかな流れなどは、彼女の管轄になっている。

前例がないほど大規模な慶事になることもあって、イオーラ自身も忙しいはずなのだ。

「お言葉をそっくりお返し致しますよ、殿下。それに、学業と研究と領主業を並行していた頃に比べれば、皆様助けて下さいますし、なんてことありませんわ」

ゆったりとした所作で口元に手を当てたイオーラに、レオは天を仰いで息を吐いた。

「ああ、君が誰より優秀だってことを忘れてたよ。……正直、助かる。色々あって疲れててね」

「存じております。お茶の準備をさせますので、どうぞこちらへ」

そう言って王族専用の談話室に赴くと、オレイアとツルギス以外は人払いして、イオーラが自らお茶を注ぐ。

「どうぞ。気持ちをリラックスさせる効能がある薬草茶よ」

砕けた口調になった彼女に、笑みを返してお茶を口に含むと、清涼感のある香りが鼻を抜ける。

「美味いな。それに不思議な感覚だ」

「そうでしょう？　リント茶というの」

嬉しそうに表情を緩めているイオーラに、レオはふと問いかけた。

「一つ聞きたいんだが、君は大切なことを決める時、どういう風に判断しているんだろう？」

それは、ギリギリの聞き方だった。

レオは、エサノヴァから聞いただけの情報……彼女が〝精霊の愛し子〟であるという話の真偽と、それを彼女に伝えるかどうかに関しては、慎重に判断しなければならないと思っていた。

みすみす殺されるつもりはないが、エサノヴァの脅しは口先だけのものではないだろう。

だがもし彼女が〝精霊の愛し子〟だという話が本当なら、何か啓示のようなものがあるのでは、と思ったのだ。

イオーラの後ろでオレイアがこちらに目配せをして来たが、あえて無視する。

「大切なことを決める時……？」

思案顔のイオーラは、一度、薬草茶を口に含んでから答えた。

「そうね。大切なことについて考えていると、たまに『こうした方が良い方向に進むのでは』という直感を得ることはあるわ。その気持ちに従った時は、物事が上手く行くことが多いわね」

「良い方向、っていうのは、具体的な指針なのかな」

「あまり考えたことはないけれど……貴族学校に入った頃から、鮮明になった気もするわね。昔でも、伯爵家にいた頃に『ウェルミィを信じた方がいい』と感じたこととか、魔導具の開発が行き詰まった時に『魔鉱について詳しい人に意見をもらった方が』とか。鉱物学者でもあるスロード様と知り合いになったのも、その件ね」

スロード、というのは、イオーラが籍だけ置かせてもらっている帝国伯爵家の嫡男である。

「帝国宰相家でなく、ロンダリィズ伯爵家を選んだのは、それが理由？」

「ええ。知り合いの実家の方が安心できるでしょう？」

「でも男だろ、そいつ」

レオがへの字に口を曲げると、イオーラが目をパチクリさせ、ツルギスが呆れた顔をした。

「レオニール殿下。差し出がましいとは思いますが、男の嫉妬は見苦しいかと」

「ツルギス……お前、後で覚えとけよ」

「あの、スロード様とはそういうのでは……わたくしが、し、慕っているのは、貴方ですもの」

と、ツルギスが口にしたことでようやく意味に気づいたらしいイオーラが、顔を赤らめながらそんな事を言ってくれたので、レオはニヤけた。

「嬉しいな、イオーラ。オレも愛してるよ」

「レオニール殿下。言葉が軽いのでイオーラ様に失礼かと」

「い、良いのよオレイア！　それに軽くなんかないわ！」

ピリピリと冷たい侍女の様子と、赤くなったまま慌てるイオーラを楽しみながら、レオは考える。

精霊の加護は、具体的に姿が見えるだとか、そういう話ではなさそうだ。

ただ、より良い方向に物事が進むよう導く何かは、実際にイオーラの近くに居そうではある。

貴族学校に入った頃から直感が鮮明になったというのは、イオーラの母が掛けた瞳の封印が解けた頃とも一致しているからだ。

エイデスや父王にも、イオーラの名前は伏せて〝精霊の愛し子〟について訊いてみるべきか。

王家やオルミラージュには、何か話が伝わっているかもしれない。

そう考えていると、ふと、イオーラがこちらを見ているのに気づいた。

艶めく紫の瞳はいつ見ても綺麗で、健康的になったイオーラの隙なく整った柔らかい美貌は、いつだって優しさで溢《あふ》れているが。

「ねぇ、レオ。わたくしは全てを話して欲しいとは言わないけれど、抱え込み過ぎないでね？」

そう言われて、レオは心臓が跳ねた。

温和そうな雰囲気を纏いながら、たまに、瞳の奥に全てを射抜くかのような色を覗かせる彼女。


――そう、これに惹かれたんだよな、最初は。


レオの正体を見抜いた時も、こんな目をしていた。

イオーラに隠し事は通用しないみたいだが、同時に、隠している事を責めたりはしない。

ただ純粋に、レオの身を案じてくれているのだろう。

だから、どこまで気づいているのか、という問いかけは飲み込んで、笑みを浮かべる。

「ああ。溢れそうになったら、イオーラに癒してもらうよ。君はそこにいるだけで、幸せの象徴みたいにオレを和ませてくれるからね」

「そ……そう、かしら？」

するとイオーラは、所在なさげに視線を彷徨わせて、また愛らしく顔を赤らめるのだった。

※※※

——一方、オルミラージュ本邸に帰ったウェルミィは。


今はどこかに出かけている、というエイデスに『話がある』という言付けを届けさせた。

だから、その日の夕食はイングレイ様と二人きりだったけれど、夜にエイデスは帰宅してくれて、湯浴みをした後に寝室に訪れた。

「どうした?」

いつも通りに膝に乗せられ、髪を撫でられながら、ウェルミィはエイデスを睨み上げる。

「私は怒ってるのよ、エイデス」

「ほう。何にだ?」

「今日、ヤハンナ様に会いに行ったの。貴方、いつからどこまで、この件について知っていたの?」

お義姉様と二人になった時、『エイデス様は、エサノヴァのことを知った上で侍女選抜を仕組んだのではないか』と聞かされてから、疑ってはいたけれど。

ウェルミィがヤハンナ様と話した内容を伝えると、彼は一度目を閉じた後に、小さく呟いた。

「驚いている」

「何に？」

「イオーラが本当に〝精霊の愛し子〟であるという話に、だ」

エイデスは、笑みを消して真剣な表情を浮かべた。

「十二氏族の話は、知っていた。オルミラージュ侯爵家にも記録は受け継がれている。しかし……〝夢見の一族〟と〝精霊の愛し子〟の伝承以外の他氏族の詳細な話は、今初めて聞いたものだ」

「……じゃ、貴方は何を企んだの？」

そんな話では誤魔化されないぞ、と胸元を摑むと、エイデスは何故か心地好さそうに目を細める。

「可愛らしいな。まるで猫のようだ」

「エイデス！」

「誤魔化すつもりはない。侍女選定の話は、『大公選定の儀』が行われるのに合わせて、エサノヴァやヤハンナ夫人が動くと睨んだから仕組んだものだが、氏族の件は、本当に初めて耳にした」

「……じゃあ、オルミラージュはこの話に関わってないのね？」

彼はウェルミィに嘘がつけないので、口にしたならそれが事実だ。

「そもそも侍女選定は、お前がイオーラと共に過ごしたいからと提案したんだろう。不審な動きをする者たちの監視や調査の目的はあったが、お前の願いを叶えることの方が比重としては大きい」

「……そういえば、そうね」

エイデス自身も本邸に咲く月魅香《チャームルナ》を目にしていたが、お義姉様のことはその時には、頭の片隅にもなかったと。

「見たのは、偶然庭で会ったお前に口づけをした時だ。エサノヴァが、随分古い方法で動くことを知らせて来たと思っていただけだった。だが、違ったようだな」

「エイデスも本当にお義姉様が〝精霊の愛し子〟だと思うのね？」

「あれほど雑味のない紫瞳は、ただ強い魔力を持っている、というだけでは説明がつかないだろうとは思っていた。……しかし誓って、イオーラのことは知らなかった」

オルミラージュに外見に関する話は伝わっておらず、膨大な魔力を持ち、あらゆる精霊の加護を受け愛される〝精霊の愛し子〟の血脈が存在する、という伝承が残っているだけだという。

「だが、魔力の強さは瞳の色に現れる。故に、何か特別な存在であること自体は疑っていた」

「それが事実だった、ということね」

「ああ。それに、最近の国内外での不穏な動きが、レオの婚約を契機に動き始めたように思えた。その直前に予兆を感じていたこともあって、先んじて手を打っただけだ」

お義姉様にも何かあるのであれば、『王太子妃付き侍女の選定』というのは、お義姉様に近づく絶好の手段である。

怪しい人間にバラバラに動かれるよりは、一箇所に集めてしまった方が監視しやすかったと。

「何か動きがあれば、私の庭にいて貰った方が対処もしやすい。その為に、ズミアーノとツルギスにも動いてもらった。意図は明かしていないがな」

「わざわざツルギス様を使ったのは、お義姉様を確実に守るためだったのね？」

「ああ。それにお前もだ、ウェルミィ。万一を起こさないと、イオーラとも約束したからな」

その青みがかった紫の瞳に、隠し事はないように思えた。

「今後も警戒は必要だろう。〝精霊の愛し子〟は、氏族に関わりなく狙われてもおかしくはない。手厚く遇すればそこにいるだけで益をもたらす存在……どんな手を使っても側に欲しい勢力は数多くあるだろうが、手は出させない。その為に、情報は全て秘匿する」

「エイデス……」

ウェルミィの大切なものを守ろうとしてくれる気持ちが嬉しくて、思わず笑みを浮かべそうになるけど、鉄の自制心で抑え込んでから、ぺしんっ！　と、エイデスの頬を両手で挟む。

ひんやりとした感触を掌に感じながら、ウェルミィは少し驚いている彼の目を覗き込んだ。

「今度からは、きちんと、必要なことは最初から全部話して」

「……？」

「私が何に怒ってるのか、貴方、ちゃんと分かってる？」

エイデスの目に浮かぶ戸惑いに、ウェルミィは唇をへの字に曲げた。

「私はね、貴方にいいように使われても良いの。『言うことはなんでも聞く』んだから。でもね」

ヤハンナ様に近づかせたことも、裏の思惑を持って行動を起こしたことも、別に構わない。

「私は、エイデスに信用して欲しいの。私やお義姉様のことまで未だに一人で全部抱え込むのは、いい加減にして欲しいのよ」

ウェルミィは、エイデスに助けて貰った。

ズミアーノ様の時だって、彼が助けてくれなかったら、きっと危なかった。

今回だって、本当に危なかったらエイデスが来てくれていた筈だ。

だからこそウェルミィは、これから先も一方的に守られるような自分でいたくなかったし、その為に、夜会に舞い戻ってからこっち、出来る限りの事をしているのだ。

辛さを抱えて泣く彼を慰める以外にも、ウェルミィが出来ることはたくさんあると信じて。

「何か考えがあるのなら、最初に言って。そうでないと、想定外のことが起こった時に対処を間違って迷惑を掛けてしまうわ。私は保護されるんじゃなくて、エイデスと対等で在りたいの」

何も知らないままでは、助けになることも出来ない。

「私は、お義姉様だけじゃなくてエイデスも大切なのよ。だから、信用してってずっと言ってるのよ。私は、貴方の伴侶になるんでしょう？」

「……そうだな、済まなかった」

エイデスは、ふと表情を和らげる。

「ウェルミィは、ただ庇護されて満足するような女ではないと、私を助けてくれる女だと、知っていたはずだったが……あまりにも可愛いせいで、失念してしまうようだ」

「そっ……そういうのは良いから！　もう！」

茶化してはいないのだろうけど、そんな表情で頬を撫でられたら、思わず赤くなってしまう。

「こ、これからは、嘘以外に隠し事もなしだからね！　確証がないとか言い訳もしちゃダメよ!?」

「分かっているとも、ウェルミィ。……では、一つだけ質問に答えてくれ。ホリーロ公爵夫人は、信用に値する人物だったか？」

問われて、ウェルミィは考える。

ヤハンナ様の思いは、彼女が隠そうとすればウェルミィには伝わらない。

だけど、多分。

「信用できる、と思うわ。だって、もしこっち側に付くつもりがないのなら、ヤハンナ様にあんな話をするメリットはないもの。ラウドンにしたって、もう少し上手く使うのではないかしら」

「そうか。なら、多少は安心できる。私は、〝夢見の一族〟については、まだイオーラに手を出すのではないか、という疑いを捨て切れていない」

「それは、私にとってもそうだけれど」

『語り部』が隣国にいるとはいえ、〝夢見の一族〟との繋がりが絶たれていない可能性は高い。

ウェルミィはエサノヴァを信用出来ないし、多分彼女は、『語り部』と繋がっている。

完全に味方か分からない相手を警戒するのは、当然の話だ。

「それともう一つ、私が感じた予兆についても、お前に話しておく。……私は、しばらく前に夢を見た。ちょうど、レオが侍女の話を持ちかけてくる直前に」

「！　……それ、ただの夢、じゃ、ないのよね？」

夢見の話は、昼にヤハンナ様に聞いたばかりだ。

エイデスも氏族の一人なのだから、そういう力があってもおかしくない……と思っていたら。

「おそらく、私自身の力ではない現象だ。将来的には分からないが」

「……？　どういう意味？」

「私はその夢から覚めた時に、お前に貰った〝希望の朱魔珠《ウイルバーミリオン》〟から、魔力の気配を感じた。あの夢の内容は、これから起こること、ではないだろう。だがおそらく、起こり得たことだ」

エイデスには珍しい、奥歯に物が挟まったような抽象的な物言いに、ウェルミィは先を促す。

「どんな夢だったの？」

要領を得なくとも、エイデスがわざわざ口にするのなら無視していい話ではないのだろう。

彼は一度、目を閉じると……その光景を思い起こしたのか、微かに眉根を寄せてから、答えた。


「――お前が死に、私がレオに処刑される夢だ」


「レオに……？」

あり得ない、とウェルミィは最初に思った。

一体何が起こったら、レオがエイデスを処刑するような事態になるのか。

「『私』は夢の中で、帝都に居た。随分憔悴しており、どこかの屋敷に向かうと、真正面から攻撃魔術を放って侵入した。……夢の中で、ウェルミィ、お前を探していたのだ」

そして、その屋敷の奥に辿り着き、夢のエイデスは絶望したらしい。

「見つけたお前は、既に死んでいた。……その死体の横に座っていたのは、ズミアーノだ」

「ズミアーノ様が……？」

夢と言えばそれまでだけれど、やっぱり、状況がよく分からなかった。

ウェルミィは帝国に行ったことがないし、ズミアーノ様と屋敷に潜むような状況も理解出来ない。

「奴は笑顔で、こう言った」

『残念、間に合わなかったねー？』と。

そう嘯くズミアーノ様を殺して……エイデスは、その誘拐に協力したツルギス様やシゾルダ様を殺し、レオによって拘束されたのだという。

「そして、処刑された。……あれはおそらく、起こり得た過去なのだ」

その夢は、誰もダリステア様の洗脳に気づかず、ウェルミィの断罪が遂行されてしまった後の出来事なのではないかと、エイデスは告げた。

「お前が冤罪で投獄され、私が救う前にズミアーノによって連れ去られたのなら、辻褄が合う」

確かに、テレサロがレオに話しかけた時、咄嗟に彼女を連れ出さなければ……あるいは、第二王子のタイグリム様が『ダリステア様とツルギスが一緒に居た事』を、こちらに告げなければ。

一つでも何かがズレていたら、あの断罪劇の場で、ウェルミィの周りが即座に動くことは出来なかっただろう。

だから『起こり得た過去』だと、エイデスは言ったのだ。

それはウェルミィにも理解出来たけれど、話してくれた彼は、どこか苦しそうな顔をしている。

もしかしたら夢が、あり得ない、と断じられないくらい真に迫っており……もう一つの人生を歩み、記憶を刻んだような気持ちになっているのかもしれなかった。

そう思って、ウェルミィは頬に添えられているエイデスの手に、自分の手を重ねる。

「エイデス、大丈夫よ。それは、夢の話だわ」

握った手に力を込めると、エイデスは瞬きをしてから、静かに深く、息を吐いた。

「そうだな。お前は、ここにいる」

「夢の中で、エイデスは処刑されて……どうなったの？」

「おそらくは死んだのだろうと思う。しかし私の夢は、そこから遥か未来に飛んだ」

そして〝視《み》た〟のだという。

右目が紫瞳、左目が紅玉、白目は漆黒に変わり、髪が、黒くも赤くも、あるいは白くも見える謎の輝きを放つ、禍々しい自分の姿を。

「白目の部分が黒くなってると……何かあるの？」

髪もおかしいけれど、魔力やそれに関わりが深いのは、瞳である。

「オルミラージュ侯爵家の伝承には、十二氏族が分かたれる原因となった、一つの事件が伝わっている。十二氏族がまだ十二氏族として纏まっていた、最後の時に起こった話だ」

当時の十二氏族で『語り部』だった男が、瘴気《しょうき》に侵されて正気を失い、当時の氏族長……すなわち、〝精霊の愛し子〟を殺したのだと。

「それが、〝目を黒と赤に染めた魔王〟だと、オルミラージュの文献には記されていた」

「魔王……？　魔人王や、魔王獣ではなくて？」

「ああ。魔王だ。おそらく私のあの姿は、文献でそう呼ばれた者と同じ姿なのだろう、と思う。私は、まるで全てを吹き飛ばす嵐が荒れ狂った後のような、荒野の中に一人で立っていた」

そしてその手には、朱色の宝玉が握られていたと。

「私にはそれが〝希望の朱魔珠《ウィルバーミリオン》〟のように見えた」

そして魔王エイデスは、未来に飛んだエイデスの方をはっきり見て、手の中の輝く宝玉をこちらに漂わせると、こう口にしたという。


『――お前は守れ』、と。


「これが、私が見た夢の全てだ」

「あの宝玉……なんなの？」

「不明だ。だが気配こそ禍々しかったが、あの『私』から敵意は感じなかった。謎が多いが……夢がなんであろうと、この先何が起ころうと、私は、お前を死なせる気はない」

エイデスはふわりとウェルミィの背を抱き寄せて、不意に唇に口づけを落としてくる。

「ウェルミィ。……愛している」

「……っ！」

いきなりその不意打ちは卑怯よ、と思いながら、頬を染めたウェルミィは、上目遣いにエイデスを見上げながら、その首に手を回した。

「わ、私も、愛してるわ。みすみす死なないし……貴方も、その魔王、とかにならないように、私が助けてあげるわね！」

分からないことは多い。

魔人王でも魔王獣でもない、魔王という存在の話も。

十二氏族の話も、お義姉様が〝精霊の愛し子〟だという話も。

エサノヴァたちの目的も。

全然、全く、意味が分からないし、身近なことには感じられないけれど……ただ一つ、言えることがあるとすれば。

「私たちは、皆で幸せになるのよ。そうでしょう？　エイデス」

ウェルミィが耳元で囁くと、エイデスは笑みの気配を漏らして、抱き締める腕にますます力を込めて頷いた。

「もちろんだ、ウェルミィ。その中でも、お前を誰よりも幸せにするのが、私の目的だからな」

7. ヘーゼルとミザリ《書き下ろし》

ライオネル王国全体が、次期大公選定と巨大結婚式に先駆けて、根回しに忙しく立ち回る傍ら。

オルミラージュ本邸の庭で、全ての業務を終えた後に愚痴を爆発させている少女がいた。

「全く冗談じゃないわ！　どいつもこいつも！」

憤慨する少女……ヘーゼルが、目の前で目を吊り上げている。

本気で怒ると迫力が凄いな、と、侯爵家私兵団副長、シドゥは八つ当たりされながら思っていた。

ヘーゼルの盗難冤罪事件で彼女を庇ったシドゥは、それ以来、彼女と少し親しく話を出来るようになっていたが、ここまで感情を剝き出しにするのを見るのは初めてだった。

しかし『こんな顔を見られるのは役得かな』などとバカなことを考えてしまうくらいには、シドゥは既にヘーゼルに惚れている。

他の団員と比べればマシだが、割と脳筋な自覚のあるシドゥは、妙な駆け引きをするような女性よりは、ハッキリしている女性の方が好ましいのである。

「ちょっと聞いてるの、ゲオランダ副長！」

「聞いてる。そして好きな君にはシドゥって呼んで欲しいんだが」

爵位を与えられたとはいえ、姓に誇りを持っている訳ではない。

好意を持った女性には、親に与えられた名前を呼んでほしいのである。

事件の後から、こうして率直な好意を伝えているのだが、ヘーゼルは靡いてくれる様子がない。

『あたしは、自分の力で生きていけるようになりたいので』

と、そっけなく言われてしまうのだ。


――別に付き合っても、働きたいなら働き続ければいいのにな。


平民の身分になったとはいえ、その辺りはヘーゼルもちょっと古めの貴族に近い価値観だ。

妻が働くことなんて、貴族でなければ珍しいことでもないし、嫁になったからと言って、旦那に全てを握られる必要もないのである。

「もうちょっと、呼び方にくらい親しみを込めてくれても良くないか?」

「全っ然話聞いてないじゃない! 今そんな話してないでしょ!? イングレイ爺さんもアロイもミィも何なの!? あたしの周り、この家どころか貴族の中でも一番偉い人間しかいなかったんじゃないのよっ! ホントふざけてるわ!」

「それはまぁ……理由もあっただろうけど、ふざけてる部分も大いにあったと思う」

「そうでしょ!?」

「でも、俺が君を見かけるようになった理由は、そもそも大旦那様の警護の任に当たっていたからだしな……そこは感謝したい」

庭師のウーヲンの秘密や、ウェルミィ様たちのことはシドゥも知らなかったが。

大旦那様の許可がない者をさりげなく遠ざけるのも警護の一環だった為、ヘーゼルに許可があるということは何かしらの事情があるとは思っていた。

しかし彼女は、そんなシドゥにますます柳眉を逆立てる。

「はぁ!? あんた知ってたの!? あたしを騙した側だったのね!?」

「騙したつもりはないが、言ってないな。というか、俺が『言うな』って言われてる大旦那様の正体を勝手に明かせる訳がないだろう」

仮にも侯爵家の護衛騎士で、副長である。

「そういう話じゃないのよっ！」

「じゃ、どういう話だ？」

シドゥが顎を指で挟みながら首を傾げると、ドン、と胸元をヘーゼルの拳で叩かれる。

痛くはないが、軽く驚いてから……ちょっと嬉しくなる。

このように気安い態度を取られるということは、それなりに信頼されていると判断できるからだ。

「何をニヤニヤしてるのよ！」

「いや、悪い悪い。で、どういう話なんだ？」

「どいつもこいつもあたしをコケにしやがってって言ってるの！」

「口が悪いな」

シドゥはますますニヤニヤした。

私兵も騎士団も荒くれが多いので、この程度の口の悪さなど気にならないし、そんな彼女も悪くないからだ。

「それに、コケにしてる、はちょっと違うと思うが。身分は隠しているが親しくされてたんだから、気に入られてるってことだろ？」

すると、ヘーゼルは口をつぐんで、ジッとこちらを見つめた。

※※※

ヘーゼルは、面白そうに口の端を上げているゲオランダ副長の顔を、睨んだつもりだった。

しかし彼は応えた様子も怯《ひる》んだ様子もない。

小柄なゲオランダ副長には、出会った時の生真面目そうな様子はもう微塵もなかった。

精悍な顔つきと逞しい体は変わらないが、茶目っ気を含んだ表情をしていると、少し子供っぽい印象もある。

別に、馴れ馴れしいという訳ではない。

どちらかというと、砕けて素を見せているようなナチュラルな態度に変わっただけだ。

同時に好意を伝えてくるようになって、ちょっと迷惑している。

――悪い人ではない、と、思うんだけどね。


ただ、そうは言ってもヘーゼルにとって、他人など他人というだけで警戒する対象だった。

アロイとミィのように、不思議と人の懐に入り込んでくるような人たちの方が珍しいのだ。

なのに、彼女たちも嘘つきだった。

今日明かされたイングレイ爺さんの存在もあって、不信感が強くなるには十分過ぎた。

その上、ゲオランダ副長も彼の秘密を知っていた、というのであれば……ミザリを引き合いに出さないといけないのは癪に障るが、同じ境遇の彼女以外に、多少なりとも信用出来る奴がいない。

嘘つきは、裏切るのだ。

「人を騙すような行動が、コケにしてる以外のなんだっていうのよ!?」

身分を隠して、こそこそと人の裏を探っていただけじゃないか。

ヘーゼルはそう思うのだけれど、ゲオランダ副長の意見は違うらしい。

「騙してたんじゃなくて、隠してたんだろう?」

「下働きに交じって一使用人ですって顔をするのは『隠してた』って言わないのよ!」

「そうだな……まぁちょっと無神経かもしれないが、俺は君の顔の傷をカッコいいと思うよ」

「は?」

唐突な話題転換に、ヘーゼルは眉をひそめる。

「でも『元・貴族令嬢が顔の傷なんて』と思う奴もいるだろ。俺が傷を隠さず堂々としてるヘーゼルを良いと思うのと一緒の理由で、敬遠したりバカにする奴が。例えばローレラルみたいに」

「……」

捕まったアイツの蔑むような視線を思い出して、ヘーゼルは眉根を寄せる。

「俺はヘーゼルがここに来た経緯は大まかに知らされてるが、傷の理由を知らないし、無理に聞き出そうとも思わない。でもヘーゼルは、顔の傷の有無で態度を変える奴に、その傷の理由を言いたいと思うか？　……俺はウェルミィ様たちの気持ちが分かるよ。自分の世話を任すなら、ちゃんと素の自分と仲良く出来る相手が良いだろう？」

「それは、確かに、そうだけど……」

「身分ってのも、同じだと思うよ。ヘーゼルにとっての傷と一緒で、自分ではどうしようもない、今、自分にある要素だ。けど、人付き合いの上では本当は些細な要素だろ」

「……結局、何が言いたいのよ？」

「騙されたって怒ってるヘーゼルは、ご姉妹や大旦那様との交流が嫌だったのか？　って話だよ。お三方《さんかた》に、君は信頼出来ると思われたから、抜擢されたんだろう？」

言われて、ヘーゼルは言葉に詰まった。

交流が嫌じゃなかったから、裏切られたと思って怒っているのだ。

アロイやミィは使用人棟で良くしてくれたし、忌憚ない関係を築いていたと思う。

イングレイ爺さんも、薬草の話を聞きに行けば熱心に教えてくれた。

「使用人と主人でも、貴族と平民でも、お互いが友達だって思ってたら友達で良いじゃないか。俺も軍団長の息子とは仲が良いけど、それは相手が貴族だからじゃなくて、アイツだからだ」

シドゥは、どこか楽しそうに夕暮れに目を向ける。

「側付きを命じられるくらい気に入られてるんだし、身分なんか気にせず、本人に直接言えばいい。『よくも騙しやがって！』ってな。友達なら『ゴメン』で終わりだ。そういうもんだろ？」

ヘーゼルは、正直に言えば友達なんかいないから、よく分からなかったけど。

シドゥが言うには、そういうものらしい。

「謝られても許せない、謝らないから許せない、って思うなら、それはもう友達じゃなくて他人だ。そのまま、他人として距離を取ればいい。でも、言いたいことは言った方がスッキリするだろ」

「……そうね」

と、ヘーゼルは一度は頷いたけど。

「って、それで侯爵家をクビになったらどうしてくれるのよ!?　側付きの給金は破格なのよ!?」

相手の不興を買って解雇されたら、次の働き先がない可能性だって出てくるのに。

でもシドゥは、ハハハ、と笑って自分の顔を指さした。

「その時は、それこそ俺が養うよ。殺されそうになったら助け出して脱走してやる。それで俺もクビになったら、次はデルトラーテ侯爵家で雇ってもらうから心配すんな！」

あっけらかんと言うシドゥに、だんだんヘーゼルは、怒っているのがバカらしくなってきた。

ミィとアロイがそんな奴らだったら、確かに、仕えるのなんかこっちから願い下げだ。

自分の知ってる二人なら、そんなことはしないだろうけど。

「そうね。言いたいことは本人に言わないとね。本当に殺されそうになったらよろしく」

「おう。ちょっとは頼り甲斐があると思ってくれたか？」

「冗談。この程度で絆《ほだ》されないわよ」

「ダメか。手強いな」

と、肩を落とすシドゥに、ヘーゼルは本当に……本当に久しぶりに、心から笑いが込み上げて来て、小さく吹き出した。

「お、その顔は初めて見たな」

「何で笑われて嬉しそうなのよ？」

「好きな子が笑顔だったら、男は嬉しいもんだ！」

そう言ってシドゥは腕を組み、何故か胸を張る。

ちょっとカッコよく見えて気恥ずかしくなったヘーゼルは、目を逸らしながら小さく「ありがと」とお礼を述べた。

「感謝してくれるなら、ちょっとくらい俺のワガママを聞いてくれよ」

「何？　ワガママって」

問い返すと、シドゥはさっぱりした気性とよく合う向日葵《ひまわり》みたいな笑みを浮かべて、こう告げた。

「さっきも言ったろ？　俺のことを、シドゥって名前を呼んでくれ！」

そんな風にシドゥに励まして貰って、一ヶ月程。

ミィ付き侍女見習いになったヘーゼルは、既に心が折れそうだった。

「何をしているのです」

「……申し訳ありません！」

アロンナ侍女長代理の叱責の言葉に、バッと頭を下げるが、内心で悪態をつく。

――何でもいきなり上手く出来るなら、とっくに出来るようになってるわよ！

そもそもヘーゼルは下級侍女ですらなく、元々はただの下働き。

礼儀礼節にしたって、グリンデル伯爵家では数年放置されていた上に、ちょっとミィやアロイに習った程度で、完全に身についているかと言われたら、そうではないのだ。

それがいきなり本邸勤めの女主人付きに抜擢されたのだから、勝手が違い過ぎた。

表立ってイジメを受けているかと言えば、特にそういうことはない。

本邸勤めの侍女侍従は、思っていたような底意地の悪さを見せる訳でもなく、懇切丁寧に仕事のやり方を教えてくれるし、叱責もされるが怒鳴りつけられるようなことはなかった。

けれど、お茶の淹れ方なんてそもそも知らないし、お菓子の選び方や花の活け方も分からない。

※※※

服と宝石の合わせ方だってちんぷんかんぷんで、元の服が上質かどうかすらも見分けられない。ベッドメイキングだって適当じゃいけないし、女主人の事務の手伝いだって、どの書類がどこにあるかも、どんな仕事をするものかも知らない。

ミィの話し相手をしろと言われたって、話題もない上に手持ち無沙汰だし。

だから今も皆が席を外している内に、せめて掃除でもしようとして。

御当主様とミィが一緒に戻ってきた時に、慌ててはたきを後ろに隠したのを見られて、アロンナに半眼で声を掛けられたのだ。

「良いわ、アロンナ。ちょっと席を外してちょうだい。エイデスも良い？」

「はい」

「ああ」

ミィは笑いを堪え、怒っていなかったけれど、御当主様がこちらに目を向けたので肩を窄《すぼ》める。

彼もきっと、ヘーゼルがミィに相応しくないと思っているだろう。

二人きりになると、彼女は椅子に腰掛けた。

そんな所作がひどく様になっていて、自分との違いを感じてヘーゼルはどことなく惨めになる。

「……やっぱり、あたしには勤まりません」

ミィがウェルミィで、この屋敷の女主人と知ってから、どう接して良いか分からない。

与えられた上級侍女の服だって、身の丈に合わない気がしていつまでも馴染まない。

何もかもが窮屈で、それなら放り出されていた方が良かった、とすら思っていた。

「良いわよ、二人の時まで敬語なんか使わなくて」

ミィは、何となく呆れたような顔でそう言い、自らお茶のポットを手に取る。

昨日までなら『自分が淹れる』と言って……苦いお茶を出して、失敗していた筈だ。

ミィは『苦いわね』と笑うだけで、やっぱり怒ったりしないだろうけれど。

彼女は火の魔導具で温められているポットのお湯を二つのカップに注ぎ、テーブルに置いた。

「掛けたら？」

と、話し相手用の椅子を勧められて、はたきを持ったままそこに座ると、手から取り上げられる。

「飲んでみなさい」

言われてカップに口をつけると、独特な香りを感じた。

「何のお茶か、分かる？」

「メルヴェリン……」

紅茶と呼ばれるものの中でも、独特な香りと薄い紫の色合いを持つものなので、その程度はヘーゼルにもすぐに分かった。

「凄いじゃない。お茶、習い始めたばかりでしょ？」

「……馬鹿にしてるの？」

ヘーゼルが睨むと、ミィは片眉を上げた。

こうやって噛みついても余裕があるのは、きっと女主人だからではなく、年上だからだろう。

小柄で童顔だから、勝手に同い年くらいかと思っていたけれど、実際は四つか五つ上なのだ。

「褒めてるのよ」

「この程度なら、誰だって分かるわよ」

「そうね、誰だって分かるわ。そういう『誰だって分かること』を積み重ねるのが、仕事を覚えるということでしょう？　重ね始めたばかりで、何を不貞腐れてるの？」

言われて、ヘーゼルは瞬きした。

ミィは、ミスをしても全然怒らないのは何でなのかと思っていたけれど、彼女はカップに口をつけてから静かに話し出した。

「エイデスも気にしてたわよ。貴女が最近、元気なさそうだって」

「御当主様が？」

意外なことを言われて、ヘーゼルは驚いた。

「あの人ね、あなたたちの実家で事件が起こるまで気づかなかったことを気に病んでたのよ。エイデスのせいじゃないのに、意外と繊細なのよね」

——使用人に優しいとは思ってたけど、あの顔と態度で、繊細？

そう思ったのが顔に出ていたのだろう、ミィが吹き出す。

「エイデスは、顔に出ない人なのよ。……ねぇ、ヘーゼル。私って洗濯も掃除も、賄い料理も、下働きの仕事、全然出来なかったわよね。下手くそだったでしょう？」

「……まぁ、正直」

「最初は、誰だってそんなものなのよ。服だって宝石だってお菓子だって、見て、食べて、比べて。そういうことを繰り返して覚えていくの。お花も礼儀作法もね。個人差はあるけれど、ずーっとやってれば出来るようになるのよ。でも私だって、お義姉様みたいにやれって言われても無理だわ」

確かにアロイは、ミィと違って礼儀作法だけじゃなくて、下働きの仕事も完璧だった。

彼女は、その朱色の瞳にヘーゼルを映しながら、パチリと片目を閉じる。

「上ばかり見ていても、いきなり成長はしないのよ。アロンナだって、ミスしたことを怒る訳じゃないでしょう？　次にしない為にどうするかを、教えてくれてないかしら？」

「それは……そうだけど」

アロンナは鬱陶しいと思っていたけれど、彼女の叱責は頭ごなしではない。

理由を問い、その上で注意し、どう振る舞えば良いかを教えてくれる。

だからこそ、余計に心にクるんだけど、あの人が仕事が出来る人ってことも、私情で怒っているのではなくヘーゼルやミィに恥をかかせない為だってことも、とっくに分かっている。

「だから、私は『誰でも出来ること』が誰よりも上手く出来ることを評価はするけれど、それだけよ。側に置く基準は、もっと別の部分なの」

立ち上がった彼女は、そのままヘーゼルの横に回り込んで手を取ってきた。

「私が近くにいて欲しい相手は、信用出来ることが一番で、気が合うのが二番なの。……ねぇ、ヘーゼル。私がそう思えるような人材には『誰でもなれる』訳じゃないのよ」

「……」

「自信を持てとは言わないわ。出来るようになりたいっていう負けん気は、必要だもの。けれど、焦らなくて良いのよ。貴女は私の近くに居て、愚痴でも何でも話してくれたら良いの」

ふふ、とミィは笑ってからヘーゼルの手のひらを見て……いきなりムッと口元をへの字に曲げた。

「ヘーゼル、クリームをちゃんと塗りなさいって言ってるでしょう。またサボったわね！」

「だ、だって……面倒臭いんだもの」

「そういう言い訳は許さないわよ！　また私に手ずから塗って欲しいのかしら!?」

「アロンナに怒られるわよ！　ダメに決まってるでしょ!?」

「だったら、自分でちゃんとやりなさい！」

と、ミィはまるで下働きで一緒に働いていた頃のように、ヘーゼルの頭をベシッと軽く叩《はた》いた後、またおかしそうに吹き出した。

「ふふ……こんな気安いやり取り、出来る人少ないのよ、私。友達があんまり居ないから」

「そうなの？」

「ええ。だから、貴女が良いのよ。貴女で良いんじゃなくて、貴女が良いの」

ぽんぽん、とヘーゼルの肩を叩いて、ミィは席に戻る。

「気負わなくて良いから、側にいなさい。『あたしはウェルミィに選ばれた女なのよ！』って、堂々としていたら良いのよ！」

と、髪を払うような気取った仕草をしてみせた彼女に、思わず口を尖らせる。

「……めちゃくちゃ嫌な女じゃない」

「そのくらい、開き直って良いって言ってるのよ。出来ないものは出来ないんだし。それでも私が『側に居ろ』って言ってるんだから、仕方ないじゃない?」

彼女は、両手の指をテーブルの上で組んで、そこに顎を乗せる。

優美だけれど、お行儀の悪い仕草だ。

「私は、天下に名だたるオルミラージュの女主人よ?　一介の平民風情《ふぜい》が逆らえるとでも?」

「……偉そうに。とんでもない性悪だわ。自分も元・平民のくせに。騙しやがって、最悪よ!」

ヘーゼルがわざと嫌な顔をして見せると、ミィは満足そうに頷いた。

「その調子よ、ヘーゼル。……貴女は、それで良いのよ」

そんな彼女を見ながら。


――友達……。


自分にも、そんな風に言える相手はミィやアロイしかいないな、と、ヘーゼルは思う。

オルミラージュ侯爵家の女主人でも、王太子妃殿下でも……彼女らがミィやアロイである事実に、変わりはないのなら。

ヘーゼルも、別にヘーゼル以外の誰かにならなくて良いと。

ミィの心遣いを感じて、何故かちょっとだけ肩の荷が降りた気がしたヘーゼルだった。

※※※

――同じ時間、王太子妃宮で。


「頭を下げる時は、もう少し腰から角度をつけなさいな。背中は伸ばしたままね」

「もう少し肘を曲げると、他の人と並んだ時にちょうど高さが揃いますわよ」

「こう？　こう？」

「「そうそう」」

私宮に戻ったイオーラは、宮の奥から聞こえる三人分の声にクスリと笑みを浮かべた。

チラリと横に目を向けると、レオの乳兄弟だという女性宮長が、顔には出さないものの少々ピリリとした様子を見せている。

「あまり気にしないでいただければと思いますわ。お客様がいらっしゃっている際以外は、仕事をきちんとこなしていれば、作法について煩《うるさ》く言うつもりはありませんから」

「……はい。では、私はここで」

「ええ、ありがとうございます」

あまり納得はしていないようだけれど、イオーラは別の仕事に向かう宮長の機嫌は気にせずに、オレイアを伴って声のした方に向かう。

側付きの三人はこちらに気づくと、一斉に頭を下げた。

「「お帰りなさいませ」」

「おかえりなさいませ～」

一人だけ間延びしているのは、ミザリである。

残りの二人は、彼女に礼儀の指導をしていたのだろう。

「ヴィネド様、イリィ様、ミザリの様子はいかがですか？」

そう声を掛けると、彼女たちは顔を上げて目を見交わしてから、同時に小さく首を横に振る。

「イオーラ様。わたくしどもは侍女ですので」

「敬称はおやめ下さい」

そう言われて、イオーラは口元に手を添える。

「申し訳ありません。そうでしたわね」

どうにも伯爵位の時の癖が抜けず、無意識に口にしてしまう。

宮内はともかく、他の場所では王家が侮られることに繋がるので、決して良いことではない。

エルネストの家ではオレイアしか居なかったし、『女主人』として振る舞うのは苦手なのだ。

正式にレオと婚姻を結ぶまで、イオーラもヴィネドたちにそれを指導して貰う立場である。


──ウェルミィなら、凄く上手にやるんでしょうね。

あの子は、自分の役目を弁えた振る舞いをすることに掛けては群を抜いており、即座に相手の心理を見抜き、高圧的に振る舞ったり、逆に懐に入り込んだりする『演者』の能力を持っている。

それは素質もあるけれど、覚えたら良いだけの所作などとは違う面を磨いた、努力の賜物なのだ。

レオの婚約者候補のフリをして表に出ていた時も、とても上手だったと聞いている。

本当はイオーラも、そんな風に出来なければいけないのだけれど。

「イオーラ様。また思索に沈んでおりますよ」

「あ」

オレイアに指摘されて、イオーラは我に返った。

「ねー、アロイ。ミザリ、ウーヲンのところ行っていいかなぁ～？」

「ええ、大丈夫よ」

二人の指導を受けていたということは、全員勤務外なのだろう。

イオーラは身の回りのことはほぼ全て一人で出来るので……そうしないように言われているけれど……ドレスを脱ぐ時以外は、特に人の手を借りる必要もない。

それもオレイアが居れば事足りるので、宮内の持ち回りはかなり余裕を持たせて貰っていた。

「わーい！」

「ミザリ、走るのはダメですわよ！」

「それと、流石に呼び方は変えなさい！　イオーラ様です！」

「はーい！」

大人しく走るのはやめたものの、早歩きで庭に向かうミザリに、二人は軽く溜め息を吐いた。

「申し訳ありません。後でまた注意しておきますわ」

「大丈夫です。それより聞きそびれましたけれど、ミザリはどうでしょうか？」

「飲み込みは早いですよ。あまり状況を弁えず自由ですけれど」

「ええ、素直ですし。言葉遣いは中々直りませんが」

褒めているのか、貶しているのか。

ちょっと困りつつも、イオーラは頷いた。

「あの子は少し特別ですから。治療の経過が良ければ、その辺りも改善されると思いますわ」

ミザリがあの振る舞いを宮内で一応許されているのは、彼女の事情が関係している。

『心的呪痕《トラジカ》』と呼ばれる、呪障の一種を受けたと認められたのだ。

戦場での人体魔力脈汚染や、瘴気滞留地域での大規模呪的災害以外で認定されるのは、極めて稀なケースである。

魂魄、精神、肉体を繋ぐ魔力脈の呪術による損傷なので扱いが難しいのだけれど、ミザリは呪具による魔力脈断裂……魔術的外傷に近い為、ズミアーノ様と同様にテレサロによる治癒を受けた。

イオーラはそんなミザリに、治療系魔薬による治癒促進を行うことを提案した。

ズミアーノ様自身の回復経過や、どこかから手に入れてきた詳細な精神干渉臨床試験結果。

ニニーナ嬢の治療薬研究結果や、イオーラが作った王妃殿下の魔力症緩和軟膏。

そうした知識を持ち寄った合同研究によって、呪障を回復する魔薬の開発に取り組んでいるのだ。

将来的に、聖女の力に頼らなくとも深い『心的呪痕』を回復することが可能になれば、今後の医療の発展に大いに貢献することになる。

今のところ、それは上手く行っている。

ミザリ自身にそれを提案した時、彼女は『アロイがやりたいならいいよ～』と承諾してくれた。

ただそのせいで、彼女の精神状態は今、少々不安定だ。

イオーラとヘーゼル、そしてウーヲンに依存傾向があり、促進された感情の復活に合わせて、夜中に過去のフラッシュバックが襲うことが頻繁になってきた。

その度に『治療を中断しても良い』と提案しているのだけれど、彼女は首を縦に振らない。

「……辛いでしょうに、あの子はまだ笑顔ばかりね」

必要であることは、決して人に苦しみを強いて良いことにはならない。

けれどミザリは、まだ怒りや悲しみの感情を見せず、苦しくても笑っているのだ。

イオーラがポツリと呟くと、ヴィネドたちはまた顔を見合わせた。

「ええと……ウーヲンには、涙を見せることが多いみたいですよ」

「それに、ヘーゼルとたまに面会する時は、ちょっとした言い合いをすることがあるようですし」

「そうなのですか？」

イオーラが驚くと、ヴィネドとイリィがちょっと言いにくそうに口を開く。

「あの子が苦しんでいる時、イオーラ様の方が辛そうな顔をしておられるので……」

「ミザリも、それが分かっているでしょうし……」

言われて、イオーラは自分の不明を恥じた。

「まだまだですわね、わたくしは……」

それは、言われてみればその通りだ。

ウェルミィの時も同じだったのに、何度繰り返すのか。

苦しませている方が、苦しんでいる側より辛そうな顔をしていてはいけない。

今度からもっと気をつけよう、と思いながら、イオーラは微笑んだ。

「教えてくれて、ありがとうございます」

執事より、愚かだった甥に捧ぐ。

サイドストーリー

かつて選ばれなかった男

――『選ばれる男になれ。アーバイン・シュナイガー』。

昔、そう言って笑った男の言葉が、どれほど支えになっただろう。

シュナイガー伯爵家の次男坊であるアーバインは、かつて罪を犯した。

実際に犯した罪は、不敬罪……レオニール・ライオネル王太子殿下に対する暴言だけだったが、心に巣食った罪の意識は、世の中で裁かれる類いのものに対してではなかった。

賠償、という面で言えば『家同士の契約を疎かにした』という貴族としての罪もあるが、相手の家が潰れたことで、その辺りは有耶無耶になっている。

その上、アーバインは許されてしまった。

頭を下げて謝罪することもなく、『利用していたからお互い様』というウェルミィによって。

しかし償う機会すらも失ったのだと分かるだけ、昔に比べれば、今の自分は遥かに上等だ。

何も理解しないまま、オルミラージュ侯爵が面会してくれないまま、無罪放免になっていたら……罪の意識を感じることもなく被害者ヅラをしていただろう、と、自分でもそう思う。

側《はた》から見れば滑稽な、愚か者のままで。

――それで、良い訳ねーよな……。


アーバインは、自分が阿呆だった事を自覚したのだ。

だから許されてしまった以上は、変わらなければならないと思った。

二人の少女の、最も輝いているだろう人生の四年間を、自分勝手に振り回し蔑ろにしたこと。

それは世の中のいかなる罪にも問われないだろうが、明確な『罪』だった。

何故なら、アーバインが少しでも気づいていれば、気にかけていれば、他人の気持ちを思いやっていれば、あの断罪劇は起こり得なかったからだ。

でも起こってしまった結果、選ばれなかった。

アーバイン・シュナイガーは、誰からも選ばれなかったのだ。

けど、自分の行いを振り返ってみれば、それは当然のことだったから……だから、ここに来た。

二つの魔獣の生息域と、隣国の国境線に接している、南部辺境伯の治める地に。

訓練と規律が最も厳しいと言われる、南部辺境伯騎士団に。

※※※

アーバインは、緊張していた。

父の許可を貰って赴いた、南部辺境騎士団に見習いとして入って、這いずるように、そして血反《ちへ》吐《ど》を吐く思いをしながらあまりにも厳しい訓練について行っていた、ある日。

この騎士団に編入するという、レイデン・エイドル伯爵令息に声を掛けられたのだ。

『せめて水分はきちんと摂れ。体を損なう』

『ありがとう……ございます……』

声を掛けてくれた相手の顔を見る余裕もないまま木立にもたれて、滝のような汗が止まらないままだったアーバインは、差し出された水筒を受け取って一気に呷《あお》り、咳き込んだ。

『訓練についていけないのなら、無理をするべきではない』

ひどく冷静なその声に、持ち前の反骨心が頭をもたげた。


――うるせぇな。


自分の悪い癖だと、アーバインは思う。

イオーラと婚約したいと願った時も、改めて出会ったイオーラに落胆した時も、そうだった。

家に、父に、兄に、次男に生まれた自分の境遇に……強すぎる反骨心と無駄な理想の高さで溜まった鬱憤を、間違った方向にぶつけていたのだ。

それじゃダメだ、とアーバインは自分の気持ちを抑え込み、悔しさを奥歯で噛み締めた後、自嘲の笑みを浮かべた。

『無理でも無茶でも、ついていくしかないんですよ……』

ついていけなければ、アーバインに『この先』などないのだから。

そう吐き捨てると、相手は何か気になることでもあったのか、少し考えた後でこう口にした。

『何か事情が？』

その問いかけに、アーバインは初めて顔を上げ……思わず、目を見張った。

『エイドル卿……!?』

そうして、今に至るという訳だ。


――俺は、なんて口の利き方を……!!


元・男爵令息であるという彼の話は、騎士団で囁かれていた噂を小耳に挟んでいた。

辺境伯領に小競り合いを仕掛けた大公国軍との戦線の一部を任され、敵を寡兵で追い返したという英傑。

そして、次期辺境伯とも目される青年だった。

以前までのアーバインであれば、元・男爵令息ということで下に見て、その功績をやっかんで噛み付いていただろうが、今となってはそんな気にはならなかった。

当時、ただの一騎兵だったレイデンは、戦時の功績で騎士爵と〝殲騎〟の称号を賜ったらしい。

辺境騎士団の中には彼と親しい者もいるらしく、そんな話も耳に入ってきていた。

騎士団には、兵卒、兵長、騎兵、騎士、騎士隊長、副団長、騎士団長、軍団長、の順に並ぶ序列とは別に、功績に対する名誉叙勲が存在する。

立てた武勲や本人の能力に応じて、個別に与えられるのだが……レイデンの与えられた〝殲騎〟の称号は定められたものの一つでありながら、あまり手にする者のいない称号だった。

『単身一軍に匹敵する』と認められた者が国から得る称号で、一代称号にも拘わらず騎士団長に準じる報酬を国から年に一度与えられ、望めば領地も得られるという破格の地位だ。

そんな彼が訓練に参加した初日、走り込みでへばって木立にもたれていたアーバインに、水筒に入れた水をわざわざ持ってきてくれたのだ。

なのに、ひねくれた物言いを……訓練にもついていけないペーペーが、〝殲騎〟相手に。

状況によっては、殺されてもおかしくない。

実際に遠くから目にしたレイデンは、黒髪黒目の、実直で無駄のない所作の青年で、見た目にはさほど屈強という訳でもない。

これといって目立つ外見ではない人物だが、改めて間近で見ると、アーバインは圧倒された。

深く、揺らぐことがなさそうな目で真っ直ぐに見つめられると、非常に落ち着かない気分になる。

そんなレイデンは、アーバインの態度を気にした様子もなく淡々と言葉を口にした。

「俺は卿、と呼ばれる立場ではないが」

「ご謙遜を。素晴らしい功績を残しておられるじゃないですか。貴族学校でまともに勉強もせず、魔術もそこそこにしか使えない俺なんかとは格が違いますよ」

「貴殿は、魔術が使えるのか？」

「一応伯爵家の次男ですからね。通り一遍の基礎魔術と、火の攻撃魔術を使えるくらいですが」

「十分だと思うが。身体強化魔術を使えば、訓練も苦にならないだろう」

言われて、アーバインは微妙な気分になった。

「……あんまり、使いたくないんですよ」

辺境の兵士には、平民が多い。

アーバインのような貴族家の次男坊三男坊もいないことはないが、貴族学校を出た場合は魔術師団を志願するか、王都騎士団の所属になる方が主流だ。

南部辺境伯家は平民兵士の魔術訓練にも力を入れているが、貴族学校のように専門の教師がいる訳ではなく、まだまだ経験則での実践が多いのが現状のようだった。

その中で、まともに訓練についていけないような貧弱野郎が魔術を使って楽をしていたら、格好の標的だろうと思っていた。

それに、とアーバインは苦笑する。

「俺は、強くなりたいんですよ。……ズルして手を抜く奴は、マトモな人間にはなれないんで」

イオーラの本質を見抜けず、ウェルミィを手に入れれば伯爵の地位を得られると慢心し、手痛いしっぺ返しを貰い……自業自得で、何もかも失ったように。

今までの自分を思い返しながらそう告げると、レイデンは小さく眉根を寄せた。

「……貴殿は何故、辺境騎士団に？」

「家にも社交界にも居場所がなくなったんで。どうせやり直すなら、今までの甘ったれた自分をボコボコにしてくれる所に来ようと思ったのが理由です」

「ふむ。……俺は社交には詳しくないが、伯爵家の出なら本来、俺がこうして自分から気楽に口をきくのも憚られる身分だ。何か失敗をしたのか？」

「直球ですね」

「朴念仁だの、愛想がないだのとは、よく言われる」

相変わらず生真面目な表情で、レイデンは肯定した。

「なるほど。まぁ、俺からしたら気性がさっぱりしてるのは自信の表れですよ。他人を僻《ひが》むことなんかないでしょう？」

「そうだな。少なくとも、自分より恵まれているからといって、相手を妬むようなことはない」

どうやら、英傑殿は腹芸をするようなタイプではないらしい。

多分アーバインのことも言い触らしたりはしないだろう、と判断して、正直に答えた。

「俺は、いつも妬ましかったんですよ。先に生まれただけで家を継げる兄貴、周りに信頼されている父親、頭を下げる必要がない高位貴族。地位や権力があって好き勝手してるように見える連中。

……俺にないものを持ってる奴らが」

馬鹿な奴でしょう？　と笑うアーバインに、レイデンは何も言わなかった。

「だから、失敗したんです。努力して得たものを、ゴミだと感じた。……俺自身がゴミだったから、価値に気づけなかっただけなんですけどね。命があるだけマシなんです。今の俺は」

本当に、恥知らずでも何でも、生きていられるだけラッキーなのだ。

「俺は、やり直す機会を貰ったんですよ。だからやり直したいと思ってここに来ました。見返してやろう、って気持ちもありますが、一番は、自分が死ぬほど情けなかったからです」

アーバインは、腰を上げると尻についた土を両手で払う。

訓練で汗をかき過ぎた体は重く、連日の訓練でもう剝がれなくなっている体の怠《だる》さで沈み込みそうになるが、いつまでも座っている訳にはいかない。

「訓練もおちこぼれですけど、最初に比べりゃ、これでもマシになったんです。心配してくれてありがとうございました」

ちゃぽん、と水筒を揺すって笑みを浮かべ、アーバインが残りを飲み干すと、少し考えるそぶりを見せたレイデンが、意外な言葉を口にした。

「貴殿は、俺の従者になる気はないか？」

「は？」

一瞬、何を言っているのか理解できず、思わず訝しげな顔をしてしまう。

しかし彼は冷静なまま、淡々と続きを口にした。

「ズルせずに強くなりたいんだろう。貴殿の言う体力作りも大事だが、魔導騎士として訓練した方が、素質を活かしてより強くなれる」

――いや、何を言っているんだ?

何か裏があるのか、と勘繰ったが、レイデンはそういう人物ではなさそうだった。

確かに、辺境騎士団の中には、魔術に精通した者や、魔力の扱いに長けた者は少ないだろうが
……アーバインは、貴族学校では中の中、あるいはそれ以下の能力しかなかった。

普通に考えればこれ以上ないほどに魅力的な誘いだが、彼には、目の前で情けない様子を見せているアーバインが見えていないのだろうか。

「幸い、俺には貴殿に教えられる程度の素養はある。魔導士にならないかと誘われたこともあるくらいには、魔力量も豊富らしくてな」

「いやまぁ……正直、俺には願ったり叶ったりの提案ですけど、見た通りのへっぽこですよ?」

「こちらからの提案だ。後は貴殿の気持ち次第だろう」

アーバインは、あくまでも真面目に言っているらしいレイデンがおかしくなって、思わず笑った。

「エイドル卿……レイデンさんは、変わった人ですね。よろしくお願いします、と言いたい所ですけど、少しお伺いを立てないといけない相手がいまして」

「そうなのか?」

「ええ。めちゃくちゃ厳しい爺さんでね。俺の伯父に当たる人なんですが、つい十日ほど前に辺境に来て、俺の教師になってくれたんですよ」

そう、それもアーバインの疲労に拍車をかけている理由なのだが……家にいるのは、エルネスト

伯爵家の家令をしていたゴルドレイである。

アーバインの父親の、歳の離れた兄だと聞かされた時は思わず『嘘だろ』と口にしてしまった。

エルネスト伯爵家で会った時もそんな素振りは見せなかったし、誰も何も言わなかったのだ。

その時に、シュナイガー伯爵家の成り立ちと役割を説かれた。

主家を潰す一因になったアーバインに、ゴルドレイは『気持ちがあるなら育て直しましょう』と言い、その指導を受けるために、少し前に騎士団寮から一軒家に居を移したばかりだった。

そんな、シュナイガー伯爵家でも特に優秀だったらしいゴルドレイに、騎士団の訓練と並行して、何故か、今までサボっていた領地運営の勉強やら礼儀作法やらを叩き込まれているのだ。

『やる気になられたようなので』と穏やかな笑顔で告げる彼に、安易に頷いたのが間違いだった気がひしひしとしているが、指導して貰えるくらい期待されている点だけは、悪くなかった。

そしてレイデンも、何故かアーバインを買ってくれたらしい。

彼は、特に考える様子もなく、あっさりゴルドレイに会うことを了承してくれた。

※※※

「なるほど、そうした経緯で、我が甥に」

その後、夕食の場にレイデンを招くと、二人はすぐに意気投合したようだった。

「アーバイン様は、見込みがございますかな？」

甥だと言いつつも『自分はもう貴族ではない』と敬称をつけて話すゴルドレイに対して、レイデンはハッキリと頷く。

「少なくとも、根性はあります」

「ほう、根性」

チラリと含む所が多分にありそうな目をこちらに向けた執事に、アーバインはバツが悪くなって目線を泳がせる。

あまりにも不甲斐ない……何せ、婚約者がいる身でありながら不貞を働いた上に慢心し、姉妹のどちらからも振られた自分の……様子を、ゴルドレイは全て知っている。

婚約者を変えた時の経緯すら、激怒する父を彼が取りなして成立したものだったらしい。

その頃には、もうウェルミィはイオーラを救う算段を立てていたのだろう。

「……まぁ確かに、目的さえあれば努力出来る素養はお持ちですがね」

「ゴルドレイさん……その」

「ああ、何も仰らずとも結構ですよ。良いのではないでしょうか」

レイデンに師事したい旨を伝えようと思ったのだが、ゴルドレイは先回りして許可を出した。

「ですが代わりに、私も、騎士団以外で行う訓練に参加させていただいてよろしいですかな？」

「何か理由が？」

「これでも武芸を嗜《たしな》んでおりまして。機会はありませんが、拳を振るうのは得意なのですよ」

と、柔和に笑ったゴルドレイの手に、いつの間にか鉄の爪《メリケンネイル》と呼ばれる暗器が握られていた。

指の隙間に、三本の爪のように歪曲した刃を握り込んで使うもので、殴ると刃が相手の体を貫く、街中や閉所で使われるとめちゃくちゃ恐ろしい武器である。

「なるほど。後ほど手合わせ願えますか？」

「ええ、是非」

このやり取りの後日、ゴルドレイがレイデンと普通に渡り合える武術を扱えることが判明して、アーバインはまた頬を引き攣らせることになった。

※※※

そしてある日の夕食後、アーバインはレイデンにこう声を掛けられた。

「魔力を使って、体調を整える修練法を教えておく。精神的負担は増すが、短時間の睡眠や休息でもある程度回復が見込める。滋養強壮の薬草や魔力回復薬も併用するといい」

現時点では本当に体力がないので、今のままでは体を壊す、と彼は懸念しているようだが。

「薬の類いは、高くて手が出ませんよ」

「辺境伯や副団長と相談する。訓練内容によっては支給が認められる類いのものだからな」

「でも、俺なんかの為に騎士団に迷惑をかける訳には……」

「アーバイン」

圧のある口調に驚いて言葉を呑み込むと、彼はこちらを真っ直ぐに見て、キッパリと告げる。

「まず、自分を過剰に卑下するのをやめ、現状を受け入れることだ。強くなりたいのなら」

「アーバイン様。ご厚意は受け取った方がよろしいですよ。レイデン様は、必要であると判断したことをなさる方だとお見受けします。……遠慮していたら、天界への門が開くかと」

ゴルドレイの言葉に、アーバインは血の気が引いた。

そしてゴクリと息を呑み、頭を下げる。

「……分かりました。よろしくお願いします」

そして実際、とんでもなく厳しい二人の教師によって、アーバインは猛烈なしごきを受けた。

正直、レイデンが掛け合って滋養強壮の薬草と魔力回復薬を支給されていなければ……あるいは、体力回復の修練法を教えられていなければ、ゴルドレイに忠告された通りに死んでいただろう。

そうして基礎体力や基礎技術が身について、ようやく騎士団や二人による訓練についていけるようになった頃に、アーバインはレイデンからさらに過酷な命令を受けた。

『常時、身体能力を向上させる魔術を展開し続けること』

それは、とんでもなく困難な訓練だった。

普通の騎士が戦闘時に展開する恒常型の身体強化魔術と違い、アーバインが貴族学校で習ったそれは、一時的にだが爆発的に自分の能力を跳ね上げるものだ。

それを常時展開するなど、普通に考えれば正気の沙汰ではない。

『だが出来なければ、いつまでも俺とまともに打ち合えるようにならない』

そう告げるレイデンの言葉もまた、事実だった。

アーバインが未だ敵わないゴルドレイ相手でさえ、レイデンは『本気』では打ち合っていない。

副団長をも余裕で超えるレイデンの剣に、アーバインがついていける訳がなかった。

少しだけ得意な火の魔術の使用許可を貰ってさえ、未だ一つも勝ちが拾えないのだ。

しかし、あまりにも無茶だった。

負担が大き過ぎて、何度か倒れた程だ。

追加でゴルドレイの持ってきた『魔力消費や負担を抑える』という、イオーラの論文から作られた試作の腕輪や薬草を併用し、術式も工夫して魔力消費を抑えるようにアレンジしながら徐々に展開時間を延ばし、どうにか丸一日展開出来るようになった頃。

参加を許され始めた魔獣狩りの場で、アーバインは自分の意外な才能を知ることになった。

※※※

『……参ったな』

アーバインは、ポツリと呟いた。

目の前にいるのは一本ヅノを持つ猫のような、膝丈程度の魔物……危険だが、子供でも倒せるくらい小さいそれが毛を立てているのが、何故か、ウェルミィに重なったのだ。

あの夜会で見た、自分よりも明らかに格上である魔導卿相手に正面から立ち向かう姿。

イオーラのために、と破滅覚悟で抗った彼女が思い浮かんで、その魔獣が倒せなくなった。

だから、周りに人がいないのを確認して……こっそり、意思疎通の魔術を使った。

『逃げろ。襲わない』

そう告げると、猫に似た魔獣に意思が通じ、それはぴょん、と跳ねて草原の奥へと逃げていった。

が、見られていないと思っていたのは自分だけだったようだ。

気配を消してついてきていたらしいレイデンから、副団長に報告が行った。


——懲罰、か？


ビビりながら待っていると、副団長は難しい顔をしながら、辺境伯に報告を上げると言い、それまで謹慎を言いつけられた。

アーバインは逆らわなかった。

その内、辺境伯に呼び出されるのだろう。

クビかな、と自分のダメさ加減にうんざりしていたが、再度呼び出しを受けた時に言われたのは、意外な言葉だった。

『今後、魔獣討伐には参加せんでいい。その代わり、飛竜の竜舎に行け！』

『は！　……は？』

『少し訳ありの飛竜がいてな！　お前は、魔獣と意思疎通が可能なのだろう!?』

『はい。その、一方的に話しかけただけですが』

『どうにか対話して来い！　ダメで元々だ、期待はしていない！』

辺境伯に言われたのはそれが全てで、何か釈然としないまま場を辞すると、そこに、口は悪いが面倒見のいい副団長が、ボリボリと頭を掻きながら近づいてきて、こう告げた。

『なぁ、アーバイン。お前に、ちょっと話しとくことがある』

副団長によると、辺境伯の言う飛竜と言うのは、どうやら辺境伯の弟君の騎竜だったらしい。

しかし数年前に魔獣討伐に赴いた際、彼が仲間を逃がす為に犠牲になった後は、あまり食事を取らなくなっているのだと。

どうやらもう使えないその飛竜は、辺境伯家にとっては大切な存在であるようだった。

『強い魔獣が話を聞くかは分かりませんよ？』と念押しした上で、アーバインは竜舎に向かった。


そして、今……案内された先に居たのは、真っ白な飛竜だった。


寝藁《ねわら》が敷き詰められた中に寝そべっているのは一匹だけで、南部辺境騎士団が所有する数匹の飛竜は、全て同様の扱いらしい。

竜舎の高い位置に幾つかの開き窓があり、柔らかく日差しが差し込んでいた。

部屋の隅には水の魔導具によって常時清潔な水が溜められており、逆側には雑食である飛竜の食事用なのだろう、小麦が盛られた木枠が備えられている。

飛竜はかなり高い知性を備えている為、清潔に保たれているのだろう。

奥にある深い縦穴が肥溜めらしく、竜舎内は風通しも良く、獣臭が強い訳でもない。

世話をしている者が、飛竜が過ごしやすいように気を配っていることが感じられる場所だった。

『居心地好さそうだな、ここ』

とりあえず意思疎通の魔術で話しかけてみると、寝そべった飛竜がうっすらと目を開く。

エメラルドのように輝く瞳が覗き、確かな知性が感じられた。

『名前を教えてくれないか？』

アーバインが続けて問うと、飛竜はしばらくこちらを眺めた後、興味がなさそうに目を閉じる。


――そう簡単にはいかねーよなぁ。


意思は通じたようで一安心だが、飛竜は乗り手や対話の相手を『選ぶ側』の存在である。

ここでもどうやら、アーバインは『選ばれる』側のようだった。


――ま、いいさ。

別に選ぶ側になりたい訳じゃない。

騎士団訓練も休みだし、と、アーバインは竜舎の端に座り込んで魔力を練り始めた。

基礎訓練の重要性を、二人の教師に骨の髄まで叩き込まれているので、何かしていないと鈍《なま》りそうで落ち着かないのだ。

ましてここ最近は謹慎していたので、体力も十分に回復している。

飛竜は眠ってしまったのか、呼吸に合わせて、穏やかに胸を上下させていた。

飛翔する魔獣は、飛竜を含めてあまり一般的ではない。

人が飼い慣らせる飛翔種は幾つか存在するが繁殖や扱いが難しく、中でも飛竜は、自らが主人と認めた者しか乗せず気性も荒いとされていた。

代わりに戦力としては強力で、長射程のブレスを吐くし、戦場では圧倒的に有利なのだ。

じっくり飛竜を眺めると、鱗と毛並みが繊細に入り交じる美しい竜だが、確かに痩せている。

あまり話しかけるのもどうか、と思いつつぼんやりしていると、誰かが竜舎に入ってきた。

「そこで何してるの？」

棘のある口調に目を向けると、帽子を被り、汚れたツギハギの服にベスト、ブーツ姿の小柄な人物がそこに立っていた。

髪はすっぽりと帽子の中に収めているようだが生え際は黒く、瞳が赤い。

手にバケツとモップを持っており、一見少年のように見えるが。

「……女の竜匠《ドラグルム》？　珍しいな」

細い腕と、服装に合わない滑らかで白い肌は、明らかに女性のものだった。

騎獣の世話は、基本的に兵士本人か、貴族の所有なら雇われた世話役がやるものだ。

彼女は兵士には見えないので世話役だろうが、竜の世話など女性が就く仕事では無い。

「竜匠《ドラグルム》じゃ無いわよ」

「……なら、獣師《テイマー》か？」

さらにあり得ないことだと思うが、それなら納得できる。

魔獣と心を通わせる特殊な能力を持つ獣師《テイマー》なら、性別に関係なく採用されることがあるからだ。

しかし、少女は眉根を寄せて腰に手を当てる。

「それ、貴方のほうでしょ？　魔獣と話せる人にハクアと話をさせるって伯父様が言ってたし」

だから自分がここに行けと命じられたのかと、アーバインは納得した。

先日ゴルドレイに聞いたが、普通、意思疎通の魔術で会話が出来るのは人間同士だけらしい。

真面目に授業を受けていなかったことが露呈して、貴族学校の基礎魔術教本を改めて復習させられる、と言う藪蛇なことが起こってしまったりもしたが。

「今から掃除するから、ちょっとどっか行っててくれる？」

「別に良いが、竜匠《ドラグルム》じゃないのに、お前がそんなことすんのか？」

立ち上がりながら問いかけると、少女は顔をしかめた。

「お父様の騎竜だったハクアの世話を、他に出来る人がいないのよ。この子が嫌がるから」

「……お父様？」

その言葉に、アーバインは思わず固まる。

「え、じゃあ、おま……君は、辺境伯の……？」

「姪のクレシオラよ」

「あ～……失礼しました」

一応、貴族としての立場的には同程度だが、今のアーバインは南部辺境騎士団の一兵士である。敬語で謝罪すると、クレシオラはふん、と鼻を鳴らした。

「別にかしこまらなくて良いから、さっさと出ていって」

「あ、ああ……分かった」

他に出来る人間がいない、ということは、ハクアと言うらしいあの飛竜はやはり気難しいのだろうか……そんな疑問を覚えながら、竜舎を出た。

※※※

「終わったけど。貴方、これからどうするの？」

竜舎の入り口からぼんやりと、手際良く掃除をするクレシオラを見ていたアーバインに、近づいてきた彼女が声を掛けてきた。

「ハクア、だったか？　この飛竜と話すのが、一応今日の仕事らしいからな……」

「そう。話は出来たの？」

クレシオラが、どこか複雑そうな顔をしているのを不思議に思いながら、アーバインは答える。

「一応、声を掛けたら目は向けてくれたけどな」

「反応したの!?」

クレシオラがぐいっと顔を近づけて来たので、思わず面食らって少しだけ体を引く。

「あ……ごめん、臭かった？」

「いや、そういうのじゃない。ちょっと驚いただけだ」

バツが悪そうに身を引く彼女に、アーバインは慌ててそう口にした。

「でも、そう。ハクアは、貴方とは話すのね……」

「いや、顔を上げただけだよ。すぐに興味なさそうにまた寝ちまったしな」

クレシオラが悔しそうな顔をしているのを見るに、多分ハクアは彼女には反応しないのだろう。

竜舎を掃除しながら笑顔で話しかけていたのも、体を洗って丁寧に拭き取っていたのも、アーバインは見ていた。

彼女がハクアを大切に思っているのは間違いないので、何となく居心地が悪くなる。

「あ〜……なんか気にしてるみたいだけど、貴女には体を拭かせたりするんだろ？　単に、言葉が分からないだけかもしれないから……」

「慰めは良いわよ。でも、せめて反応くらい……ハクア、ずっと寝てるから体の下が爛《ただ》れてるの。薬を塗りたいのに、動いてる時も、無理に動かすのも危険だからって伯父様に言われてるのよ」

そんなクレシオラに、アーバインは指先で頬を掻きながら告げる。

「……上手くいくか分からないが、話を聞いてくれるようなら、薬のこと伝えとくか？」

「本当に!?」

またクレシオラが身を乗り出してきたので、アーバインはそれを手で制しながら頷いた。

一生懸命なのは分かるが、距離が近いのである。

「辺境伯様も、ハクアの様子を心配してるんだろ。そういうのも含めての仕事、だと思う」

一応クレシオラから薬を預かり、塗り方などを教わって、その日は彼女と別れた。

「よろしくね、アーバイン！」

「ああ。クレシオラ嬢も」

手を振りながら去っていくその背中を見送ってから、アーバインは息を吐く。

「……なんだろな。こういうの、欲しかった筈なのにな……」

最近、何となく期待を掛けられることや、頼られることが増えた気がする。

ゴルドレイやレイデン、クレシオラのことだけではなく、騎士団の連中も最近は仲間と認めてくれたようで、何かと話しかけてくれることも多くなった。

だが、同時に焦る気持ちも覚えてしまう。


――こんな俺に、そんな風に皆に思ってもらえる価値があるのか？


自分に期待されるだけの何かがあるとは思えず、振り向いた先で眠るハクアを見つめる。

「……相棒のいない飛竜、か」

自分で騎士を選ぶ飛竜にとって、それは自分の半身のような相手だろう。

この飛竜は、それを失って立ち上がる気力を失っているのかもしれない。

「選ぶ側、だと思ってたけど。お前、もしかして俺と似てるのかもな」

本来なら守るべき相手を守らなくて燻る自分と、守れなかったという後悔を抱えるハクア。

「……一体、どっちがマシだろうな。後悔の深さは、確実にお前の方が上だろうけどな」

アーバインはまた元の位置に腰を下ろしたが、結局その日、飛竜は一度も目覚めなかった。

※※※

それからアーバインは、訓練の合間に、毎日ハクアの竜舎を訪れた。

アーバインはクレシオラと言葉を交わすようになったが、飛竜は相変わらず反応を見せない。

頭を動かすこともあるが、大半は無視されていた。

しかしある日ふと、立ち上がって食事をするハクアの腹部が思った以上に酷い状態であるのを見て、真剣に考え始めた。

「なぁ、寝藁に薬を塗ったりしたらどうだ?」

治療が出来ない、というのは、動いている飛竜に触れるのが危険だからだろう。

ハクアの眠る位置は一定ではなく、部屋の隅にいることもあれば竜舎の真ん中であることもある。

一日に一度は動いて食事をしているようなので、提案してみたのだが。

「薬全部に薬を塗るのは、現実的じゃないわね……安いものじゃないし、伯父様も、使えない飛竜にそこまでのお金をかける余裕は、ないと思うの」

「水に溶かして薬を漬けたりとか。何もしないよりはマシだと思うんだが」

「そうね……でも寝心地が……乾いて効果があるかも分からないし」

クレシオラの言うことはいちいちもっともで、アーバインは真剣に悩んだ。

彼女を手伝って、抜けた鱗をちりとりで集めたり、体を洗ってやった時に痩せた体を触ったりしながら、どうすればこの飛竜が少しでも楽になるのかと考え続ける。

心も、体も。

どうにかハクアが反応して話に応じてくれれば、それが一番早いのだが。

他人や飛竜を含めて、自分以外の存在についてここまで考えたのは、初めての経験だった。

真剣になればなるほど、いつでも自分のことばかりだった、かつての生活が思い出される。

あの時、ああしてやれていたら、こうしてやれていたら……募る後悔に突き動かされるようなその衝動は、もしかしたら過去を見つめ直す意味を含んでいたのかもしれない。

人生にもしもは起こらず、過去には戻れない。

かつての婚約者たちがアーバインを必要とし、アーバインが必要とされた未来は、来ないが。

——別に今まで何も出来なかったからって、これからも出来ない訳じゃねーよな。

もしもは起こらないが、もしもを口にする事で、救われる命があるとするのなら。

「なぁ、ハクア。……もしもこのままお前が死んだら、ゲダルド卿も、悲しむんじゃないか？」

意思疎通の魔術を使って、その名を口にしたアーバインに対するハクアの反応は、劇的だった。


『グルゥァッ!!』


カッと目を見開き、激昂した飛竜が思い切り振るった尾を、アーバインは避《よ》けられなかった。

「ッガァ……！」

咄嗟に腕を挟み込んで防いだが、自分の胴ほどもある尾の衝撃が殺し切れる訳もなく、アーバインは無様に竜舎の壁に叩きつけられて、辺りに轟音が響き渡った。

肺の中の空気が一気に押し出されて吸い込めず、かひゅ、と喉が鳴る。

だが、真っ白になる視界と呼吸出来ない苦しさの中で、アーバインは——声が届いた、と、胸に小さな喜びを感じていた。

『オ前ニ、何ガ分カル！』と、確かに今、ハクアは吼えたのだ。

尾の一撃を、いきなり喰らうのは予想外だったが。


——やっぱ俺には、相手の気持ちなんか分かんねーよな。

まさか、こんなに怒らせるとは思わなかった。

顔を上げると、今度は飛竜の頭突きが腹に突き刺さり、アーバインの体を壁との間に挟み込む。

「ゴ、ふッ……！」

必死に覚えた身体強化魔術の常時展開がなければ、もうこの時点で死んでいたに違いない。

だがアーバインは、生きていた。

「なん、だよ……元気あるじゃ、ねーかよ」

ゼェ、と何とか息を吐き出し、両手で腹に食い込んだ鼻先を掴むが、ビクともしない。

アーバインを壁に押し付けたまま、また、ハクアが鳴く。

『ゲダルド、死ンダ！　ハクア、間違エタ！　ダカラ死ンダ！』

怒りと共に猛り狂う白い飛竜の意識が、流れ込んでくる。

空を舞うハクアと、その背に備えられた鞍《くら》に跨《また》がる、人の感触。

『ハクア、降下だ！』

その声は聞こえていたが、ハクアは無視して、敵を蹴散らす為の炎のブレスを吐いた。

狙い通りに蹴散らすが、その途端、ゲダルドがハクアの背中を蹴って飛び降りたので、驚いて下に目を向けると……隠れていた魔獣に襲われて危機に陥っている味方の姿と、そこに向かって一直線に急降下していく彼の姿。

慌てて旋回したが、魔獣は数が多く、味方を先に走らせたゲダルドが逃げ遅れる。

ブレスを吐けば巻き込んでしまうが、爪が届くには遠い距離。

ハクアの目の前で、魔獣たちがゲダルドを取り囲み、そして――。

――血飛沫と共に、アーバインの意識が現実に戻った。


「そう、か」

アーバインは痛みを堪えて笑みを浮かべると、ギラギラと怒りに瞳を光らせるハクアの鼻先を撫でて、言葉を重ねた。

「お前も、間違えた、のか。……でも、な、ハクア。間違っても、生きなきゃ、ダメなんだ……」

アーバインの父も兄も、そして母も……殴り、詰《なじ》ったが、『死ね』とは言わなかった。

やり直したいという願いを、聞き入れてくれた。

「なぁ、家族だったん、だろ……？　ゲダルド卿は……ハクアが大好きだった、騎士は……家族がちょっと間違ったからって、死んで欲しいとは、思わないんじゃないか……？」

父親と、ハクアが好きでなければ、クレシオラがあれほど熱心に世話をするはずがないし、心配もしないだろう。

「お前の、世話をしてるクレシオラ嬢は、ゲダルド卿の、娘だ。あの子も、お前の、家族だぞ」

すると、ハクアの鼻先から僅かに力が抜け、小さく喉を鳴らした。

『懐カシイ、匂イ。ゲダルド、ノ』

「ああ、クレシオラ嬢はゲダルド卿の匂いがするのか。だから世話を、受け入れてたんだな」

ゆっくり鼻先を撫で続けると、だんだんハクアの瞳が揺れて、ボロボロと涙をこぼし始める。

『ゲダルド……ゲダルド。会イタイ』

「そうだな、会いたいな。でも、だからって死のうとしちゃダメだ。お前をまだ、大事に思ってくれる人が、いるんだから。クレシオラ嬢は、心配してた、ぞ……」

ハクアの鼻先から完全に力が抜けて、アーバインはずるりと床に腰を落とした。


――やっべ、意識、が……。


流石に頭が朦朧としてくるが、ここで倒れたら……と、思ったタイミングで。

「ちょっと、さっきの音、何!?　……ハク……アーバイン!?」

どうやら今日の掃除をしに来たらしいクレシオラの声がして、掃除道具でも放り出したのか、ガラガラという音がハクアの背後から聞こえる。

「何してるの!?」

「あ～……ちょっと、怒らせ、た」

「怒らせ……ハクアを!?　大丈夫なの!?」

目の前にいるはずなのにクレシオラの顔も見えないし、気力で意識を繋ぎ止めるのも限界だった。

「ちょ、寝る……起きたら、せ、つめい、する、から……ハクア、わる、く、ねーか、ら……」

何とかそれだけ呟いたアーバインは、そのまま意識を手放した。

※※※

目覚めた後、アーバインは、どうやら自分がかなり重傷だったことを聞かされた。

数本の肋《あばら》にヒビが入っていて内臓も二つ破裂寸前になっていたようで、治癒魔術を掛けるのは、骨よりそちらが優先されたらしい。

今回説明されて初めて知ったのだが、高位の聖女でもない治癒術士が重傷を一気に治療してしまうと、治される側にかかる体の負担が大きいらしい。

それこそ、英雄と呼ばれるような頑強な体があれば話は別らしいが、アーバインは凡人である。

神の奇跡に近い治癒を実現するには、治す側にも治される側にも才能が必要だということだ。

アーバインは治癒術士に、薬草を併用し、段階的に治癒魔術を掛けるという方針を提示された。

治癒魔術による治療はめちゃくちゃ痛いので、出来れば自然治癒が良いのだが、勝手に怪我した一兵卒に拒否権などある筈もない。

そして、しこたま怒られた。

青筋を立てた辺境伯には『以後しばらく、ハクアに近づく時は必ず二名の騎士と一緒に行け』と命じられ、その上で『飛竜をわざと怒らせて命を無駄にするような真似を、二度とやるな』と、浴びてるだけで死にそうな殺気と共に説教された。

それに関しては『事情を知らなきゃ、あんな怒ると思わないだろ』と言い訳させて欲しかったが。

次に、冷たい圧を放つレイデンには、護身に関する訓練を増やすと宣言された。

身体強化だけでなく防御魔術まで常時展開を習得させられるらしい。

なので、その前準備として『魔力を増やす下地を作る』というバカ高い上にクソマズイ薬草茶を毎日飲むことと、ベッドに寝ていても出来る、魔力放出の精度を上げる訓練を言いつけられた。


――病人になってノルマが増えるって、どういうことだ？


そして最後に、いつもと変わらないゴルドレイが本を持ってきた。

天井に届きそうな量の教本で、飛竜の生態を記したもの、獣師《テイマー》の飼育に関するもの、そして何故か竜騎士教本等々、飛竜に関わるありったけの知識を叩き込まれる。

それはもう、治療院に入院している間、枕元で朝から晩までみっちりと。

全然休んでいる気がしない、むしろ地獄のような一週間だった。

しかも、退院して『ようやく終わった』と思っていたら、最後に特大の爆弾が待っていた。

復帰したアーバインが挨拶に行くと、いきなりクレシオラに平手打ちを食らったのだ。

「心配させないでよ！　死んだかと思ったでしょ!?　それに、ハクアがもっと凹んじゃって大変だったのよ！」

めちゃくちゃ怒っていた。

下手すると辺境伯より怒っていたかもしれない。

でも、皆最後には『無事で良かった』と、口を揃えて言うのが、気恥ずかしかった。

「悪かった。本当に軽率だった。すまない」

心からそう思っていたので、ボロボロ泣いているクレシオラに誠心誠意、謝った。

どうやら軍人専用病棟は伴侶や親類しか入れないらしく、見舞いにこれなかったらしい。

ハクアは、処分などの事態にはならなかったが、何故かアーバインを次の騎士だと認めたようで。

『アーバイン、乗セル。飛ブ』

『クレシオラ、良イ匂イ。落チ着ク』

『オ腹、撫デラレル。気持チ良イ』

など、今までの無視は何だったのかと思えるほど懐いて、四六時中鳴いている。

どうやら元は人懐っこく明るい性格で、だから余計に心配だった、というのはクレシオラの談だ。

最初は竜騎士なんか務まらない、とアーバインは辞退を申し出たのだが、どうやら飛竜が二人目の騎士を決めるなど、あまりないことらしい。

『他に乗れる奴がいないんだから、やれ。じゃなきゃクビだ』

と、辺境伯、レイデン、副団長に口を揃えられたら、逆らうことなど出来る訳もなく。

結局アーバインは、飛竜槍の扱いや、飛ぶ生き物の操り方まで体で覚えるハメになった。

ゴルドレイの詰め込み知識は役に立ったので、きっとこの為だったのだろう。

そして意外な効能として、どうやら獣師《ティマー》の素質があるアーバインは、ハクアと魔力の共有が出来るようになったらしい。

心を通わせたからだ、とレイデンは言っていたが、覚えがなかった。

頑張って思い出すと、どうやらハクアに頭突きされた時に頭の中に流れ込んできた意識、アレがそういう現象だった、と気づいた。

ハクアも逆にアーバインの記憶を見たようで。

『アーバイン、最低』

『クズ』

『クレシオラ泣カス、許サナイ』

なども、最初の頃はよく言われた。


――クレシオラ嬢を泣かすって、どういう意味だ？


いまいちよく分からなかったが、騎士団に来てから気づけば二年近く。

怒濤の日々が過ぎて、本当にあっという間だった。

すっかり皆からも認めて貰えたようで、竜騎兵……まだ騎士爵位はない……として、最近、また魔獣退治への随行許可が出ていた。

親しくなって聞いた所によると、レイデンはアーバインの一つ年下らしい。

散々強さを目にしてきたので今更それを気にするようなことはないし、歳が下でも、師は師だ。

逆に、彼が苦手として避けてきたらしい社交に関することなどは、アーバインが教え返すことが出来るくらいには打ち解けた。

レイデンは口下手ではあるが、物覚えが桁違いに良い。

特に高位貴族の所作に関しては、剣の修行の成果なのか、体に一瞬で馴染ませたのには目を見張ったこともあったくらいだ。

そんなこんなで、ある日、竜舎近くの訓練場で剣の素振りをしていると、遠くで、レイデンと辺境伯が何やら話している姿が見えた。

二人に頼んでいることがあるアーバインは、ちょっと緊張してチラチラとそちらに目を向ける。

ゴルドレイは、最近は何か言う訳でもなく、ひっそりとアーバインの近くで佇んで眺めていることが多くなった。


——許可、されっかな。


アーバインは、休暇の申請を出しているのだ。

それも、王都まで行くので長期休暇で、理由はゴルドレイが持ってきた一つの手紙だった。

差出人は、イオーラと、レオニール殿下、そしてオルミラージュ侯爵の連名である。

ゴルドレイは今もイオーラを主人と仰いでおり、マメに連絡を取っているのは知っていたが……

まさか、その内容に自分のことが含まれているとは思わなかった。

イオーラから、アーバイン更生の話を聞いたレオニール殿下が、彼女の許可を受けて『謝罪の機会を設ける』という伝言を渡してきたのだ。

結婚式の、招待状と共に。

それも、ウェルミィも同時にオルミラージュ侯爵と結婚し、さらに複数名の高位貴族やらが結婚するという、とんでもない規模の結婚式だという。

アーバインは、自分とウェルミィの式があの夜会のほんの数ヶ月後まで迫っていて、その無駄になった準備費用も両親に返していないことに気づいた。

正直、悩んだ。

今更合わせる顔などないし、向こうも忘れたいんじゃないか、と、正直思う。

思うが。

『アーバイン様。過ちは誰にでもございます。貴方はイオーラ様の心と名誉を傷つけましたが、それすらも、彼女とウェルミィ様の掌の上であり、暴力などを振るった訳でもありません』

レオニール殿下の件についても……まぁ、自分は不貞をしておきながら、という事実はあるが……『婚約者に近づくな』と言った程度は当然のことだと、ゴルドレイは言葉を重ねた。

『お二人が貴方を許すと言い、招待状を送られたのです。堂々と、立派になった今のお姿を見せて来て下さい。……貴方は知らぬことですが、私めが才能を見込んだからこそ、アーバイン様には家督を継がせぬよう、シュナイガー当主に伝えたのですよ』

本来なら、アーバインがゴルドレイの……最も才ある者が継いできたという〝エルネスト伯爵家執事〟の後継者であったのだと。

『イオーラ様は、国母になられます。であれば、シュナイガーが守るべきはこの国の全てになる、ということです。辺境を支える騎士団長の右腕として、臣下の礼を示してきては如何でしょうか』

『……ゴルドレイさん』

アーバインが呟くと、老執事は、何故か眩しそうに目を細めた。

『たった二年弱で、貴方は私が満足するほどに、成長されましたよ』

その言葉に、何故か涙が溢れた。

『……伯父上。……俺、は……』

『もう、罪を清算して来なさい。ケジメをつけて、辺境の盾として立つのなら』

『……はい……！』

そうして、今……訓練場で二人の返事を待っているアーバインの元に、珍しく竜匠《ドラグルム》姿ではなく、白いワンピースに麦わら帽子姿のクレシオラが、満面の笑みで駆け寄ってくる。

「アーバイン！」

こちらもすっかり親しくなって、そのまま飛びついて来た彼女を支えて、アーバインは呆れる。

「クレシオラ嬢。婚前の女性が、付き合ってもない男にそれは、はしたないだろう」

「何よ、分かってないわね、もう！」

注意すると、何故かクレシオラがむくれる。

これだけ可愛くて明るいなら、さぞかし社交の場ではモテるだろう。

たかが一騎兵に懐いている所など見られて評価を下げてはもったいないだろうに、分かっていないのはどっちだ、と思った。


「それよりアーバイン！　貴方〝騎竜〟に選ばれたんですって!?　凄いじゃない！」

「全然、実感ないけどな……」


ハクアと魔力共有が出来るようになってから、アーバインの魔術の腕はとんでもなく伸びた。

それこそ、身体強化魔術と防御魔術を展開すればレイデンともある程度打ち合えるようになり、ハクアとは今では半身のように意思が通じ合っている。

竜騎士固有の跳躍魔術も習得し、足回りは特に筋肉がついたし、体全体も引き締まった。

獣師《ティマー》で竜騎士という、国内に他にはいない兵士として。

その技量や実績も鑑みてアーバインに名誉称号が与えられることになった、らしいが……正直、辺境伯のレイデンに対する箔付けの一環なのじゃないか、と疑っている。

〝殲騎〟の騎士団長の右腕は〝騎竜〟であり、そんな称号持ちが南部辺境伯騎士団の要なのだと、対外的に示す意味合いが強いのだろうと。

正直、実力で与えられたなどと全く思っていない。


「でもまぁ、それ貰ったら、褒賞で親に借金が返せるからな……」


別に利用されていた所で、利益がない訳じゃない。

クレシオラに、アーバインは過去のことを話していた。

彼女は、そのゴミのような所業を聞いても『今は違うんでしょ？　なら良いじゃない』と、全く気にしていなかったようだが。

「あー、無駄になった結婚式の費用ってやつ？　まぁ、確かにさっさと返しておいた方がいいかもね。……私もそれ、気分よくないし……」

「なんか言ったか？」

「何もないわよ！　私、ハクアの所に行ってくるわね！」

「ああ、気をつけてな」

何故か赤くなったクレシオラを見送ると、辺境伯とレイデンが近づいてきて、ハクアを使う許可まで貰えた。

旅程がだいぶ楽になる、と思ったアーバインに、夜、竜騎兵仲間がとんでもない提案をしてくる。

「竜騎兵五人全員で王都に行く!?」

「そうだよ！　でな、何でかって話なんだが……」

と、彼らが話した計画に、アーバインは乗り気になる。

「それ、良いな」

「だろ？　南部辺境領の威信を見せつけられるしよ！　後は辺境伯の許可だけだが、まぁ、許してくれるだろ！」

そうして結局『派手にやってこい！』と、八大婚姻祝儀祭の数日前に、飛竜編隊と共にアーバインは南部辺境領を飛び立った。

風を切りながらアーバインは、あの面会の日を思い出して、心の中で問いかける。

――オルミラージュ侯爵。俺、少しは貴方のような『選ばれる男』に近づけましたかね。

八大婚姻祝儀祭

PRIDE OF
A VILLAINESS

1 ✦ 盗まれた髪飾り

月明かりの中で、彼が『それ』に目をつけたのは、ただの気まぐれだった。

丁度いい大きさで、細長く平べったく、持ち運びしやすく、触り心地も良い。

彼は気に入った『それ』を持って入ってきた時のように抜け出し、人目につかない所でしばらく眠ることにした。

幸い、腹は満たされている。

彼は持ち出した『それ』を触りながら、目を閉じた。

※※※

社交シーズンの終わり。

夏の陽気も徐々に落ち着き、学生たちの卒業を迎えた秋の気配を感じる時季に、多くの人々が異国よりライオネル王国を訪れていた。

王太子殿下の婚姻に伴って催される、前代未聞の大祝祭を楽しもう、という観光目的の富裕層。

あるいは外交を目的とする異国の為政者たち。

近隣に住む王国民や、少しでも自らの領地の利になる社交を今の間に、と狙う国内貴族。

人々の熱を呑み込んで膨れ上がっていく王都の浮かれた空気の中心地は、当然王城である。

王族の暮らす王宮の前に、城下町に面するように造られた王城は、普段は王の執務や謁見に使用され、高位貴族の役人が務める場所でもある。

正門から入った位置にあるコの字型に囲まれた正面庭園は、その日だけ解放されていた。

多くの国民が詰めかけて喧騒が響く中、左右の建物のテラスでは、招待された有力貴族が椅子に座って歓談している。

しばらくすると重い太鼓の音が響き渡り、その音に合わせて人々の喧騒が徐々に鎮まった。

その後、ゆっくりと正面バルコニーに姿を見せたのは、ライオネル国王陛下夫妻。

人々の歓声が爆発し、夫妻は優雅に手を振って応えた。

しばらくしてまた太鼓の音が響き、歓声が収まると、コビャク・ライオネル国王陛下が口を開く。

「この佳《よ》き日を、皆と共に迎えられたこと、喜ばしく思う。正午の鐘を以て、王命により恩赦《おんしゃ》と施《せ》与《よ》を下賜《かし》する。存分に楽しむがいい」

威厳ある宣言が為され、教会の塔にある大鐘が王都の空気を震わせると、祝祭が始まった。

――【八大婚姻祝儀祭】

後にそう呼ばれて、歴史に刻まれる一週間のお祭り。

ライオネル王家に協賛したのは、婚姻に関わりのある高位貴族や巨大組織である。

海外にまで影響力を持つオルミラージュ筆頭侯爵家。

クラーテス・リロウド伯爵の生家であり、古き家門であるリロウド永世公爵家。

バルザム帝国一の財力を誇る、ロンダリィズ伯爵家。

前王国王家の血を継ぐアバッカム永世公爵家。

軍閥の筆頭であるデルトラーテ侯爵家。

〝国の穀物庫〟と呼ばれるオルブラン侯爵家。

乙女と騎士の婚姻を祝福する、聖テレサルノ教会。

教会の敷地や緑地などで炊き出しが行われ、表通りには市場から溢れ出した露店がズラリと並ぶ。

街は華やかに飾り立てられ、国旗が所狭しと並び、王太子と王太子妃、名家や英傑の結婚を祝う言葉がそこかしこで飛び交っていた。

そうして、五組の結婚パレードが行われる三日目の朝。

※※※

ウェルミィたち女性陣は、戦争もかくやという慌ただしさに、飲み込まれていた。

「髪飾りがない……!?」

ヘーゼルが顔を強ばらせて告げた言葉に、ウェルミィも頬を引き攣らせた。

今日は、街中で顔見せをするパレードの日だ。

式は後日になるけれど『結婚する五組が、地竜の引く竜車に乗って王都を練り歩く』という、国民へのお披露目である。

なので、今日は色の入ったドレスをウェルミィ含む花嫁組は身につけるのだけれど、ウェルミィの髪に桔梗藤《リンカリア》の花とあしらう予定の、銀の髪飾り《パインバレッタ》がないのだという。

「な、失くしたの!?」

「いえ、昨夜確認した時は、確かに揃っていたのです。もしかしたら……」

人目が多いので敬語を使っているヘーゼルが、口籠る。


――盗まれた?


彼女が喉の奥に押し込んだ言葉を理解して、ウェルミィはギュッと眉根を寄せた。

「なんって不用心なの……!?」

ウェルミィたちは、パレードの準備の為に前日から王宮に滞在していた。

貴金属類は、用意された支度室に置いてあった筈だ。

大きく息を吐いて動揺を鎮めたウェルミィは、冷静に話を聞いていくことにした。

「窓が開いてたり、鍵が掛かってなかったりした？」

「それはありません。最終確認は、あたしとヌーア侍女長でやりました」

確かにヌーアなら、そういう点に抜かりはない筈。

小さなものは手元に置いておけば、と思いながらも、過ぎたことを後悔しても仕方がない。

髪飾りがないくらいで、準備を遅らせる事はできないのだ。

侍女に白粉《おしろい》を顔にはたかれながら、ウェルミィは部屋の構造を思い浮かべる。

鍵のついた入口に、化粧台の置かれた部屋と、衣装や貴金属を置くための部屋。

ベッドがあることから、衣類を置く部屋は本来、客間の一つだろうと考える。

中のドアも外のドアも鍵が掛かっている人のいない部屋に、警備の兵は置かない。

夜はもぬけの殻なので、可能性があるとすれば。

「今朝、掃除に誰か入った？」

「いえ。それに部屋の鍵はヌーア侍女長の預かりです。合鍵までは分かりませんが……」

「……セイファルトとラウドンを呼んで。確認するのは合鍵の所在と、もしあるなら昨日夜番をしていた使用人の中に、その鍵を持ち出せた人物がいるかどうか、よ」

「畏まりました」

迅速に動き出したヘーゼルの背中を目で追いつつ、ウェルミィは目まぐるしく考える。

「そもそも、王宮内で……本当、主人に似て警備も間抜けね！」

と、ウェルミィが思い浮かべたのは国王陛下ではなく、レオだった。

予備の髪飾りはあるはずなので、最悪そちらで間に合わせるしかないだろう。

――――せっかくのお義姉様との晴れ舞台なのに！

ウェルミィは一応、鈴生りの桔梗藤に合いそうな髪飾りを見繕うよう、他の侍女に指示した。

※※※

「ふふ、うちの女主人は、本当に次から次へと厄介ごとを引き込んで来るねぇ」

「笑い事じゃないですよ、ラウドン様……」

王城三階の廊下。

合鍵の所在を確認する道すがら、快活に笑うラウドン様に、セイファルトはため息を吐いた。

国家の威信を懸けた祝祭の折に王城内で盗難事件など、外に漏れたら大問題である。

「それにウェルミィ様も、別に好きで厄介ごとに巻き込まれている訳ではないでしょう」

肩を竦めたラウドン様に、セイファルトは歩きながら話を戻した。

「合鍵はあるけど、王宮使用人長預かり。万能鍵《マスターキー》は陛下と宰相閣下預かり。疑わしいと思うことすら馬鹿馬鹿しいですよ」

「それらが紛失していないことは、まだ確認されていないけどね」

「あり得ないでしょう。そっちは人的にも魔術的にも警備の厚さが桁違いですよ」

合鍵を預かる使用人長でギリギリ疑えるくらいだが、外出の際の持ち出しは厳禁で複製出来ず、そもそもここ一ヶ月ほど王宮の外に出ていないらしい。

一応部屋の捜索はされるようだが、もし彼が盗むのならそんな杜撰《ずさん》な隠し方はしないだろう。

話を伝えた時に『王家のお膝元で……！』と呻いて放った怒気は、セイファルトが気圧されるくらいだったのだ。

アレが演技なら、大したものだと思う。

「でも、そうなると誰も出入り出来ないことになりますね」

「最初から中に潜んでいた、ってこともあり得るんじゃないかな」

「どうやって出ていくんですか。最終チェックはヌーア様ですし、魔術での出入りはそれこそ結界が反応します。その目や警備網を掻い潜って、ラウドン様なら盗み出せると思いますか？」

「まず無理だろうね」

「……なら、真面目に話してもらえませんか？」

ズミ兄ぃもだが、どうにも軽薄組の年長は、真剣さをどこかに置き忘れてきている感がある。

セイファルトがそう苦言を呈した時、道の向こうからトコトコと歩いてきた少女がいた。

何気なく目を向けて一瞬行き過ぎたが、バッと振り向いて思わず二度見してしまう。

対するラウドン様は、既にそつなく頭を下げていた。

「これはこれは。久方ぶりにお目にかかります。……ヒャオン・ライオネル第一王女殿下」

――何でこんな所を、王女が一人でほっつき歩いてるんだよ!?


そこに居たのは、今日の主役であるレオニール殿下の妹君、ヒャオン殿下だった。

腕に黒猫を抱いて、今日は兄のパレードだというのに外に出る気もないのか、高級な布地ではあるが動きやすそうなワンピースドレス姿である。

「……ラウドン?」

一見凛とした気品を纏う彼女は、焦点の合わない淡い緑の瞳をぼぉっとこちらに向けた。

「そうですよ。こんな所で何をなさっておられるのです?」

ラウドン様が問いかけると、ヒャオン殿下は胸元に……そこにいる黒猫に目を落とす。

「いなくなったから、探しておりました」

「なるほど、供の者は?」

「〝影〟がついております。今から、アダムス様の所に参ります」

その言葉に、セイファルトは思わず頬を引き攣らせる。

公爵令息であるラウドン様と違って、許可もないのに自分から口を開くことは出来ない。

出来ないが。


――王女が、こんな時に一人で外に出るとか正気じゃねぇ……ッ!

いや、話は聞いている。

ヒャオン殿下は神出鬼没で、アダムス様が行く所にはどこにでもついて行こうとする為、彼には『王都からの外出禁止令』が出ている、という話は。

だけど、今日はパレードで人がごった返している……裏を返せば、外から来た者や、良からぬことを企んでいる連中も多く交じっているということで。

するとラウドンは慣れているのか、肯定するように頷いてから、言葉を返す。

「なるほど、好きな方に会いに行かれるのは良いことですね」

「そうでしょう？」

「ええ。ですが、アダムスは今日、忙しいのではないでしょうか」

「何故？」

「双子の弟君であるツルギス・デルトラーテ侯爵令息が、本日の主役の一人であるから、ですよ」

「わたくしは、お兄様がパレードに出るけれど、忙しくないわ」

「確かに、確かに。ですが、ヒャオン殿下はレオニール殿下の側近、という訳ではありません。しかしアダムスは、ツルギスの側近としてパレードに随従《ずいじゅう》しますよ？」

「知っているわ」

知ってんのかよ！　というセイファルトのツッコミは、勿論心の中だけである。

「ええ、ですからアダムスと一緒に居たいのなら、どうでしょう？　ツルギスの竜車に乗って、一緒にパレードに参加されては。今から準備を整えれば、間に合うのでは？」

「……それもそうね。そうするわ」

ラウドンの言葉に、ヒャオン殿下はあっさり納得して踵を返した。

するとほぼ同時に慌ただしい足音と、彼女を呼ぶ声が遠くから響いてくる。

「……やっぱり、目を盗んで抜け出してたみたいだね。暇な訳がないと思ったんだよ」

ラウドン様がヒャオン殿下の背中を見送りながら、やれやれと髪を掻き上げる。

「今から王女がツルギス様の竜車に乗る、となると、周りの人間の苦労がとんでもないのでは？」

セイファルトは、彼の提案で振り回されることになる人々に同情した。

しかしラウドン様は、首を横に振る。

「彼女の性格は王家の方が把握してる。最初から同じ竜車に乗せる予定だっただろう」

じゃなきゃ監視出来ないからね、と彼は事もなげに口にするが、それは王族としてどうなのか。

『没落伯爵家のご令嬢を嫁に』と望んで周りを大騒ぎの渦に叩き込んだレオニール殿下が、真面目な人間に見えてくる程である。

ヒャオン殿下付きの侍女や侍従は、気が休まらないに違いない。

「……彼女の近くにいたら、痩せそうですね。ストレスで」

「冷や汗で服が濡れて、風邪をひく方かもね。……ん？」

ラウドン様は何気なく視線を向けた先に、何かを見つけたようだった。

「見なよ、セイファルト。あそこに君と僕の愛しい人たちがいるように見えるんだけど」

「は？」

言われて、中庭の方に向いたラウドン様の人差し指の先を、セイファルトが目線で辿ると。

再会した時に性格が変わりすぎて別人かと思ったローレラルと、イオーラの友人としてパレードの貴族観覧に招かれているという、カーラの姿があった。

※※※

「……えっと」

カーラはローレラル様を見て、顔を引き攣らせていた。

彼女とは、オルミラージュ侯爵家本邸で行われた王太子妃侍女選抜試験で一緒になり……彼女自身が企んだ犯罪によって罰を受け、改心したとは聞いている。

しかし。

「ここ、これを、そこで拾ったのです！　神に誓ってわたくしが盗んだのではありません！」

――この人、絶対こんな性格じゃなかったわよね……？

何故か今、涙目でそれを訴えてくるローレラル様は、もはや別人である。

しかも彼女の手に握られているのは、聖印《ロザリオ》と高価そうな布張りの箱。

多分ロザリオは私物で、箱はいきなり彼女が捲《まく》し立てて来た通り、拾ったのだろう。

「きき、きっと、落として困っている方がおられます！　届けないといけないのですが、どこに届けたらいいのか……ローンダート商会のカーラ様なら、どなたのものかご存じかと……！」

「分かりましたから、少し落ち着いて下さいな」

厄介な客を相手にする時のように鉄の営業スマイルを浮かべて、ドン引きする気持ちを抑え込んだカーラは、その箱を眺めた。

確かにそれは商会で取り扱っている高級装飾品《アクセサリー》用の箱である。

「少し貸して下さいますか？」

「は、はい……！」

カーラは、差し出された箱の外張りの手触りと重さを確かめる。

勝手に開ける訳にもいかないが、多分、ほぼほぼ間違いないだろう。

「これ、ウェルミィの髪飾り《パインバレッタ》じゃないかしら……？」

ローンダート商会は、得意先から作成を請け負った物の外箱に、相手が分かるよう印を刻む。

箱に刻まれているのはオルミラージュ侯爵家に出す時の印であり、他、外張りの種類も中身によって変えているのだ。

今回の件で請け負った中でこの大きさ重さ、布張りのものは、髪飾りでほぼ間違いないだろう。

何でこんな所にコレがあるのか、全く分からないけれど。

「どこに落ちていたのですか？」

「庭の草陰に……！　その、お庭を眺めていた時に、ヒャオン殿下が通りかかりまして！　その近くに落ちていたのですが、お声がけすると、ご自身のものではないとのことだったので！」

「なるほど」

目を細めて箱を睨んだ時、聞き覚えのある声が頭上から掛かる。

「カーラ！」

顔を上げると、そこに居たのはセイファルトとラウドン様。

カーラがちょっと顔をしかめたのと対照的に、ローレラル様がキラキラと目を輝かせる。

「ご主人様……！　本日の執事姿も大変お似合いですわ……！」


――ご主人様って何!?


そこはせめて、旦那様ではないのか。

全く意味が分からないが、多分この場で重要なのはそこではない。

「セイファルト、そこで何してるの？」

「こっちのセリフだよ」

三階から言い返されて、カーラは腕を上げて手にしたものを掲げる。

「落とし物よ。これ、ウェルミィの髪飾りじゃないの？」

「……は!?」

セイファルトが驚いた顔をして、ラウドン様が面白そうに片眉を上げた。

「ああ、それは助かります。僕たちの探し物は、今、カーラ嬢が手にしておられるものでしてね。受け取りに参りますので、少々お待ちいただけますか？」

彼らが降りてくると、カーラはセイファルトに髪飾りを手渡し、事情を聞いたラウドン様がローレラル様の頭を撫でる。

「お手柄だね、ローレラル」

「ありがとうございます！　お、お役に立てましたか!?」

「うん。でも、何でここに？」

「あ……今日は、お父様に呼ばれておりまして」

「それは知っているけど、時間が少し早いんじゃないかな？」

「あの、ご主人様にお会い出来るかと……昨日はお帰りになられませんでしたし……」

カーラはイチャついている二人から目を離して、セイファルトに向き直った。

「何やってるの？　大事なものを失くすなんて」

「こっちにしても不思議なんだよ。鍵をかけた部屋から無くなったからね」

「ふぅん……」

カーラは頬に指を当てると、箱の布地を見て、犯人を伝える。

「ねえ、それってもしかして……」

※※※

「盗んだのは猫ぉ!?」

「ええ、ええ、ウェルミィ様」

身支度を終えてヤキモキしていたウェルミィの元に、ひょい、と顔を見せたヌーアは、髪飾りの入った布張りの箱を恭しく差し出しながら、種明かしをした。

「箱布に、黒い毛と傷がついておりますねぇ。そこの猫用出入口から侵入したのでしょうねぇ」

言われてウェルミィが目を向けると、確かにそこには、両開きの板が下げられた小さな穴。

「じゃあつまり、ネズミ取りに飼われてる猫が？」

「盗んだのは、ヒャオン殿下のペットだそうで。ここは宝物庫ではなく、本来客間ですしねぇ」

だから、猫が入れたのだ。

盗人でなくて良かった反面、人騒がせな、と思う気持ちもムクムク湧いてくる。

「さ、お支度を終わらせてしまいますねぇ」

ウェルミィが口を尖らせていると、ヌーアが相変わらずニコニコと、箱から髪飾りを取り出した。

その松を象《かたど》った銀の髪飾りに鈴生りになった桔梗藤《リンカリア》の紫の花を下げる。

「よくお似合いですねぇ」

ヌーアの言葉に、ウェルミィは鏡を見た。

松と藤は、それぞれに男と女を表す。

つまり銀色の松はエイデス、そして桔梗藤はウェルミィだ。

桔梗藤の花言葉は『いつまでも貴方の側に』『忠実な愛』……そして『気品ある気まぐれ』。

『猫のような、お前の花だな』と、エイデスが昔、そう言ったから。

本来なら、自分のプラチナブロンドにちなんで白の桔梗藤を飾るものだけれど、ウェルミィはそこに一つ、意味を足した。

「ねぇ、エイデスは気づくかしら」

「御当主様は、博識な方でございますからねぇ」

あっさりと答えるヌーアに、ウェルミィは少し頬を染める。

気づいて欲しいけど、気づかれたくない気持ちもある。

紫もまた、エイデスの色だから。

愛や恋を表す花の『元の色』が自分で、『もう一つの色』が相手の色である時。

その本来の花言葉とは別に、意味が生まれるのだ。


──『私の心は、貴方に染められている』。


エイデスは、気づいてくれるかしら。

エイデスは、気づいてしまうかしら。

彼の訪れを、準備を終えたウェルミィは、先ほどとは別の意味でソワソワしながら待った。

2 ✦ 聖女の神託

エイデス・オルミラージュは、幾つもの異名を持つ。

〝万象の知恵《ソロモン》の魔導卿〟〝オルミラージュ侯爵家歴代最高の当主〟〝冷酷非情の女嫌い〟――そして〝呪いの魔導具を駆逐する男〟。

諸外国においては最初と最後の異名が最も有名であり、財力以上に尊敬される理由でもある。

かつて火傷を負った左手を治癒することなく黒いグローブで隠しているのは、義母と義姉を呪いの魔導具によって失った痛みと後悔を忘れぬ為であることを、知る者は少ない。

そして今日《こんにち》、エイデスが民衆に伴侶としてお披露目する少女が、彼の成し得なかったことを成し遂げたが故に、最愛であるのだということも。

エイデスのウェルミィに対する感情に、負の要素はない。

しかし、胸中に渦巻く気持ちは、複雑と言って差し支えないものだった。

憧憬や尊敬、慈愛と庇護欲、放任と執着。

それらが入り混じった想いが、エイデスがウェルミィに向ける感情なのだ。

同志であり、相棒であり、また最愛であること。

エイデスにとって、存在そのものが奇跡と感じるような少女——それがウェルミィだ。

だからエイデスは、彼女の道を阻まない。

そして彼女の道を阻もうとするものを、全力で排する……今日もまた、その為に王城の会議室を訪れていた。

アロンナを入口の脇に控えさせて入室すると、円卓に座る面々はまだ全員揃っていないようだが、時間に厳しい二人の人物とコビャク国王陛下が会議室の奥で談笑しているのが目に入った。

「今日は娘が来ていると聞いたが、会ったのか？」

「ええ。今は元・妻と共に別室におります。ご温情に感謝しております」

国王陛下の問いかけに答えたのは、ローレラルの父であるヤッフェ・ガワメイダ伯爵だった。

彼の兄であるキルレイン法務卿は口数の多い人物ではない為、二人の会話を黙って聞いている。

そこでこちらの入室に気づいた陛下が、軽く手を上げた。

「来たぞ、今日の主役の一人が」

「ライオネル王国に輝ける太陽、獅子の誉れを身に宿すコビャク・ライオネル国王陛下にご挨拶申し上げます」

エイデスは規則に従い賢者の礼《ボウアンドウイッチ》の姿勢を取ると、そのまま前に進み出て会話に加わる。

「この場を設けていただき、誠にありがとうございます」

「良い。大公国に赴く前に解決しておきたい案件と言われれば、我らにとっても大事ゆえな」

鷹揚に頷いた国王陛下の述べた通り、今日人を集めてもらったのはエイデスだった。

陛下の目は、魔導士の正装を纏うこちらの胸元に向けられている。

そこに飾っているのは、ブローチに加工された〝希望の朱魔珠《ウィルバーミリオン》〟だ。

今日の要件は、この魔宝玉の出所についてだった。

エイデスが以前見た夢は、明らかに魔術による幻視。

となれば、自分ではない自分が手にしていたこの朱色の魔宝玉は、どこから来たものなのか。

もし、危険なものであるのなら、せっかく贈られたものであっても封じなければならない。

この場に徐々に、人が揃っていく。

元からいた国王陛下と、法務卿にガワメイダ伯爵に加え、宰相と軍団長、そして彼らに連れられているのは、二つの魔宝玉をウェルミィに贈った年若い二人、シゾルダとヒルデントライ。

続いて、前・外務卿である、大人しそうな顔立ちの年嵩の男……ユラフ・アヴェロ伯爵。

エイデスの父、イングレイ・オルミラージュ前侯爵。

ズミアーノ様の父、ハビィ・オルブラン侯爵。

そしてバルザム帝国にある聖協会総本山より祝祭に合わせて帰国した、タイグリム・ライオネル第二王子殿下と……同様に、南部辺境より訪れたアバランテ辺境伯。

自分を含む総勢十三名の顔ぶれが揃った所で、全員が席についた。

レオは流石に時間が取れず不在である中、国王陛下が笑みと共に宣言する。

「では、始めよう。時間もないのに人を集める祝祭の主役が、この場に居《お》るゆえな」

民衆の前に姿を見せる時とは違って気安い印象の国王陛下は、実の所全く油断のならない人物だ。

ライオネルは南方の海辺以外は他国と魔獣域に囲まれ、先王の代には帝国とも険悪だった。

そんな立地の中で、のらくらと戦争を回避しつつ国家間関係を改善し、国を富ませた古狸である。

笑顔の奥には冷徹な計算が隠されており、情には厚いが、それに流されることは決してない……

『国益を損なう』となれば旧友すら切り捨てるだろう鋭さが、身の内に隠されていた。

ウェルミィやイオーラの件についても、【王太子殿下婚約披露パーティー】の件についても。

大騒動であったにも拘わらず主犯を見逃しているのは、罰して排除するよりも恩を売って利用した方が国益に沿う、と判断しただけのことだ。

イオーラに関して言えば、魔導具の開発や王妃の肌を癒した恩もあるだろうが……もし、レオやエイデスが選択を間違っていれば切り捨てられていてもおかしくはなかっただろう。

そしてこの場で試されるのは、宰相の息子シゾルダと、婚約者のヒルデントライである。

「さて、まずは議題である魔宝玉について。ウェルミィ・リロウドにそれを贈呈した二人に出所の探索を命じたが……シゾルダ、何か進展はあったか？」

片眉を上げた国王陛下の眼光は、些細な嘘すら見逃さないだろう冷たい光を宿していた。

国王陛下に指名されたシゾルダが、落ち着いた様子で口を開く。

「陛下には以前ご報告致しました通り、リロウド伯爵令嬢に贈らせていただいた〝希望の朱魔珠《ウィルバーミリオン》〟と〝太古の紫魔晶《ロストヴァイオレット》〟に関してましては、最高級の品をご用意させていただいた以外に、他意はございません」

　シゾルダは歯切れ良く答え、ちらりとこちらに目を向ける。

「元々、〝希望の朱魔珠〟が『未来を予言する』と言い伝えられる宝玉であることは、存じ上げております。それに関しては、オルミラージュ侯爵の方が詳しいかと。当然魔力を内包しておりますが、呪いの品である等の検査結果は出ておりません」

　それは事実だった。

　再検査を行ったのは、ズミアーノ、イオーラ、そしてエイデス自身である。

　ウェルミィの瞳も危険を感じていない為、大丈夫だと信じたくはあるが……と、目を細める。

「また入手経路の再調査に関してましては、ヒルデントライ・イーサよりお伝え致します」

「はい。国王陛下よりご下命を賜りました〝希望の朱魔珠〟に関する再調査につきましては、元々は帝国の魔鉱山より出土したものと聞いており、相違はございません。調査を命じられて後《のち》、外務卿補佐ユラフ・アヴェロ伯と共に、帝国現地に赴き、詳細を伺いました。当該の魔鉱山は、イオーラ様の義父であるロンダリィズ伯爵が所有しているものです」

　彼女の口から名前が出たことで、現在はエイデスの部下である人物に、陛下が声を掛ける。

「アヴェロ卿。相違ないか」

「ま、間違いはございません。イングレイ・オルミラージュ前侯爵より預かった紹介状にて、帝国宰相閣下、並びにロンダリィズ伯と面会致しました。掘り出した本人も、対価と準男爵位を与えられており、所在は明らかです」

どこかおどおどとした態度で、アヴェロ卿は説明した。

元々優しい気性の人物で、有能であることは平時の外交を陛下から一任されていたことでも分かる通りだが、人の機嫌に敏感で気の弱い一面があるのだ。

「その男の身辺に怪しい点は」

「特にない、というお返事を宰相閣下よりいただいております。平民ですので、貴族ほど詳細な記録自体はございません。しかし、一つだけ気になる話がございました」

「内容は」

あくまでも淡々と報告を受け続ける陛下に、アヴェロ卿は一呼吸置いてから告げる。

「採掘した人物の一族には、稀に朱色の瞳を持つ者が現れる、と……」

初めて聞くその情報に、義父イングレイと、ガワメイダ伯爵が短く言葉を漏らした。

「朱瞳じゃと……?」

「リロウドと何か繋がりが……?」

朱色の瞳は、精霊に好まれる一族に現れる特徴である。

ヤハンナの話をウェルミィから聞いているのでエイデスは知っているが、リロウド公爵家自体がそれに関する詳しいことは明かしていない為、口をつぐんでおく。

〝希望の朱魔珠〟を採掘したのが、〝精霊の愛し子〟の血統。

果たして、それは偶然か。

精霊の導き、あるいは、精霊を利用して何者かが採掘させたか。

エイデスは夢の中に現れた異形の自分を思い出す。

『お前は、守れ』というのは、守れなかった者の言葉であり、あの自分が最後に居たのは帝国領だ。

――魔王の特徴を持つ私……アレが、ただの夢でなく『何処か』に実在しているのなら。

もしかしたら〝希望の朱魔珠〟自体が、アレから送られた可能性もあるのではないだろうか。

『何処か』がどこなのか、魔術で送ることが可能であるかどうかは、この際置いておく。

明らかに、人智を超えた所業だからだ。

しかしただの夢と切り捨てるのではなく、何らかの掲示と考えて動くべきだと判断した。

その考えを捨て置いて、ウェルミィに危険が及ぶ事態は避けねばならない。

「こちらの報告は以上になります。他は採掘から加工まで、特別不審な点は現状ございません」

「ふむ。では〝太古の紫魔晶《ロストヴァイオレット》〟については？」

それ以上深く突っ込んでも何も出ないと判断したのか、陛下が次の質問を重ねた。

ヒルデントライと目を見交わしてから、アヴェロ卿が引き続き答える。

「こちらに関しては、大公国より流れて来た品である、と伺っております。かの国には、ガワメイダ伯爵とオルブラン侯爵様が調査に赴いて下さいました」

すると、名指しされたハビィ・オルブラン侯爵が口を開いた。

顔立ちや背格好はズミアーノによく似ているが、彼の肌が帝国王族である母親由来の浅黒いものであるのに対し、ライオネル王国の貴族によく居る白い肌の持ち主だ。

「全く、ズミが結婚するからって余計な仕事させられてめんどくさかったよねー。あの子が使えないと、僕がわざわざ出向かなきゃいけないしさー。スーファと旅行できたのは良かったけどねー」

「……ハビィ。陛下の御前だ。口の利き方に気をつけよ」

ズミアーノの父、ハビィのぼやきに、軍団長ネテが半眼で苦言を呈する。

その横で、宰相ノトルドも渋面を浮かべていた。


――この親にしてあの子あり、だな。


ハビィは、妻であるスーファ・オルブラン夫人を甘やかすこと以外に興味がなく、全く状況に頓着しない性格をしている。

能力が高いにも拘わらず有事にしか彼を動かさないのは、性格面の問題が大きいのだろう。

おそらく次代、ズミアーノも同じような立ち位置になるだろうことは想像に難くない。

案の定、苦言を全く気にした様子もなくハビィは答えた。

「ああ、ごめんねネテ。じゃ、調査結果はヤッフェからどうぞー」

丸投げで水を向けられたガワメイダ伯爵は、感情を読ませない笑顔で頷くと、話し始める。

「〝太古の紫魔晶〟に関しては、結論から申し上げますと出所は不明でした。が、元々の所持者に関しては、ある程度摑めております」

〝希望の朱魔珠〟が『未来を見せる』力を持つとされるのと同様に。

〝太古の紫魔晶〟は、『持ち主の誓いを叶える』力を持つとされる。

「かの宝玉は、大公国の〝土〟の公爵家由来の品であり、幾人か商人の手を渡り、最終的にローンダート商会からシゾルダ様に買い上げられました」

ローンダート商会は、イオーラの友人であるカーラの実家であり、品質に関しては信頼が置ける。

しかし出所が〝土〟の公爵家……『語り部』とエサノヴァを有する一族である。

〝太古の紫魔晶〟が、そちらの勢力由来の品である可能性が、かなり高まった。

〝夢見の一族〟関係者は、敵かそうでないかが読みづらい。

一見行動は敵対的だが、助言や手助けを与えていたり、目的が今ひとつ分からないのだ。

大公選定に関係があると読んでいるが、確実ではない。

エイデスはそこで初めて発言し、ガワメイダ伯爵に質問した。

「〝太古の紫魔晶〟が、〝土〟の公爵家由来の品であるのならば、最初にそれを売った人物は？」

「絵姿などは存在しませんが、証言だけで良ければ……土公の所有する屋敷に住む貴人と、成人するかしないかの年頃の侍女を介して、やり取りをしていたそうです」

「その侍女の特徴は？」

「残念ながら、そこまでは……髪色が茶色である、という程度は覚えているようですが」

年頃と髪色はエサノヴァと一致するが、断定できる程ではない。

あの少女が子爵家没落前に、父親と共に幾度も大公国に赴いていることは掴んでいるが……時期などを正確に把握するのは、骨が折れるだろう。


――どうするべきか。


〝太古の紫魔晶〟自体に、エイデスらにも見抜けない細工が施されている可能性も、なくはない。

連中の目的さえ掴めれば、とまで考えて、エイデスは内心で自嘲する。

結論ありきで物を考えるのは愚かだが、どうにか『危険ではない』という確証が欲しかった。

ウェルミィは、友人から初めて贈られた、お互いの瞳の色をした品を晴れ舞台で披露するのを楽しみにしているのだ。

『身につけるな』と言えば従うだろうが、落胆させるのは全くもって本意ではない。

そのせいで正常な判断力が鈍っているのだ、と、エイデスが微かに頭を横に振った時……司教となったタイグリムが、静かに口を開いた。

「あれらの宝玉に力があるのは確実ですが、危険に関して気にする必要はない、と思いますね」

「そう口にする根拠は、何かあるのですかな!?」

「ええ、辺境伯。司教位に叙されたことを、昨日、聖女テレサロに面会して報告したのですが」

声の大きいアバランテ辺境伯の問いかけに、彼は穏やかに微笑む。

「――彼女は先日、『神託』を受けたそうです」

彼の落とした発言で、皆の視線の質が変わった。

『神託』は、聖なる力を有する者が稀に受けるという神の啓示である。

未来への示唆、あるいは窮状を打破する啓示であることが多いが、詩の形式で賜るのだという。

読み解くことが求められる故に、それが真に『神託』なのか、また何を意味するのかを慎重に考える必要があるのだが……それが真実ならば、テレサロは大聖女に叙される可能性が高い。

国際的な一大事である。

「面会をしたという報告を受けていないが？」

「昨晩、国王陛下と面会する時間はなかったので。申し訳ありません」

陛下の嫌味に、タイグリムは悪びれもせずに答えた。

「今、教会上層部に連絡を取っています。調査前なので、確秘事項にしておいて下さい」

タイグリムの言葉に、爵位が伯爵位以下の者たちが顔色を悪くした。

確秘事項というのは、秘匿事項、極秘事項のさらに上である。

軽く他者に匂わせるだけで処刑まであり得る、という制約だった。

しかしタイグリムは、彼らの雰囲気を気にせずにあっさりとその内容を口にする。

導くは朱紫の双玉
破滅の対価に祝福を
絶望に臨みし希望を
深淵こそ安寧を望む
紫月花《ハイドラ》は呑まれ堕ち
朱花魁《ロキシア》に穿たれ開き
青玉簾《ゼフィス》が支えし時に
黄陽菊《サンセマ》は覇道を征く
其は森羅にして万象故に

「以上です」

幾人か、詩に馴染みの薄い面々が戸惑ったような表情を浮かべ、理解のある者が難しい顔になる。

「花……」

「いや、家名だな……？」

ざわめく彼らの中で、エイデスは一人思案する。

原意の中にエレメントを含んでいる、それぞれの花の色と、意味。

紫月花《ハイドラ》は水瓶の意。

朱花魁《ロキシア》は火炎の意。

青玉簾《ゼフィス》は西風の意。

黄陽菊《サンセマ》は豊穣の意。


そしてもう一つ。

「……大公選定の行く末、か」

陛下の呟きに、エイデスは内心で頷いた。

それら花の名は、ノーブレン大公国四公各家の家名なのである。

『水が呑まれ、火が穿《うが》ち、水が支え、土が覇道を征《ゆ》く』のなら……それは〝土〟の公爵が大公位につく、と読み取れる。

『呑まれ堕ち』という部分も、現大公がその座を降りると読めた。

残りの詳しい読解は分からないが、もう一つ気になる部分を、タイグリムが読み解いた。

「『導くは朱紫の双玉』とあります。このタイミングでライオネルの地で『神託』が降り、彼《か》の地に赴くのがオルミラージュ外務卿と夫人となるリロウド嬢。今日の議題と合わせれば……」

「……二人がその宝玉を身につけて大公国に赴くこと、と読めるか。早計だが、一理ある」

陛下は、息子の解釈に眉根を寄せた。

分からぬ未来への決断は、常に薄闇の中にある。

そこから蛇が出る可能性があっても決断をせねばならないのが、為政者という存在だった。

「……宝玉の処遇については、保留とする。現状、危険な要素は見当たらぬのであれば、向こうに渡るまでに失うことだけはなきよう努めよ」

「仰せのままに」

陛下の決断に、エイデスは短く答えた。

『神託』に逆らえば、おそらく結末が変わるだろう。

だが従えば、現状は悪いようには働かない……そのことに、エイデスは安堵していた。

『神託』に従うのであれば、宝玉はむしろ肌身離さず持たねばならない。

なら、今回のパレードでウェルミィがあれを身につけることは、むしろ当然。


――ガッカリさせずに済む。


ウェルミィと出会う前であれば考えられないような心の動きに、エイデスは再び自嘲した。

が、悪い気分ではなかった。

※※※

待ち兼ねていたウェルミィは、エイデスが入ってくるのと同時に、頬を膨らませて振り向いた。

「遅かったじゃない！」

「少し用があってな」

彼を睨みつけたウェルミィは、そのまま少し固まった。

すると彼は、いつもの少し意地の悪い笑みを浮かべる。

「どうした？」

今日のエイデスは、いつもと少し様子が違った。

魔導士の正装に重ねるように、朱色のラインが入った白地の肩マントを身につけており、緩やかに纏めた少しウェーブがかった銀髪にも、鮮やかな朱のリボンが編み込まれていた。

悔しいことにその格好がよく似合っていて、遅いことに文句をつけようとしていたウェルミィは、思わず言葉に詰まったのだ。

カッコいい。

それに、綺麗だった。

でも、エイデスの方はウェルミィを見ても、小憎らしいくらいにいつも通りで。

「見惚れたか？」

「べ、別にそんなんじゃないわよ!?」

図星を突かれて、思わず声が跳ね上がる。

するとエイデスは、顔をウェルミィが背けたことで彼の方に向いた桔梗藤《リンカリア》の香りを嗅ぐように、顔を近づけてきた。

そして、背中に手を添えられる。

「嘘は良くないな、ウェルミィ。正直に答えろ」

「……見惚れてないもん」

「強情だな。私の花嫁は、何でも言うことを聞く筈なんだがな？」

最近言われることが少なかった強権を、こんな所で発動される。

「う〜〜……み、見惚れた……わ」

「そうか」

言わせておいて、素っ気なくそう答えたエイデスが離れる。

耳が熱い。


——もう！　皆いるのに！

ヌーアもアロンナも、絶対生ぬるい目でこっちを見てるから、顔を向けられなかった。

※※※

ぷい！　と顔を背けるこの少女は、本当に分かりやすい。

『演じて』いる時はあれ程表情を悟らせないくせに、本当の彼女は表情豊かで、少し幼い。

だから、ついつい意地悪をしたくなってしまうのである。

顔を背ける彼女の内心は手に取るように分かるが、ヌーアもアロンナもごく普段通りである。

「ウェルミィ？」

「……何よ」

恥ずかしさで不貞腐れているウェルミィに、エイデスは告げた。

「ネックレスは、つけてもいい」

「ほんと!?」

パッと振り向いたウェルミィの顔には、喜色が浮かんでいた。

ギリギリになってしまい、一応代替の品も用意はしていたのだが、どちらをつけるかは保留にしていたのだ。

少々ご機嫌斜めだったのには、そういう理由も含まれていたに違いない。

「待たせて悪かった」

ウェルミィにとって友人と呼べる存在は、貴族学校を卒業してから出来た繋がりの中にしかない。

イオーラを守るための付き合いしかして来なかった彼女にとって、おそらくは初めての友人からの贈り物だったのだ。

着飾っていなければ頭を撫でたところだが、下手に触れると崩してしまうだろうから我慢した。

「ヌーア！　持ってきてくれる!?」

「はいはい。ようございましたねぇ」

ウェルミィの弾んだ声に、ヌーアがいそいそと衣装部屋に向かう。

一つ頷いたエイデスは、じっくりと彼女の姿を眺めた。

小柄で可愛らしいウェルミィが身に纏っているのは、青みがかった紫の布地に銀糸の縫い取りがあるドレスで、どちらかといえば落ち着いた色合いだ。

だがそのドレスは、エイデスの知る限り最高品質のドレスを提供する帝国のロンダリィズ工房の支店……断罪の夜会で、イオーラが纏っていたドレスを作った職人の手のよるものである。

レースや小物などに暖色や白をあしらい、ドレスの形を工夫することで、ウェルミィのツンとした猫目の美貌と愛らしい雰囲気に、見事に合うように仕立てられていた。

そしてきっと、一生懸命選んだのだろう髪飾りに目を向ける。

どこか緊張した顔で、チラチラと彼女がこちらを気にしているが、まだ言わない。

ヌーアが持ってきた〝太古の紫魔晶《ロストヴァイオレット》〟を身につけることで、完成した装い。

大粒の宝玉と見事な意匠のネックレスは、不死鳥をアレンジしたもの。

不屈の象徴であり、同時に優雅なそれは、ウェルミィによく似合っていた。

「どう？」

「完璧だ、ウェルミィ。私の花嫁は美しい」

エイデスは自然に頬を綻ばせると、化粧を崩さないように彼女の顎《おとがい》に手を添えた。

「私の心も、お前に染められている」

髪飾りに込められた想いに、そう応えると。

ウェルミィはやっぱり恥ずかしそうに、だがとても嬉しそうに、目を細めて花開くような微笑みを見せてくれた。

3.祝賀パレード

「あああああやっぱり無理ですぅ〜〜〜〜〜〜！」

竜車用の控え室で、テレサロが絶叫と共に両手で顔を覆うのにイオーラは苦笑した。

今日の彼女は、婚約者である〝光の騎士〟ソフォイル・エンダーレン騎士爵の色を差し色にした、薄い青地の清楚な聖女服を身に纏っている。

服の型は教会の聖女らしく落ち着いた雰囲気ではあるものの、さりげなくレースをあしらってテレサロの愛らしさを引き立てており、置かれたヴェールも何層も薄い青色を重ねた高価なものだ。

ヴェールにあしらう白銀のティアラには、とても珍しい大粒のピンクダイヤモンドが光っている。

歴代の〝桃色の髪と銀の瞳の乙女〟が身につけたという装飾具は、教会の威信を示す逸品だ。

おそらく、値はつけられないだろう。

テレサロが、完全に教会の傘下に入っていないにも拘わらずこれだけの支援をされるのは、〝光の騎士〟を得た彼女が聖教会にとってそれだけ重要な存在だからだ。

「何が無理なの？」

「だって！　だってわたし以外の面々を見てくださいイオーラ様っ！　王家に、筆頭侯爵家に、前王国の血を継ぐ公爵家、それに帝国王族にゆかりのある侯爵家ですよ!? 場違いですぅ！」

「貴女も聖教会の後ろ盾を持つ〝桃色の髪と銀の瞳の乙女〟ですもの。負けず劣らずよ？」

「しがない下町育ちの男爵家の娘ですぅ！ ぱ、パレードなんて柄じゃないんですよぉ!!」


――これだけ元気なら、大丈夫だと思うけれど。


でも確かに、ガチガチに緊張はしている。

「周りは高位貴族といっても、貴女の知り合いばかりでしょう？」

ウェルミィ、イオーラ、ソフォイル卿は言うに及ばす、他にパレードに参加する面々はレオやズミアーノ様、ツルギス様にダリステア様たちなのだから。

「い、一緒に居て緊張しないのと、大勢の人に見られるのは違うんですぅ！」

「それは、わたくしもそうだけれど……」

次期王妃、稀代の才媛、硝子の靴の乙女《シ・ン・デ・レ・ラ》等々、レオからそうした呼ばれ方を又聞きするたびに、自分のことと は思えず恥ずかしい気持ちになる。

「不安なのは、皆一緒よ」

「イオーラ様も……!? だ、だったら芋虫のようなわたしはもっと不安にならないと……！」

「何でそうなるのかしら？」

元々明るくて活発な子なのに、今は負の方向に全力疾走しているらしい。

困ったわね、とイオーラが頬に手を当てた所で、横に立っているソフォイル卿が口を開いた。

「場違いだと感じる気持ちは、分からないでもない」

糸目の彼は、大柄だけれど〝光の騎士〟の異名がそぐわない、朴訥で落ち着いた青年である。

彼も元は没落男爵家の次男で、テレサロ同様平民とさほど変わらない生活を送っていたらしい。

テレサロも聖女らしからぬ明るく感情豊かな少女なので、二人で並ぶととてもお似合いだ。

「ソフォイルもそう思う!?」

「ああ。だが、今さら出ないとは言えないだろう」

「言おうよぉ！　無理だよぉ!!」

「勅命だからな……」

ソフォイル卿は騎士爵以上の爵位こそ辞退しているものの、〝光の騎士〟として権限や財産はかなりのものを与えられている。

しかし同時に、あくまでもライオネル王国の騎士である為、陛下の命令は絶対なのだ。

「何をごちゃごちゃ騒いでるの。はしたないわよ？」

と、そんな状況に割り込んで来た声は、聞き慣れたものだった。

「ウェルミィ、準備に時間が掛かったのね。大丈夫？」

「おはよう、お義姉様！　ちょっとイタズラされたしエイデスが遅刻したけど、大丈夫よ！」

ふふん、と胸を張る彼女の装いは、確かにバッチリ決まっている。

華やかなウェルミィによく似合う意匠のドレスだ。

「とても可愛いわ。それに、〝太古の紫魔晶《ロストヴァイオレット》〟も」

「許可が下りたの！　本当に良かったわ！」

ヒルデントライ様の贈り物である魔宝玉を身につけたウェルミィは、本当に嬉しそうだった。

「お義姉様こそ、今日も完璧に美しいわ！　赤紫のドレスなんて、今までとはまた違った雰囲気で神々しい……！　金糸の縫い取りも精緻で素晴らしいわ！　スカートのフリルも斬新な形ね！」

和解して以降、会うたびに大仰に褒めてくれるウェルミィに慣れてしまったイオーラは、微笑みを浮かべて答えた。

「ええ、特注品だそうよ」

「くぅ……惜しいわ！　これで、これでレオの色でさえなければ……！」

「オレがなんだって？」

賛辞から一転して口惜《くちお》しそうな顔をするウェルミィに、レオが目を開いて言葉を発した。

先ほどまでパレードの最終確認に追われていて、今、奥の椅子にもたれて休んでいたのだ。

「あら王太子殿下、ご機嫌麗しゅう？　動かないからてっきり置物かと思ったわ」

「気づいてただろ絶対」

レオはあくびをして体を起こし、ウェルミィの後ろにいるエイデス様に片手を上げて挨拶をする。

エイデス様が微かな頷きで応える間に、ウェルミィがテレサロに声を掛けた。

「それで、何を騒いでいるの？」

「ウェルミィお姉様ぁ……！　わたしにはやっぱり、パレードなんて無理ですぅ!!」

　自分のことよりも先にイオーラを褒めていたことは気にならないのか、テレサロが遅い問いかけに突っ込むでもなく、祈るように両手を体の前で組む。

「何が無理なのよ。立って笑顔で手を振るだけでしょう」

「そんな簡単なことみたいに言わないで下さいぃ！　そもそも、何でわたしまで一緒に参加することになってるんですかぁ！」

「あら、聞いてないの？　王妃陛下のご提案だそうよ。文句ならそちらに言いなさいな」

「ひぅっ!?　むむ、無理ですぅ！」

「なら、諦めて腹を括りなさい」

　うるうると目を潤ませるテレサロを一刀両断したウェルミィは、控え室を見回して首を傾げる。

「あれ？　ダリステア様やズミアーノ様は？　私が最後だと思ったのに」

「それが、まだ来てないの」

「エイデス、何か知ってる？」

　問いかけるウェルミィに、エイデス様は少し思案するような素振りを見せてから、答えた。

「ズミアーノはニニーナ嬢のところに行っている筈だ。ダリステア嬢はマレフィデントと共に、陛下に謁見しているかもしれん。先ほどまで、陛下は我々と一緒に居た」

　いつも通りの言葉だが、その声に少し、心配そうな色があることにイオーラは気づいた。

　マレフィデント様は、現アバッカム公爵家の当主であり、ダリステア様の兄であり、現魔導省長であり、そしてライオネル王国にエイデス様と二人しか存在しない魔導卿の片割れだ。

イオーラは、心当たりがある様子のエイデス様を見て、理由に思い至る。

アバッカム公爵家はライオネル王国で唯一、前王国王家の血を引いており……彼らの父親は、現王家への叛逆を目論んでいた。

最初は穏便にダリステア様を王妃にしようとしていたが、レオが彼女を選ばなかった為、暗殺を画策したのだ。

従わなかったマレフィデント様のお陰で事なきを得たが、イオーラも『自分がいなければ』と、少々気に病んだこともあった。

その気持ちを話したら、ウェルミィとレオに『そんなことまで自分のせいだと思うな』と、怒られてしまったけれど。

「ま、そのうち来るでしょ。別に悪いことにはならないんじゃないの？」

ウェルミィも、エイデス様の心配を悟ったのか、あっけらかんと言う。

「もし何かあるなら、ダリステア様をパレードに参加させたりしないでしょ」

「そうだな」

杞憂だ、と言われて、エイデス様が苦笑する。

「あれは律儀な男だ。多分、筋を通しに行っただけだろう」

「でしょ？　せっかくのお祭りに、陛下自ら水を差したりしないわよ！」

ニッコリとウェルミィが笑うと、その横でテレサロが小さく呟く。

「わたしは誰かに、このとんでもない企みを止めて欲しかったですぅ……」

「発案者はウェルミィだぞ」

レオがその呟きに答えると、ウェルミィが心外そうな顔をした。

「私はお義姉様と一緒に結婚式がしたいって言っただけよ！　馬鹿騒ぎにしようって悪ノリしたのはエイデスと王室でしょ!?」

「オレは関係ない。悪ノリしたのはあくまでも父上と母上だ」

レオが肩をすくめるので、イオーラは苦笑した。

「それで準備を任されて、仕事に忙殺されていたのよね。お疲れ様」

「イオーラが助けてくれなきゃ本気で倒れてたと思うよ。あの二人『国王になるならこれくらいやれ』って言っときゃ、何でもかんでも押しつけて良いと思ってやがる」

「いい気味ね。お義姉様を私から奪うんだから、もっと苦労しなさい！」

「ウェルミィ……お前な……」

どこか嬉しそうなウェルミィに、本当は怒るべきなのだろうけれど。

自分のことを素直に慕う気持ちからレオに反発している義妹を、あまり怒る気になれなくて、イオーラはこういう時、いつも困っている。

※※※

ダリステアたちが合流して皆が揃い、盛大なファンファーレと共に王城から出ると、大通りの脇を埋め尽くす人々が大歓声を上げた。

三階建ての建物に相当する高さの車を引くのは、頑健な体軀《たいく》を持つ数匹の地竜。

その迫力と白銀で彩られた荘厳な車の上部はホールケーキのように多段になっており、前方に張り出したテラスにソフォイルとテレサロ。

一段上がった二階左右に、オルブラン侯爵家とデルトラーテ侯爵家の子息二組。

もう一段上がった三階部分に、エイデスとウェルミィ。

そして最上段であり、全方位から見える天蓋で覆われた小さなホールの中央に、レオとイオーラ。

天蓋の上には、ライオネルの紋章である金色の獅子が輝いている。

『見て、桃色の髪の聖女様だわ……！』

『ダリステア様、なんてお美しい方だ……！』

『ニニーナ様！　貴女の薬のおかげで、息子の病が治りました！　ありがとうございます！』

『ウェルミィ様、小柄な方なのね。可愛らしいのに凛としておられて、とても気品がおありだわ』

『あれがイオーラ様か……王太子殿下とお似合いだな！』

湧き上がるような喧騒の中に交じる種々の賛辞に、ウェルミィとダリステア以外の三人の女性が内心頬を引き攣らせていたことなど、民衆は知るよしもない。

男性陣も褒められているが、誰一人特に何とも思っていないので割愛。

そして彼らが、かなり遠目なのに皆によく見えているのには、理由があった。

竜車に備え付けられた、【虚影機】という最新型魔導具の宝玉から、魔術によって拡大された各々の姿が空中に投影されているのである。

幻影魔術を応用したエイデスとイオーラの合作であり、その研究成果を事前に伝えられて我先にとライオネル王国に赴いた研究機構所属の魔導士らは、民衆とは別の意味で盛り上がっていた。

王都中央の大広場でイオーラとレオ以外が降りて、小型の竜車に乗り換え、放射状に延びる大通りに散っていく。

王都の中流層まで赴き、祝儀としてご馳走を提供している幾つかの教会で喜捨《きしゃ》を行うのである。

彼らがそれぞれに姿を見せて戻ってくるまでの間、レオとイオーラは銀貨を広場に撒く兵らの姿を見ながら手を振り続ける。

そんな中、にこやかな笑みを一切崩さないまま、レオは軽くイオーラの耳元に口を寄せた。

「疲れているかい？」

内容は聞こえないだろうが、その仕草を見て民衆から甲高い悲鳴が上がる。

イオーラは表情こそ変えなかったが、耳を赤くしながら頭を横に振った。

「いいえ。皆、わたくしたちを祝福してくれているのですもの。楽しいわ。こんな風に祝って貰えるだなんて、昔のことを思ったら夢のようよ」


――変わらないな。

レオは目を細めた。

イオーラは美しくなったが、決して驕らない。

ずっと昔、知り合った頃の彼女のままだ。

それが嬉しくもあり……つい先頃まで、苦しくもあった。

レオがイオーラと知り合ったのは入学して間も無くのことだったが、今と昔では、彼女を取り巻く状況が大きく変わった。

本来の美しい容姿を取り戻し、周りから正当な評価を受けるイオーラは、歴史を変えるほどの叡智を人々に齎《もたら》し、魔導士らの間では、まるで生ける女神のように崇められている。

……レオの手など、本来なら届かないような、遥か高嶺《たかね》に座す存在であるかのように。

この、何物にも代え難いような愛しい女性に、自分は本当に釣り合っているのだろうか。

いつしかレオは、そんな風に考えるようになっていた。

勿論、イオーラを幸せにする努力は最大限にするつもりだったが、結婚という形で、自分の腕の中に……やがては王妃という窮屈な立場に閉じ込めても良いのだろうか、と。

焦がれているからこそ、そういう疑念が拭えなかった。

今でも、その紫の瞳に見つめられるだけで、息が詰まりそうになる。

その微笑みを向けられるだけで、舞い上がりそうになる。

――君が好きなんだ。

――君は素敵な人だ。


そう伝えるだけで、嬉しそうにはにかむイオーラが、どこまでも愛しくて、苦しかった。

どれだけ努力しても追いつけないだろう愛しい人の横に立つことが、嬉しくも苦しかった。

これから先も、イオーラは偉業を成し続けるだろう。

そうと意識もしないままに、もしかしたら、あのエイデスすらも超えていくかもしれない。

レオには、王太子という立場以外に何もない。

個人として優れた所など、何もないような気がしていた。

彼女だけではなく、例えば共にこの披露宴に参加している男たちと比べても。


――俺は。


イオーラという光を見つめる自分は、いつしか弱さによって焼け焦げてしまうのではないかと。

そんな気持ちを、吐露できたのは……共にライオネル王国を発展させる為に切磋琢磨し、今回久々に帰郷してきた弟だけだった。

たまたま最初にイオーラに手を差し伸べただけの自分で、良いのか。

イオーラには、もっと良い選択があるんじゃないのか。

そんなレオに対して、深夜に会った彼は呆れたようにこう言ったのだ。

『兄上はリロウド嬢にも、イオーラ様を頼まれたんだろう？　もう少し自信を持ったら？』

『どういう意味だ？』

その言葉の真意が分からず問い返すと、タイグリムはこともなげに肩をすくめる。

『リロウド嬢とイオーラ様の関係は本当に尊い……いつまでも眺めていられるくらい、強い絆で結ばれた二人だ。その二人に認められたんだよ、兄上は』

と、タイグリムがピッと指を立てる。

『本当に、その意味が分からないのかい？』

『それは……だがウェルミィが認めたのは、イオーラが望んだからだろう？』

ウェルミィは、イオーラの行動を決して否定しない。

どれほど自分が嫌だろうと、最終的には諦めて認めるのだ。

『やっぱり分かってないね』

やれやれ、とタイグリムが頭を横に振る。

『そう、最初に彼女が望んだんだよ？　兄上がいい、ってね』

『俺が今言ったことじゃないか』

『全然ニュアンスが違うよ。イオーラ様が兄上を見込んだんだ。何で理解してないのさ？』

はぁー、と大きく息を吐いた後、弟の口にした言葉は衝撃だった。

『彼女がもっと幸せに生きられる道だって？　そんなもの、ある訳ないじゃないか』

『……？』

『イオーラ様を一番幸せに出来る誰か、なんて、兄上以外に存在しないんだよ。だって彼女自身が、兄上の側に居ることが一番幸せだって、その道を選んだんだから』

一瞬、何も考えられなくなった。

『俺、の、側が……？』

『何で気づかないのかなぁ。イオーラ様がリロウド嬢に向けるのとは違う意味で甘い顔を、彼女は兄上に対して向けてるじゃないか。だからリロウド嬢が嫉妬してるんだろう？』

その考え方は、まるで盲点だった。

取られるのが嫌で、嫌味を言っているのだとばかり思っていた。

『自分が信じられないなら、その敵わないと思っているイオーラ様の目を信じなよ。兄上はいい男さ。オルミラージュ侯爵にも劣らないくらいにね』

と、タイグリムは笑みを浮かべて目を細める。

『兄上と、明後日には義姉上になるイオーラ様の関係は、彼女とリロウド嬢の関係に劣らないくらい、尊いよ。だから、よく見てみなよ』

そう、言われて。


——本当だな。

レオは現実に意識を戻して、イオーラの表情を見る。

少し熱を帯びた紫の瞳が、その耳の色が、近くに寄り添って手を握ってくれるその仕草が……レオのことを好きだと、自惚《うぬぼ》れではなく、全身で伝えてくれている。

幸せだと、その微笑みで魅せてくれている。

「……なぁ、イオーラ」

「なぁに、レオ」

蕩けるような、イオーラの受け答えの声音の甘さを信じていれば、それでいいのだ。


──簡単なことだったんだな。


言われるまで気づかない自分は、やっぱり愚鈍だなと思うけど。

自分を愛おしいと思ってくれる彼女に、レオは素直な気持ちを伝える。

「出会った時からずっと、俺は君に夢中だよ」

するとイオーラが、今度こそ首筋まで真っ赤になり。

それを目撃した民衆の歓声が、爆発した。

※※※

「あらあら、お熱いこと」

王宮の庭園で、馬車に取り付けられた【虚影機】から送られた映像を描き出す大掛かりな装置を前に、コロコロと笑っているのは、ホリーロ公爵夫人ヤハンナだった。

映っているのは真っ赤になったイオーラと、とろけるようなレオの笑顔である。

「……」

その映像を、男が目を細めて眩しい気持ちで見つめていると、ヤハンナ様がその横にいる女性に話しかけるのが聞こえた。

「若いって素晴らしいですわね、ドレスタ夫人」

「ええ、誠に。こちらまで胸が躍るような心地がいたします」

柔和な笑顔で応えたのは、コールウェラ・ドレスタ夫人らしい。

現王妃の教育係であり、イオーラとウェルミィの家庭教師《ガヴァネス》でもあったという彼女は柔らかい雰囲気を持ちながら、その実、一分の隙もない佇まいで背筋を伸ばしている。

「ドレスタ夫人から見て、イオーラ様とウェルミィ様はどのような方ですの？」

質問を投げかけるヤハンナ様に、コールウェラ夫人が笑みのまま小さく首を傾げた。

「そうですわね……どちらも、昔から大変ご聡明であらせられましたわ」

「聞き分けの良い子どもであった、と？」

「いえ、物覚えの良い、あるいは勘の良い子どもであった、という話ですわ」

――お転婆だった、って言えよ。


ご婦人同士の会話は、とかく回りくどいといつも思う。

話を聞きながら男が苦笑を押し殺していると、その間にも二人の会話は進んでいく。

「ウェルミィ様は……そう、常に何かを探るような目をしておられる方でしたわ。最初は、エルネスト伯爵家の娘は、彼女だけだと思っていたのですよ」

「隠されていた、ということですの？　イオーラ様がエルネスト伯爵家で不遇だったというのは、今では有名な話ですものね」

「ええ。そのイオーラ様に、わたくしを出会わせてくださったのは、ウェルミィ様でしたの」

「あら、御当主様に内緒でご勝手に？」

「いえいえ、正規の方法で交代致しましたわ。ウェルミィ様は優秀な教え子と思っていたのですけれど、熱を入れすぎてしまったらしく……わたくしの指導に音を上げて、より優秀な教え子をご紹介いただいたのです」

わざとらしく、嘆くように額に手を当てたコールウェラ夫人は、すぐにうふふ、と扇を広げる。

きっとそれは冗談なのだろう、同様に悟ったらしいヤハンナ様も笑みを深めた。

「なるほど。どうでしたの？　本当に、ウェルミィ様より優秀な教え子でございまして？」

「そうですわね……イオーラ様は優秀で教えがいのある方ではありましたけれど、手応えという意味では、ウェルミィ様の方がございましたわね。彼女は、演者ですもの」

「あら、それは不思議な評価ですわね」


——確かに。


普通は、物覚えがいい方が優秀と評されるだろう。

我が身も、兄と引き比べて優劣をつけられる時は鬱屈したものだと、思わず遠い目になる。

「イオーラ様は一度教えれば、全てを完璧にこなされてしまわれる方でございました。礼儀礼節に限らず、知識や勉学においても同様でございます。ウェルミィ様はそうではありませんでしたけれど……それは決して、劣っているという意味ではございません」

「でも、物覚えがよろしい方のほうが、教師としては楽なのではなくて？」

「物覚えは、ウェルミィ様もよろしゅうございましたわ。比べる相手がイオーラ様でなければ、教え子の中でも一二を争うほどには」


——おいマジかよ。

自分の知る限り、ウェルミィは優秀ではあったが、決して飛び抜けてはいなかった。

その後のイオーラの功績を考えれば、むしろ相手にもならない程度だった筈だ。

なのに……今コールウェラ夫人は、現王妃にすら劣らないと評したのだ。


――いやでも、そうか。だから演者、か。


ウェルミィは、あの時の様子を考えれば、『愚者を演じていた』のだ。

コールウェラ夫人は、聞き耳を立てるこちらの内心など知らず、笑みを深くする。

「元が平民の出であるとは思えないほどに、ウェルミィ様は立派な淑女になられました。その上で彼女は、相手に合わせて演じ分けることが出来るのです。時に高慢に、時に貞淑に、その場で己が望むままに。……それは、稀有な才覚ですわ」

「ドレスタ夫人は、ウェルミィ様も高く買っていらっしゃるのね」

「ええ。御二方とも、わたくしの大切な教え子ですもの」

そこで、入口の方で仲間に手振りをされて、男はそっとその場を離れる。

とんでもねぇな、と二人の会話を思い返して苦笑した。

最初から自分が敵うような相手ではなかったのだ、と、改めて理解する。

「何笑ってんだ？」

「いや。ちょっと面白い話を聞いてな」

仲間が不思議そうな顔をするのに、男ははぐらかすようにそう答える。

そして庭園を出ると、打ち合わせをしながら歩いた。

竜舎へ向かう途中に、どうやら花を育てているらしい辺りに出る。

そこで、四人の男女が立ち話をしているのを目撃した。

「ほんっと信じらんない！　今の今まで休憩なしよ!?　日も上がる前から起きてるのに！」

「ね〜。もうクタクタだよぉ〜」

服装から、愚痴を言っているのはどうやら侍女のようだ。

何気なく長身な方の顔を見ると、爪を立てたような傷痕が頰に走っていて、少し驚いた。

もう一人は、愚痴に同調しながらもニコニコとしており、頭がハチミツ色をしている。

そんな彼女たちの言葉に、騎士のような男性が頭を掻きつつ、横の土で汚れた服装の庭師を見た。

「まぁ、今日みたいな日は忙しいしな……ご苦労さん」

「ウェルミィ様たちの方が大変だろ。君らが休んでないってことは、あの人たちはもっと休んでない」

「それはそうだけど！」

どうやら、彼らもウェルミィたちの知り合いらしい。

「何だ、あれ？」

「さーな。だがまぁ、祭りだしな……連中の手元見ろよ」

仲間の不思議そうな呟きに、男は歩きながらニヤリと笑い、親指で気になった所を示す。

男連中は後ろ手になっており、そこに花束が握られていた。

「これから、夜の祭りに誘いでもかけるんじゃねぇか？」

「つか〜、羨ましいねぇ！」

独り身の仲間がケッと吐き捨てて、目を逸らした。

「お前も帰ったら美人が待ってるし、あーあヤダヤダ！」

「誰のことだよ？」

本気でそう思ったから聞いたのだが、仲間は半眼になった。

「お前、後で殺すからな」

「いや何でだよ!?」

「ウルセェ。帰ったらチクってやる。ボコボコにされろ！」

何だか理不尽なことを言われた気がするが、それ以上追及する前に、竜舎についた。

他の仲間は先に揃っていて、挨拶を交わすと本題に入る。

「さーて、竜騎隊一世一代の一発勝負の時間だ！　全員しくじるんじゃねーぞ！」

『おう！』

応えてから、素早く全員で鎧を身につけると、竜舎から引き出した愛竜の背に乗り込む。

「アーバイン、テメェが号令しろ！」

仲間の声に……アーバインはガシャン！　と兜の風防を下ろすと、声を張り上げる。

「ショータイムだッ！　王都中に、俺らのヤバさを見せつけに行くぞォ！」

※※※

やがて中央の大広場にある地竜車に、通りに出ていた主役らが全員戻ってくる。

「テレサロ、大丈夫か……？」

「か、顔の筋肉が引き攣りそうですぅ……！」

巨大竜車に戻る際にソフォイル卿が彼女に問いかけ、震える声で答えているのが聞こえた。

「お手を。ダリステア様」

「ええ」

逆に落ち着いた様子のダリステア様が乗り移る際に、ツルギス様が手を差し出すのが見える。

「ちょ、そろそろ下ろしなさいよ……!?」

「ダメだよー、ニニーナは虚弱なんだからー」

ステップを上がるズミアーノ様は上機嫌でニニーナ様を横抱きにしており、女性たちの黄色い歓声を浴びている。

「エイデス、貴方はアレやらないでね」

「何故だ？」

ウェルミィは、下の甲板に移動したお義姉様が赤い顔をしているので、レオが何かしたわね、と目を細めつつ、エイデスを牽制した。

「恥ずかしいからに決まってるじゃない……！」

「最初の夜会でもやったがな？」

「状況が全然違うわよ！」

表面上はあくまでも穏やかな微笑みを崩さないように注意しながら、手を取ってエスコートしてくれるエイデスに噛み付く。

「残念だな」

そんなウェルミィを内心面白がっているのだろう、瞳の奥に楽しそうな色が浮かんでいた。

冷酷非情とか呼ばれてるくせに、こういう所はまるで悪ガキみたいなのだ。

そうして、全員が竜車最下層のテラスに集まると、エイデスがふと空を見上げた。

「どうしたの？」

「いや。そろそろ始まるのでな」

何が？　と問いかける前に。


――空気を揺るがす竜の咆哮が、突如辺りに響き渡った。


竜車を引く地竜のもの、だけではない。

空中からも聴こえて、民衆が驚いて静まり返る。

「!?」

「大丈夫だ」

と、ふわりとエイデスの正装である片マントの掛かった腕で包み込まれ、耳元で囁かれる。

「今日のパレードのメイン、サプライズの時間だ」

そうして、すぐに視界が開けると……王城の方角から光の軌跡を引く何かが、綺麗な三角形の編隊を組みながら飛来するのが目に映る。

一斉にファンファーレが響き渡り、軽快な音楽が鳴り始める段に至って、竜の咆哮が『ショーの合図』だと気づいた民衆が一気に盛り上がる。

「飛竜……!?」

編隊の先頭にいる白い飛竜が旋回を始めると、隊列を崩して飛竜が各々に舞い始めた。

翼の先から放たれる光の軌跡が空中に残って、さらに枝葉を伸ばしていくのを見るに、あの光はおそらく魔術によるものなのだろう。

そうして、徐々に描き出されていったのは……。

「ライオネル王家の紋章……」

「ご名答だ」

金色の獅子を模した紋章が、音楽に合わせて色鮮やかに青い空に輝くと、周りの飛竜たちが旋回して紋章を囲い、全く同じタイミングで中央に向けて渦を描くように切り込んでいく。

そして、紋章の中央で五騎が一斉にすれ違うと、紋章が揺らいで光の波が広がり、ドミノ倒しのように塗り替えられていく。

次に現れたのは、聖教会の聖印だった。

「わぁ……！」

テレサロが明るい声を上げる。

おそらく女性陣は全員知らなかったのだろう、皆目を丸くして空を見上げていた。

続いて、今度は二騎の飛竜が二つの円を描くように動き、また紋章が切り替わる。

今度は、オルブラン侯爵家の紋章と、カルクフェルト伯爵家の紋章。

「凄い……！　なんて繊細な連携魔術……！」

「流石だなー。王都の飛竜隊、練度で負けてそうだねー」

ニニーナ様とズミアーノ様が、ショーの内容よりも技術に感心していた。

次の二騎が紋章の間をすれ違うように横切ると、今度はアバッカム公爵家とデルトラーテ侯爵家の紋章に変化する。

「如何ですか？　ダリステア様」

「ええ……信じられないくらい綺麗だわ……」

ダリステア様は、最初の咆哮の時にツルギス様にしがみついたまま、空を見上げている。

そして、音楽が盛り上がりに向けて加速していく中、白い飛竜が二つの紋章を割くように飛ぶと
……さらに小さい円に分かれて、四つの紋章が姿を見せた。

エルネスト伯爵家と、リロウド伯爵家。

そしてロンダリィズ伯爵家と、アバランテ辺境伯家。

「一騎で、四つの……!?」

「ッ……アイツ、いつの間にあんな……」

お義姉様が口元に手を当て、レオが何故か悔しそうな顔をする。

そして、音楽の最高潮に合わせて再び五騎が渦を描くと、一つに纏まって巨大なオルミラージュ侯爵家の紋章に切り替わり、続いて浮き上がるようにリロウド公爵家の紋章。

曲の終わりと同時に再びライオネル王家の紋章に切り替わり、解《ほど》けるように宙に溶けた。

爆発する歓声の中、五騎の飛竜が礼を述べるように編隊を組んで旋回し、王城へと戻っていく。

「凄かったわ……いつの間に準備したの？」

「我々は何もしていない。あれは、レオが無理やりねじ込んだものだ」

「無理やり？」

どういう意味かと、ウェルミィが問いかける前に。

「王城に戻れば分かる。きっと、さらに驚くだろう」

エイデスはそれ以上語るつもりはないようで、その小憎らしい表情にウェルミィは口を曲げた。

※※※

パレードを終えて王城に戻り、竜車を降りたウェルミィたちを、整列した兵士と使用人たちが左右に整列して出迎える。

侍女、侍従は一糸乱れぬ姿勢で頭を下げており、兵士たちは胸の前で儀礼剣を構えていた。

魔導士隊のヒルデや、城の入口前にはネテ軍団長の姿もある。

おそらく、跪いている者の中には城で雇われている庭師、ウーヲンの姿もあるだろう。

エントランスに入ると、今度は城内で働く者たちの列が連なっており、大広間へ向かう道の途中には王都に住まう下級貴族が待っていて、徐々に貴族位が上がって行く。

最後に大広間に入ると、上位貴族に出迎えられ、玉座にて待つ国王陛下の右に宰相閣下、左には辺境伯の姿があった。

辺境伯の後ろには、全身鎧を身につけて膝をついた竜騎士らしき者たちの姿。

御前に出ると、中央にレオ、左右にエイデスとソフォイル卿、さらに横にツルギス様とズミアーノ様が並び、ウェルミィたちは列が被らないよう、伴侶となる者たちの側に侍って首《こうべ》を垂れ、礼を取る。

その後、廊下で並んでいた者たちが入場を終えると、背後で扉が閉まる音がした。

「面《おもて》をあげよ！」

号令係の宣言に全員が顔を上げると、陛下から直接お言葉を賜る。

「王太子、並びにライオネル王国に名を連ねる者らを祝う場に集いし民に、感謝と喜びを示す」

「レオニール・ライオネル王太子殿下、並びにイオーラ・ロンダリィズ伯爵令嬢、前へ！」

号令に応え、レオがお義姉様と共に陛下の横に並ぶ王族の列に移動する。

「これより、祝儀並びに、称号の授与を行う！　エイデス・オルミラージュ侯爵、前へ！」

「は」

エイデスが静かに前に出ると、陛下のお言葉を賜る。

「オルミラージュ卿。これまでの功績を以て、新たな領地を下賜する」

「謹んでお受け致します」

エイデスが下がると、再び号令係が声を上げた。

「〝光の騎士〟ソフォイル・エンダーレン騎士爵、前へ！」

「は！」

ソフォイル卿が陛下の眼前に進み出て膝をつくと、続いて号令は辺境伯の竜騎隊に向けられた。

「南部辺境伯騎士団、竜騎隊士、アーバイン・シュナイガー、前へ！」


――――っ!?


ウェルミィは思わず、伏せていた目をエイデスに向けかけた。

彼らはおそらく、先ほどのショーを行った者たちだろうと想像はしていたが……出てきた名前は、ほとんど忘れかけていた相手のものだったからだ。

そして、再び陛下が口を開く。

「エンダーレン卿。聖女との婚礼を以て、〝殲騎〟の称号と年俸を下賜する。同時に、王都騎士団遊軍第三部隊長へ叙す。シュナイガー竜騎隊士。例なき白竜騎の成功と類稀なる魔術の腕を以て、一代騎士爵位、並びに〝騎竜〟の称号と年俸を下賜する」

「「謹んでお受け致します！　ライオネル王国に栄光あれ！」」

ソフォイル卿と、懐かしさすら感じるアーバインの声が揃い、陛下が頷く気配がした。

「また、他の竜騎隊には見事な興行の褒賞として、財貨を下賜する」

それを機に二人が下がり、さらに号令係の声。

「ツルギス・デルトラーテ侯爵令息、並びに、ズミアーノ・オルブラン侯爵令息、前へ！」

「「は！」」

ツルギス様は生真面目に、ズミアーノ様はこんな時まで笑みを含む声音で、揃って前に出た。

「デルトラーテ、近衛隊王太子付き部隊長へ叙す。オルブラン、外務卿付き補佐官へ叙す」

それぞれに役職が与えられ、儀礼的なやり取りが行われ、最後に。

「次期夫人には、それぞれに王妃より装飾品の下賜を。並びに後日、茶会への招待を贈る」

陛下の言葉に、テレサロの体が強張る気配がした。

王妃の茶会に招かれるということは、派閥の中でも上位として認める、という意味である。

イオーラとウェルミィ、それにダリステア様は何度も非公式に招かれてはいるけれど、王妃陛下がそれに加えてニニーナ様とテレサロを厚遇する表明をなさった、ということだ。

同様の爵位であれば、他に招かれた者が居なければ序列が最も上になり、そもそも〝桃色の髪と銀の瞳の乙女〟であるテレサロは、教会の後ろ盾と合わせて王妃陛下に並ぶ序列を得ることになる。

もっとも、彼女はそのようなことを考えて怯えたのではなく、『王妃陛下とのお茶会』という、彼女にとって緊張感に溢れるお招きに思考停止したのだろうけれど。

「一刻後より、晩餐、並びに舞踏会を行う！　国王陛下、並びに、妃陛下、御退出！」

祭典は終了した。

陛下、妃陛下の退出を機に、レオとお義姉様、王族、と上位から順に退出して行く。

侯爵家筆頭として退出する際に、表情を作りながらもニヤニヤとした気配を抑え切れていないエイデスを、ウェルミィはずっと横目に睨みつけていた。

※※※

そうして、レオとお義姉様がウェルミィとエイデスの控え室に現れた後。

「ライオネル王国の次代を担う小太陽、レオニール王太子殿下、並びに、青く慈しみ深き小満月、イオーラ女伯にご挨拶申し上げます。また、王国の叡智の光を守り来り、今また聡明を以て諸国円満の絆となられますオルミラージュ外務卿、そして麗しき朱華、リロウド伯爵令嬢にお目通り願えましたこと、矮小なる身に余る光栄にございます！」

辺境伯に誘《いざな》われて入室し、眼前に膝をついたアーバインに、ウェルミィは思わず半眼になった。

「……高度な嫌味かしら？」

「ウェルミィ」

「だって、アーバインよ？　それ」

苦笑して窘《たしな》めるお義姉様に、ウェルミィは腕組みして頬をトントンと指先で叩いた。

レオと辺境伯がそのやり取りに笑いを堪えて肩を震わせ、エイデスが一人がけのソファで足を組んだまま頬杖をついて眺めている。

「ガハハハ！　えらい言われようじゃのう！」

堪え切れなくなったように辺境伯が笑い出すが、アーバインは許可がないからか、膝をついて首を垂れたまま答える。

「まぁ、やったことがやったことですからね……」

「ふぅん」

かつてのアーバインなら、ここでプライドが邪魔をして不敬と言われる態度をとってもおかしくなかったのだけれど、声音にも態度にもそれが見えない。

「まぁ、少しはマシになったみたいね。立って良いわよ」

元々、イジメみたいな真似は嫌いである。

この場には事情を知っている人々しかいないので、ウェルミィは許したが。

「は！」

アーバインは生真面目に答えて、立ち上がると今度は後ろ手を組んだ姿勢で直立した。

改めて見ると、顔つきがかなり精悍になって日焼けしており、細身だった体が筋肉質になって二回りほど記憶より大きく見えた。

顔には、うっすらと幾つかの小さな傷痕が見える。

オシャレにばかり興味があり、見栄っ張りだったかつての彼からは考えられない変化だった。

「で、何しに来たの？　ああ、敬語はいらないわ。あなたに使われても気持ち悪いし」

「……」

アーバインは少し目線を上げて何事か考えた後、後ろにいる辺境伯に目を向ける。

彼が頷くと、許可を得てからようやく表情を崩し、苦笑した。

「じゃ、お言葉に甘えて。どうだった？　俺のサプライズは」

「残念なことに、見事だったわね。どういう心境の変化かしら」

「自分でも、昔はダサかったからな……せっかく許して貰ったから、努力したんだよ」

彼の今の姿を見るに、それは嘘ではないだろう。

推測することしか出来ないけれど、ここまでの変化をして、あんな風に飛竜と魔術を操るには『血の滲むような』という枕詞がついてもおかしくない努力だった筈だ。

「面会も、本当はするつもりがなかったんだが……鍛えてくれた人が、会えって言うから」

「誰？」

ウェルミィが首を傾げると、辺境伯がドアの脇に控えた兵士に頷きかける。

すると、そこから姿を見せたのは……。

「ゴルドレイ!?」

「お久しぶりでございます、イオーラ様。そして、ウェルミィ様」

かつてエルネスト伯爵家の家令であり、陰から支えてくれた老人が、まるで変わらない姿で柔和な笑みを浮かべてそこに立っていた。

「如何でしたかな、シュナイガー様は。少し厳しく接してみましたが」

その言葉に、『少し……？』とアーバインが頬を引き攣らせ、同時にウェルミィも昔のゴルドレイの指導を思い出して、じわりと背中に汗を滲ませる。

「なるほど……なんだか、凄く納得したわ」

ゴルドレイに鍛えられたのなら、この変わりようにも合点がいった。

「改めて、結婚おめでとう、ウェルミィ。それに……あー、王太子妃殿下」

「ええ」

お義姉様は嫌味を言う気はカケラもないようで、少しバツが悪そうに言い淀んでから声をかけたアーバインに対して、穏やかな笑顔で頷いている。


――もう、甘いわね！


一番被害を受けたのはお義姉様なのだから、もっと詰ってやってもいいというのに。

「まぁ、ありがとう、って言っておくわ。挨拶は終わり？」

「ああ」

「じゃ、下がっていいわよ。ああ、それと」

ウェルミィは、ようやくアーバインの目を真っ直ぐに見て、一言だけ告げてやった。

「少しはいい男になったわね。……もう、二度と馬鹿な真似するんじゃないわよ」

すると、そこで初めてアーバインは昔のような顔を見せて、ニヤリと言い返してきた。

「お互いにな、オルミラージュ侯爵夫人様。お達者で」

※※※

「驚いただろう？」

晩餐の後、入浴を終えて二人きりになった控え室で、エイデスがそう問いかけてくる。

「確かに驚いたわ。誰？　この件を私たちに黙っておくように言ったのは」

ウェルミィが少し不機嫌な口調で告げると、エイデスはレモン水を口に含みながら肩を竦める。

「私が聞いたのは、レオからだが。おそらく提案したのはゴルドレイか辺境伯だろう。先入観なしにショーを見て欲しかったのだろうな」

「ふぅん。まぁ、貴方の悪戯じゃないならそれでいいわ」

「不機嫌だな」

「そう？」

自分ではそんなつもりはなかったけれど、疲れている自覚はあった。

だからかもしれない。

いつもなら流す軽口に、少しカチンときたのは。

「良い男になっていたな。手放すには惜しい人材だったかもしれん。そう思わないか？」

「そうね……どうでもいい、が一番近い気持ちかもしれないわね」

ウェルミィが答えると、いつもと違うのを感じ取ったのか、エイデスがグラスを置いた。

「その真意は？」

「良い男になった、とは思うわよ。……でもね、私は一度あの人を見限って、利用したの」

ウェルミィは冷酷に見えるだろう笑みを浮かべて、夜着の胸元に手を当てる。

「使い捨てた道具が価値のある物だったら惜しくなる……なんて、おこがましいと思わない？」


しん、と空気が冷えた気配がした。

エイデスが小さく息を吐いて立ち上がり、ウェルミィに歩み寄って来た。

「だから、無関心か」

「ええ。間違った人が更生するのは、素晴らしいことだわ。勿論間違わないのが一番良いけれど、人は間違うもので、私も、お義姉様も……そしてエイデス、貴方も間違ったからこそ、今がある」

ウェルミィは、横に立つエイデスを見上げる。

自分のしてきたことを肯定するつもりなんて、サラサラない。

向こうが先に仕掛けて来たことだ、と、言うのは簡単だけれど。

「私は踏み躙った側よ。アーバインの人生を。そして、サバリンやお母様、他にもそうね、最近ならローレラルもそうかしらね」

ウェルミィは自分の意志で、お義姉様を、そしてヘーゼルやミザリなど好ましい人々を救うために彼らを断罪したのである。

全て、お義姉様の幸せの為だったとしても、それしか方法がなかったとしても。

エルネスト伯爵家で、自分たちが代行委任の届出もなく、そもそも代行不可能な立場で領主業務を行っていたことだって、本来は裁かれるべきことだった。

許されたけれど、ウェルミィとお義姉様は、貴族の権利に関して様々な罪を犯している。

お義姉様が見逃されたのは、お義姉様自身の才覚と、その境遇が当主命令であったから。

ウェルミィが許されたのは、エイデスが望み、司法取引をしたから。

ただ、それだけだ。

エイデスがウェルミィたちを助けてくれたのも……過去の自分の過ちを、後悔していたから。

「人が間違うものだとしても、アーバインの間違いは、私にとって好ましいものではなかったわ」

ただ愚かなだけではなく、身勝手な理由で、他でもないお義姉様を蔑ろにしたのだから。

傷つけられたのが他の誰かだったなら、あるいはウェルミィ自身であったなら、彼の更生を受け入れて懇意にすることもあったかもしれないけれど。

お義姉様が許したとしても、ウェルミィ自身がアーバインに関心を向ける未来は、こない。

それが彼を利用したことへのけじめであり、先ほどの対応が、過去にお互いが犯した罪に対する回答だった。

「私はね、エイデス。自分の意志で『今』を選んだのよ。お義姉様の為に、貴方の腕に抱かれることを。その選択がたとえ間違っていたとしても、後悔なんてしないわ」

ウェルミィは静かに目を細める。


「――――惜しいか、なんて問いかけは、悪女になることを選んだ私への侮辱よ」


「……すまない」

「過去のことでも、たとえ軽口でも、私のことを疑わないで」

「ああ。すまなかった、ウェルミィ」

そのまま抱き締められるが、ウェルミィは、プイッとそっぽを向く。

「……素直に謝ったから、頬を張るのは勘弁してあげるわ」

「その優しさに感謝しよう。あれは、それなりに痛かったからな」

「貴方が私を本気で怒らせたのは、これで二回目だわ」

「今のは、わざとではない」

ウェルミィの本気が伝わっているのだろう、いつもの子どもをあやすような仕草ではなく、優しく髪を撫でられる。


――――私も、甘いわね。

エイデスが反省しているのが分かったので、許すことにした。

上目遣いに見上げて、頬を両手で挟む。

そして、蕩けるような、誘うような笑みを浮かべてみせる。

「分かれば良いのよ。次はないわよ」

「肝に銘じよう。……全く、お前は毒のような女だ。甘く、芳しく、そして鮮烈に人を堕とす」

腕に抱き上げられて、ウェルミィはベッドに運ばれた。

この状況も、昔は真っ赤になっていたけれど、今では慣れたもの。

エイデスの腕に抱かれていると、安心するくらいに。

「私が毒ですって？　貴方の方がよっぽどだわ」

風呂上がりのエイデスの首筋に鼻先を寄せて、彼の香りを吸い込む。

「ほう、何故だ？」

ベッドに下ろされて上掛けを被る。

疲れているからか、すぐに瞼が重くなるのを感じながら、ウェルミィは囁くように、エイデスの問いかけに答えた。

「だって私、もう、貴方に骨の髄まで蕩かされているもの。今さら命令されなくても、何でも言うこと聞いちゃうくらいに……」

すると、今度は胸元に包まれて、エイデスの香りが強くなる。

頭がクラクラするくらいに、大好きなそれに酔いながら、ウェルミィは目を閉じた。

4.私の可愛いウェルミィ

「花嫁、入場!」

八大婚姻祝儀祭で最も重要である式そのものは、小ぢんまりとしたものだった。

お披露目はあるけれど、婚姻は身内のみで執り行うことを、皆が望んだからだ。

花嫁は、全員ヴェールを被っていた。

最初は、テレサロ。

彼女の父は成り上がり男爵だが、元々商人であり武人でもある。

大柄な体格に合わせた礼服は着慣れない様子でも、緊張した様子はなかった。

美しく着飾った娘と腕を組みながら、男爵は落ち着いた様子でバージンロードを進んで行く。

そんな彼とテレサロを、どこか感慨深げに眺めているのは……ナーヴェラ・リロウド前・公爵。

ウェルミィの祖父であり、テレサロの父がかつて誘拐犯から救った人物である。

テレサロの父が叙勲され、聖女テレサロが誕生するきっかけとなった彼は、おそらく関わりのなかったウェルミィよりも彼女の方が、心情としては孫に近い存在なのだろう。

そのきっかけで様々な苦労があったけれど、結果的にウェルミィは祖父を失わずに済み、それを遠因としてズミアーノ様が救われたのである。

左右に並んだ席に座る人々の中を、テレサロたちが奏でられる演奏に合わせて中程まで進むと、神前に横並びの花婿の中から、ソフォイル卿が足を踏み出して前に立つ。

鎧こそ身につけていないものの、彼は腰に聖剣を佩《は》いて、聖教会式の白い礼服を身につけていた。

テレサロの可愛らしい容姿に似合う、白地に薄桃色のレースを縫いつけたウェディングドレス姿を眺めて、ソフォイル卿が手を差し出した。

幼い頃から彼の顔も気質も知っている男爵は、娘を預ける男に対して力強い笑みを見せた。

一番緊張していそうなテレサロは、ソフォイル卿の手を握り、定められた位置に赴く。

二人目は、ニニーナ様。

学者のような容姿をした彼女の父、カルクフェルト伯爵の方が、男爵であるテレサロの父よりも緊張した様子だった。

ニニーナ様が、ズミアーノ様の件で研究に没頭するのを咎めず、支援した心優しい男性である。

社交界に出なくなったニニーナ様が立場を失わないよう、彼女の研究成果を積極的に公表し続け、また必要な者の元に届くよう尽力していたのは、紛れもなく彼の功績だった。

ウェルミィ自身も、呪いの魔導具を解呪する際に体調を崩した時、彼女の薬のお世話になった。

動機は娘のためであったとしても、カルクフェルト伯爵を尊敬し、感謝している者は多い。

ニニーナ様の身を包むのは、彼女自身の気質を表すような、高級な布地を使いながらも飾り気のない、ハイネックのウェディングドレス。

二人もつつがなく進み、その先に立つのはズミアーノ様。

外す訳にはいかない禍々しい腕輪が不似合いだけれど、隣国帝室の血を引く彼の身につける帝国式の礼服は、小憎らしいほどよく似合っている。

結婚式自体は退屈で面倒臭い、と口憚《くちはばか》ることなく口にしていたが、ニニーナ様を見つめる目は見たこともない位に優しげだった。

三人目は、ウェルミィ自身である。

望み通り、お義姉様とお揃いのウェディングドレスを身につけ、お父様の手を取る。

父、クラーテス・リロウド伯爵は、いつも通りふんわりと優しい笑みを浮かべていた。

解呪の師であり、母に裏切られたのに、誰よりも幼い自分の決意を支え続けてくれた人。

――――ありがとう、お父様。

心の中で感謝を伝えながら、そっと手を取って歩き出す。

温かくて柔らかい、大きな手のひらに支えられながら、赤い絨毯を一歩一歩踏みしめていった。

義父となるイングレイ・オルミラージュ前・侯爵が、最前列で楽しそうにしているのを視界の端に捉えながら、ウェルミィは伏せていた視線を前に向ける。

その先に立っているのは、エイデス。

多大な功績を残した者が着用出来る魔導士の上位礼服を纏い、家紋を刻んだ杖を手にしている。

ステンドグラスから注ぐ陽光に煌めく銀の髪と、知性を湛えた、青みがかった紫の瞳。

ウェルミィが初めて、異性として惹かれた人。

そして自分の策略を覆し、死の覚悟から掬い上げてくれた人。

お義姉様を大切に想うウェルミィを認めて、共に支えてくれる……今となっては、誰よりも信頼出来る人。

「娘をよろしく、弟君」

眼前に立ち、ウェルミィとエイデスにだけ聞こえる小さな声で、お父様が黒い手袋をした彼の左手を見ながら、そう口にする。

エイデスは小さく瞳を揺らしてから、ウェルミィの手を取り、同様に小さく応じた。

「貰い受ける。……兄よ」

そのやり取りを聞いて、ウェルミィも少し泣きそうになった。

大切に思っていた義母と義姉を失い、自身も火傷を負ったエイデス。

彼が、魔導具や魔術によって不幸になる人々を救う為に邁進する傍ら、人と距離を取り始めたのはその経験があったからだと、ウェルミィも知っている。

そんなエイデスが結婚することを決めたのを、誰よりも喜んでいるのは、きっとお父様なのだ。

――幸せになるわ。

心の中でそう告げ、席にはけていくお父様を見ながら、ウェルミィはエイデスに導かれて、レオの脇に立った。

続いて入場したのは、ダリステア様。

手を引くのは、兄であるマレフィデント・アバッカム公爵である。

エイデスと双璧を成す、ライオネル王国のもう一人の魔導卿。

二人は学友であり、魔術の腕を競い合ったライバルでもあった。

金の髪の貴公子然とした容姿で、エイデスと同じく魔導士の上位礼服を身につけている。

ダリステア様は、長身に似合う金糸で彩られた、豪奢なドレスを纏っていた。

前王国王家の血を引く二人は、その血ゆえに苦労も数多く……パレードの前に、彼女らはやはり、国王陛下の元へと赴いていたらしい。

『何を話されたのですか？　言いたくなければ、良いのですけれど』

『口外出来ないこともございますけれど、お兄様が、ナニャオ第二王女殿下に添うことを、話しておられましたわ』

どこか吹っ切れたようなダリステア様の表情が、印象的で。

――血筋で争うことは、もうなくなるのね。

彼女は今日、ツルギス様の妻となり、アバッカム公爵家の籍から抜ける。

そしてナニャオ殿下に添う、ということは……マレフィデント様が王室入りとなるのだろう。

それは、アバッカム永世公爵家が途絶える、ということだ。

おそらくマレフィデント様は、別の誰かに公爵家を継がせる意思はない。

ただの恭順ではなく、家を潰すことで未来の争いの種すらも詰むことを、彼は選んだのだ。

発表すれば、反発も多くあり、傘下にあった家々が荒れるのは想像に難くない。

けれど、彼らは選んだ。

『支持致しますわ。その勇気を』

『ありがとうございます』

やり取りは、それだけだった。

そんなダリステア様の手を取るのは、ウェルミィたちとは反対側に立っていたツルギス様。

デルトラーテ侯爵家長男として、胸元の花に騎士勲章を下げた彼が、彼女の手を受けて下がる。

不器用で、愚直。

可もなく不可もなく、目立たない……親族はともかく、外野からはそう評され続けて来た彼は、
その実、ただの一度も襲い来る困難から逃げなかった。

その末に、一途に想い続けたダリステア様を得た。

やがては父の跡を継いで軍団長として立つのだろう彼を、今は多くの人が祝福している。

そうして最後の花嫁、イオーラお義姉様が姿を見せた。

集まった人々が、お義姉様の手を引いている国王陛下を見て、ざわりとざわめく。

ウェルミィにはクラーテスお父様がいるけれど、お義姉様には既に親がいない。

実の父母も既に亡く、義理の父母までも。

しかし繋がりの為に養子に入っているとはいえ、帝国貴族であるロンダリィズ伯爵は何やら所用があるとのことで、こちらの国に飛べず……結果、国王陛下がその役目を買って出たのだ。

『どうせ親になるのだ。構いはせんだろう？』

『何で、実の父親から花嫁を受け取らないといけないいんですかね……』

ニヤリと笑った陛下に、レオがとてつもなく嫌そうな顔をしていた。

そして今、お義姉様が、バージンロードを歩いて近づいてくる。


――なんて美しいのかしら……！


それぞれに魅力的だった皆が霞むほどに、お義姉様は輝いていた。

ドレスの形はウェルミィと同じだけれど、縫い取りやレースは王族の紫である。

陛下に対する驚きが収まると、集まった皆もほう、と息を吐く。

ヴェールで顔を隠していても、お義姉様の人を魅了する輝きは少しも損なわれない。

――ウェルミィが、誰よりも幸せになって貰いたかった人。


薄いヴェールの向こうで、花が綻ぶような笑みを浮かべる口元が見える。

ウェルミィがまた溢《こぼ》れそうな涙を堪えて、ぎゅっとエイデスの手を握ると、握り返してくれた。

そうしてレオがお義姉様の手を取ると、皆で司祭に向き直る。

司祭として皆の前に立つのは、タイグリム元・殿下だった。

奇しくもこの場に揃っている者たちは、皆、ズミアーノ様が引き起こしたあの事件に関係している者ばかり。

その場の誰よりも、何故か満足げに見えるタイグリム司教の前に一組ずつ進み出て、誓いの言葉とキスを交わしていく。

真っ赤なテレサロと、真剣な表情のソフォイル卿。

照れ臭そうなニニーナ様と、いつも通りニヤニヤするズミアーノ様。

そうして、ウェルミィの番が来る。

「生きとし生ける限り、伴侶を愛することを誓いますか?」

「「誓います」」

答えてお互いに向き合い、エイデスがヴェールに手を添えて、そっと捲り上げる。

ウェルミィ自身は、口づけももう慣れたものだけれど……それでもやっぱり、皆の前で、となると恥ずかしさが込み上げた。

でも、なるべく凜として、エイデスと唇を重ねる。

軽く触れる程度。

そうして下がった後、軽く頰を紅潮させたダリステア様と、硬い表情のツルギス様が。

内心はともかく、淑女の微笑みを浮かべたお義姉様と、何故か余裕そうなレオの誓いも終わって。

「婚姻の誓いは交わされました。そなたらの道行きに、幸多からんことを」

『ライオネル王国の未来にも』

タイグリム殿下の言葉に、全員で唱和して。

――この日、ウェルミィは正式にエイデス・オルミラージュ侯爵の妻となった。

※※※

――全てが終わって、晴天の庭で。

お色直しを終えたウェルミィたちは、思い思いに人々が話をしている中、それぞれに挨拶に回る。

式そのものと違い、親しい友人などがいて、そこにカーラやセイファルトの姿もあった。

民衆に向けたものではなく、こちらがウェルミィたちにとっては本当の披露宴である。

基本的には立食形式で、エイデスと二人になったタイミングで、ウェルミィは小さく息を吐く。

「疲れたか？」

「流石にね」

合間に休みは入っているものの、一週間、気を張りっぱなしなのである。

今日で全てが終わるけれど、式が終わった事で立ち振る舞いを変えるのも、少し気を遣う。

元々演技は得意な方だけれど、敬語を使う相手が変わるのだ。

ウェルミィは筆頭侯爵家の夫人となった為、上に位置するのは公爵家と王室だけ。

今までリロウド伯爵家の娘として淑女の礼《カーテシー》を取っていた相手が、今日からは逆に取られる立場になる……最初から対応を間違える訳にはいかないのである。

「少し休んでも構わないぞ」

「そうね……お義姉様とお話出来るかしら？」

二人は王族なので、自ら挨拶には赴かない。

楽団が演奏している横、王族専用席の前に立って列を成している人々と談笑していたが、その列もそろそろ一周して途切れているようだった。

「何？」

エイデスがおかしそうな顔をしたので睨むと、彼は小さく首を横に振った。

「いや。それが一番落ち着くのか？」

「当たり前じゃない！　お義姉様の声を聞けば、どん底の疲労も癒されるわよ！」

「そうか」

エイデスに手を引かれ、列の後ろに並ぶと、前の夫妻がそれに気づいて早々に話を切り上げる。

「気を遣わせちゃったかしら？」

「慣れるしかないな」

物心ついた時からその立場にいるエイデスは、申し訳なさを感じるウェルミィにあっさりと言う。

「そうかしらね」

慣れるのは大切かもしれないけれど、だからと言って意味もなく傲慢な振る舞いをするようにはなりたくない。

これから先は、自分の行動がエイデスやお義姉様の評判に直接繋がってしまうのだから。

二人を守る為に悪役の振る舞いをするのならともかく、二人の迷惑に繋がる事態は避けるに越したことはないのである。

「お義姉様、疲れてない？」

一応、定型の挨拶を終えてから話しかけると、お義姉様は微笑んだ。

「ええ、ウェルミィは？」

「お義姉様に比べたら、どうってことないわ」

正直、ジッとしているよりも動き回る方が性に合っている。

そこで丁度曲の終わり際になり、エイデスが何故か手を挙げて楽団が音を止めると、彼は静かに近づいて何事か声を掛けた。

すると、楽団員たちが少し顔を見合わせて、一人がバイオリンを手渡す。

「どうしたの?」

「余興だ。王太子殿下、一つどうだ?」

エイデスが声を掛けると、レオが彼の手にある楽器を見て苦笑する。

「なるほど。練習しておけって、そういうことだったのか」

どうやら、二人の間で何らかのやり取りがあったらしい。

レオが承諾すると、彼に楽器を手渡して、エイデス自身はチェロの奏者と入れ替わった。

「面白そうだね。俺も参加しようかな?」

すると、退屈していたらしいズミアーノ様が、ツルギス様たちの側からピアノの方に向かう。

エイデスがこちらを見て笑みを浮かべてから、チェロに弓を滑らせた。

「……何かしら、あの目線の意味は」

ウェルミィが目を細めて口元に扇を当てると、お義姉様が笑みを堪えて僅かに顔を伏せた。


——それは『毒の少女』と呼ばれる有名な曲だった。


どこか物悲しく妖しいメロディ。

静かに独奏から入った曲に、レオとズミアーノ様が音を合わせ、観衆が徐々に聞き入っていく。

それが終わると、続いてズミアーノ様が別の曲にそのままスルリと入った。

『愛に夢中』という、片想いの曲だ。

「楽しそうですわね……」

「弾きますか？」

ポツリとダリステア様が呟くのを聞きつけて、ツルギス様が手を挙げる。

すると彼女の分のバイオリンも用意されて、その場に侍女が持ってきた椅子に彼女は腰掛け、見事な旋律で男連中の三重奏に加わる。

「ソフォイル卿」

ツルギス様は、楽器とは別に剣を用意させ人を退けた後、テレサロの横にいる青年に声を掛ける。

曲に合わせて剣舞を舞い始めたツルギス様の意図を察してか、聖剣を引き抜いた〝光の騎士〟はテレサロに何やら耳打ちしてから側を離れ、共に舞い始めた。

光と影の騎士が美しく舞いながら、時折呼吸を合わせて剣を重ねると、周りで感嘆の声が漏れる。

そうして曲と共に剣舞が終わると、今度は緊張した様子のテレサロが歌を口にした。

『祝祭』というお祭りで歌われる民謡で、夜通し踊ろう、という明るく楽しい曲である。

楽団に合図して、今度は共に曲を奏で始めた、主役の内の四人。

その段に至って、黙って見守っていたニーナ様がため息を吐いた。

「皆、少しは落ち着きってものがないのかしら……」

言いながら彼女が腕を振ると、風の魔術で披露宴の始まりに撒かれた花弁を巻き上げて、花吹雪を踊らせ始める。

「私たちも、参加しないといけないかしらね？」

「そうね、楽しそうだわ。……ウェルミィ」

「え？」

お義姉様に手を差し出され、ウェルミィはキョトンとした。

片手を後ろに回して、軽く腰を曲げたその仕草は、男性のもの。

真紫の瞳に、悪戯な輝きを宿らせたお義姉様が口にした言葉に、ウェルミィは目を丸くした。


「一緒に踊っていただけますか？ ——私の、可愛いウェルミィ」


そう問われて。

ウェルミィは、扇を仕舞ってその手を取ると……つんと澄ました顔を作って、応えた。

「ええ、喜んで。王太子妃殿下」

そうして、先ほどまでツルギスとソフォイルが剣舞を舞っていた場所まで静々と進み出ながら、二人で同時に吹き出す。

お義姉様の手を取ったまま、ウェルミィは曲に合わせて軽やかにステップを踏み始めた。

すると、披露宴に参加していた他の面々も各々に自分のパートナーの手を取って、ウェルミィたちを取り巻くように輪を作りながら、踊り始める。

華やかな、楽しそうな笑い声に包まれて、ウェルミィは愛しいお義姉様の顔を見上げた。

目が合うと、不敵な笑みを浮かべて見せて、先ほど仕掛けられた悪戯のお返しをする。

「あら、お義姉様……私のような地位の低い者と踊って、恥ずかしくはなくて？　せっかく着飾って得た品位が下がりますわよ？」

その言葉を、お義姉様はきちんと覚えていた。

エイデスの主催した婚約者披露の夜会で、ウェルミィが口にした言葉だ。

『あら、お義姉様……そんな地位の低い者たちを従えて、恥ずかしくはなくて？　せっかく着飾って得た品位が下がりますわよ？』

それにお義姉様は、こう応じたのだ。

『ウェルミィ……彼らはわたくしの大切な友人ですわ。そんな言い方はしないで』

でも、あの時は悲しげに目を伏せたお義姉様は、今は楽しげに目を細める。

「ウェルミィ……貴女はわたくしの愛しい妹ですわ。そんな言い方はしないで」


あの時のやり取りの、再現。

でも、もうウェルミィは、お義姉様に憎まれたいとは、思っていなかった。

「幸せね、お義姉様」

「ええ、とても幸せよ、ウェルミィ」

そうして、しばらくの間。

ウェルミィたちは、唐突に始まったダンスの時間を、思う存分楽しんだのだった。

あとがき

皆様ごきげんよう、名無しの淑女でございます。

『悪役令嬢の矜持3～深淵の虚ろより、遥か未来の安寧を～』は如何だったでしょうか？

大変ボリューミーで、作者も頬が引き攣る程の分厚さかつギッチギチですが、お楽しみいただけていたら幸いです。

この悪役令嬢ウェルミィの物語は、一冊で一つ、主題を設けております。

一巻は『悪役令嬢が、自らの破滅を掛けて幸せに至る』物語。
二巻は『悪役令嬢が、悪役令息の破滅を回避させる』物語。
三巻は『悪役令嬢が救えなかった者たちの、破滅のその後』の物語です。

何かが『終わる』前に、エイデスやウェルミィが救ってあげられなかった人々のお話。

救いの手が届かなかった人々の姿は、ウェルミィやイオーラがたどり得た結末だったでしょう。

物語としてはバッドエンドの後、けれど死なない限り、どんな傷を負っても人生は続きます。

そんな人々にウェルミィたちがどう接して、物語はどう動いていくのか。

相変わらず彼女の巻き込まれる物語は、妙な方向にアクロバットを決めていきますが……そんな物語の表と裏が終わった後は、ついに結婚式です！

その前に再登場するあの人のお話はどうしても書きたかったので、こうして刊行出来てとても嬉しく思います！

根底に流れるものは重たいですが、ウェルミィは相変わらず『お義姉様〜ッ！』です♪

オルミラージュ本邸に、お義姉様と一緒に侍女として潜入してるんるんなウェルミィ！

そしてエイデスが浮気!?　な部分も楽しんでいただければと思いますー♪

今回もイラストに尽力していただいた久賀フーナ先生の、表紙のイオーラがてぇてぇです！

またコミカライズ一巻も発売となりましたので、星樹スズカ先生の超絶美麗なウェルミィをご堪能いただければと思います！

他、担当編集さん含め、出版社や装丁デザイン、印刷等に携わって下さった方々、何よりこの物語を楽しんで下さった読者様に最大限の感謝を込めて。

またお会いできることを楽しみしております！　ではでは！

『悪役令嬢の矜持』
3巻発売おめでとうございます!!

作中でのイオーラお義姉様は
王太子妃としての綺麗めドレスが多かったので、
あとがきは可愛めのドレスを着て頂きました。

お義姉さま、予想以上の強キャラで
今後が気になりすぎる…

久賀フーナ
kugahuna

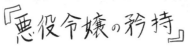

発売中!!

新刊発売
おめでとうございます！

Stella Suzuka

星樹スズカ

悪役令嬢の矜持

Pride of a villainess

婚約者を奪い取って義姉を追い出した私は、
どうやら今から破滅するようです。

コミカライズ単行本第一

GC UP!
毎月7日発売
悪役令嬢は溺愛ルートに入りました!?
原作:十夜・宵マチ 作画:さくまれん
構成:汐乃シオリ
失格紋の最強賢者
～世界最強の賢者が更に強くなるために転生しました～
原作:進行諸島 (GAノベル/SBクリエイティブ刊) 漫画:肝匠&馮昊 (Friendly Land)
キャラクター原案:風花風花
神達に拾われた男
原作:Roy 漫画:蘭々
キャラクター原案:りりんら
転生賢者の異世界ライフ
～第二の職業を得て、世界最強になりました～
原作:進行諸島 (GAノベル/SBクリエイティブ刊) 漫画:彭傑 (Friendly Land)
キャラクター原案:風花風花
お隣の天使様にいつの間にか駄目人間にされていた件
原作:佐伯さん (GA文庫/SBクリエイティブ刊) 原作イラスト:はねこと
作画:芝田わん 構成:優木すず
ここは俺に任せて先に行けと言ってから10年がたったら伝説になっていた。
原作:えぞぎんぎつね (GAノベル/SBクリエイティブ刊) 漫画:阿倍野ちゃこ
ネーム構成:天王寺きつね キャラクター原案:DeeCHA
勇者パーティーを追放されたビーストテイマー、最強種の猫耳少女と出会う
原作:深山鈴 漫画:茂村モト
マンガUP! 毎日更新

BG
COMICS
ビッグガンガン
毎月25日発売
薬屋のひとりごと
原作：日向夏 作画：ねこクラゲ
(ヒーロー文庫／イマジカインフォス)
構成：七緒一綺
キャラクター原案：しのとうこ
シノハユ
原作：小林 立
作画：五十嵐あぐり
ひきこまり
吸血姫の悶々
原作：小林湖底
(GA文庫／SBクリエイティブ刊)
キャラクター原案・漫画：りいちゅ
ハイスコアガール
DASH
押切蓮介
ゴブリンスレイヤー
原作：蝸牛くも 作画：黒瀬浩介
(GA文庫／SBクリエイティブ刊)
キャラクター原案：神奈月昇
結婚指輪物語
めいびい
スーパーの裏で
ヤニ吸うふたり
地主
BADON
オノ・ナツメ
月刊ビッグガンガン
BG
Monthly BIG GANGAN
毎月25日
発売
●SHIORI EXPERIENCE ジミなわたしとヘンなおじさん ●咲-Saki-阿知賀編 episode of side-A
●怜-Toki- ●千剣の魔術師と呼ばれた剣士 ●父は英雄、母は精霊、娘の私は転生者。
●獄卒クラーケン ●モスクワ2160 ●お伽の匣のレト ●となりの猫と恋知らず 他

G FANTASY COMICS
GFC
毎月27日発売
地縛少年 花子くん
あいだいろ
黒執事
枢やな
四百四鬼
もち
アラフォー男の
異世界通販生活
原作：朝倉一二三 漫画：うみハル
（ツギクルブックス）
キャラクターデザイン：やまかわ
東京
エイリアンズ
NAOE
妖怪学校の先生
はじめました！
田中まい
Disney Twisted-Wonderland
©Disney
The Comic Episode of Savanaclaw
原案：枢やな 漫画：小田すずか
The Comic Episode of Octavinelle
原案：枢やな 構成：葉月わかな 作画：コヲノスミレ
毎月18日
発売
月刊Gファンタジー
Gfantasy
●メイデーア転生物語 この世界で一番悪い魔女 ●魔法科高校の劣等生 師族会議編・孤立編
●傷の特異種 ●銀の麦畑 ●美しいばけもの ●妖怪学校の生徒はじめました！
●放課後少年 花子くん 他

SQEXノベル

悪役令嬢の矜持　3
～深淵の虚ろより、遥か未来の安寧を。～

著者
メアリー＝ドゥ

イラストレーター
久賀フーナ

2024年3月７日　初版発行
2024年4月11日　2刷発行

発行人
松浦克義

発行所
株式会社スクウェア・エニックス
〒160−8430
東京都新宿区新宿６−27−30　新宿イーストサイドスクエア
（お問い合わせ）スクウェア・エニックス　サポートセンター
https://sqex.to/PUB

印刷所
図書印刷株式会社

担当編集
齋藤芙嵯乃

装幀
世古口敦志（coil）

この作品はフィクションです。
実在の人物・団体・事件などには、いっさい関係ありません。

ISBN978-4-7575-9089-2　C0093　　Printed in Japan